Susanne von Berg

DAS KAUFHAUS

Zeit des Wandels

atb aufbau taschenbuch

Susanne von Berg ist das Pseudonym des Schriftstellers Andreas Schmidt, der durch seine zahlreichen veröffentlichten Kriminalromane deutschlandweit seit vielen Jahren eine große Stammleserschaft erreicht. Andreas Schmidt lebt und arbeitet als freier Autor und Journalist in seiner Heimatstadt Wuppertal.
Die ersten Bände der spannenden Kaufhaussaga »Das Kaufhaus – Zeit der Sehnsucht« und »Das Kaufhaus – Zeit der Wünsche« liegen im Aufbau Taschenbuch vor.

Für Alfred, Sohn und Stammhalter von Flora und Leonhard Tietz, ist es Liebe auf den ersten Blick, als er im Warenhaus seines Onkels in Berlin der schönen Margarete begegnet. Die junge Frau ist liebenswert und gebildet, außerdem setzt sie sich von ganzem Herzen für die Belange der Armen ein. Doch während Alfred und Margarete einander näherkommen, hat die Familie Tietz immer mehr mit Anfeindungen anderer Geschäftsleute zu tun – Anfeindungen, die mit der Zeit einen antijüdischen Beiklang bekommen …

Susanne von Berg

DAS KAUFHAUS

Zeit des Wandels

ROMAN

aufbau taschenbuch

MIX
Papier | Fördert gute Waldnutzung
FSC® C083411

ISBN 978-3-7466-3914-7

Aufbau Taschenbuch ist eine Marke
der Aufbau Verlage GmbH & Co. KG

1. Auflage 2023

www.aufbau-verlage.de
10969 Berlin, Prinzenstraße 85

Umschlaggestaltung www.buerosued.de, München
unter Verwendung von Motiven von © Ildiko Neer / Trevillion Images und
© mauritius images / Helmut Meyer zur Capellen / imageBROKER
Satz Greiner & Reichel, Köln
Druck und Binden CPI books GmbH, Leck, Germany

Printed in Germany

Kapitel 1

Versonnen stand Flora mit ihrer Skizze am offenen Fenster der Villa Tietz. Sie ließ ihre Gedanken schweifen, während ihr Blick über den parkähnlichen Garten glitt. Zwei Gärtner, offensichtlich ein Meister und sein Lehrling, beschnitten die Büsche, die die mit Kies belegte Einfahrt säumten. Das Zwitschern einer Amsel ertönte aus einem der großen Bäume. Der Spätsommer ging mit milden Temperaturen in den Herbst über, und schon bald würde sich die Dunkelheit wie ein Samttuch auf das Villenviertel des Kölner Vorortes senken.

An manchen Tagen fühlte Flora sich wie in einem Traum, der nach jahrelangem Warten endlich in Erfüllung gegangen war. Einen Moment lang schloss sie die Augen und sog tief die Abendluft ein. Sie vergaß das Blatt Papier in ihrer Hand und dachte an ihre Anfänge in Stralsund zurück. An damals, vor vielen Jahren, als sie mit ihrem Verlobten Leonhard das kleine Weiß- und Posamentierwarengeschäft von Albert Holst übernommen hatten. Mit ihren Ideen hatten sie den Einzelhandel revolutioniert. Bei ihnen konnte die Kundschaft den Laden ohne Kaufzwang betreten, es gab erstmals ein volles Umtauschrecht und feste Preise. Dafür hatten sie das Anschreiben und den Kauf auf Rechnung abgeschafft und auf Barzahlung bestanden, um so beste Preise beim Wareneinkauf zu erhalten. Das Konzept hatte sich schnell bewährt, und schon nach kurzer Zeit mussten sie sich einen größeren Laden suchen. Nach ein paar Jahren konnten sie zudem einen weiteren Laden in Schweinfurt eröffnen. Die Filiale leitete Floras Bruder Sally gemeinsam mit seiner Frau Anna. Auch hier konnten sie schnelles Wachstum verzeichnen und suchten bald nach weiteren Standorten. Leonhard war in Elberfeld und Barmen fündig geworden, zwei rasant wachsenden Städten mit hoher Kaufkraft. Hinzu kam, dass an der Wupper zahlreiche Hersteller und Lieferanten ihren Sitz hatten.

Über die Jahre hinweg hatten Flora und Leonhard stets ein glückliches Händchen bewiesen. Nachdem sie einige Zeit im Tal der Wupper gelebt hatten, entschieden sie sich für einen Umzug nach Köln am Rhein.

Auch hier hatten sie klein angefangen, um das Risiko so gering wie möglich zu halten. Schon nach drei Jahren war das Geschäft in der Innenstadt aus allen Nähten geplatzt, und Leonhard hatte ein neues, viel größeres Kaufhaus an der Stelle errichten lassen, wo die Hohe Straße und die Schildergasse aufeinandertrafen. Fast zeitgleich eröffneten sie allein in Köln vier weitere Filialen. Vor vier Jahren war auch das Kaufhaus an der Hohen Straße zu klein geworden, und angesichts ihres Erfolges hatten Leonhard und Flora nicht gezögert, angrenzende Grundstücke zu erwerben, um das Kaufhaus vergrößern zu können. Inzwischen war aus ihrem kleinen Laden in Stralsund ein großer Konzern geworden. Und in Köln hatte Leonhard Flora endlich ihren sehnlichsten Wunsch erfüllen können: Eine eigene Villa, von der sie schon als junge Frau geträumt hatte. Im Kölner Stadtteil Marienburg waren in den letzten Jahren inmitten einer parkähnlichen Umgebung unzählige neue, prachtvolle Häuser für wohlhabende Unternehmer entstanden.

Zunächst hatten Flora und Leonhard mit ihren Kindern in gutbürgerlichen Verhältnissen an der Hardefußstraße zur Miete gewohnt. Irgendwann war Leonhard von einem befreundeten Architekten auf das neue Villenviertel angesprochen worden. Er hatte nicht gezögert, ein Grundstück in Marienburg zu erwerben und den Architekten mit der Planung der Villa Tietz zu beauftragen. Nun lebten sie also seit einigen Monaten in ihrem eigenen Haus am Rande der Kölner Innenstadt. Am liebsten hätte Flora die ganze Welt umarmt, so glücklich war sie, als sie in diesem Augenblick daran dachte, was sie gemeinsam geschafft hatten. Aus dem jungen Kaufmannspaar waren erfolgreiche Großunternehmer geworden.

Ein tragisches Ereignis hatte ihre Ehe allerdings überschattet: Floras und Leonhards erstgeborener Sohn Heinrich war im Alter von zehn Jahren an einer unheilbaren Krankheit gestorben und hatte ein tiefes Loch in ihren Herzen hinterlassen. Immer, wenn Flora an Heinrichs Tod dachte, spürte sie einen schweren Bleigürtel, der sich um ihre Brust legte. Erst gestern war sie auf dem jüdischen Friedhof in Bocklemünd gewesen, um frische Blumen auf sein Grab zu legen.

Nun war es ihr jüngerer Sohn Alfred, der eines Tages das Unternehmen seiner Eltern übernehmen würde. Erst vor Kurzem hatte Leonhard ihn in den Vorstand berufen, wo er mit seinen sechsundzwanzig Jahren das jüngste Mitglied war.

Luise, seine vier Jahre jüngere Schwester, hatte sich im letzten Jahr mit Oskar Eliel, einem ehrgeizigen Juristen, verlobt. Sie war nur noch selten zu Hause. Gerhard absolvierte gerade seine Lehre im Unternehmen, er war jetzt fünfzehn Jahre alt und konnte es kaum erwarten, auf der Vorstandsetage mitzuwirken. Änne, ihre jüngere Tochter, wusste schon jetzt, dass sie mit den Kaufhäusern ihrer Eltern nichts zu tun haben wollte. Ihr schwebte anderes vor. Flora musste lächeln, als sie an die Siebzehnjährige dachte, die langsam flügge wurde und sich bereits für Männer interessierte. Alle waren wohlgeratene Kinder, fleißig, strebsam und vor allem ehrlich. Flora und Leonhard konnten stolz auf ihren Nachwuchs sein.

»Hier steckst du also.« Unbemerkt hatte Leonhard den Raum im ersten Stockwerk der Villa betreten. Flora fuhr zu ihm herum. »Oje«, sagte er zerknirscht, »habe ich dich erschreckt?« Vorsichtig schloss er die Tür des Arbeitszimmers hinter sich und trat zu ihr.

Flora nickte, doch sie war ihm nicht böse. Immerhin war sie es gewesen, die sich ihrem Tagtraum hingegeben und dabei ihre Umgebung vergessen hatte.

»Das tut mir leid, Bella.« Nach all den Jahren nannte er sie noch immer so – Bella, Schöne.

»Nicht schlimm, Liebster.« Sie lächelte ihn an.

Er trat zu ihr ans offene Fenster und folgte ihrem Blick in den Garten. »Schön haben wir es, nicht wahr?«, sagte sie.

Die Gärtner hatten ihr Tagewerk beendet und waren von der Bildfläche verschwunden. Nun lag der Garten verlassen da, und die Schatten der alten Bäume wurden langsam länger.

»Ja«, stimmte Leonhard ihr zu. »Wir haben das unfassbare Glück, hier unseren Traum leben zu können.«

»Unsere Villa Tietz«, schwärmte Flora leise, »wir haben es geschafft, Leo.«

»Wir haben eine Menge geschafft, und darauf dürfen wir stolz sein, Bella.« Erst jetzt schien er das Blatt Papier zu bemerken, das sie in Händen hielt. »Was ist das?«, erkundigte er sich.

»Ach, das«, meinte Flora leichthin, »nur eine Skizze für unsere Reklame im Winter, bis dahin ist noch viel Zeit.«

»Darf ich sie sehen?«

»Natürlich.«

Er nahm ihr die Skizze ab und warf einen Blick darauf. Seit sie ihren ersten gemeinsamen Laden eröffnet hatten, war die Reklame und die Dekoration der Schaufenster Floras Herzensangelegenheit gewesen. Doch inzwischen hatte eine ganze Armada von professionellen Schaufensterdekorateuren ihre Arbeit übernommen, denn zu groß war die Anzahl der Schauflächen, die wöchentlich neu zu bestücken waren.

»Weiße Woche bei Tietz«, las Leonhard halblaut die Überschrift. »Preiswerte Unterwäsche und Bademode, großer Sonderverkauf.«

Er lächelte Flora an. »Das ist gut«, lobte er sie. »Damit erreichen wir sicher viele Käufer.«

»Ich denke, wir sollten die weiße Woche Anfang nächsten Jahres einplanen«, schlug Flora vor.

»Dann ließe sich das Sortiment sogar erweitern«, stimmte Leonhard ihr zu. Sie sah mit gerunzelter Stirn zu ihm auf. »Nun«, sagte er feixend, »nach den Feiertagen wird so manches Tischtuch nicht mehr weiß gewaschen werden können, so manches Geschirr wird bei Familienfeiern zu Bruch gegangen sein. Das könnten wir doch auch mit aufnehmen.«

Flora musste nicht lange nachdenken, um Gefallen an seiner Idee zu finden. »Recht hast du«, stimmte sie ihm zu, »vielleicht sollte ich noch praktischer denken.«

»Oh, das tust du bereits, liebste Bella.« Mit einem stolzen Lächeln auf den Lippen legte er ihren Reklameentwurf auf die breite Fensterbank aus Marmor und schloss Flora in seine Arme. »Du bist großartig in dem, was du tust«, sagte er und sah ihr dabei so tief in die Augen, dass ihr trotz der vielen gemeinsamen Jahre noch ein wenig schwindelig wurde. Sie liebte ihn wie am ersten Tag, und in all den Jahren hatten sie zusammen gute wie schlechte Zeiten gemeistert. Ihre Kinder waren zu wundervollen Menschen herangewachsen und standen bereit, um irgendwann in die Fußstapfen ihrer Eltern zu treten.

»Manchmal kann ich unser Glück kaum fassen«, gab Flora zu.

Fragend legte Leonhard den Kopf schräg. »Unser Glück?«

»Ja«, nickte sie und breitete die Arme aus. »All das ist der Lohn für unsere jahrzehntelange Arbeit.«

»Das hätte ich ohne dich niemals geschafft«, flüsterte er mit einem glücklichen Lächeln auf den Lippen. Sie waren ein gutes Gespann, konnten einander blind vertrauen und wussten, was sie aneinander hatten.

»Da hast du natürlich recht, Liebster.« Mit einem verschmitzten Lächeln sah sie zu Leonhard auf. Obwohl sie beide in den letzten Jahren gealtert waren – sein dichtes dunkles Haar hatte sich zu einem grauen Kranz zurückgezogen und Falten zierten sein Gesicht –, war er immer noch ganz der Leo, in den sie sich als junges Mädchen verliebt hatte. Er war zu einem wohlhabenden Unternehmer geworden, dem rund fünftausend Angestellte unterstellt waren, er genoss Ruhm und Anerkennung in der Gesellschaft, und dennoch hatte er sich etwas Jungenhaftes bewahrt, etwas, das Flora an ihre ersten Jahre in Stralsund erinnerte.

Auch an ihr war die Zeit nicht spurlos vorübergegangen. Das einst dunkelbraune Haar war von silbernen Strähnen durchzogen, und an manchen Tagen meinte sie wahrzunehmen, dass ihr Gesicht im Spiegel ein wenig ausgemergelt wirkte. Dennoch waren sie immer noch ineinander verliebt und glücklich – auch dass die Geschäfte gut liefen, verlieh ihnen immer wieder neue Kraft. Und in diesen Tagen stand der nächste große Schritt an: Leonhard hatte Alfred nach Berlin geschickt, um den Börsengang des Unternehmens vorzubereiten. Schon bald würde das *Tietz*, wie ihre Kaufhäuser liebevoll im Volksmund genannt wurden, zu einer Aktiengesellschaft werden, die sich auch im Ausland würde behaupten müssen. Alfred hatte bereits eine Kaufmannslehre und weiterführende Ausbildungen absolviert, um eines Tages das Unternehmen seiner Eltern weiterführen zu können. Er war strebsam und fleißig wie sein Vater, kreativ und besonnen wie seine Mutter. Sicher würde er sich später gut an der Spitze des Konzerns machen.

Mit Stolz dachte Flora an ihren ältesten Sohn. Nur der Umstand, dass es noch immer keine Frau an seiner Seite gab, bereitete ihr Sorgen. Doch Leo versicherte ihr stets, dass ihm nur die richtige Frau begegnen müsse. Wann das der Fall sein würde, konnte er ihr aber auch nicht sagen.

Kapitel 2

Alfred Leonhard Tietz hatte Berlin nach einer langen Bahnfahrt erst am späten Abend erreicht. Die Lichter der Großstadt ließen keine Zweifel daran, dass er sich in einer Weltstadt befand. Zu gern wäre er noch ein wenig um die Häuser gezogen, um das Ambiente auf sich wirken zu lassen, doch nach einem üppigen Abendmahl war Alfred todmüde in das weiche Bett seines Zimmers im Hotel Esplanade an der Bellevuestraße gefallen und auf der Stelle eingeschlafen.

Heute Abend, so nahm er sich nach dem Aufstehen vor, würde er von seinem luxuriösen Privatbad Gebrauch machen, doch jetzt gingen die Geschäfte vor.

Trotz der kurzen Nacht hatte Alfred keine Zeit gehabt, auszuschlafen. Stattdessen hatte er sich in aller Frühe vom Zimmermädchen wecken lassen, hatte sich auf die Schnelle frisch gemacht und sein Frühstück im großen Saal des Hotels eingenommen. Nun stand er gesättigt und bereit für den Tag am offenen Fenster seines Zimmers. Blind band er sich den Knoten seiner mintgrünen Seidenkrawatte und betrachtete das bunte Treiben auf der Straße zu seinen Füßen. Fuhrwerke und Automobile lieferten sich zwischen den elektrischen Straßenbahnen waghalsige Wettrennen, und so mancher Fußgänger, der die Straße überquerte, konnte froh sein, unbeschadet auf der anderen Straßenseite anzukommen.

Die Sonne drang fahl durch die diesige Luft und warf ihren milchigen Schein auf die prächtigen Fassaden der umliegenden Wohn- und Geschäftshäuser. Alfred streckte den Kopf weit aus dem Fenster und sog die Großstadtluft ein. Gut gelaunt pfiff er ein Lied vor sich hin, schlüpfte in ein Jackett und begutachtete sein Aussehen in einem großen Spiegel, der an der Wand neben der Tür befestigt war. Zuletzt griff er nach seinem modischen Zylinder aus gelbem Bast, setzte ihn ein wenig schief auf den Kopf und trat hinaus in den Korridor des Hotels.

Für heute stand ein Besuch bei seinem Onkel Oscar auf dem Programm. Lange schon hatte Alfred den Bruder seines Vaters nicht mehr gesehen, und er freute sich auf das Treffen, wenngleich es auch von geschäftlicher Natur war.

Bevor Alfred die Aktien des Tietz-Konzerns von einem Makler zeichnen ließ, hatte sein Vater ihm aufgetragen, die Verträge einiger gemeinsamer Lieferanten von Oscar unterzeichnen zu lassen. Seit Jahren kauften alle Häuser des Konzerns bei den gleichen Lieferanten ein. Durch die Abnahme von Waren in großen Mengen konnte man zu günstigen Konditionen einkaufen. Die Preise gab man an die Kundschaft weiter, und so profitierten alle von der Preispolitik bei Tietz. Doch dazu brauchte es oft seitenlange Verträge, die hochbezahlte Advokaten formuliert hatten. Das alles wollte Alfred mit seinem Onkel besprechen, bevor ihn sein Weg zum Aktienmakler führte. Es galt also keine Zeit zu verlieren, wollte er nicht mit leeren Händen nach Köln zurückkehren.

Kapitel 3

Margarete war beeindruckt von dem neu eröffneten *Warenhaus Hermann Tietz*. Staunend betrachtete sie das gewaltige Gebäude, das mit seiner edlen Sandsteinfassade trotz seiner Größe Leichtigkeit und Eleganz ausstrahlte, statt plump, schwer oder gar überladen und kitschig zu wirken. Fast wie ein Palast erhob das Kaufhaus sich mitten in der Hauptstadt.

Margarete trat aus dem Schatten der Berolina-Statue, die das bunte Geschehen rund um den Alexanderplatz aus elf Meter Höhe völlig unbeeindruckt zu beobachten schien, und näherte sich dem Gebäudekomplex, um mit großen Augen die unendlich scheinende Schaufensterfront des *Tietz* zu betrachten. Sie konnte sich kaum sattsehen an den vornehm dekorierten Auslagen. Das bunte Treiben um sie herum nahm die junge Frau überhaupt nicht wahr, so sehr faszinierte sie die üppige Warenpräsentation des großen Kaufhauses. Hier hatte sich wohl eine ganze Armada fachkundiger Dekorateure ausgetobt. Echte Orientteppiche, verwegene Hutkreationen aus Paris und knallbunte Sonnenschirme aus reiner Seide brachten die Menschen, die an den großen Fenstern entlangflanierten, zum Staunen. Zwischen den Glasflächen wurde das Gebäude von massiven und reich verzierten Steinsäulen gestützt.

Voller Ehrfurcht schritt Margarete an den Fenstern vorbei und fühlte sich dabei ein wenig wie bei einem Bummel durch Paris, so, als würde sie das legendäre *Au Bon Marché* zum ersten Mal mit eigenen Augen sehen. Doch dies war nicht Paris, sondern Berlin. Und es war nicht das *Au Bon Marché*, sondern das *Tietz*. Dennoch, und darüber war sich Margarete im Klaren, war dies ein wahrer Konsumtempel, in dem kein Wunsch unerfüllt blieb – vorausgesetzt, man hatte das nötige Kleingeld.

Doch davon konnte Margarete nur träumen. Zwar verfügte ihr Vater Albert über ein gutes Einkommen als angestellter Kaufmann, doch das Geld war immer knapp. Dennoch hatte Margarete die Höhere Töchterschule besuchen können, auch wenn sie sich dabei oft wie eine Außenseiterin vorgekommen war unter all den anderen Mädchen, die aus gutem Hause stammten. Davon hatte Margarete sich jedoch nicht aufhalten lassen, denn sobald sie mit der Schule fertig war, wollte sie Menschen in Not helfen. Aus diesem Grund waren eine pädagogische Ausbildung und das Studium der sozialen Arbeit der nächste logische Schritt für Margarete gewesen. Nebenbei arbeitete sie schon seit einiger Zeit in der Volksküche des Frauenvereins. Und all die Mühen hatten sich gelohnt: Morgen war es endlich so weit, und sie würde eine Stelle als Lehrerin in einer Schule der städtischen Armenhilfe antreten. Ihr Vater Albert und Emma, ihre Mutter, waren sehr stolz auf Margarete und ihr soziales Engagement.

Margarete war heute hergekommen, um sich neu einzukleiden. Als Lehrerin benötigte sie passende Kleidung, und so trug sie all ihr Erspartes in ihrer Geldbörse mit sich. Als Margarete den Blick ehrfürchtig über die Fassade des Warenhauses schweifen ließ, spürte sie, dass hier Welten aufeinanderprallten. Alles funkelte und glänzte, alle Waren gab es im Überfluss. Umso schlimmer, dass es Menschen in der Stadt gab, die sich kaum eine warme Mahlzeit am Tag leisten konnten. Doch obwohl Margarete der Opulenz des Geschäfts durchaus kritisch gegenüberstand, es half nichts, sie musste sich für die neue Anstellung einkleiden, und im neuen *Warenhaus Hermann Tietz* sollten die Preise besonders niedrig sein.

Ihre Ansprüche waren dabei eher bescheiden:

Ein schlichter Rock, dazu ein oder zwei einfache Blusen und eine Jacke für kältere Tage. Doch während Margarete nun die nicht enden wollende Schaufensterfront abschritt, begann sie zu zweifeln, dass sie hier an der richtigen Adresse war. Zu groß das Angebot, zu vielfältig die Auswahl; es würde ihr sicher schwerfallen, das Richtige zu einem guten Preis zu finden. Dennoch nahm Margarete all ihren Mut zusammen und trat durch den monumental anmutenden Haupteingang des Warenhauses.

Mit dem Betreten des *Tietz* war ihr, als tauche sie in eine andere Welt ein. Das Gebäude glich einer Kathedrale, so hoch waren die Decken und so hell das Tageslicht, das durch die Fenster ins Innere drang. Margarete kam aus dem Staunen gar nicht mehr heraus. Sie konnte die zahlreichen Eindrücke, die sie schon auf den ersten Metern sammelte, kaum verarbeiten. Zwischen den Regalen und Verkaufstischen wuselten Ladenmädchen in tiefgrünen Uniformen herum, sie richteten das Sortiment ansprechend her, berieten die vorwiegend weibliche Kundschaft und präsentierten den Frauen das, wonach sie suchten. Überall duftete es nach frischer Farbe und neuen Stoffen. Allein die Damenschuhabteilung war so groß wie eine ganze Mietskaserne in Margaretes Wohnviertel. Schuhkartons stapelten sich mehrere Meter hoch, die dazu gehörenden Schuhe wurden ansprechend in den Regalen präsentiert und standen in allen Größen zur Verfügung.

Kurz war Margarete vom gleißenden Lichtschein im Innern geblendet. Sie hielt inne und versuchte, das schillernde Ambiente zu erfassen. Ein imposanter Lichthof eröffnete das Einkaufserlebnis, gestützt von grünmarmorierten Säulen. Die Geländer der Treppen bestanden aus glänzendem Messing, an der hohen Decke funkelten unzählige Kronleuchter, die auch nach Einbruch der Dunkelheit dafür sorgten, dass die dargebotenen Waren in einem magischen Licht erstrahlten.

Langsam schritt Margarete durch die Gänge und bewunderte die Präsentation der Frauenkleider. Dabei blieb ihr Blick an einem knöchellangen Kleid aus cremefarbenem Stoff hängen. Die Vorderseite war üppig mit floralen Applikationen aus zartem Rosa verziert. Angetan strich sie mit den Fingerkuppen über die Blütenpracht.

»Das ist wunderschön«, hörte sie sich flüstern. Margarete wagte kaum, einen Blick auf das Preisschild im Nacken des Kleides zu werfen. Es war sicherlich unbezahlbar. Ohnehin war es viel zu prächtig, fast schon ein festliches Abendkleid, nichts für den Alltag in einer Schule geeignet. Margarete beschloss schweren Herzens, sich nach etwas Schlichterem umzuschauen. Wenn sie sparsam war, würde ihr Geld vielleicht sogar für eine zweite Bluse reichen, dann hatte sie etwas zum Wechseln. Als sie einen halben Schritt zurücktrat, rempelte sie jemanden an, der offenbar hinter ihr gestanden hatte.

Erschrocken und peinlich berührt zugleich fuhr Margarete herum und blickte in das erstaunte Gesicht eines jungen, äußerst attraktiven Mannes. Auch er schien erschrocken zu sein und hob beschwichtigend die Arme. Die Aktentasche, die er bei sich getragen hatte, war zu Boden gefallen, der Inhalt hatte sich um ihn herum auf dem Boden verteilt. Hastig ging er in die Hocke, um die Papiere einzusammeln und sie zurück in die Tasche zu stopfen.

»Es tut mir leid, meine Dame«, rief er.

Margarete schüttelte den Kopf. »Nein, nein«, entgegnete sie, »mir muss es leidtun, ich bin einfach einen Schritt zurückgetreten, ohne mich umzuschauen.« Sie ging neben ihm in die Hocke und half ihm, die Papiere zusammenzusuchen. Allzu gern hätte sie einen Blick darauf geworfen, doch es ziemte sich nicht, neugierig zu sein, und darum drehte sie die Blätter so, dass sie nur die unbeschriebenen Rückseiten sehen konnte.

»Schon gut, ich hätte auch vorsichtiger sein können«, sagte der junge Mann. »Bitte um Verzeihung, Gnädigste.« Dankbar nahm er ihr den Papierstapel aus der Hand und schob ihn in die Aktentasche, die er schnell verschloss, bevor er sich aufrichtete. Nun standen sie sich lächelnd gegenüber, beide mit hochroten Köpfen. Er klemmte sich die Aktentasche unter den Arm und schob verlegen die Hände in die Hosentaschen.

Margarete betrachtete ihn. Er mochte in ihrem Alter sein, vielleicht ein wenig älter, seine Augen waren von einem tiefen Rehbraun, er war frisch rasiert und sein Anzug saß perfekt, ebenso der gelbe Bastzylinder auf seinem Kopf. Offenbar handelte es sich um einen Geschäftsmann, womöglich auf dem Weg zu einem Termin. Doch was tat er dann hier im *Tietz*?

Er schien von ihrem Anblick ebenso angetan zu sein wie sie von seinem, denn er lächelte freundlich.

»Ich bitte noch einmal um Verzeihung«, sagte er in das etwas peinliche Schweigen hinein, dann wanderte sein Blick zu dem prächtigen Kleid, das Margarete in Augenschein genommen hatte, bevor sie ihn angerempelt hatte.

»Ein Traum«, befand er und schnalzte anerkennend mit der Zunge. »Im Stil des Pariser Modeschöpfers Paul Poiret, eine äußerst gelungene Mischung aus Empire und Reformkleid.«

»Sie scheinen sich auszukennen«, stellte Margarete überrascht fest. Sie kannte nicht viele Männer, die Ahnung von Mode hatten.

»Nun ja – ich interessiere mich für vieles«, antwortete er ausweichend und senkte für den Bruchteil einer Sekunde den Blick. Dann lächelte er wieder. »Probieren Sie es an.«

»Wie bitte?« Margarete glaubte, sich verhört zu haben.

»Probieren Sie es an«, wiederholte er und schien es ernst zu meinen. »Ich bin sicher, Sie werden darin wie eine Prinzessin aussehen.«

»Sie sind mir vielleicht ein Charmeur«, entgegnete Margarete kokett. »Aber so ein Kleid ist nicht das, weswegen ich hergekommen bin.« Sie suchte nach den rechten Worten, um ihm zu erklären, dass sie im Grunde auf der Suche nach Arbeitskleidung war, als sie sein enttäuschtes Gesicht sah und hastig hinzufügte: »Außerdem werde ich es mir kaum leisten können.«

»Das ist nicht gesagt. Sicherlich soll es einem feierlichen Anlass dienen?«

Margarete schüttelte den Kopf. »Ich bin nur zufällig daran hängengeblieben, weil es mir so gut gefallen hat.« Sie seufzte und riss sich vom Anblick des Kleides los. »Eigentlich suche ich etwas Einfacheres, von eleganter Schlichtheit, für dem Alltag. Praktisch sollte es sein, ohne wie ein Kohlensack auszusehen, und …«

Er lachte, doch sein Lachen klang nicht herablassend, sondern warm und ansteckend. »Madame, ich bin sicher, Sie würden auch in einem Kohlensack hinreißend aussehen.«

Margarete musste lachen. Dieser Mann war wirklich reizend. Sie mochte seinen Humor. »Sie schmeicheln mir, Herr …«

»Ich verstehe, was Sie meinen«, erwiderte er rasch, ohne sich vorzustellen. Er ließ seinen Blick über das Sortiment gleiten. »Retour à la Simplicité«, fügte er auf Französisch hinzu. »Zurück zur Einfachheit, das ist die Modedevise für dieses Jahr aus Paris.«

»Bei Ihrem Wissen nehme ich an, Sie sind vom Fach?«

Seine ausweichende Art war geheimnisvoll und wirkte seltsam anziehend auf Margarete. *Wer ist er und was tut er hier?*

»Offen gestanden, nein«, antwortete er, während sein Blick wieder auf den Rock aus Libertyseide und die mit reichlich bestickten Verzierungen fiel.

»Ich benötige etwas für den Alltag«, wiederholte sie, »nichts Extravagantes, auch wenn das hier …«, sie strich zärtlich über das prächtige Kleid, »wahrlich traumhaft ist.«

»Ein so schönes Kleid verdient es, von einer Frau wie Ihnen getragen zu werden«, sagte der Fremde sicher. »Ich meine es ernst, ziehen Sie es an – wenigstens probeweise.« Er nahm das Kleid vom Ständer und hielt es ihr hin.

Margarete trat unwillkürlich einen halben Schritt zurück. Sie spürte, wie ihr das Blut in den Kopf schoss. »Wirklich?«, stammelte sie nervös, »aber warum ...«

»Weil ich es gern an Ihnen sehen würde. Ein einziges Mal nur.« Als Margarete keine Anstalten machte, seinem Wunsch zu folgen, lächelte er sie jungenhaft an. »Tun Sie es für mich.«

»Wer sind Sie denn überhaupt?«, fragte Margarete, um Zeit zu gewinnen. Einerseits würde sie das vornehme Kleid liebend gern einmal anprobieren, andererseits erschloss sich ihr nicht der Sinn dahinter, es einem fremden Mann vorzuführen.

»Das spielt doch keine Rolle«, sagte er. »Ich möchte Ihnen einfach bei der Auswahl Ihres Kleides behilflich sein.«

»Dann sind Sie ein Verkäufer?«

Er schüttelte den Kopf.

»Aber das da«, Margarete zeigte auf das Traumkleid, das er sich nun lässig über den rechten Unterarm geworfen hatte, »kann ich mir wie gesagt sowieso nicht leisten. Bitte hängen Sie es zurück, es kommt bedauerlicherweise nicht für mich infrage.«

Er schien kurz nachzudenken, betrachtete erst sie, dann das Kleid und hob ein wenig enttäuscht die Schultern. »Ich kann Sie nicht zu Ihrem Glück zwingen«, sagte er mit bedauerndem Blick. »Dennoch hätte ich mich gefreut, wenn Sie ...«

Seine offenkundige Enttäuschung ließ sie zögern.

»Ein Kleid selbst anzuziehen, wäre ohnehin unschicklich«, sagte sie langsam. Sie befand sich in einer Zwickmühle. So verlockend der Gedanke war, das Kleid für einen Moment zu tragen, so verwerflich wäre es, sich hier auszuziehen und hineinzuschlüpfen. »Für so etwas gibt es Probierdamen«, gab sie zu bedenken. »Sie führen solche Kleider hier bei den Modeschauen auf.«

»Mir geht es nicht darum, das Kleid an irgendeinem Mannequin zu sehen – ich möchte, dass *Sie* es tragen.« Verschwörerisch zwinkerte der Mann ihr zu. Da war er wieder, sein unwiderstehlicher Charme.

»Ich weiß nicht …« Margarete hatte immer noch Zweifel, doch sie spürte, wie sie der charismatischen Ausstrahlung ihres Gegenübers von Sekunde zu Sekunde mehr erlag.

Er schien zu spüren, dass ihr Widerstand dabei war zu schmelzen wie Wachs in der Sonne. »Es gibt hier Umkleidekabinen.« Er beugte sich zu ihr herüber und flüsterte, als würde er ihr ein Geheimnis verraten. »Und ich weiß, wo sie sich befinden.«

Margarete musste lachen. »Sie wissen, wo sich die Probierdamen umziehen?«

»Selbstverständlich.«

»Wie kann das sein?«

Er zuckte mit den Schultern und legte dann den Zeigefinger der rechten Hand auf die Lippen. »Ich darf das eigentlich nicht verraten, aber …«

»Sie arbeiten also doch hier?« Margarete fragte sich, was er mit dem Kaufhaus zu tun hatte. Wenn er kein eifriger Verkäufer war, der ihr das sündhaft teure Kleid aufschwatzen wollte, dann musste ihn etwas anderes mit dem *Tietz* verbinden.

»Sozusagen«, räumte er mit zerknirschter Miene ein und schob sie sanft in den hinteren Bereich der Abteilung.

»Aber nicht als Verkäufer.«

»Nein.« Unter der breiten Krempe seines Zylinders errötete er.

»Was tun Sie dann hier?« Margarete bemerkte nur nebenbei, dass sie vor einem dunkelgrünen Samtvorhang angelangt waren, der einem Schild nach dem Personal vorbehalten war.

»Sie werden es nicht glauben«, behauptete der junge Mann, während er sich umsah, als müsse er sich davon überzeugen, dass sich keine ungebetenen Zuhörer in der Nähe aufhielten.

»Verraten Sie es mir trotzdem.«

»Ich bin der … ich arbeite hier als …«, er zögerte und sah sich noch einmal um, bevor er fortfuhr, »ich bin der Ladendetektiv.« Er versteckte seine lederne Aktentasche hinter dem Rücken, fast so, als würden sich darin geheime Unterlagen befinden. Oder die Namen und Adressen der Ladendiebe, die er bereits beim Klauen erwischt hatte.

Jetzt war es also raus. Margarete musste lachen. »Das erklärt einiges«, befand sie amüsiert.

»Was zum Beispiel?« Fragend zog er eine Augenbraue hoch.

»Dass Sie sich hier auskennen und wissen, wo es zu den Umkleidekabinen geht.«

»Stimmt.« Er nickte mit ernstem Gesichtsausdruck. Dann grinste er. »Was ist denn nun hiermit?«

Mit bedeutsamer Miene deutete er auf das Kleid. »Sie sollten es anziehen, um …«

»Um was?« Mit einem koketten Augenaufschlag machte sie ihn sprachlos. Margarete empfand Gefallen an diesem Katz-und-Maus-Spiel. Der junge Mann war ihr sympathisch. Etwas Grundehrliches lag in seinen Augen.

»Um es wenigstens einmal getragen zu haben«, stammelte er, nun doch ein wenig verlegen. »Manchmal muss man verrückte Dinge tun, sonst bereut man sein Leben lang, sie nicht getan zu haben.«

Amüsiert stellte Margarete fest, dass ihm die Argumente ausgingen. Schließlich bat er sie einfach: »Tun Sie es für mich.«

Margarete fragte sich, was ihm daran lag, sie in diesem Kleid zu sehen. Natürlich waren seine charmanten Worte schmeichelhaft, aber hatte er wirklich Interesse an ihr, oder war er nur ein Frauenheld? Zweifelnd betrachtete sie erst den Detektiv, dann das Kleid über seinem Arm. Der Gedanke, dass sie es einmal tragen durfte, war unwiderstehlich.

»Also gut«, sagte sie, einem Impuls folgend. »Ich werde es anziehen, um Ihnen einen Gefallen zu tun.« Die Verlockung, einmal den wundervollen Stoff auf ihrem Körper zu fühlen, war zu groß. Und wenn sie dem hübschen jungen Mann damit einen Gefallen tun konnte – warum nicht?

Margarete freute sich an seinem breiten Grinsen und ließ sich von ihm zur Umkleidekabine geleiten, die sich hinter dem dunkelgrünen Vorhang befand. Dort angekommen nahm sie ihm das Kleid ab. »Aber Sie warten draußen, verstanden?«

»Selbstverständlich.« Er nickte eifrig. »Ich kann es kaum erwarten, Sie in dem Kleid zu sehen.«

»Aber nicht gucken, bevor ich Sie rufe.«

Margarete musste trotz ihres strengen Tonfalls lächeln. Einen Mann wie ihn hatte sie noch nie erlebt. Er war unbekümmert wie ein kleiner Junge und hatte sichtlich Freude an ihrer Begeisterung für das Traumkleid. Eigentlich passten der teure Maßanzug, seine Lederschuhe und der modische Hut gar nicht zu ihm. Ein wenig sah er aus wie ein Bankier oder ein Advokat, aber nicht wie ein Warenhausdetektiv. Zudem wirkte er gebildet und verfügte trotz seines eigenartigen Auftretens über gute Manieren.

Mit diesen Gedanken im Kopf verschwand sie in der Umkleidekabine. Als sie in Strümpfen, Unterhose und ihrem Leibchen vor dem Spiegel stand und an den attraktiven Mann dachte, der draußen auf sie wartete, schlug ihr Herz schneller. Sie kam sich ein wenig verrucht vor, das Kleid nur ihm zuliebe anzuziehen. Was war nur los mit ihr?

*

Ungeduldig marschierte Oscar Tietz in seinem Büro auf und ab. *Wo steckt der Junge nur?* Eigentlich war er es von seinem Neffen gewohnt, dass er zu Verabredungen pünktlich erschien. Am Fenster blieb Oscar stehen und zog eine Taschenuhr aus seinem schwarzen Cutaway-

Sakko hervor. Die winzigen Glieder der Kette schmeichelten seinen Händen. Er ließ den Sprungdeckel aufschnappen, um einen Blick auf das reichlich verzierte Ziffernblatt werfen zu können.

Herm. Bock, Breslau,
Blücherplatz 19,

stand in geschwungenen Lettern am oberen Rand, während sich im unteren Bereich der Sekundenzeiger auf einem eigenen, winzigen Ziffernblatt im Kreis drehte. Zehn Minuten war Alfred nun schon zu spät. Unter Oscars Enttäuschung mischte sich langsam Sorge, denn er kannte den Sohn seines Bruders Leonhard als äußerst zuverlässig.

Hoffentlich ist ihm nichts zugestoßen, durchzuckte es Oscar, während er die Uhr zuklappte und sie wieder in die Tasche gleiten ließ. Um sich abzulenken, warf er einen Blick in den Hof. Dort wurden gerade die Lastwagen der Lieferanten abgeladen, die neue Waren brachten.

Einige Ladenmädchen standen schwatzend beisammen und genossen in ihrer Pause die letzten wärmenden Sonnenstrahlen des Jahres. Ein Kontorist stand mit einem Klemmbrett neben zwei Arbeitern, die einen der Wagen entluden. Jemand brüllte Anweisungen über den Hof und prompt legten die Packer mehr Tempo an den Tag.

Der Laden läuft, dachte Oscar zufrieden, bevor er sich abwandte und weiter durch sein Büro tigerte. Während er die lange Seite abschritt, blickte er auf seine Schuhspitzen und zählte die Schritte, in der Ecke angekommen machte er eine Vierteldrehung und schritt die schmalere Seite des Raumes ab. Auch hier zählte er seine Schritte, was eigentlich überflüssig war, da er sein Büro schon unzählige Male mit Schritten durchmessen hatte.

Plötzlich glaubte er, von draußen ein Geräusch zu vernehmen. Oscar blieb stehen und legte lauschend den Kopf schräg. Durch die Bürotür hörte er nur das monotone Klappern der Schreibmaschine von Elsbeth Jakob, seiner Sekretärin. Kurz überlegte Oscar, ob er sie nach dem Verbleiben seines Neffen fragen sollte. Möglicherweise, so überlegte er, hatte er ihr eine Nachricht zukommen lassen. Doch Oscar verwarf den Gedanken, denn Fräulein Jakob war fleißig und dienstbeflissen. Längst hätte sie ihn von so einer Nachricht in Kenntnis gesetzt.

Seufzend umrundete er seinen Schreibtisch und sank mit einem Stöhnen in das weiche Leder des Sessels. Er würde sich wohl oder übel gedulden müssen.

Während er auf Alfred wartete, schweiften seine Gedanken ab. An manchen Tagen konnte er kaum glauben, was er in den letzten Jahren alles erreicht hatte. Allein in Berlin besaß er nun drei Warenhäuser. Nach den letzten, mageren Jahren in München war er nach Berlin gegangen, um sein Glück in der Hauptstadt zu versuchen. Und mit der Hilfe seines Onkels Hermann war es ihm gelungen, die neuen Volkskaufhäuser aus dem Boden zu stampfen. Mehr als dreitausendfünfhundert Männer und Frauen standen nun auf seiner Lohnliste, und allein in Berlin hatte er den Warenhäusern zwei Berufsschulen angegliedert, um hier für Nachwuchs zu sorgen. Mit Wehmut dachte er an seinen geliebten Onkel Hertie, der viel mehr für ihn gewesen war als nur ein Mentor. Ohne ihn, darüber war Oscar sich im Klaren, hätte er es nie so weit gebracht. Nun waren er und Betty schon seit zwei Jahren auf sich allein gestellt, denn Onkel Hermann war im Alter von siebzig Jahren an einer Arterienverkalkung gestorben.

Oscar seufzte. Wäre Onkel Hertie nicht gewesen, wäre sein Leben anders verlaufen. Vor mehr als dreißig Jahren konnte Oscar nur mit der finanziellen Hilfe seines Onkels sein erstes kleines Geschäft in

Gera eröffnen. Fortan war Hermann immer an seiner Seite gewesen. Und er hatte seine Ziehtochter Rebecka, genannt Betty, aus Amerika mitgebracht, in die Oscar sich verliebt hatte. Das, was damals als ein Skandal begonnen hatte, war längst zu einer wunderbaren Liebesgeschichte geworden, denn Betty war inzwischen Oscars Frau und die Mutter seiner Söhne. Seinem Onkel zu Ehren hatte Oscar sein Geschäft *Warenhaus Hermann Tietz* genannt.

An manchen Tagen fühlte er sich einsam, so ganz allein an der Spitze eines immer noch wachsenden Konzerns, der sich den täglichen Herausforderungen zu stellen hatte, um nicht an der Konkurrenz, den immer lauter werdenden Stimmen der Kritiker und den immer neuen Gesetzen, die ihm das Leben schwermachten, zu scheitern.

Umso wichtiger war ihm der Austausch und die Zusammenarbeit mit den anderen Familienmitgliedern, die ähnliche Geschäfte führten wie er. Zusammenhalt war das Gebot der Stunde.

Und damit kehrten Oscars Gedanken zum anstehenden Besuch seines Neffen zurück. Oscar war gespannt, was Alfred zu berichten hatte. Immer wieder gab es aus Köln gute Neuigkeiten. Sein Bruder Leonhard und seine Schwägerin Flora waren vor einiger Zeit schon an den Rhein gezogen, um den Konzern von dort aus zu leiten. Auch die Firmenzentrale der Leonhard-Tietz-Warenhäuser befand sich längst in Köln.

Oscar stützte das Kinn in die Hände. Es war wirklich höchste Zeit, dass Alfred auftauchte, denn er hatte viel mit dem Sohn seines Bruders zu besprechen.

*

Die Augen des jungen Mannes wurden groß, als Margarete aus der Umkleidekabine trat. Er stieß einen anerkennenden Pfiff aus. »Sie sehen traumhaft aus in diesem Kleid, meine Dame.« Die Aktentasche hielt er immer noch hinter seinem Rücken.

Wieder spürte Margarete, wie ihr das Blut in den Kopf schoss. Es schmeichelte ihr, wie angetan der fremde Mann von ihrem Anblick war. Bisher hatte ihr kein Mann je gesagt, dass sie traumhaft aussah. Vielleicht sollte sie es besser dem Kleid zuschreiben, nicht ihrem eigenen Aussehen. *Er meint bestimmt das Kleid*, ermahnte sie sich und trat einen Schritt vor. Dabei gab sie sich größte Mühe, prinzessinnenhaft zu schreiten.

»Sollten Sie nicht Diebe jagen?«, fragte Margarete kokett. »Während wir hier stehen, werden draußen im Warenhaus vielleicht wertvolle Gegenstände unbemerkt gestohlen.«

Er beachtete ihren Einwand gar nicht. »Wie kann es sein, dass Sie in diesem Kleid engelsgleich aussehen und gleichzeitig das Auftreten einer vornehmen Dame besitzen?« Er schüttelte den Kopf, als würde er seinen Augen nicht trauen.

Margarete musste lachen. »Nun übertreiben Sie mal nicht.« Energisch stemmte sie die Hände in die Hüften. »Spiegel?«, fragte sie.

Er runzelte verwirrt die Stirn.

»Gibt es hier einen Spiegel, in dem ich mich betrachten kann?« Jetzt, wo er sie überredet hatte, das Kleid anzuziehen, wollte Margarete sich auch darin sehen.

»Aber selbstredend, die Dame.« Der Warenhausdetektiv trat beiseite und gab den Blick auf einen großen Ankleidespiegel frei.

Jetzt konnte Margarete sich im Spiegel bewundern. Der fremde Mann, dessen Namen sie nicht einmal kannte, sah ihr dabei zu, offenkundig ganz verzaubert von ihr. Und Margarete versuchte zu sehen, was er sah. Das Kleid schmeichelte ihrem Körper und betonte ihre Kurven auf äußerst vorteilhafte Weise. Sanft umhüllte sie der weiche Stoff und fiel in einer sanften Prinzessform von den Schultern bis zur Taille, um unten in der Form eines umgekehrten Blütenkelchs auszulaufen.

Ihr fehlten die Worte, so anmutig sah sie in diesem Kleid aus. Fast war es Margarete, als wäre die Person im Spiegelbild gar nicht sie, sondern eine adelige Dame.

»Ich sehe, jetzt verstehen Sie mich«, freute sich der junge Mann und trat einen halben Schritt näher. »Das müssen Sie kaufen.«

Margarete lachte. »Das sagen Sie als Angestellter des Warenhauses, nehme ich an?«

»Gott bewahre, das sage ich als ein Bewunderer«, rief er und hob beschwichtigend die Hände mit der Tasche. Dabei achtete er darauf, sie nicht erneut fallen zu lassen.

»So schön es auch wäre, ich denke, das Kleid kann ich mir nicht leisten«, seufzte Margarete. »Außerdem war ich hier, um mir etwas Schlichteres zu kaufen.« Sie überlegte kurz und warf dabei immer wieder sehnsuchtsvolle Blicke in den Ankleidespiegel. »Einen schlichten Rock, dazu eine Bluse und vielleicht eine passende Kostümjacke mit Jabot-Kragen.«

»So etwas finden Sie sicher in der Damenkonfektionsabteilung«, sagte der junge Detektiv. Plötzlich, so schien es Margarete, schien ihm etwas einzufallen, und er warf hastig einen Blick auf die Uhr. »Oje«, sagte er, »ich muss mich jetzt sputen.« In seinem Gesicht waren hektische rote Flecken erschienen. »Sie entschuldigen mich?«

»Natürlich«, sagte Margarete ein wenig verwundert. Sie trat zurück in die Kabine. »Dann ziehe ich mich jetzt wieder um. Es war schön, dass Sie mich zu diesem Traum aus Tüll und floralen Mustern überredet haben, doch es übersteigt mein Budget und erfüllt nicht den Zweck, für den ich Kleidung benötige.«

»Ich bin zutiefst betrübt«, sagte er ernst, stammelte eine weitere Entschuldigung und deutete eine Verbeugung an, bevor er Margarete allein ließ.

»Wie eigenartig«, murmelte Margarete zu sich selbst, als sie sich anschickte, das Abendkleid abzustreifen und wieder in ihre eigenen Kleider zu schlüpfen. Der Mann hatte eine starke Faszination auf sie ausgeübt. Ob das an seiner Erscheinung oder an seinem geheimnisvollen Beruf lag, vermochte sie nicht zu sagen.

Kapitel 4

»Es gibt Probleme mit dem Neubau in Elberfeld.« Max Baumann betrat das Büro seines Schwagers mit besorgtem Blick. Er drückte die Tür ins Schloss und trat näher. Hastig nahm er den Hut vom Kopf und drehte die breite Krempe in den Händen.

Leonhard Tietz sah von einem Brief an einen Lieferanten im Süddeutschen auf, den er eben geschrieben hatte. Seufzend legte er den Stift zur Seite und sah den Bruder seiner Frau fragend an. Sicher hatte es nichts Gutes zu bedeuten, wenn Max ihn in Köln aufsuchte, um über ihr nächstes großes Projekt im Tal der Wupper zu sprechen.

»Nimm Platz, Max.« Mit dem Kinn deutete er auf einen der beiden Besucherstühle vor seinem imposanten Schreibtisch. »Worum geht es?«

Max zog es vor, stehen zu bleiben. »Die Eigentümer an der Herzogstraße wollen nicht verkaufen.« Er wirkte zerknirscht. »Unsere Anwälte scheinen machtlos zu sein, und so wird das Bauvorhaben durch die in Elberfeld ansässigen Geschäfte verhindert.«

»Sie fürchten unsere Konkurrenz«, murmelte Leonhard nachdenklich. »Die Inhaber der kleinen Spezialgeschäfte fühlen sich in ihrer Existenz bedroht.« Er erinnerte sich an ihre ersten Jahre, damals in Stralsund. Immer wieder war er mit Georg Wertheim, einem Konkurrenten der ersten Stunde, aneinandergeraten.

»Das ist verständlich, aber ich fürchte, darauf können wir keine Rücksicht nehmen«, sagte Max bedauernd und hielt dem Blick seines Schwagers stand.

Leonhard schüttelte den Kopf. »Es widerstrebt mir, andere für unseren Erfolg ins Unglück zu stürzen«, murmelte er. Seitdem das Unternehmen zum Großkonzern geworden war, fühlten sich zahlreiche kleinere Händler in die Enge getrieben.

»Sie werfen uns unlauteren Wettbewerb vor und behaupten, dass wir schlechte Qualität anbieten«, klagte Max.

»Niemand, der bei uns kauft, hat sich bisher über minderwertige Ware beschwert«, stellte Leonhard sachlich fest. »Es sind die Preise, mit denen der Fachhandel nicht mithalten kann.«

»Was schlägst du vor, Leo?« Max zog sich nun doch einen der freien Stühle heran und nahm Platz. Nachdem er die langen Beine übereinandergeschlagen hatte, räusperte er sich und sagte: »Wir müssen in Elberfeld expandieren, der Laden ist schon seit geraumer Zeit zu klein.«

»Gibt es einen alternativen Standort?«

»Ich fürchte, das würde nichts ändern. Wenn wir uns für einen Standort ein paar Straßen weiter entscheiden würden, ist davon auszugehen, dass wir auch dort auf Widerstand der ansässigen Händler treffen.«

»Also würden wir unser Problem nur verlagern.« Leonhard nickte. Er barg das Gesicht in den Händen und dachte angestrengt nach. »Hilft es, ihnen mehr Geld für ihre Grundstücke anzubieten?«, fragte er schließlich.

»Wir entlohnen sie schon jetzt fürstlich«, antwortete Max kopfschüttelnd. »Sie sagen, sie seien nicht käuflich.«

»Verstehe.« Leonhard versuchte, sich in die Lage der kleinen Geschäftsleute in der Elberfelder Innenstadt hineinzuversetzen. Auch sie hatten ihren Stolz, und die meisten hatten wahrscheinlich jahrelang dafür kämpfen müssen, einen kleinen Laden ihr Eigen nennen zu können, der ihnen den Lebensunterhalt sichern sollte. Und dann kam der *Tietz*-Konzern daher, der sie abfinden und aus ihren Häusern vertreiben wollte.

Das neue Warenhaus im Tal der Wupper war für Leonhard ein Herzensprojekt. Es sollte ein ähnlicher Prunkbau werden wie der an der Düsseldorfer Königsallee, den sie Anfang des Jahres eröffnet hatten. Leonhard hatte bereits einen Architekten beauftragt, der erste Skizzen angefertigt hatte.

Mühsam erhob er sich, um an das Kabinett zu treten. Er musste nicht lange suchen, um die großformatige Zeichnung des Architekten Wilhelm Kreis zu finden. Mit der Papierrolle unter dem Arm kehrte er zu seinem Schreibtisch zurück und schob einige andere Unterlagen beiseite, um den Entwurf zwischen ihnen ausrollen zu können. Nachdenklich betrachtete er den Entwurf.

Max beugte sich vor, um ebenfalls einen Blick auf die großformatige Zeichnung zu werfen. »Wilhelm Kreis hat sich einmal mehr übertroffen«, räumte er ein.

Leonhard nickte lächelnd. »Damit«, sagte er und tippte auf die prunkvolle Nordpassage des Warenhauses, »werden wir städtebauliche Geschichte schreiben.«

»Du bist und bleibst ein Visionär«, sagte Max und befingerte den Zylinder in seinem Schoß.

Leonhard lachte auf. »So weit würde ich vielleicht nicht gehen, aber die Menschen sollen das Einkaufen neu erleben können.«

»Momentan sind die lokal ansässigen Geschäftsleute aber entschlossen, uns einen Strich durch die Rechnung zu machen«, erinnerte Max ihn.

Leonhard nickte, seine Miene niedergeschlagen.

»Weißt du, Leo, mir ist daran gelegen, uns den Weg für deinen Traum freizumachen, auch weil ich weiß, wie sehr Flora daran hängt. Doch derzeitig stehen die Zeichen schlecht.«

»Wir brauchen einen Plan, um die Geschäftsleute vor Ort umzustimmen.« Leonhard erhob sich aus seinem Sessel, und eine steile Sorgenfalte erschien auf seiner hohen Stirn, als er ans Fenster trat.

Der Himmel über Köln war grau an diesem Tag. Majestätisch erhoben sich die Spitzen des Doms in den wolkenverhangenen Himmel.

»Ich werde mich mit Flora beratschlagen«, beschloss er schließlich, ohne sich zu seinem Schwager umzudrehen. Manchmal hatte seine Frau die besten Ideen. Sie sah viele Dinge aus einem anderen Blickwinkel als ihre Brüder und ihr Mann. »Deiner Schwester fällt immer etwas ein«, ergänzte Leonhard schmunzelnd und wandte sich mit zuversichtlicher Miene zu Max Baumann um. »Lass uns nur machen.«

Kapitel 5

Jule war hundemüde, als sie schwer bepackt aus dem großen Lager des Kaufhauses kam, um die frisch eingetroffene Lieferung in die Regale der Damenkonfektionsabteilung einzuräumen. Sie musste einen ganzen Stapel flacher Pappschachteln in die Abteilung für Damenkonfektion tragen. Seit einem halben Jahr arbeitete sie als Ladenmädchen im *Tietz*, doch so müde wie heute war sie noch nie zur Arbeit gekommen. Die Nacht war kurz gewesen, und John, ihr Liebhaber, war erst im Morgengrauen gegangen. Dabei musste er leise sein, denn eigentlich war Herrenbesuch in ihrer kleinen Wohnung streng verboten.

Im Laden herrschte bereits ein buntes Treiben. Vornehme Damen in teuren Kleidern standen neben einfach Scheuerfrauen in der Schlange an der Kasse der Abteilung, Herren in akkuraten Anzügen suchten die Tabakabteilung auf, um sich mit Zigaretten oder Zigarren zu versorgen – oder um eine Zeitung zu erwerben.

Hier, in dem großen Warenhaus von Oscar Tietz, waren sie und John sich vor wenigen Tagen zum ersten Mal begegnet. Mit verzücktem Blick hatte sie die neueste Kollektion von Abendkleidern aus Paris bewundert. Man hatte sie beauftragt, die Kollektion aus dem Kontor zur Verkaufsfläche zu schaffen, wo eifrige Dekorateure sich auf die frisch eingetroffenen Waren stürzten wie Aasgeier auf ein Stück Fleisch. Dennoch hatten es die Dekorateure innerhalb kürzester Zeit fertiggebracht, die exklusiven Stücke aus Paris ansprechend in Szene zu setzen. Jule war entzückt von einer prachtvollen Corsage mit aufwendiger Silberstickerei und funkelnden Perlen am Kragen, als er sie einfach angesprochen hatte. »Ein schönes Stück, oder?«

Die tiefe Stimme mit dem leichten Akzent ließ ihr einen angenehmen Schauer über den Rücken laufen. Jule wandte sich um und sah in das grinsende Gesicht eines äußerst attraktiven Mannes, der nur unwesentlich älter zu sein schien als sie selbst. Bei der Auswahl seiner Kleidung hatte der Fremde Geschmack bewiesen, und sein Anzug saß perfekt.

»Ick … also nee, wissen Se …«, stammelte Jule perplex. Normalerweise war sie nicht auf den Mund gefallen, doch dass sie als einfaches Ladenmädchen von einem derartig umwerfenden Mann angesprochen wurde, kam nicht alle Tage vor. Sie fragte sich, ob der Fremde sie schon länger beobachtet hatte. Er war einen Kopf größer als sie, der Hut saß neckisch schräg auf seinem Kopf, und in der Tasche seines Sakkos steckte ein strahlend weißes Tuch. Die schwarzen Schuhe glänzten, als hätte er sie eben noch poliert.

»Die Corsage, die Sie bewundern, meine ich«, half er ihr auf die Sprünge. Mit dem Kinn deutete er auf das Kleidungsstück. »Wunderschön, nicht wahr?«

»Ja, det isses, aber ick werd mir det beem besten Willen nich leisten können.« Jule verdrehte die Augen. »Meen Jehalt als Ladenmädchen reicht nich, um mir teure Mode aus Paris zu koofen.«

»Ich könnte Ihnen ein Geschäft anbieten.« Der Mann grinste noch breiter und zeigte dabei seine strahlend weißen Zähne. Sein Akzent gefiel ihr, er war wie Musik in ihren Ohren. »Sie probieren die Corsage jetzt an, und wenn sie passt, kaufe ich sie Ihnen.«

Jule wusste nicht, was sie von diesem Vorschlag halten sollte. »Wie meenen Se denn das?«

»So, wie ich es sage.«

»Aber wir kennen uns doch jar nich«, gab Jule zu bedenken. »Warum sollte mir een fremder Mann eene sündhaft teure Corsage koofen?«

»Mein Name ist John«, erwiderte er. »Jetzt kennen Sie mich.«

»Aber … aber det reicht doch nich, um …« Jule fehlten die Worte. So unauffällig wie möglich beäugte sie den attraktiven Mann, der seinem Akzent nach offenbar Engländer oder Amerikaner war. Obwohl er gut Deutsch sprach, war die englischsprachige Einfärbung unüberhörbar. »Haben Sie auch einen Namen, schöne Frau?«

»Jule«, sagte sie mit zitternder Stimme, »ick heiße Jule.«

»Schön, Sie kennenzulernen. Wenn Sie einverstanden sind, kaufe ich Ihnen diese wunderbare Corsage.«

Jule schaute auf das Kleidungsstück. Im Licht der Kronleuchter funkelte die Corsage wie ein Sternschnuppenregen in einer Sommernacht. Sie streckte die Hand danach aus und ließ die Fingerkuppen über den Stoff gleiten.

»Wat muss ick denn dafür tun?«

»Trinken Sie heute Nachmittag einen Tee mit mir.« Aus seinem Munde klang dieses Angebot wie eine Selbstverständlichkeit. »Ich kaufe die Corsage, wir trinken einen Tee miteinander, und Sie tragen das gute Stück für mich.«

Verführerische Bilder tauchten vor Jules innerem Auge auf. Sie sah, wie sie lasziv in der Corsage vor ihm auf und ab tänzelte, wie er ihre Bewegungen fasziniert verfolgte, mit einem schwärmerischen Lächeln auf den Lippen, spürte, wie die Luft plötzlich zwischen ihnen knisterte. Es fühlte sich gefährlich und verlockend zugleich an. Aber ihre Skepsis war noch nicht ganz gewichen. »Mehr nich?«, fragte sie mit heiserer Stimme. »Mehr muss ick nich tun?«

»Nein, das ist alles, ich verspreche es.«

»Ick muss aber bis spät arbeiten, deshalb wird es nix mit Tee in nem Teehaus. Vor halb acht komm ick hier nich raus.«

»Dann lade ich Sie hiermit zu mir nach Hause ein.« Er lächelte. »Dort sind wir auch ungestört.«

Jule zuckte zusammen. »Wie meenen Se det?«, fragte sie mit einem empörten Unterton in der Stimme.

»Sie müssen nicht fürchten, dass man uns beobachtet«, beschwichtigte John sie rasch. »Jule«, fügte er hinzu, »bitte tun Sie mir den Gefallen.«

Sie dachte darüber nach. Ein wildfremder, wenngleich überaus gut aussehender Mann machte ihr ein eigenartiges Angebot. Er lud sie zu sich nach Hause ein und wollte ihr die Corsage kaufen, in die sie sich eben verguckt hatte. Das Einzige, was sie im Gegenzug tun sollte, war, mit ihm einen Tee zu trinken und die Corsage vorzuführen. Es klang zu gut, um wahr zu sein, auch wenn an sich nichts Unmoralisches oder Verwerfliches daran war. Wollte sie das Risiko eingehen?

»Also jut«, sagte sie schließlich. »Ick mach es.« Ihre Hand zitterte, als sie ihm die Corsage überreichte, während er die Geldbörse aus der Innentasche seines Sakkos zog. Er reichte ihr einen Zettel, auf dem seine Adresse stand.

»Hier«, sagte er, »so um acht?«

»Acht Uhr ist perfekt.« Jule nickte mit glühend roten Wangen. »Ick werd' da sein.«

»Jule – träumst du?«

Die Stimme ihrer Kollegin Marianne riss Jule aus ihren Erinnerungen an John. Als sie sich zu der schwarzhaarigen Schönheit umdrehte, fühlte sie sich ertappt. »Nee«, sagte sie verlegen. »Det heißt ... höchstens ein bisschen, also, janz kurz, weil ...«

»Schon gut, schon gut«, lachte Marianne. »Wie heißt er denn?« Sie ahnte offenbar, dass ein Mann hinter Jules Tagtraum steckte.

»John«, antwortete Jule mit einem verliebten Seufzen. »John heißt er.«

Mariannes Miene verfinsterte sich schlagartig. »John?«

»Ja, wieso?« Jule wunderte sich über die Reaktion ihrer Kollegin. »Wat is' daran so schlimm? Er is' Amerikaner und er ...«

»Wohnt in einem der neuen Bürgerhäuser in Neukölln, gleich am Wasser?« Wütend stemmte Marianne die Hände in die Hüften.

In Gedanken sah Jule das Haus vor sich. »Märkisches Ufer 18, det is' seine Adresse, aber woher weeßte det?« Jules Gedanken überschlugen sich. Eine dunkle Ahnung beschlich sie. »Kennste ihn etwa?«

»Und ob. Und das Haus, in dem er wohnt, kenne ich auch nur allzu gut.« Ihre Stimme klang schneidend. Sie warf einen Blick über die Schulter, wie um sicherzugehen, dass niemand in der Nähe war. Doch niemand schenkte den beiden jungen Verkäuferinnen irgendwelche Beachtung. »Hat er dich bestochen?«

»Wie bitte?«

Marianne rollte mit den blauen Augen. »Ob er dich bestochen hat. Hat John dir auch ein schönes Kleid gekauft, dass du für ihn anziehen solltest?«

»Ja, aber woher …« Jule stockt der Atem. »Ooch? Ob er mir *ooch* een schönes Kleid jekauft hat?« Sie spürte, wie alles in ihr taub wurde, und die Schachteln, die sie eben aus dem Lager geholt hatte, glitten ihr aus den Armen. »Nee, oder?«

»Hat er dich anschließend verführt?« Als Jule nichts erwidern konnte, fragte Marianne direkter: »Hast du mit ihm geschlafen?«

»Ja, aber ick …« Jule brach fassungslos ab. Langsam begriff sie, dass es sich bei dem netten Amerikaner um einen Schürzenjäger allererster Güte handelte, der mit dieser Masche nicht nur sie, sondern auch andere Frauen in sein Bett bekommen hatte. Sie fühlte sich schrecklich. Ihre Knie wurden weich, sie zitterte am ganzen Körper und fühlte sich einer Ohnmacht nahe.

»Wie konnt ick bloß uff ihn reinfallen?«, flüsterte sie und spürte, wie sich in ihren Augen Tränen sammelten.

»Er sieht gut aus, ist charmant und hat Manieren.« Marianne lachte humorlos auf. »Wenn man mal davon absieht, dass er mit Frauen …« Sie winkte ab. »Aber lassen wir das. Schlimm genug, dass es eine Masche von ihm zu sein scheint, die er …«

Doch Jule hörte Marianne nicht länger zu. Die große Liebe, von der er nach der ersten Nacht gesprochen hatte, war also nichts als eine Lüge gewesen? Jule konnte es nicht glauben. Bei der Vorstellung, dass auch Marianne und womöglich andere Frauen auf ihn hereingefallen waren, fühlte sie sich schmutzig und benutzt – vor allem aber betrogen. Denn sie hatte sich ein wenig in John verliebt. Je länger sie darüber dachte, umso tiefer wurde das Loch, in das sie am liebsten gefallen wäre.

Kapitel 6

Die Sekretärin führte Alfred in das Büro seines Onkels. Er blieb ein wenig kleinlaut im Türrahmen stehen und sah sich in dem großen und lichtdurchfluteten Raum um. Es gab wuchtige Mahagonimöbel, ein Kabinett und einen rechteckigen Besprechungstisch, um den acht mit braunem Leder beschlagene Stühle gruppiert waren. Ein dicker Orientteppich dämmte Alfreds Schritte, als er zaghaft eintrat. Das Büro von Oscar Tietz war größer als das von Alfreds Vaters in Köln, verfügte über ein riesiges Fenster zum Hinterhof des Kaufhauses und wurde vom Bildnis des großen Hermann Tietz an einer Wand beherrscht. Wachsam, so schien es, blickte der Großonkel aus dem reichlich verzierten Rahmen auf das Geschehen herab.

»Ich bin erfreut, dich zu sehen, lieber Neffe.« Oscar erhob sich aus seinem braunen Ledersessel und umrundete den wuchtigen Schreibtisch am Fenster. Im Gehen zog er sich das Jackett straff. Oscar war ein stolzer, hochgewachsener Mann mit wachem Blick, Lachfältchen um die Augen und einem prächtigen Kaiser-Wilhelm-Schnurrbart. Ein paar Schritte von Alfred entfernt blieb er stehen und musterte den jungen Mann. »Gut siehst du aus.« Es schien, als wäre er seinem Neffen nicht böse, weil dieser sich zu ihrem Treffen verspätet hatte.

Erleichtert atmete Alfred auf. Er hatte schon mit einer Standpauke gerechnet, doch Oscar schien die Verspätung nicht bemerkt zu haben. Oder er war diskret genug, um ihm deswegen keine Vorwürfe zu machen. »Danke, dass du mich empfängst, Onkel.« Er wusste nicht recht, wie er das Gespräch beginnen sollte, und druckste herum.

Alfreds Onkel ging über die Unsicherheit seines jungen Gastes hinweg. Er deutete mit einer einladenden Geste auf den langen Tisch. »Setzen wir uns doch, und dann erzählst du mir in Ruhe, was dich nach Berlin führt.«

Alfred lächelte. »Geschäfte, wie du dir sicher denken kannst.«

Oscar erwiderte sein Lächeln. »Natürlich, was sonst? Ich sehe, du bist ganz der Sohn meines Bruders.« Er wartete, bis Alfred sich gesetzt hatte, dann nahm er ebenfalls an dem langen Tisch Platz.

»Vater plant, sein Unternehmen zu einer Aktiengesellschaft umzuwandeln«, eröffnete Alfred seinem Onkel. »Und er hat mich damit beauftragt, die Aktien zeichnen zu lassen.« Als er den überraschten Blick seines Onkels bemerkte, fügte er hinzu: »Immerhin habe ich inzwischen Prokura, so dass ich in seinem Namen handeln kann.«

»Hört, hört.« Oscar lehnte sich zurück, ohne Alfred aus den Augen zu lassen. »Aus Kindern werden Leute, pflegte meine Mutter immer zu sagen.« Nachdenklich betrachtete er sein Gegenüber. »Schön, dass wir übers Geschäft plaudern können«, bemerkte er. »Doch was mich viel mehr interessiert: Wie ergeht es euch in Köln?«

»Wir haben uns gut in unserem neuen Zuhause eingelebt. Mutter liebt die Villa Tietz.«

»Damit ist Floras Traum also endlich in Erfüllung gegangen«, stellte Oscar zufrieden fest. »Deine Mutter hat sich viele Jahren eine solche Villa gewünscht.«

»Meine Eltern waren immer sehr fleißig, und nun dürfen sie die Früchte ihrer Arbeit ernten«, erklärte Alfred stolz. Oft genug hatten ihm Flora und Leonhard von ihren Anfängen in Stralsund erzählt, als sie das kleine Geschäft von Albert Holst übernommen hatten. Schon damals hatte Alfreds Vater seiner Frau eine eigene Villa versprochen. Dieser Traum hatte sich mit dem neuen Haus in Marienburg erfüllt.

»Es sei ihnen gegönnt«, sagte Oscar wohlwollend. »Wir alle in der Familie haben viel gearbeitet in den letzten Jahren.« Er breitete die Arme aus. »Und all das hier«, fuhr er fort, »ist der Lohn unserer Mühen. Aus den kleinen Krämerläden sind ansehnliche Warenhäuser in vielen großen Städten geworden. Der Name Tietz steht für Qualität zu günstigen Preisen – und für Zuverlässigkeit.«

Alfred, der das neue Warenhaus seines Onkels heute zum ersten Mal mit eigenen Augen gesehen hatte, nickte zustimmend. »Das Warenhaus ist großartig geworden«, lobte er.

»Unseren Erfolg haben wir vor allem ihm zu verdanken«, sagte Oscar zeigte und auf das Gemälde von Hermann Tietz. »Onkel Hertie hat uns immer unterstützt – nicht nur finanziell, sondern auch mit seinem Ideenreichtum. Hermann war ein großartiger Visionär, der uns immer auf den rechten Weg geführt hat, wenn es um die Erweiterung unseres Unternehmens ging.«

»Er fehlt uns allen sehr.« Alfred seufzte. Onkel Hertie, wie sie ihn alle liebevoll genannt hatten, war vor zwei Jahren verstorben. Da war Alfred vierundzwanzig Jahre alt gewesen. Ihm war Onkel Hermann als ein wahrer Mann der Tat in Erinnerung geblieben.

»Ich weiß noch, als Hermann in Erfurt war, um mit einem Eigentümer die Vergrößerung unseres Geschäfts in Gera zu besprechen«, lachte Oscar leise, »er kam zurück und war derart begeistert von Thüringens Hauptstadt, dass er beschloss, auch dort ein Warenhaus zu eröffnen.«

»Er war wohl schon immer ein Mann der Tat«, bemerkte Alfred mit Ehrfurcht in der Stimme.

»Allerdings.« Oscar nickte ernst. »Und wir alle haben nun die Aufgabe, die Warenhäuser in seinem Sinne fortzuführen. Nicht immer ein leichtes Unterfangen, wie dir sicher auch bewusst ist.« Er schenkte Alfred ein wehmütiges Lächeln. »Ich hörte, dass ihr in Elberfeld ein neues Haus bauen wollt?«

»Das ist richtig«, bestätigte Alfred. »Erst letzte Woche hat uns Wilhelm Kreis die ersten Entwürfe des Neubaus präsentiert. Es soll dem Haus in Düsseldorf nachempfunden werden.«

»Kreis ist ein großartiger Architekt.« Onkel Oscar räusperte sich. »Ich denke über ein neues Warenhaus in Chemnitz nach. Wenn ihr zufrieden mit Kreis seid, könnte ich mir vorstellen, ihn auch mit der Planung des neuen Warenhauses dort zu beauftragen.«

»Vater lobt ihn in höchsten Tönen«, antwortete Alfred. »Sicher wird er ihn dir empfehlen.«

»Ich komme gern darauf zurück.«

»Was gibt es Neues bei dir?«, fragte Alfred.

»Die Planungen für Chemnitz laufen bereits, meine Landmesser sind gerade dort und suchen einen geeigneten Standort. Es wird aber sicher noch einige Zeit vergehen, bis wir mit dem Bau beginnen können.«

Er erhob sich und gab seinem Neffen zu verstehen, ihm zu folgen. Gemeinsam traten sie ans Fenster. Oscar deutete nach unten. »Wir liefern unsere Waren an die Kundschaft«, berichtete er. »Die neueste Mode, um die Kundschaft an unser Haus zu binden.«

Im Hinterhof des Kaufhauses herrschte emsiges Treiben. Hemdsärmelige Packer waren mit dem Be- und Entladen der bereitstehenden Wagen beschäftigt, ein Kommis stand mit einem Klemmbrett in der Hand daneben und kontrollierte die Packlisten. Eine Gruppe junger Ladenmädchen stand plaudernd in einer Ecke.

»Sieht aus wie bei uns in Köln«, sagte Alfred begeistert. »Es herrscht emsiges Treiben, und alle zeigen vollen Einsatz, damit die Kunden immer gefüllte Regale und Tische vorfinden.«

»Tietz ist eben immer Tietz«, lächelte Oscar und rieb sich die Nasenspitze. »Der Handel wurde uns von Kindesbeinen in die Wiegen gelegt.«

»Was machen die ganzen Automobile da?«, erkundigte sich Alfred.

»Sie liefern die bei uns gekauften Waren aus«, erklärte Oscar. »Während es in den kleineren Geschäften noch Laufburschen gibt, bringen bei mir längst moderne Autos und Pferdewagen den Kunden die gekauften Waren nach Hause.«

So langsam ahnte Alfred, warum sein Vater ihn hierhergeschickt hatte. »Du unterhältst einen ganzen Fuhrpark von Automobilen, um die gekauften Waren der Kunden nach Hause liefern zu lassen?«

»So ist es.« Oscar war sichtlich stolz darauf. »Darin, mein Junge«, er deutete auf die Autos im Hof, »liegt die Zukunft. Niemand möchte seine Waren nach Hause tragen müssen. Also übernehmen wir das und gewinnen damit immer mehr Kundschaft für uns.« Er strahlte. »Dein Vater bat mich, dir einen Einblick zu gewähren, weil ihm Ähnliches für seine Warenhäuser vorschwebt.«

Alfred begriff nun, voraus seine Mission bestand. ›Besuch deinen Onkel Oscar, wenn du in Berlin bist‹, hatte Leonhard ihm mit auf den Weg gegeben. ›Er hat Innovationen eingeführt, die sich auch für uns anbieten.‹

Alfred sollte sich also über den zusätzlichen Kundenservice informieren, den sein Onkel offenbar erfolgreich betrieb.

»Die Automobile, die Fahrer, kostet das nicht unendlich viel Geld?«, fragte Alfred.

Oscar Tietz lachte. »Natürlich, mein Junge. Aber dieses ganze Haus kostet unendlich viel Geld – alles ist relativ. Vom Heizer im Keller bis zur Teppichverkäuferin im Obergeschoss arbeiten hier mehrere hundert Leute, das ist vergleichbar mit der Besatzung eines Kreuzfahrtschiffes. Und die Fahrer dort unten tragen mit ihrer Arbeit dazu bei, dass unsere Kunden zufrieden sind und immer wieder gern bei uns einkaufen.«

»Ich verstehe.« Alfred rieb sich das Kinn. Leider hatte er überhaupt keine Ahnung von Automobilen, er wusste nicht viel über Technik und über die Anforderungen an das nötige Fahrpersonal. »Ich möchte alles wissen«, sagte er an seinen Onkel gewandt. »Sicher möchte Vater auch einen Fuhrpark anschaffen.«

»Das dachte ich mir. Wenn du magst, gehen wir hinunter in den Hof, und ich zeige dir, was es mit unserem neuen Dienst auf sich hat.« Er wandte sich vom Fenster ab und setzte sich wieder. »Aber erst erzählst du mir, warum du in die Hauptstadt gekommen bist, Junge. Doch sicher nicht nur, um mit mir über Automobile zu reden.«

Alfred folgte seinem Onkel zum Besprechungstisch und nahm ebenfalls Platz. »Vater möchte international tätig werden.«

»Wie meinst du das?«

»Er möchte wie gesagt unsere Aktien an der Börse zeichnen lassen. Mich hat er damit beauftragt, mit einem Börsenmakler zu verhandeln und alles Nötige zu veranlassen.«

»Da hat er dir viel Verantwortung übertragen«, meinte Oscar nachdenklich. »Ich weiß nicht, ob ich Georg schon eine derartig große Aufgabe zutrauen würde.«

Georg war Oscars ältester Sohn und Alfreds Cousin. Er hatte noch einen Bruder, Martin, und eine Schwester, Elise. Wenn Alfred sich recht erinnerte, war Georg ein paar Jahre jünger als er. »Georg hat noch etwas Zeit«, befand er lächelnd und legte die Hände auf den Tisch neben die Aktentasche.

»Was schleppst du denn da mit dir herum?«, wollte Oscar wissen. »Du hütest diese Tasche ja wie einen Schatz.«

»Darin befinden sich die Aktien«, erklärte Alfred. »Ich darf sie nicht aus den Augen lassen.«

»Recht so«, sagte Oscar beifällig. »Mit so etwas muss man vorsichtig sein. Der Börsengang ist sicher ein wichtiger Schritt für das Unternehmen. Dann dürfte es künftig Leonhard-Tietz-Aktiengesellschaft heißen, richtig?«

Alfred nickte. »Klingt gut, oder?«

»Sehr gut sogar. Es eröffnet deinem Vater und dir neue Märkte, auch die jenseits der Grenzen des Reiches.«

»Vater denkt schon seit einiger Zeit über die Expansion ins Ausland nach«, stimmte Alfred ihm zu.

»Übrigens habe ich mein Sortiment erweitert«, berichtete Oscar. »Seitdem ich in München angefangen habe, Orangen zum Stückpreis von fünf Cent einzuführen, und man uns die Bude eingerannt hat, biete ich seit Neuestem auch Tomaten an.« Er lächelte Alfred zu. »Ich kaufe Obst und Gemüse waggonweise, das sichert mir günstigste Konditionen bei der großen Abnahmemenge.«

»Darüber sollten wir auch nachdenken«, überlegte Alfred. »Vielleicht können wir dann noch günstigere Preise beim Einkauf erzielen.«

»Wichtig ist, dass ihr die verderblichen Waren schnell unters Volks bringt«, gab Oscar zu bedenken.

»Dafür gibt es ja die Automobile.« Alfred grinste. »Und du kennst Mutter – die Reklame ist ihre Herzensangelegenheit. Sicher wird ihr etwas einfallen, um Obst und Gemüse angemessen zu bewerben.«

»Die gute Flora! Mit Sicherheit wird meine Schwägerin eine gute Idee haben, die uns allen zum Erfolg verhilft.«

Kapitel 7

Margarete hatte sich für eine schlichte cremefarbene Bluse, einen knöchellangen Bahnenrock in Taubengrau und eine hüftlange Jacke in modischer Herrenfasson entschieden. Den verlockenden Gedanken an das Abendkleid verdrängte sie. Abgesehen von dem unerschwinglichen Preis war sie sich darüber im Klaren, dass sie einen derartigen Aufzug in der nächsten Zeit gar nicht benötigte. Margarete lobte sich in Gedanken für ihre vernünftige Entscheidung, als sie die Papiertasche von dem freundlichen Ladenmädchen an der Kasse entgegennahm. So unauffällig wie möglich sah sich Margarete im Laden um. Sie hoffte, noch einen Blick auf den attraktiven Warenhausdetektiv zu erhaschen, wurde jedoch enttäuscht. Er war wie vom Erdboden verschwunden.

»Einen schönen Tag noch, die Dame«, sagte die Verkäuferin mit einem freundlichen Lächeln, »und beehren Sie uns bald wieder.«

»Danke – das werde ich.«

Nachdem Margarete die lederne Geldbörse in ihrer Handtasche verstaut hatte, blickte sie sich ein letztes Mal um, doch der geheimnisvolle Fremde war nirgends zu sehen. *Es ist ein Jammer*, dachte Margarete und ließ den Blick über die reich bepackten Tische, Regale und Kleiderständer schweifen, zwischen denen die Ladenmädchen geschäftig umherliefen.

Hier zu arbeiten muss sehr angenehm sein, dachte Margarete, während sie langsam durch die breit angelegten Gänge schlenderte. Kurz überlegte sie, ob sie wohl eine gute Verkäuferin abgeben würde. Zwar war sie freundlich und hatte gute Manieren, aber es fehlte ihr an

Fachkenntnis in Sachen Mode. Sicher, sie konnte sich an schönen Dingen erfreuen, sie hatte bei der eigenen Kleidung einen guten Geschmack und schwärmte für die großen Modemarken, doch wahrscheinlich würde sie die Kundschaft nicht ausreichend beraten können. Doch eigentlich war sie ja auch gar nicht auf der Suche nach einer Anstellung. Nach dem Abschluss ihres Studiums hatte ihr Vater ihr eine gute Stelle besorgt, und ab morgen würde sie Kinder aus armen Familien betreuen. Sie würde ihnen Rechnen, Lesen, Schreiben und sogar Manieren beibringen und dafür Sorge tragen, dass die Kinder bald schon eine Lehre anfangen konnten. Das war eine sehr verantwortungsvolle und wichtige Aufgabe. Margarete liebte Kinder, und sie konnte sich nichts Schöneres vorstellen, als ihnen einen guten Start ins Leben zu ermöglichen. Die Anstellung in der Schule war also wie gemacht für sie. Mit einem Gefühl der Vorfreude schlenderte sie nun durch die Reihen des Warenhauses und erfreute sich weiter an den Auslagen, die allesamt liebevoll dekoriert waren. Eigentlich hatte sie ihre Einkäufe beendet, doch es gab so viel zu sehen, dass sie noch nicht gehen wollte.

Margarete zuckte zusammen, als sie unsanft von hinten angerempelt wurde und um ein Haar mit dem Gesicht zuerst in einen Kleiderständer voller Pelzmäntel gefallen wäre. Wild ruderte sie mit den Armen, um einen Sturz zu vermeiden. Dabei ließ sie die Papiertasche fallen, in der sich ihre Einkäufe befanden. Das Papier riss, und die neuen Kleider verteilten sich auf dem Marmorboden. Als die Pelzmäntel, von denen einer mindestens so teuer war wie eines ihrer künftigen Jahresgehälter, übergroß vor ihrem Gesicht auftauchten, bekam Margarete im letzten Moment eine Kleiderstange zu fassen und konnte sich daran festhalten. Schnell richtete sie sich wieder auf. Als sie sich umwandte, um zu sehen, wer sie so rüpelhaft angerempelt hatte, blickte sie voller Erstaunen in ein ihr bekanntes Gesicht.

»Du?«, fragte sie fassungslos und wusste nicht recht, ob sie sich über ein Wiedersehen unter diesen Umständen erfreuen sollte.

*

Jule staunte nicht schlecht, als sich die Kundin, die eben noch an der Kasse gestanden hatte, zu ihr umwandte. Ihre Papiertasche war bei dem Zusammenstoß gerissen, der Inhalt lag überall verteilt. Eine äußerst unangenehme Situation, und Jule ermahnte sich, in Zukunft vorsichtiger zu sein. Ihre Gedanken waren immer noch um John gekreist, der sie mit seiner Aufreißermasche tief verletzt hatte.

Er hatte sie dazu bekommen, gleich die erste Nacht in seinem Bett zu verbringen. Und er hatte ihr vorgegaukelt, sich unsterblich in das *sweet Ladenfräulein*, wie er sie mit seinem süßen amerikanischen Akzent nannte, verliebt zu haben. Aber es war alles eine Lüge gewesen.

Jule war sich peinlich bewusst, dass ihr die Blicke aller anwesenden Kundinnen und Kolleginnen galten. Am liebsten wäre sie im Boden versunken, doch der Boden wollte sich einfach nicht unter ihren Füßen auftun. Eine Kundin anzurempeln war ein Fauxpas erster Güte. Wenn das Herrn Tietz zu Ohren käme, würde es sicher ein Donnerwetter geben.

»Jule?«, fragte die Kundin überrascht. »Arbeitest du hier?«

Sie nickte stumm und wagte es nicht, der Kundin in die Augen zu sehen. Dabei handelte es sich bei der jungen Frau um niemand anderes als um Margarete, die alle nur Grete nannten. Die Mädchen waren in derselben Straße aufgewachsen, hatten miteinander auf der Straße gespielt und waren später zusammen zur Schule gegangen. Irgendwann waren ihre Eltern fortgezogen, und so hatten sich Jule und Grete aus den Augen verloren. Oft hatte sich Jule in den letzten Jahren gefragt, was wohl aus ihrer Freundin geworden war. Und nun stand sie plötzlich leibhaftig vor ihr. Doch anstatt sich darüber zu freuen, war Jule einfach nur sprachlos. Es machte den Anschein, als wäre aus Grete etwas geworden. Sie wirkte stolz und schön, ihre Kleidung machte einen wertigen Eindruck. Ihrer Ausdrucksweise nach zu urteilen, war sie in eine der besseren Schulen Berlins gegangen, überhaupt wirkte sie auf Jule fast wie eine Adelige. Es war offensichtlich, dass Margarete zum Bürgertum der Stadt gehörte. Jule fühlte sich im Vergleich klein und schäbig. »Jut siehste aus«, bemerkte sie schließlich, um das Eis zu brechen.

»Danke«, sagte Margarete, während Jule vor ihr in die Knie ging, um die eben bezahlten Kleidungsstücke notdürftig in die gerrissene Tasche zurückzustopfen. »Ick werd' ne neue Tasche hol'n«, murmelte Jule kleinlaut.

»Lass gut sein«, entgegnete Margarete hastig. Jule glaubte ihr anzusehen, dass ihr die ganze Situation unangenehm war. Schnell nahm sie Jule die Tasche ab.

Aber Jule war immer noch völlig aufgelöst.

»Det tut mir … ick meene, blöd von mir, ick hätte uffpassen soll'n.«

»Schon gut, Jule, das macht doch nichts. Ich war auch unachtsam, und …«

Wie vornehm sie spricht. Jule rang sich ein verunglücktes Lächeln ab und zuckte mit den Schultern. »Also jut«, sagte sie. »Sind wa wohl beede schuld.«

»Geht es dir gut?«, fragte Margarete, die sofort zu bemerken schien, dass etwas mit Jule nicht stimmte.

»Nee, nich' wirklich.« Tränen sammelten sich in Jules Augen. Verlegen senkte sie wieder den Blick. »Aber ick will nich' klagen.«

»Arbeitest du schon lange hier?«, fragte Margarete. Sie schob Jule in einen weniger belebten Seitengang des Kaufhauses, in dem sie ungestört reden konnten.

»Een halbes Jahr. Die Arbeit macht Spaß, man hat den janzen Tach mit Menschen zu tun.«

»Das freut mich.« Grete lächelte ihr sanft zu. »Schön, dich wiederzusehen, nachdem wir uns so lange aus den Augen verloren haben. Was meinst du, wollen wir mal eine Schokolade oder einen Tee zusammen trinken gehen?«

»Jerne.« Jule strahlte. Sie überlegte kurz, ob sie Grete von ihrem Liebesdrama erzählen sollte, dann sprudelte es auch schon aus ihr heraus: »Ick bin een bisschen durch'n Wind, weil mir so'n Scheißkerl janz schön den Kopp verdreht hat. John heißt er, und er hat mir een Hoofen Komplimente jemacht, aber er is' een Kerl wie alle andern: Nur uff Röcke aus, sonst nüscht.«

»Das tut mir leid«, sagte Margarete mitfühlend. »Was ist denn passiert zwischen dir und deinem John?«

»Er ist nich mehr meen John«, stellte Jule trotzig klar. »Aber wenn wir uns ma treffen, hab ick dir trotzdem viel zu erzählen.« Sie grinste.

»Ich habe auch viel zu erzählen«, antwortete Grete lächelnd. »Wann passt es bei dir?«

Jule dachte kurz nach. Heute hatte sie schon um sechs Uhr Feierabend. Da es keine Verabredungen mehr mit John geben würde, hatte sie am Abend noch nichts vor, und es wäre sicher gut, sich mit der Gesellschaft ihrer alten Freundin abzulenken. »Heute?«

Grete nickte. »Das passt. Was hältst du vom Café Monopol, das ist gleich gegenüber vom Bahnhof Friedrichstraße.«

»Kenn ick. Een vornehmer Schuppen is det.«

»Ich lade dich gern ein.«

»Dann um halb sieben?«

»Um halb sieben – wir sehen uns!«

Die jungen Frauen verabschiedeten sich voneinander. Ein wenig neidisch blickte Jule ihrer Freundin hinterher. Wie anmutig ihr

Gang, wie elegant ihre Kleidung doch waren. Grete und ihre Familie hatten nie in Armut gelebt, hatten immer einem besseren Stand angehört. Trotzdem hatten sich die beiden Mädchen immer gut verstanden, was sicher auch an Gretes fürsorglicher und einfühlsamer Art gelegen hatte. Jetzt war Jule gespannt zu erfahren, wie es ihrer alten Freundin ergangen war, nachdem sie sich aus den Augen verloren hatten.

*

Ein langer und anstrengender Arbeitstag lag hinter Alfred, als er am Abend in sein Hotelzimmer an der Bellevuestraße zurückkehrte. Die Gespräche beim Börsenmakler hatten sich in die Länge gezogen, und erst nach zähen Verhandlungen war es Alfred gelungen, die *Tietz*-Aktie zu einem guten Kurs an den Mann zu bringen. Der Makler hatte wohl geglaubt, er könne den jungen Kaufmann aus Köln übers Ohr hauen, doch darin hatte er sich getäuscht. Alfred hatte eine gute Ausbildung genossen und sein Handwerk von der Pike auf gelernt. Wer ihn übers Ohr hauen wollte, musste früher aufstehen.

Müde, aber zufrieden lockerte Alfred den Knoten seiner Krawatte und öffnete die oberen beiden Hemdknöpfe. Rücklings ließ er sich auf das große weiche Bett fallen. Mit hinter dem Kopf verschränkten Händen starrte er zur Zimmerdecke empor. Straßenlärm drang durch das geschlossene Fenster hinauf, und er fürchtete um seine Nachtruhe. Vielleicht hätte er sich ein Hotelzimmer in einer ruhigeren Gegend nehmen sollen, doch nun war es zu spät.

Alfred ließ den Tag noch einmal Revue passieren. Er dachte an das schöne Mädchen, dem er das Kleid kaufen wollte. Inzwischen schämte er sich ein wenig für sein aufdringliches Verhalten. Es ziemte sich nicht, fremden Frauen derartige Angebote zu unterbreiten. Doch zu groß war die Verlockung gewesen, sie in diesem wunderschönen Kleid zu sehen. Ob er ihr wohl jemals wieder begegnen würde? Wahrscheinlich nicht.

Ein Seufzen kam über Alfreds Lippen, und er dachte an das Gespräch mit seinem Onkel Oscar. Morgen würden sie sich wieder treffen, um weitere geschäftliche Angelegenheiten zu besprechen.

Alfred erhob sich und trat an das Fenster seines Hotelzimmers. Es gab immer mehr Automobile auf den Straßen, die ihn an selbstfahrende Droschken ohne Pferde erinnerten. Hupend, knatternd und stinkend überholten die kleinen Fahrzeuge die um ein Vielfaches langsameren Pferdekutschen. Alt und Neu lieferten sich nicht selten Wettrennen, die für Passanten gefährlich werden konnten.

Alfred sah auf seine Uhr. Es war schon halb sechs. Er verspürte Hunger und überlegte, ob er sich in der Restauration des Hotels ein Abendessen genehmigen sollte. *Vielleicht sollte ich vorher einen kleinen Spaziergang unternehmen, einfach loslaufen und sehen, wohin mich meine Füße tragen.* Das pulsierende Leben der Hauptstadt faszinierte ihn, denn es war nicht zu vergleichen mit seiner Kindheit in Stralsund und Elberfeld oder mit dem Leben in Köln.

Doch zunächst verspürte Alfred das Verlangen, seinen Eltern einen Brief zu schreiben. Es gab viel zu berichten, und er wollte ihnen unbedingt von dem geglückten Börsengang des Unternehmens erzählen. Alfred war stolz auf diesen Erfolg, denn so wollte er das Unternehmen seines Vaters für die Zukunft absichern. ›Stillstand ist Rückschritt‹, pflegte Leonhard Tietz immer zu sagen, wenn er neue Ideen ausbrütete. ›Und Rückschritt ist der erste Schritt in den Untergang.‹

Alfred trat an den Tisch am Fenster und holte den alten Reisesekretär seines Vaters hervor, den dieser ihm zur bestandenen Gesellenprüfung vermacht hatte. Ein schönes, symbolisches Geschenk, über das sich Leonhard sehr gefreut hatte, denn er war sich der Bedeutung des Sekretärs für seinen Vater durchaus bewusst. Nun war es nicht mehr lange hin, bis die nächste Generation das *Tietz* übernehmen würde, um den Konzern in die Zukunft zu führen. Alfred war sich dieser Verantwortung bewusst, und er war stolz auf das Vertrauen, das seine Eltern in ihn setzten. Auch sein Bruder Gerhard arbeitete bereits im Unternehmen, doch es würde noch ein Weilchen dauern, bis er reif genug war, um richtige Verantwortung zu übernehmen.

Alfred strich liebevoll mit den Fingerkuppen über das alte Holz des Sekretärs, setzte sich und klappte die Schatulle auf. Er entnahm ihr einen Briefbogen und den guten Stift, den er vor vielen Jahren noch von seinem Großonkel Hermann geschenkt bekommen hatte – um damit eines Tages viele Erfolg versprechende Verträge zu unterzeichnen, wie Onkel Hertie ihm zuversichtlich mit auf den Weg gegeben hatte.

Lange musste Alfred nicht nachdenken, was er den Eltern schreiben sollte, die Gedanken überschlugen sich in seinem Kopf. Die Miene flog fast wie von selbst über den Briefbogen.

Liebe Eltern,
endlich bin ich in Berlin.
Was ich heute Morgen aus dem Fenster meines Zimmers sehe, gefällt mir sehr gut. Breite Straßen, imposante Häuser, wogende Menschenmengen. Man braucht nicht lange die Berliner Luft zu atmen, um zu spüren, dass es eine besondere Stadt ist.
Mit Freuden kann ich Euch berichten, dass mein Treffen mit dem Makler von Erfolg gekrönt war. Ich bin guter Dinge, dass unser Plan dabei helfen wird, das Kaufhaus Tietz in eine glorreiche Zukunft zu geleiten. Bis es so weit ist, wünscht mir Glück für meine restliche Zeit in der schönen Hauptstadt.

Mit allerbesten Wünschen ins heimatliche Köln,
Euer Sohn Alfred

Zufrieden betrachtete er sein Werk, überflog kurz die wenigen Zeilen, dann faltete er den Briefbogen und fuhr säuberlich die Kanten mit Daumen und Zeigefinger nach, um das Papier dann in ein Kuvert zu schieben. Schwungvoll setzte er den Namen und die Anschrift seiner Eltern auf den Umschlag, klebte das Kuvert zu und erhob sich.

Es war spät geworden, und sein Magenknurren wurde langsam unerträglich. Rasch knöpfte er das Hemd wieder zu und zupfte seine Krawatte zurecht, dann schlüpfte er in das Jackett, nahm den Gehstock von der Stuhllehne und setzte sich den bastfarbenen Zylinder auf den Kopf. Kurz begutachtete er sein Spiegelbild, dann nahm er den Brief an seine Eltern und verließ das Zimmer.

Im Eingangsbereich des Hotels trat er an den edlen Tresen aus Mahagoni und betätigte die goldene Klingel. Das laute Geräusch lenkte die neugierigen Blicke der Gäste im Foyer auf Alfred, bevor ein Concierge aus einem Hinterzimmer trat, sich eilig die Dienstmütze zurechtrückte und den Gast nach seinen Wünschen fragte. Alfred schob ihm den Briefumschlag hin, bat um eine Briefmarke und darum, die Sendung noch heute aufzugeben, dann reichte er dem adrett uniformierten Jungen eine Münze als Trinkgeld, bevor er sich lässig an die Hutkrempe tippte und hinaus auf die Straße trat.

Nachdem er ein Stück gegangen war, fiel Alfred ein, dass er den Jungen vom Empfang nach einem empfehlenswerten Restaurant hätte fragen können. Doch er wollte nicht noch mal umkehren und beschloss, die Dinge einfach auf sich zukommen zu lassen. Er war gespannt, wohin ihn sein Weg führen würde, und genoss das quirlige Hauptstadtleben. Als ihm eine Frau in einem marineblauen Kleid entgegenkam, dachte er wieder an die junge Dame von heute Morgen. Diese hier sah ihr ähnlich, doch bei näherem Hinsehen erkannte er zu seiner Enttäuschung, dass sie es nicht war.

Als Alfred die Straßenseite wechseln wollte, wurde er vom Fahrer eines Kraftbusses angehupt. Der schnauzbärtige Mann hinterm Steuer schimpfte ungestüm und drohte Alfred mit erhobener Faust. Entschuldigend lüftete Alfred seinen Zylinder, dann rollte der Doppelstockbus an ihm vorbei.

Kapitel 8

»Café Monopol – bester Treffpunkt Berlins«, verkündeten schwungvolle Lettern über dem Eingang eines mondänen Hauses.

Margarete stand auf der gegenüberliegenden Straßenseite und wartete auf ihre Jugendfreundin.

Kurz überlegte Margarete, ob Jule sich auch nur eine heiße Schokolade in diesem vornehmen Schuppen würde leisten können. Was man als Ladenmädchen wohl verdienen mochte? Sie nahm sich vor, Jule lieber nicht danach zu fragen. Sicher wäre es indiskret gewesen. Jule kam aus einer einfachen Arbeiterfamilie, die in einem Viertel lebte, das direkt neben den Fabriken lag. Auch Margarete war dort aufgewachsen. Die neue Wohnung in einer der Mietskasernen am Prenzlauer Berg hatten ihre Eltern erst vor wenigen Jahren bezogen.

Zum Glück habe ich ihr schon versprochen, sie einzuladen, erinnerte sich Margarete. *So wird sie nicht in Verlegenheit kommen*. Während sie ihren Gedanken nachhing, betrachtete sie die Fassade des Cafés. Der Eingangsbereich wurde von zwei monumentalen roten Granitsäulen flankiert. Ein etwa hüfthoher, schmiedeeiserner Zaun trennte den Bürgersteig vom Außenbereich des Cafés, in dem tagsüber die Gäste im Freien Platz nehmen konnten. Um diese Zeit waren die Tische jedoch verwaist, dafür herrschte drinnen viel Betrieb, wie Margarete durch die beiden großen Fensterscheiben rechts und links des Eingangs erkennen konnte.

»Da biste ja!« Gut gelaunt war Jule auf der Bildfläche erschienen. Sie hatte sich hübsch gemacht, das blonde Haar war ordentlich frisiert, und sie trug eine frische Bluse. Der Hut auf ihrem Kopf saß schief, aber dafür passte er zu ihrer fliederfarbenen Bluse. »Denn mal los.«

Margarete umarmte ihre Freundin zur Begrüßung. Sie war gespannt auf das, was Jule aus ihrem Leben zu berichten hatte. »Ja, auf geht's! Allzu viel Zeit habe ich aber leider nicht, weil ich heute Abend noch arbeiten muss.«

»Wat machste denn?«

»Ich helfe Menschen ohne Wohnung, versorge sie in der Volksküche des *Vaterländischen Frauenvereins* mit Essen und biete ihnen ein Bett in einer Einrichtung im Scheunenviertel an.«

»Wie ehrenhaft.« Jule schenkte ihr ein anerkennendes Lächeln.

»Es gibt mir ein gutes Gefühl, armen Menschen zu helfen«, erklärte Margarete.

Sie hakte sich bei der Freundin unter und führte sie in das vornehm eingerichtete Café. Ehrfürchtig blickte Jule sich um. »Ist det schön hier«, staunte sie und bekam von den neugierigen Blicken zweier Herren, die im Eingangsbereich an einem Tisch saßen, nichts mit. Nur Margarete schenkte ihnen ein höfliches Lächeln.

»Richtig mondän der Schuppen, wa?«

»Ja«, lachte Margarete, »richtig mondän, so, wie es sich für zwei junge Damen wie uns gehört.« Kichernd zogen sie weiter durch das Lokal. Von einem fülligen Ober im weißen Hemd ließen sie sich zu einem Tisch gleich am Fenster führen. Nachdem er sie nach ihren Wünschen befragt hatte, zog er sich dezent zurück, und endlich konnten die Freundinnen ungestört plaudern.

»Also«, begann Margarete, »wie geht es dir?«

»Unkraut verjeht nich«, sagte Jule und winkte ab. »Nee, im Ernst: Ick komm durch, bin froh, beim Tietz zu arbeeten und meen eijenes Jeld zu verdienen.«

»Das glaube ich.« Margarete zögerte kurz, dann fragte sie die alte Freundin nach ihren Eltern.

»Beede tot«, sagte Jule leichthin. »Vater hat sich totjesoffen, und Mutter ist mit so einem ollen Macker durchjebrannt, irjendwann wurde sie krank und ist ooch jestorben. Ejal. Det Leben jeht weiter, wa?«

Margarete wusste, dass Jule ihren Eltern nie besonders nahegestanden hatte.

»Und was ist das für eine abenteuerliche Geschichte mit diesem John, der dir den Kopf verdreht hat?«, fragte sie.

»Hör mich bloß uff mit dem!« Jule hatte lauter gesprochen als beabsichtigt und erntete prompt missbilligende Blicke von den Gästen am Nebentisch. Peinlich berührt senkte Jule ihre Stimme und berichtete Margarete von ihrem neuen Liebhaber, der offenbar immer die gleiche Masche benutzte, um Frauen in sein Bett zu bekommen. Und Margarete hing gebannt an den Lippen der Freundin. Sie traute ihren Ohren kaum und fühlte sich plötzlich elend. Als Jule geendet hatte, räusperte sie sich und sagte: »So etwas ist mir auch passiert. Heute erst.« Stockend berichtete sie Jule von ihrer Begegnung mit dem attraktiven Warenhausdetektiv. Mit jedem Satz wurden Jules Augen größer.

»Nee, oder?«

»Doch«, entgegnete Margarete. »Ich bin auf ihn hereingefallen, aber seltsamerweise hatte er es plötzlich eilig, zu verschwinden.«

»Det hatta bei mir nich jemacht. Ick Idiotin bin zu ihm nach Hause jejangen.« Eine Zornesfalte stand auf Jules Stirn. »Det is' seine Masche, Grete! So schleppt der reihenweise Frauen ab.«

Allzu gern hätte Margarete ihr widersprochen, doch ihre Freundin schien recht zu haben. Sie spürte Wut in sich aufkeimen, weil sie auf den attraktiven Mann hereingefallen war. »Wie konnte ich nur …?« Sie schlug sich mit der flachen Hand vor die Stirn. »Aber er klang nicht wie ein Amerikaner, sondern hat akzentfreies Deutsch gesprochen«, bemerkte sie zögerlich.

»Det mit dem Amerikanisch war een Trick«, vermutete Jule, »um mich leichter um den Finger zu wickeln. Und ick bin ooch druff reinjefallen.«

Die Stimme ihrer Jugendfreundin drang wie durch Watte an Margaretes Ohren, ihre Gedanken kreisten um den geheimnisvollen Mann aus dem Kaufhaus. *Wer bist du?*, fragte sie sich und schrak erst aus ihren Überlegungen hoch, als der Ober mit ihren Bestellungen an den Tisch zurückkehrte.

Kapitel 9

An diesem Abend stand Flora lange vor dem Spiegel im Schlafzimmer ihrer Stadtvilla, um sich das von grauen Strähnen durchwobene Haar zu bürsten. Im Spiegelbild sah sie Leonhard, der bereits im Bett lag. Er hatte sich das Kopfkissen in den Nacken geschoben und beobachtete sie mit einem feinen Lächeln.

»Was schaust du einer alten Frau bei der Abendtoilette zu?«, fragte Flora ein wenig spöttisch, während sie die Bürste zur Seite legte und damit begann, sich einen Zopf zu flechten.

»Du bist immer noch wunderschön, Bella.« Seine Stimme klang seidenweich, in seinen Augen lag nach all den Jahren immer noch dieselbe bedingungslose Liebe. »Und unheimlich klug. Ohne dich wäre es mir nie gelungen, den Konzern aufzubauen. Mit dir an meiner Seite bin ich unschlagbar.«

»Nun hör schon auf«, rief Flora lachend. »Es war nicht immer so leicht, wie du es klingen lässt.«

»Das ist allerdings wahr.« Sein Lächeln verblasste. Er dachte an den Besuch von Floras Bruder Max. »Und es scheint, als gäbe es gerade neue Probleme, die wir durchaus ernst nehmen sollten.«

Flora erhob sich, tappte barfuß zum Fenster und öffnete es, um die Nacht über frische Luft hineinzulassen. »Was sind das für Probleme, Leo?«, fragte sie, als sie zu ihm unter die Bettdecke kroch und sich an ihn schmiegte.

Liebevoll legte er einen Arm um ihre Schultern und hauchte ihr einen Kuss auf das Haar. »Die kleinen Händler in Elberfeld wollen den Neubau mit aller Kraft verhindern.« Es schien ihm zu widerstreben, geschäftliche Probleme so kurz vor dem Einschlafen zu besprechen, doch offenbar trieb ihn das Thema um. Flora sah zu ihm auf. Sein Gesicht war von Sorge gezeichnet. »So schlimm?«

Er nickte. »Allerdings. Max hat mich heute aufgesucht. Er ist ratlos, da niemand der Geschäftsleute verkaufen will. Wir benötigen ihre Grundstücke aber, um dort den Neubau zu errichten.«

»Du hast mir gar nichts davon erzählt, dass mein Bruder heute in Köln war«, sagte Flora ein wenig vorwurfsvoll.

»Er war in Eile und wollte auch nicht über Nacht bleiben«, erklärte Leonhard ihr. »Ich wusste spontan gar nicht, was für eine Lösung ich ihm mit auf den Weg geben könnte.«

»Lass mich raten«, sagte Flora leise, während sie ihre Fingerspitzen über seine Brust kreisen ließ, »du hast Max gesagt, dass du erst mit mir darüber sprechen musst, um eine Entscheidung zu treffen, richtig?«

»Na ja, so ungefähr«, gab Leonhard zu. »Ich habe geantwortet, dass du sicher eine gute Idee haben würdest.«

Flora stemmte sich ein Stück hoch und stützte ihr Kinn in den Händen. »Ihr habt den Geschäftsleuten schon ein gutes Angebot gemacht, oder?«

»Selbstredend.«

»Aber sie wollen nicht verkaufen, weil sie die Konkurrenz fürchten.« Flora überlegte kurz. »Uns fällt sicher etwas ein, wie wir den Neubau in die Tat umsetzen können, ohne die kleinen Händler in ihrer Existenz zu bedrohen. Es ist genug Kaufkraft für alle da.«

»Es wäre unverzeihlich, sie ihrer Lebensgrundlage zu berauben«, stimmte Leonhard ihr zu. Er streckte die Hand aus und tastete nach dem Schalter der kleinen Nachttischlampe. Im Dunkeln ließ Flora sich in die Kissen zurücksinken. »Aber jetzt schlafen wir erst einmal darüber.«

Leonhard nickte. »Und morgen, wenn wir ausgeschlafen haben, fällt uns ganz sicher etwas ein.«

»Mir fällt schon etwas ein«, verbesserte sie ihn mit gespielter Strenge. Er lachte leise.

Es dauerte nicht lange, bis ein leises Schnarchen davon kündete, dass Leonhard eingeschlafen war. So blieb ihm auch verborgen, dass Flora noch eine ganze Weile wach lag und über eine Lösung für ihr Problem nachdachte.

*

Alfred ließ es sich im Römer-Keller an der Leipziger Straße gut gehen. In dem Schanklokal hatte er üppig gegessen und sich danach einen edlen Tropfen gegönnt. Während er an dem rubinroten Wein nippte, beobachtete er die Gäste an den anderen Tischen, die sich lautstark unterhielten und keine Notiz von ihm nahmen. Sie lachten ausgelassen und sprachen über Politik und das neue Varieté-Theater am Belle-Alliance-Platz, das in Kürze eröffnet werden sollte.

In Momenten wie diesem fühlte sich Alfred immer etwas einsam. Dann beneidete er seinen Vater, den seine Mutter so oft wie möglich auf Geschäftsreisen begleitet hatte.

Wie gern hätte Alfred nun auch eine Frau an seiner Seite gehabt. Manchmal arbeitete er einfach zu viel. Seine Mutter hatte sich schon oft bei ihm erkundigt, wie es denn mit dem Heiraten aussah. Doch stets war er dieser Frage ausgewichen. »Die Richtige wird schon kommen, Mutter«, pflegte er in solchen Momenten immer zu sagen.

Wie schön wäre es, wenn er die Richtige schon getroffen hätte und sie in diesem Moment bei ihm sein könnte. Alfred seufzte. Er winkte dem Kellner und bat um die Rechnung. Morgen würde wieder ein anstrengender Tag werden, es war Zeit, ins Bett zu kommen.

Alfred legte ein paar Geldscheine auf das silberne Tablett, das ihm der Kellner mit der Rechnung brachte, leerte sein Weinglas und genoss die fruchtigen Aromen, bevor er sich den Mund an der Stoffserviette abwischte und das Lokal verließ.

Draußen war er versucht, für den Heimweg eine Droschke zu nehmen, entschied sich dann aber dagegen. Der Abend war wunderbar mild und ein kleiner Spaziergang würde ihm nach dem reichhaltigen Essen sicher nicht schaden. Wieder erfreute er sich am Großstadtleben, das trotz später Stunde nicht zu ruhen schien. Verliebte Paare in feinen Kleidern zogen an ihm vorüber, ebenso wie angetrunkene Halbstarke auf dem Weg zur nächsten Schankwirtschaft. An so mancher Straßenecke sah er Menschen in ärmlicher Kleidung, die um Geld bettelten. Es war eine Stadt der Gegensätze. Alfred genoss die vielen verschiedenen Eindrücke. Er klemmte sich seinen Gehstock unter den Arm, versenkte die Hände in den Taschen und schlenderte zurück in Richtung des Hotels.

Dabei ging ihm die junge Frau, der er am Morgen begegnet war, einfach nicht aus dem Kopf. Wer war sie? Wie, um Himmels willen, konnte sie so unglaublich schön sein und ihn vom ersten Augenblick an verzaubern? Je länger er über sie nachdachte, umso sicherer wurde er: Er musste sie wiedersehen, koste es, was es wolle.

*

Jule schien nicht bemerkt zu haben, dass ihre Freundin einen Moment lang in Gedanken versunken gewesen war. »Erzähl ma, was treibst du so?«, fragte sie munter.

Margarete nippte an ihrer heißen Schokolade. »Ich habe die höhere Töchterschule besucht, anschließend eine pädagogische Ausbildung gemacht und soziale Arbeit studiert. Jetzt bin ich Lehrerin und fange morgen meine erste richtige Stelle an, in einer Armenschule. Ich bin wahnsinnig gespannt auf diese Aufgabe. Während meiner Freizeit arbeite ich beim *Vaterländischen Frauenverein* in der Küche, um denen zu helfen, die sich sonst keine warme Mahlzeit leisten könnten.«

»Det hatteste erwähnt. Echt nobel von dir«, sagte Jule.

»Ich helfe gerne denen, die nicht so viel Glück im Leben haben.«

»So wie icke?«

»Nein.« Margarete lachte. »Du arbeitest im Warenhaus und verdienst dort dein eigenes Geld, Jule.

»Viel Jeld is det nich.«

»Aber du bist in der Lage, dich um dich selbst zu kümmern.«

»Det stimmt. Wobei – allet kann ick mir nich leisten. Wie die Corsage, die John mir jekooft hat.«

Margaretes Gedanken kehrten schlagartig zu dem mysteriösen Fremden zurück. »Erzähl mir noch mal die ganze Geschichte über diesen John«, forderte sie die Freundin auf.

»Na, er war so ’n Kerl, der mich wohl jesehen hat, wie ick mit der Corsage jeliebäugelt hab. Plötzlich stand er hinter mir und hat jesagt, er würd mir det Ding koofen, wenn ick es für ihn trag.«

Margarete konnte nicht umhin, erneut die unheimliche Ähnlichkeit zu ihrem eigenen Erlebnis vom Morgen zu bemerken. Auch sie war von einem fremden Mann gebeten worden, ein sündhaft teures Kleidungsstück anzuziehen, in das sie sich verguckt hatte.

»Und wie«, sagte sie heiser, »sah der Mann aus?«

»Jut, viel zu jut für diese Welt.« Jule lachte, doch es klang ein wenig traurig. »Und nett war er ooch. Aber det Spiel hat er mit einer Kollejin ooch gemacht. Und sie is prompt mit ihm in der Kiste jelandet, jenau wie icke.«

Margarete schloss für einen Moment die Augen. Handelte es sich um den gleichen Mann?

»Die Nacht zusammen, ick muss schon sajen …« Sie schnalzte mit der Zunge. »Det war schön.«

»Und?« Margarete sah ihre alte Freundin erwartungsvoll an.

»Jut waret, aber det machtet nich besser, dat ick nich die eenzje Frau war, die er so in sein Bett jequatscht hat.«

»Der Mann, den ich getroffen habe, war auch unglaublich charmant«, erinnerte sich Margarete an die Begegnung mit dem Fremden.

»Meenste, det war ooch der John?«

»Nein, ich glaube nicht«, sagte Margarete langsam, und spürte, wie sich Erleichterung in ihr ausbreitete. »Was du mir erzählt hast, passt irgendwie nicht zu ihm, zumal er im *Tietz* arbeitet.«

»Wat? Een Kollege hat dich anjesprochen?«

Margarete zuckte die Schultern. »Er sagte, er sei im *Tietz* der Warenhausdetektiv.«

»Det is jut.« Jule lachte wiehernd. »Een Warenhausdetektiv!«

»Was ist daran lustig?« Margarete schielte unauffällig zu den Nachbartischen herüber. Immer wieder ernteten sie pikierte Blicke, wenn Jule zu laut wurde.

»Na es jibt jar keen Detektiv bei uns. Aber die Idee find ick jut, det werd' ich dem ollen Tietz ma' vorschlagen.« Jule kicherte.

Margarete spürte, wie sie blass wurde. Wer zum Teufel hatte sie dann am Morgen im Geschäft angesprochen, um sie zu dieser eigenartigen Anprobe zu überreden? War sie etwa doch auf einen Hochstapler hereingefallen? Aber warum war er dann so plötzlich verschwunden? Hatte er vielleicht kalte Füße bekommen, weil er befürchten musste, aufzufliegen? Nachdem er seine Masche offenbar schon mehrmals im *Tietz* durchgezogen hatte? Eine andere Erklärung für sein plötzliches Verschwinden wollte ihr beim besten Willen nicht einfallen.

*

Alfred verspürte plötzlich große Lust auf ein kühles Bier. Er blieb vor dem Café Monopol stehen, das ihm beim Gehen ins Auge gefallen war. Auf einem Schild warb man für den Ausschank von frischem Bier. So zögerte er nicht lange und trat ein. Das Innere wirkte allerdings nicht wie ein Ort, an dem Bier ausgeschenkt wurde. Große Spiegel an den Wänden sorgten dafür, dass der Raum größer wirkte, als er tatsächlich war. Die hohe, mit opulentem Stuck verzierte Decke wurde von denselben rötlich schimmernden Granitsäulen gestützt, die auch den Eingang des Cafés flankierten. Reich verzierte Holzstühle vor Tischen mit runden Marmorplatten bildeten Ensembles, die zum Verweilen einluden. An den Stützsäulen und an der Decke gab es elektrische Lampen, die in der einsetzenden Dunkelheit für einen heimeligen Lichtschein sorgten. Akkurat gekleidete Kellner liefen zwischen den Tischen hin und her, um den Gästen ihre Wünsche von den Augen abzulesen.

Alfred zuckte zusammen, als er an einem der Fenstertische zwei Frauen sitzen sah, die in ein intensives Gespräch vertieft waren. Er erkannte eine der beiden, und sein Herz vollführte einen Freudensprung. Es war die junge Dame, die er dazu hatte überreden können, ein hochwertiges Kleid für ihn anzuprobieren. Er war von ihrem Anblick begeistert gewesen, doch dann war ihm eingefallen, dass er mit seinem Onkel verabredet war, und er war Hals über Kopf davongestürmt.

Seit dieser kurzen, aber intensiven Begegnung war sie ihm nicht mehr aus dem Kopf gegangen. Und nun saß sie hier im Café, genau vor seiner Nase. Manchmal gab es eigenartige Fügungen im Leben. Und vielleicht war es ja Schicksal, dass er ihr hier erneut begegnete. Doch er war sich durchaus darüber im Klaren, dass die unbekannte Schönheit nicht die beste Meinung von ihm haben dürfte, so rüpelhaft, wie er sie hatte stehen lassen.

Eine zweite Chance, sie näher kennenzulernen, wollte er sich auf keinen Fall entgehen lassen, doch diesmal musste er es richtig angehen, und der jetzige Augenblick schien ihm unangebracht. Immerhin war sie in Gesellschaft, und er hatte nicht vor, sie mit seinem Interesse zu überfallen. Es galt, sich einen Plan zurechtzulegen und einen geeigneten Augenblick abzuwarten.

In der Ecke entdeckte er einen großen Tresen, an dem tatsächlich Bier ausgeschenkt wurde. Alfred trat näher und wurde mit einer freundlichen Verbeugung des Obers begrüßt. »Guten Abend, der Herr. Wünschen Sie zu speisen?«

»Ich habe bereits zu Abend gegessen, aber etwas trinken würde ich sehr gern«, erklärte Alfred ihm höflich, während an dem Mann vorbei zum Fenster sah. Er trat bewusst einen Schritt zur Seite, so dass sie ihn nicht erblicken konnte. Er beobachtete sie so unauffällig wie möglich. Sie und ihre Begleiterin unterhielten sich immer noch angeregt und schienen von ihrem Umfeld nicht viel mitzubekommen.

Dem Ober schien das eigenartige Verhalten seines Gastes nicht aufzufallen. »Darf ich Sie zu einem Tisch führen?«

»Nein, danke«, erwiderte Alfred schnell. »Wenn es recht ist, würde ich die Wahl des Tisches gern selbst treffen.«

»Selbstredend, der Herr.« Das Lächeln des Obers erreichte nun nicht mehr seine Augen. Es war ihm anzusehen, dass er so viel Selbstbestimmung für unschicklich hielt. Doch er blieb bei seinen tadellosen Manieren. »Entscheiden Sie gerne, wonach Ihnen ist.«

Während Alfred sich noch bei ihm bedankte, betrat ein Paar mittleren Alters das Café, um das sich der Ober nun kümmern musste. Alfred war das nur recht, denn so konnte er sich in Ruhe einen Tisch suchen, der vom Fenster aus nicht zu sehen war. Er wählte einen kleineren Zweiertisch neben einer der Säulen, hinter der er sich gut verstecken konnte. Von hier aus konnte er die jungen Frauen beobachten, ohne selbst aufzufallen.

Kapitel 10

Im Esszimmer der Villa am Wannsee herrschte Schweigen. Nur das leise Klappern des Bestecks auf dem Meißener Porzellan durchschnitt die Stille. Ein Dienstmädchen hatte mit der hereinbrechenden Dämmerung unzählige Kerzen angezündet, die einen festlichen Glanz abgaben, der sich hundertfach in dem silbernen Besteck spiegelte und huschende Schatten an die tapezierten Wände warf. Die Herrin des Hauses mochte es nicht, wenn beim Abendessen das elektrische Licht brannte, das war ihr zu grell. Nun war das Dienstmädchen damit beschäftigt, den Nachtisch vorzubereiten, und hielt sich dabei dezent im Hintergrund.

»Heute hat mir Alfred einen Besuch abgestattet.« Oscar Tietz saß am Kopf des großen Tischs. Er aß genussvoll seinen Braten und trank dazu ein Glas Merlot.

»Welch eine Überraschung«, fand seine Frau Betty, die neben ihm saß. Zu ihrer Linken und ihr gegenüber saßen die Kinder – Georg, Martin und Elise. Die beiden Jungen interessierten sich bereits für das väterliche Unternehmen, doch sie leisteten Vaters Wunsch Folge, zunächst alles von der Pike auf zu erlernen. Auch Elise strebte eine Kaufmannslehre im *Warenhaus Hermann Tietz* an und konnte es kaum erwarten, die Schule abzuschließen. Dreizehn Jahre war sie nun, und bereits im kommenden Jahr würde sie mit der Lehre beginnen. Die Lehrstelle hielt ihr Vater schon jetzt für sie frei.

»Wie geht es Alfred?«, fragte Betty. »Ich habe ihn schon seit einer Ewigkeit nicht mehr zu Gesicht bekommen. Zuletzt beim großen Familientreffen, glaube ich.«

Oscar legte das Besteck beiseite und tupfte sich den Mund an der Serviette ab. »Gut, denke ich. Er hat vor Kurzem von Leonhard Prokura erhalten. Damit ist er befugt, eigenständig Geschäfte für die Firma Leonhard Tietz abzuschließen, ohne meinen Bruder um Erlaubnis fragen zu müssen.«

»Ich wünsche, es wäre bei mir auch bald so weit«, bemerkte Georg seufzend. »Die Schule ist langweilig, ich kann es kaum erwarten, richtig zu arbeiten.«

»Dein Cousin ist sechs Jahre älter als du«, gab Betty zu bedenken und wandte sich dann wieder an ihren Mann. »Was macht Alfred in Berlin?«

»Er hat Aktien zeichnen lassen.« Oscar lehnte sich zurück und blickte von einem zum anderen. »Übrigens war er sehr angetan von unseren Automobilen, die jetzt die Lieferdienste übernehmen.«

»Gibt es bei deinem Bruder keinen Fuhrpark?«, fragte Betty ein wenig überrascht.

»Nein, offenbar ist Leo noch nicht auf diese Idee gekommen.«

Betty sah zu Georg hinüber. »Vielleicht solltest du für eine Weile nach Köln gehen, um zu sehen, wie dein Onkel seine Warenhäuser führt.«

»Warum sollte er das tun?«, fragte Oscar überrascht. »Ich brauche ihn hier, es gibt allein in Berlin drei Warenhäuser zu führen.«

Betty ließ sich nicht beirren. »Du sagtest gerade selbst, dass dein Neffe sehr angetan war von unseren Automobilen.«

»Ich fürchte, ich verstehe nicht, worauf du hinauswillst, Liebes.« Oscar legte die hohe Stirn in Falten.

»Leonhard leitet Warenhäuser, so wie du es auch tust. Sicher könnte Georg einiges bei ihm lernen.«

Oscar schürzte pikiert die Lippen. Sein Sohn sollte woanders mehr lernen können als bei ihm? Immerhin war er stolzes Gründungsmitglied des *Verbandes Deutscher Waren- und Kaufhäuser*, der sich standhaft gegen die ständig steigende Warenhaussteuer wehrte und gemeinsame Einkaufsmöglichkeiten erschloss.

Georgs Augen dagegen leuchteten vor Aufregung. Ihm war anzusehen, dass er der Vorstellung, für eine Zeit im Rheinland zu leben, durchaus etwas Positives abgewinnen konnte.

»Was sollte unser Sohn dort mit auf den Weg bekommen, was er nicht auch hier lernen kann?« Oscar nahm sein Besteck, um weiter zu essen. Es wäre jammerschade, wenn der Braten über das ärgerliche Gespräch kalt wurde.

»Jeder von euch Brüdern ist anders in seiner Art, ein Unternehmen zu führen, und Georg könnte sich sicher einige Kniffe von Leonhard abschauen. Außerdem kauft ihr schon zusammen bei den Herstellern ein und bietet der Kundschaft ein sehr ähnliches Sortiment an – dann könnt ihr doch auch versuchen, voneinander zu lernen, um gemeinsam zum Erfolg zu kommen.«

Oscar lachte amüsiert. »Also über mangelnden Erfolg können wir wahrlich nicht klagen, das wäre Jammern auf höchstem Niveau.«

»Stillstand ist Rückschritt«, erwiderte Betty, »sagst du das nicht immer selbst?« Die kupferroten Haare trug sie zu einem Knoten gebunden hinter dem Kopf. Die Frisur ließ ihr apartes Gesicht schmaler und strenger wirken, als es tatsächlich war. »Georg könnte durchaus etwas von deinem Bruder lernen.«

»Du hast wie immer recht, Liebes.« Oscar gab sich geschlagen. Vielleicht, so überlegte er, war die Idee seiner Frau wirklich nicht schlecht. Es konnte Georg nicht schaden, bei Leonhard in die Lehre zu gehen. Oder ihm wenigstens ein paar Wochen lang über die Schulter zu blicken. Sicher machte Leonhard in Köln einige Dinge anders als er. Oscar wandte sich an seinen Sohn. »Wie denkst du darüber, Georg?«

Georg, ein ruhiger Zeitgenosse, der trotz seiner jungen Jahre viel Zeit mit Büchern verbrachte, nickte begeistert. »Ich bin einverstanden, Vater – das heißt, wenn du mich hier entbehren kannst.«

Oscar sah seinem Sohn an, dass er es kaum abwarten konnte, in die weite Welt aufzubrechen. Und sicher würde die Zeit in Köln dazu beitragen, Georg auf Oscars Nachfolge vorzubereiten. Schon seit Ewigkeiten schwärmte Betty ihm von einer Reise nach Indien vor, doch bisher war an einen längeren Urlaub nicht zu denken gewesen. Vielleicht würde sich das ja in absehbarer Zeit ändern. Ein äußerst verlockender Gedanke.

Kapitel 11

»Ich werd verrückt, da ist er!« Margarete presste sich vor Schreck die Hand aufs Herz. Sie hatte den schönen Fremden an einem der Nebentische des Café Monopol entdeckt. Er war halb verborgen hinter einer Säule und schien sie noch nicht bemerkt zu haben.

»Watt?«, fragte Jule verwirrt, ihre Stimme wieder viel zu laut. »Wer is hier? Wen meenste denn?« Sie wandte sich um und blickte suchend durch den Raum.

»Der Mann von heute Morgen«, raunte Margarete ihr zu. »Der, für den ich das Kleid angezogen habe.«

»Wo denn?« Jule drehte den Kopf hin und her und blickte zu den Nachbartischen.

»Jule«, zischte Margarete, »nicht so auffällig – bitte!« Jule murmelte eine Entschuldigung und sah sich etwas dezenter nach dem attraktiven Mann um. Margarete verdeckte ihr Gesicht so mit der Hand, dass er sie nicht auf Anhieb erkennen konnte, wenn er in ihre Richtung sah, und zeigte verstohlen auf seinen Tisch.

»Du musst ihn ansprechen«, flüsterte Jule. »Sofort! Klär det von heute Morjen!«

»Auf gar keinen Fall. Ich werde nicht auf seine billige Masche reinfallen.«

»Aber det is nich der John«, erwiderte Jule.

»Nein?« Margarete kämpfte um ihre Fassung, sie wusste nicht, ob sie sich freuen oder ärgern sollte. Also war ihr Fremder nicht der Schürzenjäger, der Jule verführt hatte. Aber sollte sie ihn ansprechen? Einen Wildfremden, einfach so?

Jule schielte immer noch über die Schulter zu dem Mann hinüber.

»Ick gloobe, det … nee, oder?« Als sie sich wieder zu Margarete umsah, war ihr Gesicht blass. »Det is nich deen Ernst.«

»Was meinst du?«, fragte Margarete. »Kennst du den Mann?«

»Und ob. Ick hab neulich erst een Foto von der janzen Sippschaft gesehen.« Jule beugte sich weit zu Margarete hinüber und wisperte: »Det is der Tietz junior höchstpersönlich.«

Kapitel 12

Flora wusste nicht, wie lange sie schon hellwach neben Leonhard lag und seinen gleichmäßigen Atemzügen lauschte. Die Nacht war sternenklar, und der Mond warf sein kaltes Licht von außen gegen die bodenlangen Vorhänge am Fenster. Womöglich lag es auch am Vollmond, weshalb Flora in dieser Nacht nicht zur Ruhe kam. Ihre Gedanken kreisten um das Gespräch mit Leonhard.

Er war offenkundig besorgt, weil die Geschäftsleute in Elberfeld den Neubau verhindern wollten. Sie wusste, wie sehr er an dem Vorhaben hing, wie viele Mühe und Herzblut er schon in die Planung investiert hatte. Einige Jahre lang hatten sie in Elberfeld gelebt, und ihm war die quirlige Stadt an der Wupper ans Herz gewachsen. Dass er ausgerechnet dort nun nicht bauen konnte, lag ihm sicher schwer im Magen.

Ihr Leo war ein fröhlicher Mensch, der immer die guten Seiten des Lebens sah, der die Musik über alles liebte, sich für Tanz und Theater interessierte und der es immer allen Menschen recht machen wollte. Mit seiner freundlichen, besonnen Art schaffte er es, die Herzen seiner Mitmenschen zu erreichen. Dass sich nun alles gegen ihn verschworen hatte, machte ihm zu schaffen. Schon immer hatte das Geschäftsleben auch schwere Zeiten mit sich gebracht, doch sie hatten immer einen Weg gefunden. *Warum sollte es also diesmal anders sein?*, dachte Flora.

Sicher gab es Möglichkeiten, die ansässigen Händler aus ihren Häusern zu vertreiben, doch so etwas lag ihnen nicht. Sie würden es nicht übers Herz bringen, die Geschäfte schließen zu lassen, um an die dann leer stehenden Gebäude zu kommen, sie abreißen zu lassen und an deren Stelle das neue *Tietz*-Warenhaus zu errichten. Es musste eine andere Möglichkeit geben. Nur wollte Flora in dieser Nacht keine Lösung einfallen.

Als sie einen leichten Durst verspürte, erhob sie sich vorsichtig und gab Acht, ihren Mann nicht zu wecken. Doch Leonhard hatte einen tiefen Schlaf. Er drehte sich lediglich auf die andere Seite und schnarchte weiter. Lächelnd schob Flora die Bettdecke fort und stieg aus dem Bett. Sie schlüpfte in ihre Filzpantoffeln und warf sich den Morgenmantel über. Nachdem sie einen letzten, prüfenden Blick auf Leo geworfen hatte, huschte sie aus dem Schlafzimmer.

Kurz verharrte sie im dunklen Flur des oberen Stockwerks. Im Haus herrschte eine friedliche Stille, die nur vom monotonen Ticken der Standuhr in der Eingangshalle durchbrochen wurde. Als sie im Halbdunkel den Korridor durchschritt und zur Treppe ins Erdgeschoss kam, fiel ihr auf, dass sie sich im Haus blind zurechtfand. Es fühlte sich gut an, endlich in der Villa Tietz angekommen zu sein und es ihr Zuhause nennen zu können.

Auf dem Weg zur Küche kreisten ihre Gedanken weiter um das neue *Tietz*. Und plötzlich hatte sie eine Idee.

*

Natürlich hatte Alfred längst mitbekommen, dass die beiden Damen am Fenster ihn bemerkt hatten. Auffällig unauffällig tuschelten sie miteinander und sahen immer wieder zu ihm herüber. Er tat, als würde er nichts davon mitbekommen, und genoss das eiskalte Bier, das ihm der Ober vor wenigen Minuten an den Tisch gebracht hatte.

Ab und zu warf er dann scheinbar zufällige Blicke in ihre Richtung, und es bereitete ihm eine diebische Freude, die Frauen zu beobachten, die offenbar nicht wussten, wie sie mit der Situation umgehen sollten. Immer, wenn sich ihre Blicke trafen, nickte er den beiden freundlich zu, hob sein Glas und prosteten ihnen zu. Die schöne Frau von heute Morgen errötete und wandte den Blick ab.

*

Vergeblich kämpfte Margarete gegen den Sturm der Gefühle an, der in ihr tobte. Der Fremde gefiel ihr immer noch ausnehmend gut. Aus Jules Erzählungen wusste sie nun aber, was Männer damit bezweckten, wenn sie wildfremden Frauen hübsche Kleider schenkten. Damit wollten sie sich Liebe erkaufen, wenn auch nur für eine Nacht. Und dass der Mann, den Jule als Tietz junior bezeichnet hatte, genügend Geld hatte, um Frauen mit luxuriösen Kleidern zu beglücken, daran bestand kein Zweifel.

Nie zuvor hatte sie einen Gedanken daran verschwendet, dass Männer zu solch niederträchtigen Taten in der Lage waren. *Mein Gott, wie naiv ich doch war.*

Andererseits bezweifelte Margarete, dass es ein Mann wie er nötig hatte, sich auf diese Weise Zuneigung zu erkaufen. Sie war sicher, dass er genügend attraktive Verehrerinnen hatte, auch ohne dass er ihnen einen teuren Fummel schenken musste.

»Und nu?«, riss sie Jules Stimme aus ihren Gedanken. »Was willste machen?« Ihre Freundin grinste. »Ick meen, er sieht doch janz jut aus.«

»Ich weiß nicht, ich …« Margaretes Gedanken rasten durch ihren Kopf, und der Fluchtinstinkt wurde immer stärker. Als der Ober an ihrem Tisch vorbeikam, bat sie ihn hastig um die Rechnung.

*

Als Alfred sich das nächste Mal zu den Frauen am Fenster umsah, erhob sich eine der beiden. Mit einem lauten Schaben von Holz auf

Holz schob sie ihren Stuhl an den Tisch, raunte ihrer Freundin etwas zu und rauschte mit gesenktem Kopf an ihm vorbei.

Völlig verdattert saß Alfred einen Moment lang da und starrte auf die Tür, durch die sie verschwunden war. Sicher war es ein Wink des Schicksals gewesen, dass sie sich wiedergetroffen hatten. Vom ersten Augenblick an hatte ihn die junge Frau interessiert. Nicht nur, weil sie so hübsch war – sie besaß eine besondere Ausstrahlung, die er ungemein faszinierend fand. Da waren außerdem ihre sanfte Stimme und die Güte in ihrem Blick, die ungläubige Bescheidenheit, als er sie gebeten hatte, das Kleid anzuziehen.

Wäre da nicht das Treffen mit Onkel Oscar gewesen, hätte er sie bestimmt nicht so mir nichts, dir nichts zurückgelassen. Jetzt schämte er sich für sein rüpelhaftes Verhalten. Doch nun war es zu spät, um sich zu entschuldigen. Sie war fort.

Alfred ärgerte sich, dass er nichts über sie wusste. Nicht einmal ihren Namen kannte er. Kurz war er versucht, die andere, allein am Tisch zurückgebliebene Frau nach ihrer Freundin zu fragen, doch so etwas gehörte sich nun wirklich nicht. Er musste sein Glück – und seine Beine – also selbst in die Hand nehmen. Als er eilig den Ober zu sich winkte und ihn um die Rechnung bat, hoffte er inständig, dass es noch nicht zu spät war.

Kapitel 13

Vielleicht war es die richtige Entscheidung gewesen, zu verschwinden, überlegte Margarete, während sie schnellen Schrittes davonlief. Ihr Herz raste, ihre Wangen glühten vor Hitze, und der Nachtwind, der durch die Straßen Berlins wehte, vermochte es kaum, sie abzukühlen. Doch je weiter sie sich vom Café Monopol entfernte, desto mehr bereute sie ihre übereilte Flucht. Zum einen war es unhöflich, Jule einfach so allein zurückzulassen. Und zum anderen hätte sie den attraktiven Mann trotz allem gern näher kennengelernt. Wenn Jule sich keinen Scherz mit ihr erlaubt hatte, dann war der Mann ihr Arbeitgeber, ein Mitglied der Familie Tietz, der das riesige Warenhaus am Alex gehörte. *O Gott*, dachte Margarete, *was soll er denn jetzt von mir denken, nachdem ich wie ein scheues Reh weggerannt bin?*

Aber es half nichts, sie konnte ihr Verhalten nicht ungeschehen machen. Und jetzt umzukehren, erschien ihr albern. So setzte sie ihren Weg ins Scheunenviertel fort. Heute hatte sie Spätschicht im Hilfswerk, und sicher wartete man dort schon auf sie. Margarete versuchte, sich auf die bevorstehende Arbeit zu konzentrieren, doch es wollte ihr nicht gelingen. Der Fremde ging ihr einfach nicht aus dem Kopf. Was hätte sie nicht dafür gegeben, ihn unter anderen Umständen kennengelernt zu haben?

*

Als Flora zurück in das Ehebett schlüpfte, hatte sie einen Entschluss gefasst. Sie wusste, wie sie Leonhard und ihrem Bruder Max helfen konnte. Manchmal, so dachte sie, war es wichtig, einfach mit den

Leuten zu sprechen, ehrlich und von Angesicht zu Angesicht. Nicht, um für das eigene Geschäft zu werben, sondern um sich verständnisvoll für die Sorgen und Nöte des Gegenübers zu zeigen, um gemeinsam an einer Lösung zu arbeiten, die für alle Seiten tragbar war. Flora nahm sich vor, den Menschen in Elberfeld die Angst zu nehmen vor dem, was Leo und Max dort planten. Das ging nicht mit einem Brief oder einem unpersönlichen Kaufangebot. Flora würde Überzeugungsarbeit leisten müssen. Sie hoffte inständig, dass ihr Verhandlungsgeschick ausreichen würde, um Leos Traum wahr werden zu lassen.

Vorsichtig kroch sie unter die Bettdecke und schmiegte sich an ihren schlafenden Mann. Gleichmäßig hob und senkte sich sein Brustkorb. Jetzt, wo sie eine mögliche Lösung für das Dilemma gefunden hatte, wurde sie langsam schläfrig. Die Gedanken und Ideen, die sie eben noch bewegt hatten, verblassten und machten einem wunderschönen Traum Platz, in dem sie mit ihrem alten, himmelblauen Veloziped durch die Straßen Stralsunds fuhr, der Stadt, in der damals alles begonnen hatte.

Kapitel 14

Der Glanz der modernen Weltstadt verblasste in diesen Straßen, in denen Petroleumlampen ihr Licht auf das unebene Kopfsteinpflaster warfen, in den Häusern, in denen noch Gaslampen brannten, und in den dunklen Hinterhöfen. Die Fassaden der großen Mietskasernen wirkten schäbig, Farbe und Putz bröckelten um die Wette, und die Fenster waren staubblind. *Eine Welt für sich*, dachte Alfred, *Leid und Verwahrlosung, die man bekämpft, aber nicht heilt*. Enge, turmhohe Gemäuer und von Lärm erfüllte Gassen verliehen diesem Viertel eine ganz andere Atmosphäre als das weltstädtische Flair, das er aus den anderen Stadtteilen kannte. Aber trotz Armut und Trostlosigkeit schien es auch hier kleine und bescheidene Freuden zu geben, denn aus vielen offen stehenden Fenstern drangen Kinderlachen und fröhliche Stimmen.

Man nannte es das Scheunenviertel, wohl, weil an dieser Stelle irgendwann für die Ärmsten der Armen einfache Behausungen errichtet worden waren. Von den Scheunen war inzwischen nichts mehr zu sehen – sie waren kargen Mietskasernen gewichen, in denen sich zahlreiche Menschen viel zu kleine Bleiben teilten.

Alfred war ein Fremder in dieser Welt. In seinem maßgeschneiderten Anzug fiel er auf wie ein bunter Hund, und er spürte, wie die Blicke der Menschen um ihn herum an ihm hängen blieben. Er hatte ein mulmiges Gefühl dabei, hier entlangzulaufen, und dennoch konnte ihn nichts von seinem Vorhaben abbringen. Er wollte die schöne Frau kein zweites Mal aus den Augen verlieren. Diesmal wollte er sie kennenlernen, ihren Namen erfahren und … je länger er darüber nachdachte, was er eigentlich von ihr wollte, umso unsicherer wurde er. Wie, um Himmels willen, sollte er es angehen, sie kennenzulernen, ohne allzu aufdringlich zu werden?

Während er durch die verwinkelten Straßen des Viertels strich, wurde ihm bewusst, dass er noch nie ein solches Interesse an einer Frau gehabt hatte. Warum war es bei ihr anders gewesen, warum hatte er sie nach ihrem Zusammenstoß in ein Gespräch verwickelt?

Ja, sie war ihm aufgefallen. Ihre graziöse Art, sich zu bewegen, ihre suchenden, fast schüchternen Blicke und der Ausdruck in ihren Augen, neugierig und forschend, hatten sein Interesse geweckt. Doch wie sollte es nun weitergehen?

Alfred verlangsamte seine Schritte und sah sich um. Er musste sich eingestehen, längst die Orientierung verloren zu haben. Und hier wagte er kaum, jemanden nach dem Weg zu fragen.

»Wat willste hier, du vornehmer Schnösel?«

Als Alfred einen rauen Stoß im Rücken spürte, fuhr er erschrocken herum. Er blickte in das unrasierte Gesicht eines untersetzten mittelalten Mannes. Seine Kleidung wirkte heruntergekommen und abgewetzt, die Schuhe verschlissen. Seine dunklen Haare, die unter der speckigen Schiebermütze hervorlugten, waren viel zu lang. Das Schlimmste aber war die Alkoholfahne, die Alfred entgegenwehte. »Haste dich verloofen?«

»Ich suche eine Frau«, stammelte Alfred perplex. Er wich einen halben Schritt zurück und atmete flach. Für seine Antwort erntete er höhnisches Gelächter. »Die such ick ooch.«

Der Fremde präsentierte Alfred beim Lachen drei große Zahnlücken. »So, wie de aussiehst, kannste se dir koofen.«

»Das meine ich nicht«, erwiderte Alfred hastig und hob beschwichtigend die Hände. »Sie war eben noch hier, aber ich fürchte, dass ich mich verlaufen habe. Eigentlich passt sie gar nicht in diese Gegend, sie trägt ein schönes Kostüm und einen prächtigen Hut und …«

»Wenn sie ne vornehme Dame ist, dann hatse sich vielleicht ooch verloofen«, vermutete der Mann. »Oder se arbeetet im Hilfswerk.«

»Wo?«

»Im Hilfswerk«, wiederholte der Mann langsam, als halte er Alfred für ein wenig begriffsstutzig. Er hob eine Hand und zeigte an Alfred vorbei. »Da hinten iset.

»Vielleicht hilft se da aus, deene Herzensdame.«

Mit einem letzten Kichern zog der Fremde weiter, bevor Alfred etwas erwidern konnte. Er seufzte, doch es blieb ihm wohl nichts anderes übrig, als dem Rat des Mannes zu folgen.

Nach einem kleinen Fußmarsch kam er zu einem Gebäude, das sich von all den anderen Häusern in der Umgebung unterschied. Es wirkte gepflegt und hinter den großen Fenstern brannte trotz der späten Stunde noch Licht. Die Menschenschlange, die sich vor dem Eingang gebildet hatte, bestätigte Alfreds Verdacht, dass es sich hierbei um eine karikative Einrichtung handeln musste. Er verlangsamte seine Schritte und versuchte, sich einen Überblick zu verschaffen. Neben dem Eingang wehte die preußische Fahne im Wind, breite Steinstufen führten, flankiert von massiven Säulen, zum Eingang des Gebäudes. Am oberen Ende der Treppe nahm eine junge Frau mit Schürze und Haube auf dem Kopf die Leute in Empfang. In ihrer Kluft erinnerte sie Alfred an eine Krankenschwester. Sie wechselte ein paar Worte mit den Hilfsbedürftigen, bevor sie die Menschen nacheinander ins Haus ließ.

Ein Duft nach warmem Essen drang aus einem der Fenster und zog weitere Menschen an, die sich mit grimmigen, hoffnungsvollen oder teilnahmslosen Mienen in die Schlange einreihten.

Alfreds Aufmerksamkeit galt der jungen Frau am Eingang. Er suchte sich eine Hofeinfahrt, die dem Eingang genau gegenüberlag, und lehnte sich mit verschränkten Armen an die Hauswand, um ungesehen alles beobachten zu können. Aufgeregt und erfreut zugleich stellte er fest, dass er hier richtig war. Bei der Frau am Eingang des Hilfswerkes handelte es sich zweifelsohne um die Schönheit, die er zuletzt im Café gesehen hatte. *Warum arbeitet sie hier?*, fragte er sich und konnte den Blick gar nicht von ihr abwenden. Sie war barmherzig und gutmütig, daran bestand kein Zweifel. Auf der Stelle mochte er das Mädchen noch ein wenig mehr als zuvor. Sie war nicht nur redegewandt und hübsch – sie hatte auch ein großes Herz.

Alfred dachte an seine Mutter. Flora Tietz engagierte sich ebenfalls bei sozialen Projekten und bewies dabei viel Mitgefühl für ärmere Menschen. In Alfreds Kindheit hatten Mutter und Vater tagein, tagaus geschuftet, um das zu erreichen, was sie jetzt voller Stolz vorweisen konnten: Zahlreiche große Warenhäuser im preußischen Reich. Trotzdem hatten seine Eltern ihre Wurzeln im ländlichen Birnbaum nie vergessen, und ihn hatten sie so erzogen, dass auch er den Wohlstand, in dem er jetzt lebte, zu schätzen wusste.

Alfred erwischte sich bei der Frage, was seine Mutter wohl von der jungen Frau halten würde, der er hierher ins Scheunenviertel gefolgt war. Er konnte sich gar nicht sattsehen an ihr und registrierte erst nach einer Weile das Schild neben dem Eingang. *Vaterländischer Frauenverein*, stand dort. Und kleiner darunter das Wort *Volksküche*. Hier erhielten die Ärmsten der Armen also eine warme Mahlzeit und, wenn nötig, eine Schlafstatt. Alfred seufzte. Diese Menschen taten ihm unendlich leid, und er hätte vieles dafür gegeben, um ihnen helfen zu können. Er nahm sich vor, später mit seinen Eltern darüber zu sprechen, was man tun konnte, um dem armen Teil der Gesellschaft etwas zurückzugeben. Armut, so wusste er, existierte in jeder Stadt, in der es auch ein *Tietz*-Warenhaus gab. Und es war höchste Zeit, diese Armut zu bekämpfen.

Mit gemischten Gefühlen wandte er sich schließlich zum Gehen, denn es lag noch ein weiter Weg zurück zum Hotel vor ihm. Nachdem er sich ein letztes Mal zu der schönen Frau umgesehen hatte, war er sicher, dass sie sich wiedersehen würden.

*

Gut gelaunt pfiff Alfred ein Lied, als er sich in seinem Hotelzimmer entkleidete und an das Fenster trat. Es schien, als würde Berlin tatsächlich niemals schlafen, denn auch in dieser Nacht herrschte wieder Hochbetrieb. Ein paar Männer lungerten vor dem Zigarrengeschäft herum und pafften Rauch in die Luft. Junge Frauen in wallenden Kleidern und mit ausladenden Hüten hatten sich untergehakt und flanierten lachend in Richtung Stadtmitte, wohl um sich ins Nachtleben der Stadt zu stürzen. Als ein Schutzmann um die Ecke bog, verstummten sie, zogen die Köpfe ein und sahen zu, dass sie weiterkamen.

Schmunzelnd wandte Alfred sich ab und legte sich auf das zugedeckte Bett. Die Laken dufteten wundervoll nach Jasmin. Seine Gedanken kreisten um die schöne Frau, die ihm in so kurzer Zeit den Kopf verdreht hatte. Er wurde sich bewusst, wie wenig er eigentlich über sie wusste.

Hatte er sich gestern noch auf seine Rückkehr nach Köln gefreut, so würde er nun am liebsten seine Zeit in der Hauptstadt verlängern. Doch sein Vater brauchte ihn im Geschäft, und Alfred konnte es kaum erwarten, Leonhard von Oscars Fuhrpark zu berichten.

Alfred fürchtete, dass ihm nicht genügend Zeit blieb, um die rätselhafte Frau näher kennenzulernen. Er überlegte, ob es nicht doch einen geschäftlichen Grund gab, um seinen Aufenthalt in Berlin noch ein wenig auszudehnen, aber die gleichmäßige Geräuschkulisse unten auf der Bellevuestraße machte ihn schläfrig. Es dauerte nicht lange, und er war eingeschlafen.

Kapitel 15

Spät am Abend schlich sich Margarete in die Wohnung ihrer Eltern. Schon bevor sie über die Türschwelle huschte, zog sie die Schuhe aus und trat auf Strümpfen in den langen Korridor. Der Duft nach kaltem Essen hing schwer in der Luft. Offenbar hatte Mutter etwas mit Kohl gekocht. So leise wie möglich drückte Margarete die schwere Wohnungstür ins Schloss und schob den Riegel des Kastenschlosses vor. Das leise Quietschen des Metalls erschien ihr in der Stille der großen Wohnung überlaut.

Es dauerte einen Moment, bis sich Margaretes Augen an das Halbdunkel im Flur gewöhnt hatten. Erwartungsgemäß brannte kein Licht mehr. Ihre Eltern und die Geschwister schliefen längst. Niemand wartete auf sie, denn man wusste, dass sich Margarete im *Vaterländischen Frauenverein* betätigte. Die ehrenamtliche Arbeit bereitete ihr viel Freude, und dennoch wusste sie nicht, wie lange sie noch nebenbei im Hilfswerk arbeiten konnte. Die Anstellung in der Armenschule würde ihr alle Kraft abverlangen.

Margarete legte ihren Hut ab und streifte den Mantel von den Schultern, um ihn am Haken der Garderobe aufzuhängen. Gerade, als sie sich auf den Weg in ihr Zimmer machen wollte, hörte sie hinter sich ein Geräusch.

»Grete!«

Ihr Herz blieb einen Moment lang stehen, als sie so unverhofft die Stimme ihrer Mutter hinter sich vernahm.

»Mama«, flüsterte Margarete mit wild pochendem Herzen. »Hast du mich erschreckt.« Dann beschlich sie das schlechte Gewissen. »Habe ich dich etwa geweckt?«

»Nein, Kind, ich bin aufgewacht und hatte Durst.« Emma lächelte ihre Tochter sanft an. Fröstelnd schlang sie die Strickjacke, die sie über dem Nachthemd trug, enger um ihren Körper und zeigte zur Küche. »Kommst du mit?«

Margarete nickte.

Im Gänsemarsch schlichen sie durch den Flur in die Küche. Hier erst zündete ihre Mutter eine Petroleumlampe an. Kurz blinzelte Margarete, geblendet von der plötzlichen Helligkeit, dann setzte sie sich und faltete die Hände auf dem Tisch. Sie sah ihrer Mutter zu, wie sie sich ein Glas Milch einschenkte. Auf ihre Frage, ob Margarete auch durstig sei, schüttelte sie den Kopf.

»Wie war die Arbeit im Hilfswerk?«

»Ganz gut.«

Aufmerksam betrachtete ihre Mutter sie. »Da ist noch etwas.«

»Was meinst du?« Margarete fühlte sich ertappt.

»Etwas beschäftigt dich, ich sehe es dir an.« Sie trank einen Schluck von der Milch und leckte sich mit der Zunge den Milchbart weg. »Deine Wangen glühen wie an Weihnachten.« Sie lächelte verstehend. »Steckt ein Mann dahinter?«

»Wie bitte?« Margarete lief auf der Stelle rot an. Tatsächlich waren ihre Gedanken auf dem Heimweg um den attraktiven Fremden gekreist.

»Du hast jemanden kennengelernt.« Es war eine Feststellung, keine Frage.

»Woher ... ich meine, kann ich doch ein Glas Milch haben?«

»Natürlich, Kind.« Emma erhob sich und schenkte Margarete ein Glas Milch ein. »Ich kenne dich«, nahm sie den Faden wieder auf, als sie sich zu ihr an den Tisch setzte. »Also«, sagte sie und stützte das Kinn in die Hände, ohne Margarete aus den Augen zu lassen. »Wer ist er?«

»Er ist so unglaublich attraktiv«, schwärmte Margarete. Schnell hatte sie eingesehen, dass es keinen Sinn hatte, ihrer Mutter etwas vorzumachen. »Und gute Manieren hat er auch.«

»Das ist leider keine Selbstverständlichkeit mehr«, seufzte Emma und leerte ihr Glas. »Wie hast du ihn kennengelernt?«

»Heute Morgen im *Tietz*, als ich mir die neue Garderobe für die Schule kaufen wollte.«

»Hast du denn etwas Geeignetes gefunden?«

»Sicher.« Margarete berichtete ihr von der neuen Kleidung, dann kam sie wieder auf den rätselhaften Mann zu sprechen. Sie wagte es kaum, ihrer Mutter zu gestehen, wie sie sich kennengelernt hatten – und was er von ihr verlangt hatte.

Emmas Augen wurden groß wie Untertassen. »Das hast du doch nicht etwa getan?«

»Doch, habe ich.«

»Kind«, rief die Mutter entrüstet. »Wie konntest du auf so einen Trick hereinfallen?«

»Es war kein Trick.« Margaretes Stimme klang trotzig.

»Er wollte dir das Kleid kaufen, um deine Gunst zu gewinnen. Sein Ziel war es, dich damit um den Finger zu wickeln. In letzter Zeit hört man immer wieder von Männern, die ...«

»Aber es war Tietz junior«, fiel Margarete der Mutter ins Wort. Jetzt war es also raus. Sie presste sich beide Hände vor den Mund, als hätte sie etwas Unanständiges gesagt.

»Tietz junior?«, wiederholte ihre Mutter nach einem Moment des Schweigens.

»Ja. Das habe ich von Jule erfahren, einer alten Freundin, die dort als Ladenmädchen arbeitet.«

Emma schüttelte den Kopf. »Der ist nichts für dich.«

»Warum?«

»Weil die Familie Tietz sehr wohlhabend und ein paar Nummern zu groß für dich ist.« Emma machte eine wegwerfende Handbewegung. »Außerdem – warum sollte denn ein Tietz in seinem eigenen Warenhaus mit der Kundschaft kokettieren?«

»Was weiß denn ich.«

»Und es war der Sohn von Oscar Tietz, dem großen Kaufhauskönig?«

Margarete zuckte mit den Schultern. »So habe ich Jule jedenfalls verstanden.«

»Ich verstehe die Welt nicht mehr«, seufzte ihre Mutter. »Wenn das Fräulein Tochter sich einen Verehrer angelt, dann gleich einen Tietz. Wie geht es denn jetzt weiter mit euch?«

»Ich weiß gar nicht, ob ich ihn wiedersehen werde.«

»Willst du das denn?«

»Aber ja!«, antwortete Margarete entschieden. »Ich würde ihn so gerne näher kennenlernen – doch wie komme ich an ihn heran?«

»Finde heraus, wo er wohnt. Bring in Erfahrung, wann er im Kaufhaus anzutreffen ist.« Emma zuckte mit den Schultern. »Es gibt so viele Möglichkeiten, um eurem Glück auf die Sprünge zu helfen.«

Aus dem Mund ihrer Mutter klang das so einfach. »Vielleicht hast du recht«, räumte Margarete ein. Sie gähnte herzhaft. »Es ist spät geworden.«

»Du beginnst morgen deine neue Anstellung in der Armenschule«, erinnerte ihre Mutter sie.

»Eben.« Margarete streckte die müden Glieder, dann erhob sie sich. »Höchste Zeit, ins Bett zu kommen, sonst werde ich meinen ersten Arbeitstag verschlafen.«

»Gott bewahre!« Emma löschte das Licht, und sie schlichen zurück durch den dunklen Korridor.

»Und jetzt schlag dir diesen Tietz fürs Erste aus dem Kopf«, raunte ihre Mutter Margarete zu, als sie an der Schlafzimmertür angekommen waren. »Konzentrier dich lieber auf die Arbeit.«

»Versprochen.« Margarete gab ihrer Mutter einen Gute-Nacht-Kuss, dann setzte sie den Weg zu ihrem Zimmer fort, das am Ende des Flurs lag.

So leise wie möglich betrat sie den kleinen Raum mit dem Fenster zum Hof, zog die Gardinen zu und entkleidete sich ohne Eile. Ordentlich legte sie ihre Kleider über den einfachen Holzstuhl in der Ecke der Kammer. Nun fröstelte sie ein wenig, denn im Zimmer war es kühl. Im Unterrock setzte sie sich an die verzierte Spiegelkommode und kämmte sich das lange Haar. Ihre Gedanken kreisten wieder um den jungen Herrn Tietz. Hatte ihre Mutter recht und es wäre besser, sie würde ihn sich aus dem Kopf schlagen?

War es Zufall gewesen, dass sie sich im Café Monopol begegnet waren?

War er ihr vielleicht gefolgt, um sie besser kennenzulernen? Doch warum hatte er sie dann nicht angesprochen?

Hatte ein stinkreicher Tietz es überhaupt nötig, fremden Frauen nachzustellen?

Fragen über Fragen, die in Margaretes Kopf Karussell fuhren. Doch je länger sie an ihren Verehrer dachte, umso wärmer wurde ihr ums Herz. Einem inneren Drang folgend, erhob sich Margarete mit der Bürste in der Hand und tanzte durch ihr kleines Zimmer. Ob sie ihn wohl wiedersehen würde?

Sie verspürte den Wunsch, ihm noch einmal zu begegnen, einfach, um mehr über den Mann zu erfahren, der heute ihre Gedanken beherrscht hatte. Sie legte die Bürste auf die Kommode und schlüpfte unter die Bettdecke. Als sie die Augen schloss, tauchte der Fremde vor ihrem geistigen Auge auf. Sie sah sein freundliches Lächeln und glaubte, den Klang seiner warmen Stimme zu hören.

Erst jetzt fiel Margarete auf, dass sie trotz der Ermahnungen ihrer Mutter kaum einen Gedanken an die neue Arbeit verschwendet hatte. Sie würde die Kinder von armen Eltern in einer sozialen

Schule unterrichten, sicher eine Aufgabe mit vielen Herausforderungen.

Ihre letzten, sehnsüchtigen Gedanken vor dem Einschlafen galten dennoch ihrem geheimnisvollen Verehrer.

Kapitel 16

»Ich werde nach Elberfeld fahren.« Flora war gespannt auf Leonhards Reaktion, als sie ihm diese Neuigkeit am nächsten Morgen beim Frühstück eröffnete. Die Sonne schien durch die großen Fenster ins Esszimmer, das Besteck glänzte im warmen Licht. Der Duft nach frischen Brötchen, Kaffee und Tee hing in der Luft. Flora fühlte sich frisch und voller Tatendrang, nachdem sie in der Nacht zuvor diesen Entschluss gefasst hatte.

»Wie bitte?« Leonhard stellte seine Teetasse ab und bohrte sich im rechten Ohr. Er tat, als hätte er sie nicht verstanden. Dann lächelte er sie sanft an. »Meine Liebe, was hast du vor?«

»Ich werde nach Elberfeld fahren«, wiederholte Flora geduldig. »Heute schon. Und ich werde die Händler aufsuchen, die sich noch querstellen, um mit ihnen zu reden.«

»Noch?« Leonhard lachte leise. »Du klingst, als wäre es nur eine Frage der Zeit, bis du sie dazu überredest, ihre Geschäfte aufzugeben.«

»Lass mich nur machen, Leo.« Flora schenkte ihrem Mann ein selbstbewusstes Lächeln.

Ihm blieb nichts anderes übrig, als ihrem Wunsch nachzugeben. »Ich kenne dich lange genug, um zu wissen, dass du längst einen Plan im Kopf hast.«

Fora erhob sich, umrundete den langen Esstisch und trat hinter ihn. Sie beugte sich zu ihm herab und legte die Finger auf seine Schultern, woraufhin er ihre Hände in seine nahm, um sie fest zu drücken. »Es ist so schön, dass du nach all den Jahren noch immer an meiner Seite stehst, Bella.« Seine Stimme klang liebevoll. Er ließ ihre Hände los, schloss die Augen und genoss, dass sie ihm Hals und Nacken kraulte, so, wie er es mochte.

»Du vertraust mir doch?«, flüsterte sie.

Er öffnete die Augen und blickte zu ihr auf. »Aber selbstverständlich, liebste Flora.«

»Gut.« Sie erwiderte sein Lächeln.

»Soll ich dich denn begleiten?«

»Deine Geschäfte sind hier in Köln«, antwortete Flora kopfschüttelnd. Sie gab ihm einen Kuss auf die Wange und trat an ihren Platz zurück.

»Allerdings. Ich bin gespannt, ob wir heute eine Nachricht aus Berlin bekommen.«

»Meinst du, Alfred wird sich melden?« Flora griff zu einer Teetasse mit filigranem Blumenmuster und trank einen kleinen Schluck.

Leonhard nickte. »Ich würde allzu gern wissen, ob unser Sohn einen geeigneten Börsenmakler für die Zeichnung unserer Aktien gefunden hat.«

»Ganz bestimmt sogar«, meinte Flora. »Er ist dank deiner Ausbildung ein guter Kaufmann.«

»Dem es noch an Erfahrung mangelt«, erwiderte Leonhard besorgt.

Flora schüttelte den Kopf und bestrich sich ein Brötchen mit Kirschkonfitüre. »In seinen jungen Jahren ist er gewiefter als so mancher alter Hase«, sagte sie. »Wir können ihm vertrauen, er lässt sich so schnell nicht übers Ohr hauen, Leo.«

»Wenn du meinst.« Leonhard gab sich mit dieser Antwort zufrieden.

Flora legte das silberne Messer zur Seite und biss in ihr Brötchen. Während sie aß, schielte sie auf die große Wanduhr. Jetzt war es aber höchste Eisenbahn. Sie musste sich sputen, wenn sie rechtzeitig am

Bahnhof sein wollte, um den nächsten Zug nach Elberfeld zu erwischen.

*

Am nächsten Morgen war Margarete trotz der frühen Stunde, zu der ihr Wecker sie aus den Träumen riss, sofort hellwach. Heute war ihr großer Tag, heute würde sie in der Armenschule ihren ersten Arbeitstag als Junglehrerin antreten. Sie war gespannt darauf, wie sie mit den Kindern aus den Armutsvierteln der Stadt zurechtkommen würde. Sie reckte sich nach dem Wecker, dessen metallisches Rasseln ihre Nachtruhe jäh beendet hatte, legte den kleinen Hebel hinter den Glöckchen an der Oberseite des Gehäuses um und genoss die Stille, die daraufhin eintrat. Sie blieb noch einen Moment im Bett liegen. Durch die geschlossenen Gardinen fiel das warme Licht der Morgensonne und malte goldene Flecken an die Wände des Zimmers.

Herr Tietz, wo bist du?, fragte sich Margarete mit klopfendem Herzen. Der Name allein klang schon nach Pracht, Glanz und Reichtum. Warum hatte dieser geheimnisvolle Herr Tietz ausgerechnet ein Auge auf sie geworfen?

Oder hatte sich Jule nur einen Scherz mit ihr erlaubt, indem sie behauptet hatte, dass dieser Mann zur Familie Tietz gehörte? Sollte dem so sein, dann würde sich ihre Freundin auf ein Donnerwetter gefasst machen können. Doch ob Tietz, Müller oder Meier – Margarete ging es nicht um seinen Namen oder um seinen gesellschaftlichen Stand, es war der Mensch, der sie auf sehr angenehme Weise um den Verstand brachte.

Ich muss dich wiedersehen, geheimnisvoller Mann, dachte Margarete. *Doch zunächst hat meine neue Anstellung Vorrang.* Heute würde sie es sicher nicht schaffen, zum Alexanderplatz zu fahren, um ihn im Warenhaus zu suchen. Deshalb versuchte sie krampfhaft, ihn aus ihrem Kopf zu verbannen, doch es gelang ihr nur mäßig.

Mit einem Blick auf das Ziffernblatt ihres Weckers stellte sie erschüttert fest, dass die Zeit heute Morgen zu rennen schien. Hastig sprang sie aus dem Bett und schlüpfte in ihre Pantoffeln. Lächelnd stellte sie fest, dass ihre Mutter bereits wach war. Sie hielt sich offenbar in der Küche auf, denn dort wurde laut scheppernd mit Geschirr hantiert. Dazu sang ihre Mutter gut gelaunt ein kleines Lied.

Margarete trat an den Kleiderschrank hinter der Tür und nahm die neue Garderobe heraus, die sie im *Tietz* erstanden hatte. Sorgfältig legte sie Rock und Bluse auf einen Stuhl und strich sie glatt.

Dann öffnete sie das Fenster und ließ die frische Morgenluft in den Raum. Ein paarmal atmete sie tief ein. Draußen auf dem Hof war der Hausmeister damit beschäftigt, das Pflaster zu kehren. Dabei pfiff er wie ein Brauereikutscher vor sich hin, ohne sie zu bemerkten.

Lächelnd wandte sich Margarete ab und sah zu, dass sie ins Badezimmer kam. Auf keinen Fall wollte sie an ihrem ersten Arbeitstag in der Armenschule zu spät kommen.

Kapitel 17

Als Alfred am nächsten Morgen erwachte, fühlte er sich wie gerädert. Sein letzter Gedanke vor dem Einschlafen hatte dem Mädchen gegolten, das ihm so den Kopf verdreht hatte.

Sosehr er sich auch den Kopf zerbrochen hatte, ihm war kein guter Grund eingefallen, seinen Aufenthalt in Berlin in die Länge zu ziehen, und wenn sich daran nichts änderte, dann würde es bald unweigerlich zurück ins Rheinland gehen. Sein Vater wartete sicher schon mit zahlreichen neuen Aufträgen auf ihn. Alfreds Position verlangte Einsatz, Fleiß und Verantwortung. Da war für Schwärmereien kein Platz, schon gar nicht für eine junge Frau aus Berlin. Wie sollte Alfred seinem Vater erklären, weshalb er noch ein paar Tage in der Hauptstadt bleiben wollte?

Gähnend stand er auf und blinzelte müde in die hereinfallenden Sonnenstrahlen. Ein Blick auf die Taschenuhr verriet ihm, dass er in nicht einmal zwei Stunden mit seinem Onkel Oscar in der Konzernverwaltung von *Hermann Tietz* verabredet war. Also höchste Zeit, sich zu sputen.

Alfred schüttete eiskaltes Wasser in eine einfache Schüssel und wusch sich flüchtig, dann rasierte er sich mit sehr viel mehr Ruhe und Gründlichkeit. Dabei betrachtete er sich in dem kleinen Spiegel. Kratzend fuhr das Rasiermesser über sein Kinn, und zweimal schnitt er sich in die Wange. Mühsam unterdrückte er ein Fluchen, tupfte sich das Gesicht am Handtuch ab, griff zum Kamm und versuchte, sein Haar in Form zu bringen. Niemand musste ihm ansehen, dass eine schlaflose Nacht hinter ihm lag. Nachdem er ein frisches Hemd aus dem Koffer genommen hatte, schlüpfte er eilig in den Anzug, den er gestern Abend sorgfältig über den hölzernen Herrendiener gelegt hatte, und machte, dass er zum Frühstück kam. Der Tag würde arbeitsreich werden, und ob er dabei Zeit fand, um an die schöne Fremde zu denken, wagte er zu bezweifeln.

*

Mit einem ohrenbetäubenden Quietschen rollte der tiefrote Zug in die Haltestelle Döppersberg, einer opulenten Konstruktion mit einer Kuppel aus Glas und Eisen, deren Wände von floralen Mustern bedeckt waren. Unter der Last der Schwebebahn erzitterte die Station.

Als der Zug zum Stehen kam, bewegte sich die Masse der Fahrgäste, die geduldig auf seine Ankunft gewartet hatten, auf die Türen zu. Ratternd öffneten sie sich und es schien, als würde das stählerne Ungetüm die Fahrgäste, die mit ihm gekommen waren, ausspeien.

Flora, die zwischen einer rundlichen Dame mit ausladendem Strohhut und einem vornehmen Herrn im Anzug gewartet hatte, spürte, wie Vorfreude in ihr aufstieg.

Sie liebte es, mit der Schwebebahn zu fahren, die als das Wahrzeichen des Wuppertals galt. Immer, wenn sie in Elberfeld war, ließ sie sich eine Fahrt mit der neumodischen Hängebahn nicht entgehen. Leonhards Rat, darauf lieber zu verzichten, schlug sie regelmäßig aus. Er warnte sie stets vor den Taschendieben, die in der fahrenden Bahn leichtes Spiel hatten. Doch Flora war auf der Hut.

Als sie sich mit den anderen Fahrgästen auf den vorderen der beiden Waggons zutreiben ließ, hielt sie ihre Reisetasche deshalb fest umklammert. Die Bahn pendelte leicht am stählernen Gerüst, an dem sie hing. Man musste aufpassen, um beim Einsteigen nicht mit den Füßen zwischen Waggon und Bahnsteig zu geraten.

Flora stieg in die Bahn und freute sich, dass sie einen Sitzplatz am Fenster ergattern konnte. Sie sah zu, wie der Schaffner die Türen schloss.

Vom Wagendach ertönte das elektrische Summen der Triebwerke, als der Mann im Fahrerstand einen Hebel betätigte. Ruckelnd setzte sich der Zug in Bewegung, dann verschwand der Boden des Bahnhofes unter ihnen und stattdessen erschien die Wupper, der schwarze Fluss, wie man sie oft nannte.

Während sich links prunkvolle Hotels am Wupperufer aneinanderreihten, lag rechts der Brausenwerther Platz in seinem von sattem Grün umgebenen Rondell. Inmitten des Platzes, der zum Verweilen einlud, thronte das Kaiserdenkmal auf einem monumentalen Sockel. Eine Horde Kinder turnte auf dem Denkmal herum und wurde gerade von einem wild gestikulierenden Schutzmann zurechtgewiesen.

Flora musste schmunzeln. Fast hatte sie vergessen, wie sehr sie Elberfeld liebte. Sie hatte die Zeit hier genossen, bevor es die Familie nach Köln verschlagen hatte.

»Die Fahrkarten bitte!« Mit tiefer Stimme und strenger Miene bahnte sich ein Schaffner in dunkelblauer Uniform mit silbernen Knöpfen den Weg durch die Passagiere, um die Fahrkarten mit einer kleinen Zange zu entwerten.

Als er bei Flora angelangt war, erhellte sich seine Miene, und Flora fragte sich, ob der Mann sie wohl erkannte. Doch er reichte ihr nur die kleine Pappkarte zurück und wandte sich dem nächsten Fahrgast zu, einem vornehm gekleideten Herrn mit Zylinder, der geräuschvoll mit der *Elberfelder Zeitung* raschelte und sich sichtlich bei der Lektüre gestört fühlte.

Flora liebte es, Menschen zu beobachten, und ließ den Blick über ihre Mitreisenden schweifen. Junge Männer in heruntergekommener Kleidung hockten mit teilnahmslosen Mienen auf den Bänken und stierten aus dem Fenster, ein alter Mann war eingeschlafen und döste mit dem Kopf auf der Brust vor sich hin. Offenbar hatte ihn das gleichmäßige Ruckeln der Bahn schläfrig gemacht. Er schnarchte leise und zog die amüsierten Blicke einer Dame mit taubengrauer Kittelschürze auf sich. In der Reihe vor Flora waren zwei Frauen in eine Unterhaltung vertieft. Bald, so sagte die eine gerade, werde es kein Elberfeld und kein Barmen mehr geben. Aus der Doppelstadt wollte man schon bald eine zusammenhängende Großstadt machen – davon habe ihr Mann ihr erst gestern Abend erzählt. Das sei Unfug, behauptete die andere Frau und rollte mit den Augen.

Flora erinnerte sich, dass es schon früher Gespräche zwischen den Stadtvätern von Elberfeld und Barmen darüber gegeben hatte, beide Städte miteinander zu vereinen. So ganz abwegig war die Behauptung der jungen Frau also gar nicht. Dennoch zog es Flora vor, die Fahrt zu genießen, anstatt sich in das Gespräch der beiden einzumischen. Die Häuser der nun auftauchenden Wohnviertel standen Schulter an Schulter und schienen sich gegenseitig auf die Dächer spucken zu wollen.

Lange dauerte es nicht, bis die Schwebebahn die Stadtgrenze von Barmen erreichte. Hier wirkten die Häuser einfacher, teils heruntergekommen. Vom Prunk Elberfelds war nicht mehr viel zu sehen. Dafür hatte Flora nun einen Ausblick auf die kleineren Fabriken am Wupperufer. Rote Ziegelsteinschornsteine ragten wie erhobene Zeigefinger in den grauen Dunst des Tages, sie erkannte Bleichereien, Färbereien und Garnwebereien am Ufer des Flusses. Zahlreiche Namen, die man in schwungvollen Lettern auf die Fassaden der Fabrikhallen gemalt hatte, waren Flora bekannt, denn hier kaufte Leonhard schon seit vielen Jahren seine Waren für das *Tietz* ein.

Barmen und Elberfeld waren durch die industrielle Herstellung von Bändern, Garnen und Litzen groß geworden und zusammengewachsen. Die Doppelstadt lebte von der Textilindustrie, und die unzähligen kleinen Betriebe am Wupperufer waren die Lebensader der ständig wachsenden Städte.

Flora richtete den Blick zum Horizont. In der Ferne wurde Barmen ländlicher. Die Ausläufer der sanften Hügel waren mit saftigem Grün bewachsen, auf dem schwarz-weißes Milchvieh weidete. Diese schöne Landschaft fehlte ihr in Köln. Doch Flora wollte sich nicht beklagen, denn in Köln hatte Leonhard ihr schließlich den Wunsch nach einer eigenen Villa erfüllen können.

Und nun war sie zurückgekommen, um ihrem Mann den Weg für den fundamentalen Neubau an der Herzogstraße freizumachen. Wenn es darum ging, sich für das *Tietz*-Unternehmen einzusetzen, war Flora immer mit Elan dabei. Und die Fahrt mit der Schwebebahn hatte ihr geholfen, ihre Gedanken zu ordnen und sich auf die bevorstehenden Gespräche mit den Einzelhändlern vorzubereiten.

Kapitel 18

Die Sekretärin von Onkel Oscar blickte etwas irritiert von ihrer Arbeit auf, als Alfred schwer atmend das Vorzimmer betrat.

»Sie werden bereits erwartet«, sagte Fräulein Jakob, während sie sich von ihrem Platz erhob und den Schreibtisch umrundete. »Folgen Sie mir, Herr Tietz.«

»Warum sagen Sie das, als würden Sie mich in die Höhle der Löwen führen?«, wunderte sich Alfred. Als er keine Antwort erhielt, folgte er der Sekretärin perplex in das Büro seines Onkels.

Überrascht stellte Alfred fest, dass Oscar nicht allein war. Eine illustre Runde älterer Herren war um den langen Besprechungstisch versammelt. Sie blickten ihm neugierig entgegen, während Oscar sich von seinem Stuhl am Kopfende des Konferenztisches erhob und eine einladende Geste machte.

Die Männer trugen Maßanzüge und wirkten steif und humorlos auf Alfred. Ein wenig unsicher nickte er in die Runde.

»Störe ich?«, fragte er. »Ich kann gern später wiederkommen, wenn es gerade nicht passt.«

»Unsinn, werter Neffe.« Oscar machte eine wegwerfende Handbewegung. »Schön, dass du zu uns gefunden hast.« Täuschte er sich, oder lag da ein Hauch von Vorwurf in der Stimme seines Onkels? Er war schließlich zu spät gekommen, und das schon zum zweiten Mal. »Ich …«, setzte er an, wusste jedoch nicht, wie er den Satz beenden sollte.

»Es trifft sich vorzüglich, dass du unsere illustre Runde einmal persönlich kennenlernst.« Oscar bedeutete Alfred, auf einem der letzten freien Stühle Platz zu nehmen.

»Haben Sie noch einen Wunsch, Herr Generaldirektor?«, erkundigte sich die Sekretärin.

Oscar schüttelte den Kopf, woraufhin Fräulein Jakob sich diskret zurückzog.

Für einen Moment war es so still, dass man eine Stecknadel hätte fallen hören können. Es war Alfred unangenehm, von den fremden Männern so taxiert zu werden, doch er ließ sich nichts anmerken und setzte ein unverbindliches Lächeln auf.

»Meine Herren«, brach Oscar das Schweigen. »Ich freue mich, Ihnen meinen Neffen Alfred Leonhard Tietz aus Köln vorstellen zu können.«

Die Männer nickten und grüßten freundlich. Alfred überlegte, dass sie bis eben wohl nicht gewusst hatten, dass es sich bei ihm um den Neffen ihres Arbeitgebers handelte. Nun behandelten die Fremden ihn deutlich respektvoller als bei seinem Eintreffen. Oscar fuhr fort: »Er wird uns in den kommenden Tagen hier in Berlin unterstützen, um Eindrücke unserer Arbeit zu sammeln, und sie anschließend meinem werten Bruder Leonhard in Köln darlegen.«

Hatte Alfred sich da eben verhört? »Onkel Oscar«, setzte er an, brach jedoch auf das Kopfschütteln seines Onkels ab und schwieg.

»Dies, mein werter Neffe«, Oscar zeigte in die Runde, »ist unsere Konferenz. Einmal im Monat treffe ich mich hier mit Mitgliedern der Geschäftsführungen aller Häuser. Neben dem Austausch besteht die Möglichkeit, Verbesserungsvorschläge, aber auch konstruktive Kritik anzubringen. Außerdem kann ich mögliche Veränderungen im Betriebsablauf ankündigen.«

Die Idee gefiel Alfred. Sein Vater tagte zwar auch regelmäßig, allerdings ausschließlich mit den anderen Vorstandsmitgliedern des Konzerns. Vielleicht war es gut, sich die Sorgen der Menschen anzuhören, die in den Warenhäusern des Unternehmens arbeiteten. Alfred beschloss, seinem Vater regelmäßige Treffen mit den Geschäftsführern vorzuschlagen. Immerhin war Leonhard seinen eigenen Worten zufolge immer darauf bedacht, ein offenes Ohr für seine Angestellten zu haben.

*

Es war eine gemischte Klasse, die man Margarete anvertraut hatte. Sie schätzte die Mädchen und Jungen auf sieben oder acht Jahre alt. Alle trugen verschlissene Kleidung, der anzusehen war, dass sie von älteren Geschwisterkindern bereits getragen worden war. Ihre Tafeln waren viel zu klein und die Kreidestummel kaum geeignet, um damit vernünftig schreiben zu können.

Auch das Klassenzimmer der Armenschule war kärglich eingerichtet und sehr beengt, weil sich einfach zu viele Kinder darin befanden.

Zunächst verschaffte Margarete sich einen Überblick über den Lern- und Wissensstand ihrer Schüler, bevor sie mit dem eigentlichen Unterricht begann. Einige der kleinen Menschen schloss sie auf der Stelle in ihr Herz. Wenn da nur nicht diese schreckliche Müdigkeit wäre, die ihr das Denken erschwerte. Und obwohl sie sich größte Mühe gab, gelang es Margarete nicht, den jungen Tietz ganz aus ihrem Kopf zu verbannen. Immer wieder sah sie sein Lächeln vor sich oder hörte seine Stimme mit dem wunderbar tiefen Timbre, und jedes Mal musste sie sich zu mehr Konzentration ermahnen. Als die Glocke läutete, schlugen die Kinder ihre Bücher zu und packten ihre Sachen zusammen.

Ein kleiner Junge mit Sommersprossen trat an Margaretes Pult, während die anderen Kinder johlend an ihm vorbei aus der Klasse strömten. Er wirkte unsicher, schaukelte vom rechten auf den linken Fuß und nagte auf seiner Unterlippe. »Du, ich hab' da mal eine Frage«, gestand er schließlich.

»Was möchtest du denn gern wissen?«, fragte Margarete mit einem warmen Lächeln.

»Kommst du morgen wieder?«

»Aber sicher, was dachtest du denn?«

»Dass du die Nase schon voll hast von uns.«

Margarete runzelte die Stirn. »Wie kommst du denn darauf?«

»Na ja, die Lehrerinnen und Lehrer vor dir waren auch alle einen Tag da, einige sogar zwei Tage, aber danach haben wir sie nicht mehr gesehen.«

»Das wird mit mir anders sein«, versprach Margarete ernst. »Ich möchte euch noch ganz viel beibringen, damit ihr später eine gute Arbeit findet.«

»Mein Papa geht auch ohne Schule arbeiten.« Der Junge seufzte. »Aber wir haben nie genug Geld.«

»Und das soll dir später nicht passieren«, erwiderte Margarete. »Ich möchte, dass ihr gute Zeugnisse bekommt und eine Lehre machen könnt, damit ihr irgendwann eigene Familien gründen könnt.«

Der Junge nickte verstehend. Margarete sah ihm förmlich an, wie die Spannung von ihm abfiel. »Dann ist ja gut.« Er klemmte sich seine Tasche unter den Arm und rannte, bevor Margarete ihn nach seinem Namen fragen konnte, aus dem Klassenzimmer.

*

»Wie ist die Zeichnung der *Tietz*-Aktien eigentlich gelaufen?«, fragte Oscar, nachdem die Teilnehmer der Konferenz gegangen waren. Er öffnete das Fenster, um frische Luft in den Raum zu lassen. »Wir sprachen gestern nur kurz darüber.«

»Vater wird zufrieden mit mir sein.« Alfred lächelte stolz. »Mit einem Gründungskapital von zehn Millionen Mark hatte ich gute Karten.«

»Aber die zehn Millionen gehören nicht meinem Bruder allein, oder?«

»Nein, Vater ist Eigner von sechs Millionen, Onkel Max und Onkel Sally sind ebenso mit je einer Million beteiligt, genau wie Vaters Cousins, Louis Schloss und Willy Pintus.« Alfred öffnete seine Tasche und zog die Unterlagen hervor, die er vom Aktienmakler erhalten hatte. »Ankauf, Verkauf und Herstellung von Handelswaren aller Art, die Errichtung, den Erwerb und den Betrieb weiterer Geschäfte«, las er seinem Onkel aus dem Vertrag vor.

»Sehr interessant«, sagte Oscar mit nachdenklicher Miene. »Wie viele Läden betreibt ihr aktuell?«

»Sechzehn«, erwiderte Alfred wie aus der Pistole geschossen. »Ich bin froh, dass ich die Aktien so gut an der Berliner Börse notieren konnte.«

Oscar nickte anerkennend. »Es war schlau von meinem Bruder, dir Prokura für alle Geschäfte zu erteilen. Eines Tages wirst du die Geschäfte übernehmen und als neuer Generaldirektor an der Spitze des Unternehmens stehen.«

»Ich lasse mir Zeit damit«, sagte Alfred. »Noch ist Vater für alles verantwortlich.«

»Die Zeit vergeht schneller, als man denkt, mein Junge«, murmelte Oscar, »seit unserer Geschäftsgründung ist so unglaublich viel geschehen, und es kommt mir vor, als wären nur ein paar Monate vergangen, keine Jahrzehnte. Anfangs hat mir der Gedanke daran, dass bald die nächste Generation das Ruder übernehmen wird, Angst gemacht.«

»Warum das denn?«

Oscar lachte. »Weil man sich dann langsam mit dem Gedanken anfreunden muss, schon bald zum alten Eisen zu gehören.«

»Ach was. Bis es so weit ist, wird noch eine Menge Zeit ins Land gehen«, sagte Alfred leichthin. »So alt seid ihr doch noch gar nicht.«

»Nun, ich werde dieses Jahr einundfünfzig. Meine Söhne wachsen heran und auch sie sollten langsam auf die Übernahme der Warenhauskette vorbereitet werden. So wie Leonhard es mit dir macht, ist es genau richtig. Er hat dich gründlich ausgebildet, und jetzt schickt er dich zu mir, damit du einen Blick in mein Unternehmen werfen kannst.«

»Was machen eigentlich meine Cousins?«, fragte Alfred, um das Thema zu wechseln. Es war ihm ein wenig unangenehm, über die Zukunft zu sprechen.

»Elise kann es kaum erwarten, die Schule zu beenden, und will vielleicht eine Kaufmannslehre beginnen«, erzählte Oscar. »Georg besucht bereits die kaufmännische Schule, Martin geht im Herbst hier bei uns in die Lehre.«

»Dann werden sie bald schon gut vorbereitet sein«, sagte Alfred, während er sich auf einen der beiden Stühle vor Oscars Schreibtisch setzte.

Oscar schüttelte den Kopf. »Es geht immer etwas mehr«, brummte er. »Ich denke, dass Leos Idee, dich hierher zu schicken, gut war, und ich möchte es ihm nachtun.«

»Inwiefern?«

»Tante Betty hatte eine Idee. Wir sollten uns noch mehr miteinander austauschen.«

»Die gute Tante Betty«, lächelte Alfred. Er mochte die Frau seines Onkels sehr, sie war sanft und voller Güte. Außerdem besaß sie wie seine Mutter Flora die Fähigkeit, sich immer neue Ideen einfallen zu lassen. So auch diesmal, hatte es den Anschein.

»Ihr Kinder könnt euer Wissen erweitern, indem ihr andere Unternehmen kennenlernt – wenngleich sie auch den gleichen Namen tragen.«

»Du meinst, dass Georg zu uns nach Köln kommen soll, um von Vater zu lernen?«

Oscar nickte. »Und dass du hierbleiben und von mir lernen könntest.«

»Wie Austauschschüler, die ein Jahr im Ausland verbringen?«

»Damit könnte man es vergleichen, ja. Was hältst du davon?«

»Tante Bettys Einfälle sind grandios!« Alfred musste nicht lange überlegen. Je länger er in Berlin blieb, desto größer waren die Chancen, die geheimnisvolle Fremde wiederzusehen. Ein sehr reizvoller Gedanke. Und wenn er dabei gleich noch etwas von seinem Onkel lernen konnte, umso besser. »Einverstanden«, nickte er eifrig. »Ich bleibe noch eine Zeit lang in Berlin.«

»Abgemacht.« Oscar strahlte und hielt ihm die Hand hin. Sein Händedruck war fest und drückte Entschlossenheit aus. »Gleich heute Nachmittag werde ich mit deinem Vater telefonieren und ihm von unserem Gespräch berichten.«

Alfreds Herz raste vor Aufregung und Vorfreude. Am liebsten wäre er von seinem Stuhl aufgesprungen, um Onkel Oscar zu umarmen.

Kapitel 19

Es dauerte einen Moment, bis Floras Augen sich an das Halbdunkel im Laden des Korbmachers Carl Walbrecher gewöhnt hatten. Es roch muffig hier drinnen, und das wenige Sonnenlicht, das durch die schmutzigen Scheiben ins Innere drang, reichte kaum aus, um etwas von der Einrichtung erkennen zu können. Der kleine Laden erinnerte Flora ein wenig an das enge Geschäft von Herrn Holst, in dem sie vor vielen Jahren als Ladenmädchen angefangen hatte. Damals, bevor Holst den Laden hatte verkaufen müssen. Flora und Leonhard hatten das Geschäft von ihm übernommen und so den Grundstein für ihr Unternehmen gelegt, ohne zu ahnen, wie erfolgreich sie als Geschäftsleute sein würden. Dreißig Jahre waren seitdem vergangen, und es fühlte sich für Flora an, als lebe sie heute in einer gänzlich anderen Welt. *Mein Gott*, dachte sie, *wo ist nur die Zeit geblieben?*

»Komme sofort.« Eine tiefe Stimme aus dem hinteren Bereich des Ladens ertönte als Reaktion auf das Klingeln des Glöckchens über der Ladentür. Ein Stuhl scharrte über die Dielen. Flora nutzte die verbleibende Zeit, um sich im Geschäft umzusehen. In den deckenhohen Regalen stapelten sich Korbwaren in allen nur denkbaren Formen und Größen. Auf der massiven Theke aus dunklem Eichenholz hatte sich eine dicke Staubschicht gebildet. Nur die eiserne Registrierkasse glänzte, als wäre sie eben frisch poliert worden.

Der schwere Vorhang, der den Laden vom hinteren Bereich abtrennte, wurde von einem untersetzten Mann mit abgewetzter Lederschürze und schräg sitzender Schiebermütze zur Seite geschoben. Flora schätzte ihn auf Ende fünfzig. Seine schwieligen Hände kündeten davon, dass er es gewohnt war, harte Arbeit zu verrichten. Die dichten schwarzen Haare waren von grauen Strähnen durchzogen. Flora fand, dass ihm ein Besuch beim Herrenfriseur gutgetan hätte. Der Mann musterte Flora alles andere als freundlich.

»Was ist?«, fragte er, ohne Floras freundliches Lächeln zu erwidern. Dunkle Augen unter buschigen Brauen blickten ihr feindselig entgegen.

So behandelt man keine Kunden, dachte Flora verärgert. *Kein Wunder, dass sein Laden so runtergekommen ist. Hierhin verirrt sich wohl kaum jemand.* Kurz überlegte sie, ob es sich bei dem untersetzten Mann tatsächlich um den Ladenbesitzer handelte oder nur um einen Angestellten mit schlechten Manieren, doch sie konnte sich nur schwer vorstellen, dass der Laden genügend Umsatz erwirtschaftete, um Personal zu bezahlen.

»Ich würde gern mit dem Inhaber sprechen«, sagte sie dennoch betont höflich und trat einen Schritt näher an den Tresen heran.

Der Mann deutete mit einem Daumen auf seine Brust, dann zupfte er sich die Lederschürze zurecht. »Steht vor Ihnen.«

»Sehr schön.« Flora hielt ihm die behandschuhte Hand hin. »Mein Name ist Flora Tietz, und ich würde gern …«

»Tietz?«, grollte Carl Walbrecher. Er schüttelte den Kopf. »Vergessen Sie es.«

»Bitte, hören Sie mich an.« Flora versuchte, nach außen hin Ruhe auszustrahlen. So leicht wollte sie sich nicht ins Bockshorn jagen lassen. »Ich bin gekommen, um Ihnen ein Angebot zu unterbreiten.«

»Nicht nötig.« Walbrecher winkte ab. »Das haben schon andere versucht. Erst letzte Woche war Max Baumann hier, um mich zur Geschäftsaufgabe zu überreden.« Der Mann lachte humorlos auf und tippte sich an die Schläfe. »Fürstlich entlohnen würde er mich, ha!« In seiner Stimme lag tiefes Misstrauen.

Flora wusste von Leonhard, dass ihr Bruder Max bereits mit den

Verhandlungen begonnen und dabei wenig Erfolg gehabt hatte. Ihr war klar gewesen, dass ihre eigenen Gespräche nicht einfach verlaufen würden, und sie hatte sich schon vor Beginn ihrer Reise einen Plan zurechtgelegt.

»Mein Bruder hat Ihnen nicht alles gesagt«, eröffnete Flora ihrem Gegenüber. Sie lächelte charmant.

Walbrecher zögerte. Er legte den Kopf schräg und schien zu überlegen. »Ach, dieser Baumann ist Ihr Bruder?«, fragte er, wahrscheinlich weniger aus echtem Interesse, als um mehr Zeit zum Nachdenken zu gewinnen.

Flora nickte. »Ja, er leitet unser Haus in Elberfeld und wurde von meinem Mann Leonhard mit der Planung eines neuen, größeren Kaufhauses beauftragt.«

»Das weiß ich«, bellte der Ladenbesitzer erbost. Er ließ die flache Hand auf den Tresen sausen. Flora zuckte zusammen. »Und damit will er uns allen den Hahn abdrehen. Wir sollen Platz machen und unsere Geschäfte aufgeben, damit sich die Familie Tietz hier ausbreiten kann.« Wieder tippte er sich an die Schläfe. »Keine Ahnung, wie man so größenwahnsinnig sein kann, den kompletten Elberfelder Einzelhandel ausrotten zu wollen, aber wir werden uns nicht vertreiben lassen.«

»Es geht uns nicht darum, die kleinen Händler auszurotten«, widersprach Flora. Sie war um Fassung bemüht und versuchte, trotz der Vorwürfe ihres Gegenübers freundlich zu bleiben.

»Sie wollen uns vertreiben, um hier einen Konsumtempel zu errichten, der alles andere in den Schatten stellt«, behauptete Carl Walbrecher missmutig.

»Wir finden sicher eine Lösung, mit der alle Seiten gut leben können«, versicherte Flora ihm mit eindringlicher Stimme. »Und dabei rede ich nicht nur von einer Abfindung, damit Sie ihr Geschäft aufgeben.«

»Ach nein?« Er hatte sich schon umgewandt, um in seinem Büro zu verschwinden. Im Durchgang hielt er inne. »Was haben Sie sich vorgestellt?« Langsam wandte er sich zu ihr um. Die dunklen Augen hatte er zu Schlitzen verengt.

Flora schöpfte Hoffnung angesichts seiner Bereitschaft, ihr zuzuhören. »Wir wollen niemanden vertreiben«, beteuerte sie hastig. »Aber das neue *Tietz* wird groß, sehr groß. Dennoch ist uns daran gelegen, niemanden in seiner Existenz zu gefährden.«

»Was meinten Sie mit ›mehr als eine Abfindung‹?«

»Das würde ich Ihnen gern in Ruhe erläutern«, erwiderte Flora.

Walbrecher seufzte, dann zeigte er nach hinten. »Kommen Sie mit in mein Büro«, brummte er.

Innerlich jubilierte Flora, als sie Walbrecher in den hinteren Bereich folgte. Auf der rechten Seite lag eine Werkstatt, in der sich Werkzeuge und Arbeitsmaterialien für die Herstellung von Korbwaren stapelten. Nachdem Flora einen kurzen Blick hineingeworfen hatte, folgte sie Walbrecher in sein Refugium. Das Büro wirkte eng und erdrückend, das Mobiliar war alt und zerkratzt, und auch hier lag über allem eine Staubschicht. Das Gemälde an der Wand, das die Weiden des Bergischen Landes zeigte und wohl etwas Schönheit in diese triste Umgebung bringen sollte, war vergilbt. Walbrecher ignorierte Floras neugierige Blicke und nahm hinter seinem Schreibtisch Platz, auf dem sich wahre Aktenberge häuften. Sein Stuhl knarzte vernehmlich. »So«, sagte er, »dann bin ich gespannt, was Sie mit anzubieten haben.«

Erleichtert registrierte Flora, dass sich Walbrechers Gesichtszüge etwas entspannt hatten. *Der erste Schritt ist getan*, dachte sie zufrieden, als er sie bat, auf einem der beiden Stühle vor seinem Schreibtisch Platz zu nehmen.

*

An diesem Vormittag fiel es Alfred schwer, sich auf die Arbeit zu konzentrieren. Die schöne Frau vom Vortag ging ihm einfach nicht aus dem Kopf. Immer wieder erwischte er sich dabei, wie er an sie dachte. Jedes Mal, wenn er kurz die Augen schloss, sah er ihr bezauberndes Lächeln und bildete sich ein, ihre glockenhelle Stimme zu hören.

»Was hast du nur mit mir gemacht?«, fragte er sich halblaut, während er zum Fenster hinausblickte.

»Wer – ich?«

Die tiefe Stimme seines Onkels ließ ihn zusammenzucken. Oscar war hinter ihn getreten und beobachtete ihn im Spiegelbild der Fensterscheibe. Alfred errötete, als den fragenden Blick seines Onkels bemerkte. »Nein, ich meinte …« Er brach ab.

Oscar lachte. »Ich ahne, was mit dir los ist.« Er legte eine Hand auf Alfreds Schulter. »Da steckt doch ein Mädchen dahinter, habe ich recht?«

Alfred fühlte sich ertappt. Er hoffte, dass sein Onkel im Spiegelbild nicht sah, dass er errötete. »Ja«, gab er mit belegter Stimme zu. »So ist es.«

»Der Junge ist verliebt!«, rief Oscar entzückt. »Das sind doch wundervolle Neuigkeiten.« Als er bemerkte, dass Alfred sich nicht recht zu freuen schien, stutzte er. »Oder wartet sie in Köln auf dich? Vermisst du sie so?«

»Nein.« Alfred schüttelte den Kopf. »Sie lebt hier in Berlin.«

»Na dann, worauf wartest du? Wie die Berliner so schön sagen – immer ran an die Buletten!«

»Wenn das nur so einfach wäre.«

»Ach was – du bist doch ein attraktiver junger Mann, Alfred.« Oscar hieb ihm jovial auf die Schulter. »Verlier keine Zeit!« Als Alfred nicht antwortete, fragte er: »Kenne ich sie?«

»Das weiß ich nicht«, antwortete Alfred wahrheitsgemäß. »Wir haben uns hier im Warenhaus kennengelernt. Und ich war so töricht, sie zu bitten, ein wunderschönes Kleid für mich anzuziehen – einfach so!«

»Wann war das?«

»Gleich an meinem ersten Tag in Berlin.«

Erst jetzt schien bei Oscar anzukommen, was sein Neffe gesagt hatte. »Du hast sie gebeten …«

»Ja, und es ist mir rückblickend äußerst unangenehm.« Alfred senkte den Blick. »Wie kindisch ich doch war!«

»Ach was«, winkte Oscar ab. »Manchmal machen wir Männer verrückte Sachen – meistens dann, wenn uns eine Frau den Kopf verdreht hat.«

»Meine Zeit hier in Berlin ist begrenzt, und ich werde sie wohl nie wiedersehen, wenn ich wieder zurück in Köln bin.« Alfred fühlte sich elend, wenn er an seine Heimreise dachte.

»Also ich finde, du hast gute Chancen«, erwiderte Oscar. »Bei der Arbeit nehme ich dich wie geplant unter meine Fittiche. Und deine Freizeit wirst du dann nutzen, um die Dame auszuführen. Dann wirst du sehen, ob sie zu dir passt.«

Alfred war froh, dass sein Onkel offenbar bereit war, ihm die nötige Freiheit zu geben, um nach der schönen Frau zu suchen.

»In der Zwischenzeit kannst du dir einen Plan zurechtzulegen. Wie willst du ihr Interesse wecken, wie willst du sie für dich gewinnen?«

»Mir wird schon etwas einfallen.« Alfred spürte eine neue Zuversicht.

»Von mir aus kannst du so lange in Berlin bleiben, wie du möchtest«, hörte er die Stimme seines Onkels. »Ich habe genügend Arbeit für dich und bin für jede Unterstützung dankbar.«

»Das wird nicht funktionieren«, entgegnete Alfred. »Also versteh mich bitte nicht falsch, ich bin dir sehr dankbar für dein großzügiges Angebot, aber Vater braucht mich in Köln. Jetzt, wo er mir so viel

Verantwortung gegeben hat, kann ich mich nicht auf meinen Lorbeeren ausruhen und muss zeigen, was in mir steckt.« Alfred seufzte. Die Vorstellung, für einen längeren Zeitraum in Berlin bleiben zu können, war verlockend. »Außerdem«, fügte er hinzu, »bin ich bei der Leonhard-Tietz-Aktiengesellschaft das jüngste Vorstandsmitglied.«

»Und das mit sechsundzwanzig – Respekt«, lachte Oscar. »Aber was dein Mädchen betrifft, so wirst du sie zum gegebenen Zeitpunkt wohl überzeugen müssen, dass es sich auch in Köln gut leben lässt.« Alfred schwieg verdutzt; auf diesen Gedanken war er noch gar nicht gekommen.

Sein Onkel fuhr fort. »Und eines kann ich ihr gern schriftlich geben: Für einen Mann wie dich lohnt es sich, Berlin zu verlassen.«

Kapitel 20

»Schwesterherz, wie schön, dich zu sehen.« Max Baumann erhob sich von seinem Stuhl, um Flora zu empfangen. »Was treibt dich nach Elberfeld? Die Sehnsucht nach deinem Bruder?« Mit einem Lächeln auf den Lippen umrundete er seinen wuchtigen Schreibtisch, der dem von Leonhard in Köln in nichts nachstand, und umarmte Flora. Sie hatte sich gleich nach ihrem letzten Gespräch mit einem der Einzelhändler, einem Uhrmacher namens Heinrich Adener, auf den Weg zum *Tietz* an der Herzogstraße gemacht, um ihrem Bruder einen Besuch abzustatten.

Flora löste sich aus seiner Umarmung und betrachtete ihren jüngeren Bruder. Aus dem verwegenen Abenteurer und Weltenbummler von früher war ein gestandener Geschäftsmann geworden, der eine natürliche Souveränität ausstrahlte. Sein schwarzer Maßanzug saß perfekt, das hochgeschlossene Hemd war blütenweiß, die schwarzen Lederschuhe blank poliert. Kaum zu glauben, dass Max mehrere Jahre durch Afrika gereist war, bevor er ins Unternehmen seines Schwagers eingetreten war. Viel Zeit war seitdem vergangen, Max hatte eine Menge gelernt und sich das kaufmännische Geschick seines Schwagers angeeignet.

Und Flora wusste, dass Leonhard die Meinung ihres Bruders bei anstehenden Entscheidungen enorm wichtig war. Die beiden verstanden sich blendend, nicht nur, wenn es um das Geschäft ging. Flora war dankbar dafür, dass sich ihr Mann und ihr liebster Bruder so gut verstanden und das Geschäftliche mit dem Privaten im Einklang war.

Sie trat an Max vorbei zum Fenster. Er arbeitete in einem großen

Büro im oberen Stockwerk über dem eigentlichen Kaufhaus. Von seinem Fenster aus hatte man einen wundervollen Blick auf die Dächer der Stadt.

Majestätisch thronte das Elberfelder Rathaus über dem Neumarkt. Flora erinnerte sich noch gut an den großen Festakt vor neun Jahren, als der Kaiser das prächtige Gebäude gemeinsam mit der Schwebebahn, die Elberfeld und Barmen verband, sowie mit der Ruhmeshalle im benachbarten Barmen eingeweiht hatte. Einen Tag lang hatte das ganze Reich nach Elberfeld geblickt. Heute schien die Kupferhaube des Rathausturmes im Licht der gleißenden Sonne zu glühen. Flora senkte den Blick und sah sich die Marktstände zwischen dem *Tietz* und dem Rathaus an, auf denen die Händler ihre Waren lautstark feilboten.

»Elberfeld brodelt fast so vor Leben wie Köln oder Düsseldorf«, bemerkte Max, der Floras Blick richtig deutete.

»Die Stadt wächst und wächst.« Lächelnd wandte sie sich vom Fenster ab. »Wie schön, hier bei dir zu sein, Mäxchen.« Sie setzte sich.

»Wie ergeht es euch in Köln?«

»Die Geschäfte laufen gut. Alfred ist immer noch in Berlin, um für Leo einige Aufträge zu erfüllen, und der Bau des neuen *Tietz* an der Schildergasse geht voran.«

»Ich wünschte, das könnte ich von dem Elberfelder Neubau auch behaupten«, seufzte Max und fuhr sich mit der flachen Hand über das müde Gesicht. »Doch die kleinen Händler wehren sich, ihre Geschäfte aufzugeben.«

»Leo hat mir davon berichtet.«

»Ich habe ihnen andere Standorte angeboten, an denen sie weiterhin ihre Geschäfte machen können, eine finanzielle Entschädigung und natürlich, dass wir die Kosten für den Umzug tragen, doch sie sind nicht dazu zu bewegen, die Läden an der Herzogstraße aufzugeben.«

»Deshalb bin ich hier«, eröffnete Flora ihrem Bruder. »Ich habe mir erlaubt, Kontakt zu den Ladenbesitzern aufzunehmen.«

Max machte große Augen. »Du hast … was?«

Flora musste lachen. »Du kennst mich, Brüderchen. Ich bin eine Frau der Tat.«

Er lächelte. »Und du hast auch nie Konflikte gescheut, wenn sie sich nicht vermeiden ließen.«

»So ist es.«

»Also«, sagte Max mit kaum verhohlenem Interesse. »Was ist bei den Gesprächen rausgekommen?«

Flora hatte große Freude daran, ihn auf die Folter zu spannen. »Nun, sagen wir mal, ich war ein wenig einfallsreicher dabei, ihnen die Aufgabe ihrer Läden schmackhaft zu machen.«

»Nun rück schon raus mit der Sprache«, drängte Max ungeduldig. »Werden sie ihre Geschäfte aufgeben?«

»Ja.«

»Einfach so?«

»Nicht einfach so, ich musste ihnen schon einen guten Vorschlag präsentieren.«

»Du hast mehr Geld als Abfindung geboten, nehme ich an?«

»Nein, das nicht. Ich habe ihnen zugesichert, dass sie ihre Waren auch weiterhin in der Herzogstraße verkaufen dürfen.«

Max schüttelte verwirrt den Kopf. »Aber dann kann es ja nichts werden mit dem Neubau des *Tietz*.«

»Doch, und zwar genauso, wie es der Architekt geplant hat.«

»Dann müssten die alten Häuser auf der Herzogstraße weichen«, erinnerte Max sie. »Wie stellst du dir das vor?«

Floras Blick glitt zur gegenüberliegenden Wand. Hier hatte Max die großformatigen Skizzen des Architekten aufgehangen, die das neue *Tietz* in all seiner Pracht zeigten. Dabei handelte es sich um ein gewaltiges Bauwerk mit großen Fensterpartien an beiden Fronten, die nur von opulenten Säulen und prächtigen Simsen getrennt wurden. Über dem Eingang gab es eine prächtige Galerie, die sich harmonisch in das Gesamtbild des Neubaus einfügte und wie ein weit offen stehendes Tor auf die Kundschaft zu warten schien. Die Entwürfe nahmen fast eine ganze Seitenwand des Büros ein. So wollte sich das *Warenhaus Tietz* schon bald präsentieren, dabei hatte es einmal so klein angefangen.

Flora erinnerte sich noch gut an die Zeit, als Max hier unter der Leitung seines Schwagers und seiner Schwester das erste Warenhaus in Elberfeld eröffnet hatte. Damals waren die Menschen in Scharen gekommen, um sich von der neuen Sensation des Einzelhandels ein Bild zu machen. Mehr als zwanzig Jahre war das nun her, doch aufgrund der Industrialisierung wuchs die Stadt immer noch rasant. Arbeiter zogen ins Tal an der Wupper, um hier ihren Lebensunterhalt zu verdienen, Fabrikanten kamen, um neue Standorte für ihre Betriebe zu bauen, und dadurch stieg die Bevölkerungsanzahl immer weiter an. Auch die Kaufkraft der Menschen in Elberfeld wuchs, und so war das Geschäftshaus an der Herzogstraße im Herzen der Innenstadt mit der Zeit zu klein geworden.

Flora, Leonhard und Max hatten beschlossen, ein paar Meter weiter ein Warenhaus nach französischem Vorbild zu schaffen. Mit mehreren Abteilungen, die das ganze Sortiment des täglichen Bedarfs abdeckten. Leo hatte Flora damit beauftragt, diese Abteilungen mit Leben zu füllen. Nun, so schien es, hatte sie eine Lösung gefunden, um diesen Traum doch noch Wirklichkeit werden zu lassen.

Flora erhob sich von ihrem Stuhl und trat an die Zeichnungen heran, um sie aus nächster Nähe studieren zu können. Sie bewunderte die zahlreichen Details, die der Architekt eingearbeitet hatte. »So schön diese Pläne sind, Herr Kreis wird die Grundrisse noch einmal überarbeiten müssen, fürchte ich.«

Max war ebenfalls aufgestanden. Er stellte sich mit auf dem Rücken verschränkten Händen neben Flora und begutachtete die Entwürfe. »Aber warum?«, fragte er, ohne den Blick von den Skizzen abzuwenden. »Kreis hat die Abteilungen in enger Rücksprache mit Leonhard und mir geplant.«

»Das war vor meinen Gesprächen«, entgegnete Flora. Sie streckte die Hand aus und zog einen Kreis in der Luft. »Hier«, sagte sie und zeigte auf den Grundriss des ersten Stockwerkes, »werden wir künftig Spielzeuge, Korbwaren und Koffer, aber auch Kunstgewerbe und Uhren anbieten. Und diese Waren werden wir von den Einzelhändlern beziehen, die wir andernfalls verdrängen würden.«

Max schwieg einen Moment lang verblüfft, dann lachte er. »Du bist genial, liebe Schwester! Und die Einzelhändler haben sich damit einverstanden erklärt?.«

»Noch nicht offiziell, aber das dürfte jetzt nur noch eine Formsache sein«, sagte Flora. Sie war nach den mitunter anstrengenden und aufreibenden Gesprächen mit den Ladenbesitzern voller neuer Hoffnung.

»Bilder, Blumen, fotografische Artikel könnten wir ebenso anbieten wie Porzellan oder Haushaltswaren«, fuhr sie fort.

»Aber der prächtige Teppichsaal im dritten Stockwerk bleibt erhalten, nehme ich an?«

»Natürlich bekommst du deinen Teppichsaal«, sagte Flora lächelnd. Sie kannte ihren Bruder gut genug, um zu wissen, dass er großen Wert auf die Umsetzung seiner Ideen legte.

»Hervorragend.« Max wirkte erleichtert.

»Und es wird einen Erfrischungssaal geben, natürlich ganz oben. Wer etwas essen oder trinken möchte, soll zunächst Gelegenheit haben, durch unsere Abteilungen zu flanieren.«

»Ob das ankommt?« Max zog die Stirn in Falten. »Und auch die Sortimentserweiterung, also ich weiß nicht recht, Flora.«

»Du wirkst nicht sonderlich begeistert von meinen Ideen.«

Max wiegte den Kopf. Er schien sich nicht dazu durchringen zu können, ihren Plänen sofort zuzustimmen – schließlich war er ihr kleiner Bruder, und als solcher lag es ihm nicht, es ihr leicht zu machen. *Er kann ein wahrer Dickkopf sein*, dachte Flora. Doch sie wusste aus Erfahrung, dass sie nicht lange brauchen würde, bis sie ihn von ihren Vorstellungen überzeugt hatte.

Max seufzte. »Es ist sicherlich von Vorteil, wenn die Kunden bei uns alles unter einem Dach kaufen können, dennoch muss ich mich erst mit dem Gedanken anfreunden, dass wir Verträge mit den Einzelhändlern werden abschließen müssen, um ihnen eine Umsatzgarantie geben zu können.«

»Das ist die Voraussetzung für den Neubau«, erinnerte Flora ihn. »Aber ich bin sicher, weder wir noch die Ladenbesitzer werden diese Entscheidung bereuen.«

»Du musst mit Leonhard absprechen, dass sie ihre Waren auch in unseren anderen Häusern anbieten dürfen.«

»Das werde ich. Aber ich bin überzeugt davon, dass es auch für Leo eine Erleichterung beim Einkauf und der Beschaffung unserer Waren ist, wenn wir unsere Geschäftspartner künftig unter unserem Dach haben.«

»Hoffentlich behältst du recht«, brummte Max, der offensichtlich noch immer Zweifel hatte. Doch sie war sicher, dass auch er sich schon bald für das neue Konzept begeistern würde.

Kapitel 21

Am späten Nachmittag kehrte Flora an den Elberfelder Hauptbahnhof zurück, um den ersten Abendzug Richtung Köln zu nehmen. Eine Droschke hatte sie von der Herzogstraße aus hierhergebracht. Obwohl sie den kurzen Weg an diesem lauen Sommerabend auch zu Fuß zurückgelegt hätte, hatte Max darauf bestanden, sie herfahren zu lassen.

Nun reihte sich das Fuhrwerk neben dem imposanten Bahnhofsgebäude in die anderen, auf neue Fahrgäste wartenden Droschken ein. Auf dem Weg über den Vorplatz sah Flora zwei Männer, die an ihren schweren Handkarren lehnten und Zigarren rauchten. Sie beäugten Flora kurz und tuschelten miteinander, dann verloren sie das Interesse an der vornehm gekleideten Frau.

Die Uhr über dem Eingang verriet Flora, dass es an der Zeit war, Abschied zu nehmen von ihrer alten Heimat Elberfeld. Bevor sie die breiten Stufen emporstieg, blickte sie sich ein letztes Mal um. Sanft schmiegten sich die grünen Hügel ans Ufer des schwarzen Flusses. Vor den prächtigen Fassaden der Wohn- und Geschäftshäuser ragte das graugrüne Stahlgerüst der Schwebebahn auf beiden Seiten der Wupper in die Höhe. Gerade kam ein Wagen aus dem Schwebebahnhof gerollt. Quietschend und surrend nahm das rote Vehikel Fahrt in Richtung Barmen auf.

Flora verspürte eine gewisse Wehmut, als sie sich von diesem Anblick losriss und die Bahnhofshalle betrat. Sie hatte gern in Elberfeld gelebt. Doch ihre Villa in Köln war um einiges schöner und komfortabler als die Wohnung, in der sie hier gelebt hatten, und Flora freute sich darauf, in die Villa Tietz zurückzukehren und Leo die gute

Nachricht zu überbringen, dass dem Neubau nun nichts mehr im Weg stand.

*

Alfred verspürte keine Müdigkeit, obwohl sein Tag lang und hart gewesen war. Onkel Oscar hatte ihn dem Einkaufsleiter Dr. Zippel anvertraut, einem verhutzelten kleinen Mann, der mit seinem Kaiserbart eher wie ein Gartenzwerg wirkte als wie jemand, der mitbestimmte, wo die *Tietz*-Kaufhäuser ihre Waren bezogen. Oscar hatte Zippel gebeten, Alfred in alle Geheimnisse des Hauses einzuweihen. »Er ist einer von uns, Zippel«, hatte Oscar dem Kaufmann mit auf den Weg gegeben.

Später war Alfred im Kontor gewesen, wo er den Lagermeistern über die Schultern geschaut hatte. Hier hatte sich die Arbeitsweise kaum von der unterschieden, die er aus dem väterlichen Betrieb in Köln kannte. Doch insgesamt war es eine Bereicherung gewesen, in einen anderen Betrieb hineinschnuppern zu dürfen, und so hätten die zahlreichen Eindrücke des Tages und die Nachwirkungen der letzten Nacht eigentlich ausreichen müssen, um ihn schläfrig zu machen. Aber spätestens, als er aus dem Kaufhaus an die frische Luft trat und am Alexanderplatz im Gewimmel aus Frauen, Männern und Kindern stand, war an Müdigkeit nicht zu denken. Alfred hatte sich einen Plan zurechtgelegt, wie er seiner Herzensdame näherkommen konnte.

Ein schelmisches Lächeln huschte über seine Lippen, als er mit einem in Papier eingeschlagenen Paket den Weg zum Hotel antrat. Viel Zeit würde er dort nicht haben, und nur kurz war er versucht, ein kleines Nickerchen einzulegen, doch er wollte die Umsetzung seines Plans um nichts in der Welt hinauszögern.

*

Margarete war nach ihrem ersten Tag als Lehrerin furchtbar erschöpft, doch da in der Volksküche eine andere Freiwillige ausgefallen war, hatte sie sich breitschlagen lassen, dort eine zusätzliche Schicht zu übernehmen. Margarete konnte nicht gut Nein sagen, und der Gedanke daran, dass man die armen Leute heute nicht würde versorgen können, weil jemand fehlte, war unerträglich für sie.

Sie nahm den Doppeldeckerbus der Linie fünf, die regelmäßig zwischen dem Stettiner Bahnhof und Schöneberg pendelte, löste beim mürrisch dreinblickenden Schaffner eine Fahrkarte und nahm die enge Wendeltreppe, die zum offenen Oberdeck führte. Dabei musste Margarete sich gut festhalten, denn der Fahrer war bereits losgefahren.

Die Abendsonne tauchte die Stadt in ein goldenes Licht, und Margarete störte es nicht im Geringsten, dass sie von den auf den Holzbänken sitzenden Fahrgästen neugierig gemustert wurde. Ein junger Mann nickte ihr zu, dann vertiefte er sich wieder in seiner Zeitung, wobei er unentwegt mit dem Fahrtwind kämpfte, der das dünne Papier flattern ließ wie einen überdimensionalen Schmetterling.

Margarete fand einen freien Platz im vorderen Bereich über dem Fahrerstand. Der Wagen neigte sich bedenklich zur Seite, wenn er in eine Kurve fuhr, doch Margarete vertraute auf das fahrerische Können des Mannes am Volant und genoss die Fahrt. Es dauerte nicht lange, und ihr fielen die Augen zu. Immer wieder schreckte sie auf und blinzelte verschlafen in die Sonne. *Bloß nicht einschlafen*, ermahnte sie sich, *sonst verpasst du die Haltestelle.* Die Fahrt dauerte eine halbe Stunde, dann hatte Margarete ihr Ziel erreicht. An der Galerie hangelte sie sich zum hinteren Teil des Doppeldeckers, hastete die schmalen Stufen hinunter und sprang auf den Bordstein. Den Rest des Weges würde sie zu Fuß zurücklegen müssen. Noch immer verkehrte im Scheunenviertel keine Buslinie.

Es war nicht leicht, durch das Armutsviertel zu laufen, denn an jeder Ecke und vor jedem Haus lauerte das Elend. Kinder in heruntergekommenen Kleidern saßen am Straßenrand und blickten traurig zu ihr auf, Männer begafften sie lüstern, einige pfiffen ihr hinterher, eine alte Frau schimpfte grundlos mit Margarete. Offenbar war die Alte geistig verwirrt. Margarete nickte ihr freundlich zu und machte, dass sie weiterkam. Sie war spät dran und nahm sich keine Zeit zum Verschnaufen. In der Volksküche wartete man sicher schon auf sie.

Kapitel 22

Das Brummen eines näher kommenden Automobils ließ Flora aufblicken. Sie hatte es sich in Leonhards altem Lehnsessel am Fenster bequem gemacht und ein wenig gelesen, um sich die Zeit bis zu seiner Heimkehr zu vertreiben. Es gab so viel zu erzählen von der Reise nach Elberfeld. Er würde staunen, wenn sie ihm verkündete, dass sie den Neubau an der Herzogstraße nun in die Realität umsetzen konnten. Max wollte gleich am nächsten Tag mit den Juristen die Verträge vorbereiten.

Das Motorgeräusch wurde lauter. Als Flora aus dem Fenster blickte, sah sie, wie der schwarze Wagen ihres Mannes in der Einfahrt zum Stehen kam. Mit einem letzten Schnaufen erstarb der Motor.

Er ist früh dran, stellt Flora fest, während sie ihr Buch zuklappte und auf die Sessellehne legte. Voller Vorfreude verließ sie den Salon und traf in der Eingangshalle auf Hilde, die seit ihrem Einzug in die Villa als Hausdame angestellt war. Hilde war gerade im Begriff gewesen, Leonhard die Tür zu öffnen. »Möchten Sie übernehmen, gnädige Dame?«, fragte sie beflissen.

»Ja, Hilde«, erwiderte Flora mit einem Lächeln, »wenn Sie nichts dagegen haben, öffne ich meinem Mann die Tür – es gibt viel zu erzählen.«

»Gern, Frau Tietz.« Hilde nickte und zog sich in Richtung Küche zurück. Flora sah ihr hinterher. Hilde war eine stämmige Frau von Mitte vierzig. Ob sie verheiratet war oder Kinder hatte, wusste Flora nicht. Hilde gab nicht viel von ihrem Privatleben preis. Sie war die gute Seele des Hauses, sie half den Zimmermädchen beim Haushalt, stand der Köchin und den Küchenmädchen zur Seite und kümmerte sich aufopferungsvoll um Leonhard und Flora.

Vor dem Haus wurde ein Wagenschlag geöffnet. Flora riss die schwere Haustür auf und erblickte Leonhard, der mit einem strahlend weißen Taschentuch einen Fleck vom geschwungenen Kotflügel des Automobils wischte. Flora wusste, dass das Gefährt Leos ganzer Stolz war. Er hatte es von Carl Benz in Mannheim bekommen. Der Wagen war ein Einzelstück und hatte ein Vermögen gekostet, doch Leonhard war von neuen Erfindungen schon immer sehr fasziniert gewesen. Und ein eigenes Automobil zu besitzen bedeutete, flexibel und mobil zu sein.

Leonhard ließ das Taschentuch in der Manteltasche verschwinden und näherte sich dem Haus, offenbar tief in Gedanken. Seinen Blick hielt er gesenkt, die obere Gesichtshälfte war von der breiten Krempe seines Homburger Huts verdeckt, in einer Hand trug er seine Ledertasche. Der braune Zweiteiler mit modischem Fischgrätmuster ließ ihn jünger erscheinen, die passenden dunkelbraunen Lederschuhe glänzten, als hätte er sie eben noch mit einer Speckschwarte eingerieben.

Flora wartete unter dem steinernen Vordach auf ihren Mann.

Erst, als Leonhard auf der oberen Stufe ankam, schien er zu bemerken, dass Flora ihn erwartete. Er zuckte überrascht zusammen und wich einen halben Schritt zurück, dann erhellte sich seine Miene. »Bella«, rief er und streckte die Arme aus. »Wie schön, dich zu sehen!«

Flora schlang die Arme um seinen Hals und küsste ihn. Sie genoss das vertraute Gefühl seiner Lippen auf den ihren. Auch nach all den Jahren fühlte sich die Liebe zwischen ihnen so frisch und lebendig an wie am ersten Tag.

Irgendwann löste Flora sich von Leonhard, ergriff seine freie Hand und zog ihn ins Haus. »Wie war dein Tag?«

»Ach, du weißt schon – arbeitsreich«, antwortete er mit einem Achselzucken. »Aber nun bist du ja bei mir, und alles könnte besser nicht sein.« Flora musste lächeln. Ihr Mann war nie um ein nettes Kompliment verlegen. »Aber wie ist es dir in Elberfeld ergangen? Hast du deinem Bruder meine Grüße ausgerichtet?«

»Selbstverständlich.« In der Halle nahm sie ihm die Tasche ab, stellte sie auf die große Kommode, dann half sie ihm aus dem Mantel, den er über dem Zweireiher trug. Er nahm den Homburg vom Kopf und legte ihn sorgsam auf die Ablage über der Garderobe. »Also, liebe Frau, war deine Reise nach Elberfeld von Erfolg gekrönt?«, fragte er dann.

»Sie war sogar sehr erfolgreich«, sagte Flora mit einem stolzen Lächeln auf den Lippen.

Leonhard musste schmunzeln. »Etwas anderes hätte ich auch nicht erwartet«, antwortete er und folgte Flora in den Salon. Sie rückte ihm den bequemen Ohrensessel am Fenster zurecht und sah ihm schweigend dabei zu, wie er sich in die weichen Polster sinken ließ und die Beine übereinanderschlug. »Nun rück schon raus mit der Sprache«, forderte er sie mit gespielter Ungeduld auf.

»Es hat funktioniert«, eröffnete Flora ihm. »Die Händler haben sich auf meinen Vorschlag eingelassen und werden ihre Geschäfte ausnahmslos räumen.«

Leo sprang aus seinem Sessel, nahm sie bei den Schultern, bedachte sie mit einem dankbaren Blick und küsste sie. »Du hast es geschafft!«, rief er erleichtert.

»Ja«, nickte sie. »Wir können das neue Kaufhaus in Elberfeld bauen, Leo.« Sie schmiegte sich an seine Brust und spürte sein Herz vor Freude klopfen.

»Das ist wundervoll.« Leo sprach leise. Als sie zu ihm aufblickte, sah sie, dass seine Augen feucht schimmerten. »Du bist einfach großartig, Bella.«

»Ich liebe dich, Leonhard Tietz.«

»Ich liebe dich, Flora«, erwiderte er glückselig. »Lass uns auf deinen Erfolg anstoßen, und dann berichtest du mir von deiner Reise. Ich will alles ganz genau wissen.«

Flora nickte und trat an das Kabinett, um ihnen zwei Gläser Rotwein einzuschenken. »Es gibt ein paar Bedingungen, die ich mit den Händlern abgemacht habe, die wir besprechen sollten«, erzählte sie ihm, nachdem sie angestoßen hatten.

»Bedingungen?« Eine Sorgenfalte erschien auf Leonhards Stirn.

»Ja, aber es sind Bedingungen, mit denen wir alle gut leben können. Nur muss der Architekt die Aufteilung der Abteilungen noch einmal überarbeiten.«

Flora zog sich einen Stuhl heran, Leonhard sank zurück in seinen Sessel, und sie berichtete ihm, was sie mit den Elberfelder Geschäftsleuten vereinbart hatte. Mit jedem Satz entspannten sich Leonhards Gesichtszüge ein wenig mehr. Am Ende saß er mit zufriedenem Gesichtsausdruck da und sah Flora voller Bewunderung an.

»Das klingt in der Tat so, als würden alle Seiten davon profitieren«, stimmte er ihr zu, nachdem sie ihre Ausführungen beendet hatte. »Gleich morgen werde ich meine Einkäufer ins Büro zitieren, damit sie sich auf die neuen Gegebenheiten einstellen können.«

*

Margarete war am Abend für den Dienst an der Pforte der Volksküche einteilt worden. Nachdem sie in die Schürze geschlüpft war und das graue Häubchen aufgesetzt hatte, wurde jeder Bedürftige von ihr in Empfang genommen. Viele der verhärmt wirkenden Gestalten kannte sie bereits beim Namen.

»Guten Abend, Friedrich«, begrüßte sie einen untersetzten Mann, der kaum älter war als sie. Sein Haar war zu lang und fettig, die Bartstoppeln bildeten dunkle Schatten in seinem ausgemergelten Gesicht, Hut und Mantel waren speckig, die Schuhe wiesen Löcher auf.

»'n Abend, Grete«, erwiderte der Mann leise und verhalten. Es war offensichtlich, dass er sich für seine Armut schämte. Friedrich senkte den Blick und druckste herum. »Wenn heute jemand nach meenen Füßen sehen könnte? Ick hab' mir schlimme Blasen jeloofen.«

»Ich denke, dass heute eine Krankenschwester Dienst hat«, sagte Margarete nickend. »Aber erst mal eine warme Mahlzeit, damit du zu Kräften kommst. Sicher bist du hungrig?«

»Und wie.« Der Mann grinste und zeigte ihr zwei Zahnlücken.

»Dann gibt es erst einmal eine heiße Suppe.« Margarete bedeutete ihm, einzutreten. »Den Weg kennst du ja.«

»Klaro.« Friedrich lüpfte kurz den Hut, dann verschwand er in Richtung der Kantine.

Margarete wandte sich wieder der Schlange zu. Vor ihr stand ein weiterer Mann. Er hatte sich den Hut weit ins Gesicht gezogen, fast so, als wolle er unerkannt bleiben. Das war nicht außergewöhnlich, denn zahlreiche arme Menschen, die herkamen, wollten nicht dabei gesehen werden, wie sie Hilfe in Anspruch nahmen. Seine Kleidung war schmutzig, wirkte aber nicht so verschlissen wie die seines Vorgängers. Margarete vermutete, dass es ihm noch nicht allzu lange schlecht ging. Womöglich hatte er seine Arbeit erst vor wenigen Tagen verloren – oder man hatte ihm die Wohnung gekündigt.

»Was kann ich für Sie tun, mein Herr?« Fremden gegenüber war Margarete weniger vertraulich, sie wahrte die Regeln der Höflichkeit.

Der Mann zuckte stumm die Schultern.

»Hallo? Dauert det noch lange?«

Margarete sah an dem Mann vorbei auf die immer länger werdende Schlange der Wartenden hinter ihm. Die anderen Menschen wurden bereits ungeduldig.

»Jeht det ooch schneller da vorne?«, fuhr eine alte, zahnlose Frau fort. Aber noch bevor Margarete etwas erwidern konnte, wurde die Alte von den anderen Wartenden zum Schweigen gebracht.

»Also?«, fragte Margarete den Mann vor ihr. »Was kann ich für Sie tun? Eine warme Mahlzeit, ein Bett, oder haben Sie gesundheitliche Beschwerden?«

»Nein, dass nun nicht.« Er hielt immer noch den Blick gesenkt. »Also – nicht, dass ich wüsste.«

Margarete hatte das Gefühl, die Stimme mit dem warmen Timbre irgendwoher zu kennen, doch sie konnte sie nicht zuordnen. »Sie müssen schon sagen, wo der Schuh drückt«, forderte sie den Gast auf. »Was also kann ich für Sie tun, mein Herr?«

Da ruckte der Kopf des Mannes hoch, und Margarete traf fast der Schlag. Fast hätte sie ihn nicht erkannt in seiner schmuddeligen Kleidung. Sie kannte ihn schließlich nur im Maßanzug. Mit ihm hätte sie hier in hundert Jahren nicht gerechnet. Es war der Mann aus dem Kaufhaus, der angeblich zur reichen Familie Tietz gehörte. Der Mann, der ihr gestern Abend im Café Monopol begegnet war und sie zu ihrer törichten Flucht veranlasst hatte. Dass sie so einfach in der Nacht verschwunden war, war ihr inzwischen ziemlich peinlich.

Margarete sah ihn wortlos an. Sie wusste nicht, was sie sagen sollte. Er schob sich die Mütze weit in den Nacken und grinste. »Was Sie für mich tun könnten – nun, Sie könnten meine Einladung annehmen«, sagte er. »Ich würde Sie gern an Ihrem nächsten freien Abend ausführen.«

In der Schlange machte sich Unruhe breit.

»Watt is' det denn für 'n Spinner?«, brummte die Frau, die hinter ihm stand und schüttelte den Kopf. Der Mann neben ihr, den Margarete als Wilhelm kannte, tippte sich vielsagend an die Schläfe. »Der muss in 'ne Anstalt, der Vogel.«

Margarete achtete nicht auf das Gemurmel der Wartenden. Ihr Herz vollführte einen Freudentanz bei den Worten des schönen Fremden, der da so unverhofft vor ihr stand. »Du?«, rief sie erstaunt, dann presste sie verschämt die Hände vor den Mund. »Verzeihung – Sie?«

Er lachte. »Wir können gern beim Du bleiben.«

»Also gut … Wie kommst du hierher?«

Er wandte sich um, zeigte auf das Ende der Schlange und zuckte die Schultern. »Von dort hinten. Ich habe mich einfach angestellt, in der Hoffnung, diesen Ort nicht ohne ein Versprechen von dir verlassen zu müssen.«

»Wann jeht det denn nu weiter da vorne?«, rief jemand von hinten und schickte seiner Frage einen wilden Fluch hinterher. Weder Margarete noch ihr einfallsreicher Verehrer reagierten darauf. Es war, als würde es in diesem Moment nur sie beide geben. Und so musste Margarete auch nicht lange überlegen, ob sie seine Einladung annehmen sollte. »Ja«, rief sie voller Euphorie. »Ja, ich will!«

»Moment«, sagte ihr Verehrer mit gespieltem Ernst, »ich habe dich nicht gefragt, ob du meine Frau werden möchtest.« Sie lachten beide, Margarete hätte sich allzu gern gekniffen, um sich davon zu überzeugen, dass sie nicht träumte. Doch das hätte sicher dumm ausgesehen, also unterdrückte sie den Drang und nickte stattdessen. »Ja, ich möchte mich gern von dir ausführen lassen, ich habe so viele Fragen an dich, und ich …«

»Wunderbar«, sagte er mit einem zufriedenen, wenn auch leicht verlegenen Lächeln. Er schien mit der Situation ebenso überfordert zu sein wie sie und schien nicht recht zu wissen, was er als Nächstes sagen sollte.

Also beugte er sich einfach zu Margarete herab, nahm ihr zierliches Gesicht in die Hände und sah ihr dabei so tief in die Augen, dass ihre Knie von einem Moment zum anderen weich wie Pudding wurden. So wehrte sie sich auch nicht, als er seinen Mund auf ihre Lippen senkte, um sie zu küssen. Sein Kuss war warm und weich. Sie vergaß für den Augenblick Zeit und Ort, kostete genüsslich jede Sekunde aus. So bekam sie auch nicht mit, wie sich die Stimmung unter den Wartenden schlagartig verbesserte. Erst, als die Menschen in der Schlange begannen, dem Paar zu applaudieren und zuzujubeln, lösten sie sich schweren Herzens voneinander.

»Morgen also?«, fragte er mit einem benommenen Lächeln.

Margarete war kaum in der Lage, einen klaren Gedanken zu fassen, aber sie nickte. »Magst du mich an der Schule abholen?« Mit vor Aufregung zitternder Stimme nannte sie ihm den Namen und die Adresse der Schule, an der sie arbeitete.

»Gut, ich werde da sein.«

»Eine Frage habe ich noch«, beeilte sie sich, zu sagen. »Wie heißt du eigentlich?«

»Alfred Tietz«, antwortete er. »Und du?«

»Grete«, sagte sie. »Ich heiße Grete. Also eigentlich Margarete, aber die meisten nennen mich Grete.«

»Gut, Grete.« Er strahlte. »Dann sehen wir uns also morgen.«

»Ja, bis morgen dann.«

Als er sich von ihr abwandte und die breite Treppe der Einrichtung nach unten marschierte, wurde er von den anerkennenden Blicken der anderen Männer in der Reihe begleitet. Auch Margarete sah ihm so lange nach, bis er um die nächste Häuserecke verschwunden war. Ihr Herz klopfte immer noch bis zum Hals, und es fiel ihr schwer, sich wieder auf ihre Arbeit zu konzentrieren. Doch schließlich riss sie sich zusammen, holte tief Luft und rief: »Der Nächste, bitte!«

*

An diesem Abend betrat Alfred sein Hotelzimmer mit beschwingten Schritten. Er pfiff eine alte Melodie, die er von seinem Vater kannte, warf die Tür ein wenig zu schwungvoll ins Schloss und nahm die Mütze vom Kopf, um sie auf den Tisch am Fenster zu werfen. Die Mütze und auch die anderen Arbeitssachen, die er als Tarnung für seinen Überraschungsbesuch bei der zauberhafte Margarete angezogen hatte, stammten von einem der Lagerarbeiter im Kontor des Warenhauses. Gustav, so der Name des Lageristen, hatte ihn ein wenig verdattert angeschaut, als Alfred ihn mit seinem Anliegen konfrontiert hatte. Doch spätestens, als er Gustav ein paar Groschen in die Hand gedrückt hatte, stellte der keine dummen Fragen mehr. Morgen würde er das Zeug zurückbekommen.

»Es ist mir gelungen«, sang Alfred gut gelaunt und tänzelte durch das Zimmer, nachdem er die ausgelatschten Arbeitsschuhe abgestreift und in eine Ecke gekickt hatte. Er freute sich auf das Wiedersehen mit Margarete und auch darüber, dass ihm die Überraschung so gut gelungen war.

Alfred streifte Hemd und Jacke ab und trat im Unterhemd an das Fenster, um einem Moment lang dem Treiben auf der Straße zuzuschauen. Dann schloss er die Augen und erinnerte sich voller Verlangen an den Kuss, den sie ausgetauscht hatten. Sie hatte wunderbar geschmeckt – und als er daran dachte, wie samtweich ihre schönen Lippen sich angefühlt hatten, wurde ihm ganz warm ums Herz. So etwas war ihm noch nie passiert, dass er sich auf den ersten Blick in eine Frau verguckt hatte. Doch Grete war anders als die anderen jungen Damen, denen er bereits in seinem Leben begegnet war. Sie war reifer und wirkte irgendwie bodenständiger als alle anderen, die ihm schöne Augen gemacht hatten. Außerdem hatte er bei ihnen immer den Eindruck gehabt, dass sie ihn alle nur wegen seines Namens und dem damit verbundenen Reichtum angehimmelt hatten.

Bei Grete war das anders. Sie hatte ihn erst für einen etwas seltsamen Typen gehalten, der sich ihr auf unkonventionelle Weise annähern wollte, dann hatte er sich – notgedrungen – als Warenhausdetektiv ausgegeben. Der Umstand, dass sie damals nicht ahnte, wer da wirklich vor ihr gestanden hatte, bewies ihre Aufrichtigkeit, ihr echtes Interesse. Ihr ging es nicht um den Namen Tietz, sondern um ihn selbst. Und das allein machte sie schon besonders.

Alfred sank mit einem Seufzen auf den Stuhl. Er überlegte fieberhaft, wohin er Grete morgen Abend ausführen konnte. Ihm würde bestimmt etwas einfallen. Den Ideenreichtum hatte er schließlich von seinen Eltern geerbt.

Alfred legte sich ein Blatt Papier zurecht und nahm den Stift in die Hand. Es tat ihm immer gut, seine Gedanken niederzuschreiben. Als er fertig war, überflog er die verfassten Zeilen mit einem sehnsüchtigen Lächeln auf den Lippen, dann erhob er sich, legte auch die restliche geliehene Kleidung ab und kroch in das frisch gemachte Bett.

Alfred rollte sich auf die Seite, schloss die Augen und glaubte, im Einschlafen den samtweichen Klang ihrer Stimme hören zu können. Vor seinem geistigen Auge erschien Gretes Gesicht, sie lächelte ihm überglücklich zu, und er bildete sich ein, nur die Hände nach ihr ausstrecken zu müssen, um sie erneut küssen zu können. Wenig später war er eingeschlafen.

Kapitel 23

»Wann kommt Alfred eigentlich nach Hause?« Herzhaft biss Gerhard Tietz in sein mit Erdbeerkonfitüre bestrichenes Brötchen und brach so das »gefräßige Schweigen«, wie sein Vater Leonhard es zu nennen pflegte.

Wie groß er geworden ist, dachte Flora mit einem Lächeln, während sie ihren jüngsten Sohn ansah. Gerhard und Alfred waren ein Herz und eine Seele, und das, obwohl gut zehn Jahre zwischen ihnen lagen. Es war offensichtlich, dass Gerhard seinen großen Bruder vermisste. Seine kleine Schwester Änne war an diesem Morgen schon früher aus dem Haus gegangen, da sie zur Schule musste.

Mit einem geräuschvollen Rascheln ließ Leonhard, der am Kopf der reich gedeckten Frühstückstafel saß, die Cölnische Volkszeitung sinken. Er warf seiner Frau einen vielsagenden Blick zu, bevor er sich an seinen Sohn wandte. »In ein paar Tagen, denke ich.«

Leonhard hatte Flora vorhin erst berichtet, dass Alfred seinen Berlin-Aufenthalt noch verlängern würde. Oscar hatte ihn angerufen und ihm von Bettys Idee berichtet, die Jungen in den jeweils anderen Betrieb hineinschnuppern zu lassen. Leonhard hatte keine Einwände erhoben und Alfred erlaubt, noch ein paar Tage in Berlin zu bleiben. Im Gegenzug würden Oscars Söhne nacheinander nach Köln kommen, um bei der Leonhard-Tietz-Aktiengesellschaft ein Praktikum zu absolvieren. Flora spürte, dass Leo Gerhard davon noch nichts erzählen wollte. Vermutlich wollte er ihn nicht unnötig traurig machen. Er war ein sensibler Junge.

»Warum ist er denn schon so lange in Berlin?«, fragte Gerhard kauend. »Er sollte doch nur die Aktien zeichnen lassen.«

»Wir haben … umdisponiert«, klärte Leonhard ihn nun doch auf. »Alfred verbringt ein paar Tage in der Vorstandsetage von Oscars neuem Haus am Alexanderplatz.«

»Warum denn das?«

»Er soll von Onkel Oscar lernen können, Gerhard«, erklärte Leonhard, während er die Zeitung zusammenfaltete und sie neben seinen Platz legte. »In wenigen Wochen wird unser neues Warenhaus in Düsseldorf fertiggestellt sein.«

»Was hat das damit zu tun?«

»Uns fehlt noch ein Geschäftsführer für das neue Haus.«

»Und das soll Alfred übernehmen?« Gerhard wirkte überrascht.

Flora räusperte sich, legte ihr mit Sanddornmarmelade bestrichenes Brötchen zur Seite und beugte sich zu Gerhard hinüber. »Euer Vater hat Alfred zu einem guten Kaufmann ausgebildet und ihm so das nötige Rüstzeug für seine kommende Aufgabe mit auf den Weg gegeben. Doch um Alfreds Blick zu schärfen, soll er auch hinter die Kulissen eines anderen Warenhauskonzerns blicken.« Flora nippte an ihrem dampfenden Kaffee.

Gerhard nickte nachdenklich, legte das angebissene Brötchen an den Rand seines Tellers und nahm einen Schluck Orangensaft. Flora sah ihm förmlich an, wie es hinter seiner Stirn arbeitete. »Sicher wird er dann bald nach Düsseldorf ziehen.«

»Das wäre durchaus sinnvoll«, stimmte Leonhard ihm zu.

»Hab keine Angst, Gerhard«, beruhigte Flora ihn. »Ihr werdet euch noch oft genug sehen. Außerdem ist es nicht allzu weit nach Düsseldorf.«

»Warum hat Alfred nichts davon erzählt?«, fragte Gerhard gekränkt.

»Weil er noch nichts von seiner neuen Aufgabe weiß«, erklärte Leonhard. »Ich möchte ihn damit überraschen. Oscar hingegen habe ich bereits in Kenntnis gesetzt. Da die Führung eines Kaufhauses eine sehr verantwortungsvolle Aufgabe ist, wird Oscar Alfreds Sinne dahingehend noch einmal schärfen.« Leonhard belegte sich ein Brötchen mit koscherem Käse. Flora beobachtete ihn schweigend dabei. Es glich einer Zeremonie. Leonhard legte das silberne Messer auf die Serviette, dann betrachtete er seinen Sohn. »Ich bin sicher, dass Alfred seine Aufgabe meistern wird.

Und sobald du alt genug bist, wirst du sicher auch im Vorstand des Unternehmens sitzen.«

»Aber das ist noch viel zu lange hin«, jammerte Gerhard.

»Auch Alfred musste das Handwerk des Kaufmanns erst mal erlernen«, erinnerte Leonhard ihn. »Nach der Handelsschule hier in Köln hat er seine Lehre in unserem Haus in Stralsund absolviert.«

»Ja, ich weiß«, murmelte Gerhard.

Sein Vater nickte zufrieden. »Und du wirst bald schon einen ähnlichen Weg gehen.«

Gerhard absolvierte eine Kaufmannslehre im väterlichen Unternehmen. Dass sein Lehrherr, Vorstandsmitglied Schlösser, große Stücke auf Gerhard hielt, hatte er Leonhard gestern erst bestätigt. Der Junge sei fleißig, strebsam und zuverlässig wie kaum ein anderer.

»Schlösser ist sehr zufrieden mit dir«, bemerkte Leonhard nun, »und wenn es so bleibt, dann steht auch dir eine steile Karriere in unserem Unternehmen bevor.«

»Alles braucht seine Zeit«, sagte Flora, die merkte, dass Gerhard immer noch mit seiner Enttäuschung zu kämpfen hatte. Sie nahm die Hand ihres Sohnes und drückte sie. »Auch du wirst deinen Pfad im Leben finden.«

Leonhard warf einen Blick auf die Standuhr in der Ecke des Salons. »Oje«, rief er, »ich bin spät dran, gleich steht ein Treffen mit Philipp Lewy an.«

Flora wusste, dass die beiden Männer sich aus ihrer Zeit in Birnbaum kannten. So hatte Leo auch nicht gezögert, Lewy mit der Führung des im letzten Jahr neu eröffneten Warenhauses in Aachen zu betrauen. Auch dort hatten die ansässigen Kaufleute seinerzeit Widerstand geleistet, weil sie sich durch das große Warenhaus *Tietz* bedroht fühlten. Doch Philipp Lewy war es gelungen, die Wogen zu glätten. Nun stand die Einweihung einer erweiterten Verkaufsfläche bevor – ein Unterfangen, das bei den Aachener Geschäftsleuten auf wenig Gegenliebe stieß. Für die kommende Woche war ein großer Festakt geplant, um die zu feiern. Auch Leonhard und Flora würden aus diesem Anlass nach Aachen fahren.

»Was will Philipp denn?«, fragte Flora interessiert.

Leonhard seufzte. »Es gibt wieder Probleme mit den Einzelhändlern. Sie sprechen schon seit unserer Eröffnung von einem Vernichtungskampf gegen das Althergebrachte.« Leonhard trank einen letzten Schluck Tee und erhob sich. Auf seinem Gesicht breitete sich ein verschmitztes Lächeln aus. »Kann ich Lewy sagen, dass militante Einzelhändler dein Spezialgebiet sind?«

»Bloß nicht«, rief Flora mit gespieltem Entsetzen. Leonhard trat zu ihr und gab ihr einen sanften Kuss auf die Wange, dann einen etwas weniger sanften in ihre Halsbeuge. Gerhard tat, als müsse er sich auf sein Brötchen übergeben, auch wenn er die Zärtlichkeiten seiner Eltern eigentlich gewohnt sein müsste.

»Bis später, Bella.« Leonhard klopfte Gerhard auf die Schulter. »Bis heute Abend, mein Sohn.«

»Bis heute Abend.« Gerhard seufzte. Er war mit dem Verlauf des Gespräches nicht zufrieden. Im Moment durchlebte er eine schwierige Zeit, und oft tat es Flora leid, dass das Leben um den Jungen herum zu toben schien, während er sich fühlte, als würde er auf der Stelle laufen. Dabei war es nur eine Frage der Zeit, bis er ebenfalls zur Welt der Erwachsenen gehörte.

»Du musst auch gleich los«, bemerkte sie.

»Ich weiß.« Gerhard leerte sein Saftglas, dann stand er auf. »Wenn ich mich beeile, nimmt Vater mich vielleicht mit in die Stadt.« Seine Laune verbesserte sich schlagartig bei der Aussicht auf eine Fahrt mit dem Automobil.

»Dann sieh zu, dass du ihn noch erwischst!«

Flora blickte ihrem Sohn hinterher, wie er aus dem Zimmer hastete. Mit einem so übereilten Ende des Frühstücks hatte sie nicht gerechnet, doch sie war nicht böse darüber. So blieb ihr mehr Zeit, vor den Pflichten des Tages noch ein wenig zu lesen.

Das Hausmädchen huschte in den Salon und begann, den Tisch abzuräumen. Als Flora ans Fenster trat, konnte sie gerade noch sehen, wie Gerhard in Leos Automobil stieg, dann fuhr der Wagen schnaufend davon.

Kapitel 24

Oscar blickte von seiner Arbeit auf, als Alfred nach einem kurzen Anklopfen das Büro betrat.

»Was liegt heute an?«, wollte Alfred wissen. Dabei war er bemüht, frisch und ausgeschlafen zu wirken. Er hoffte inständig, dass sein Onkel nicht bemerkte, was für eine kurze Nacht hinter ihm lag. Alfred hatte nicht vor, Oscar zu enttäuschen.

»Eine weitere Vorstandssitzung, lieber Neffe«, eröffnete Oscar ihm. »Unter anderem werden wir darüber beraten, unseren Lieferdienst auch in den anderen Häusern zu etablieren.«

Alfred fand diese Idee nach wie vor reizvoll.

Er war sicher, dass auch sein Vater sich für diesen Dienst am Kunden begeistern würde, wenn er ihm nach seiner Heimkehr davon berichtete. Niemand würde mehr seine Einkäufe mühsam nach Hause tragen müssen. Sicherlich ein weiterer guter Anreiz, bei *Tietz* zu kaufen.

»Was macht die Liebe?«, riss ihn die Stimme seines Onkels aus den Gedanken.

Alfred errötete. »Grete ist wundervoll«, sagte er.

»Soso, dann kennst du also inzwischen ihren Namen.«

»Ja.« Alfred errötete. »Sie ist einfach ...«

»Wundervoll?«, wiederholte Oscar grinsend.

»Sie hat ein großes Herz und hilft armen Menschen.«

»Eine sehr lobenswerte Eigenschaft«, bemerkte Oscar.

»Sie arbeitet in der Volksküche und will den Menschen helfen, die sonst kaum über die Runden kommen. Ist das nicht das Netteste, was du je gehört hast?«

»Mein lieber Neffe, du bist über beide Ohren verliebt«, stellte Oscar amüsiert fest. »Du solltest dich reden hören.«

Alfred errötete. »Schlimm?«

»Nein.« Oscar schüttelte das ergraute Haupt. »Die Liebe ist eines der schönsten Geschenke auf Erden.«

»Aber wie soll es denn weitergehen mit uns?« In der letzten Nacht hatte sich Oscar darüber Gedanken gemacht. Seine Tage in Berlin würden bald gezählt sein, und dann ging es für ihn zurück ins ferne Köln.

»Alles braucht seine Zeit, und alles wird sich finden«, versicherte Oscar ihm. »Und wenn sie die Frau fürs Leben ist, werdet ihr eine Lösung finden.«

Alfred hoffte, dass sein Onkel recht behielt. Schon jetzt war die Vorstellung, Grete in Berlin zurückzulassen, unerträglich für ihn. Um nicht in dumpfes Brüten zu verfallen, stürzte Alfred sich in die Arbeit, die ihn bald schon von seinen düsteren Gedanken ablenkte.

*

Philipp Lewy war sichtlich aufgebracht, als er in Leonhards Büro trat. Leonhard betrachtete seinen alten Freund. Lewy war Anfang vierzig, von schlanker Statur und kahlköpfig. Seine stahlgrauen Augen waren stets wachsam, der Blick erinnerte an den eines Adlers. Obwohl er einen dunklen Zweireiher und glänzende Schuhe trug, machte er mit den Bartstoppeln am Kinn und den dunklen Augenringen einen übernächtigten Eindruck. Seine Bewegungen wirkten fahrig, was so gar nicht zu der ihm sonst eigenen Selbstsicherheit passen wollte. Für Leonhard war es offensichtlich, dass Lewy unter großem Druck stand.

»Wie war die Zugfahrt?«, fragte er.

»Angenehm, danke. Zum Glück ist es von Aachen hierher ja keine Weltreise.« Ein schmales Lächeln huschte über Lewys Lippen.

Leonhard erhob sich und bot seinem Freund einen Platz am Konferenztisch an. »Magst du was trinken, einen Tee oder Kaffee vielleicht?«

»Offen gestanden, könnte ich einen Schnaps vertragen«, erwiderte Lewy gepresst. Mit einer fahrigen Handbewegung strich er sich über das Gesicht.

»Herrje«, sagte Leonhard bestürzt, »was ist denn los, mein Lieber?« Er trat an das Kabinett, um Lewy ein Glas feinsten schottischen Whisky einzuschenken. Mit dem Glas in der Hand kehrte er zum Tisch zurück und setzte sich zu seinem Gast.

»Nun, wie du weißt, gibt es massive Schwierigkeiten mit den Gegnern unserer Warenhäuser.«

»Als wären wir mit den erhöhten Steuersätzen noch nicht genug bestraft«, brummte Leonhard.

Seit jeher wurden neue Betriebsformen angegriffen, deshalb hatte Leonhard die Probleme nie persönlich genommen, sondern immer versucht, einen Weg zu finden, der für alle Seiten tragbar war. Gleich mehrere Mittelstandsorganisationen setzten sich mit der Bekämpfung der großen Warenhäuser auseinander, eine bedenkliche Entwicklung, der nur durch den Verband deutscher Waren- und Kaufhäuser, zu dessen Gründungsmitgliedern sein Bruder Oscar zählte, Gegenwind erfuhr, um Schlimmeres zu verhindern.

Doch schon seit einiger Zeit wurde Leonhard das Leben zunehmend schwer gemacht. In einigen Städten formierte sich wachsender Widerstand gegen die *Tietz*-Häuser. Er dachte an seine Frau. In Elberfeld war es Flora gelungen, die Geschäftsleute zu überzeugen. Kurz überlegte Leonhard, ob es sinnvoll war, sie frühzeitig nach Aachen zu schicken, um auch dort Wunder zu wirken. Aber er verwarf den Gedanken; in der nächsten Woche würden sie ohnehin vor Ort sein, um den Erweiterungsbau im Rahmen eines Festaktes einzuweihen.

»Das Problem hat eine neue Dimension angenommen, lieber Leo.« Lewy nahm das Glas, um es in einem einzigen Zuge zu leeren. Er schüttelte sich herzhaft.

»Das bedeutet?« Leonhard faltete die Hände auf der Tischplatte.

»Es hat eine Bombendrohung gegeben«, platzte es Lewy heraus. Er zog einen zusammengefalteten Papierbogen aus der Tasche seines Jacketts.

»Das ist nicht dein Ernst«, sagte Leonhard völlig verdattert. Das Wort *Bombendrohung* hallte in seinem Schädel nach und klang wie ein makabrer Scherz. Er spürte, wie sich seine Kopfhaut zusammenzog.

»Leider doch«, erwiderte Lewy, während er den Brief mit zitternden Fingern auseinanderfaltete. »Hier«, sagte er, nachdem er das mit Schreibmaschine beschriebene Blatt glatt gestrichen hatte. »Lies selbst.«

Leonhard beugte sich über den Brief.

Sie sollten von Ihrem Vorhaben absehen, das protzige Warenhaus noch weiter zu vergrößern, zu Ihrer eigenen Sicherheit.
Sagen Sie die Erweiterung und den damit verbundenen Festakt ab, sonst könnte es am betreffenden Tag Verletzte und Tote geben. Wir behalten uns vor, unserer Forderung mit einer an einem geheimen Ort versteckten Bombe Nachdruck zu verleihen.

Die Buchstaben verschwammen vor Leonhards Augen. Er massierte sich die Schläfen, schüttelte den Kopf und las den Text noch einmal. Keine Anrede, kein Datum, kein Absender. Nur eine Drohung. Die Drohung, ein Attentat auf das Aachener Haus zu verüben. Leonhard dachte angestrengt nach, dann sah er Lewy an. »Was hast du unternommen?«

»Ich habe natürlich die Polizei alarmiert, dort aber dringend um die nötige Diskretion gebeten. Nichts wäre jetzt schlimmer als eine

Rufschädigung.« Lewy rieb sich das Kinn. »Aber die Polizei schlägt vor, dass wir eine Liste der Kunden führen sollten, die in unser Warenhaus kommen.«

»Wenn das rauskäme, würde niemand mehr ein *Tietz*-Warenhaus betreten wollen«, sagte Leonhard. Er fixierte seinen Freund scharf. »Gibt es Hinweise darauf, wer dahintersteckt?«

Lewy zuckte mit den Schultern. »Na ja, am verdächtigsten ist natürlich der Anti-Warenhaus-Verein. Vielleicht sind einige militante Mitglieder zu weit gegangen.«

»Die würden doch nie ernst machen mit ihrer Drohung, oder?«, sagte Leonhard, obwohl er selbst davon nicht sonderlich überzeugt war.

»Und wenn doch?« Lewy ballte die Hände zu Fäusten. »Was, wenn in unserem Warenhaus eine Bombe explodiert, während du mit dem Komitee den Neubau in Augenschein nimmst?«

Leonhard hatte nicht vor, sich einschüchtern zu lassen. »Meinst du, es wäre hilfreich, das Gespräch zu suchen?«

»Mit wem denn?« Lewy schüttelte den Kopf. »Streng genommen wissen wir ja nicht einmal, wer hinter dem Drohbrief steckt, auch wenn der Verdacht naheliegt. Was, wenn ein Verrückter sich als Einzelhändler ausgibt und die ganze Branche in Verruf bringt?«

»Wir sollten nichts ausschließen«, gab Leonhard ihm recht.

»Die Polizei ermittelt bereits, doch was können wir in der Zwischenzeit tun, Leo?«

Obwohl Leonhard angestrengt nachdachte, wollte ihm keine gute Lösung einfallen. »Sollen wir das Haus schließen, bis die Absender dieses Schreibens feststehen und ihrer gerechten Strafe zugeführt wurden?«

»Das wäre wirtschaftlich kaum vertretbar.«

»Was hältst du von einem privaten Sicherheitsdienst?«

»Wachleute?«

Leonhard nickte. »Wir könnten ehemalige Soldaten und Polizeibeamte rekrutieren, die in unseren Häusern stationiert werden. Ich möchte, dass sich unsere Kundschaft weiterhin bei uns sicher fühlt. So etwas hier«, er tippte auf den Brief, »spricht sich schnell herum.«

»Und damit wären wir erledigt.«

Leonhard nickte. Er erhob sich, marschierte durch sein Büro und dachte angestrengt nach. »Ich werde in der nächsten Sitzung mit den Vorstandsmitgliedern erörtern, wie wir weiter verfahren sollten.«

»Das dauert zu lange«, bemerkte Lewy stirnrunzelnd.

»Die nächste Sitzung steht bereits in einer Stunde an«, entgegnete Leonhard. »Und ich würde mich freuen, wenn du dabei bist, um die Sachlage zu schildern.«

»Worauf du dich verlassen kannst.« Langsam entspannten sich Lewys Gesichtszüge. »Ich habe nicht vor, mich von diesem Pöbel in die Knie zwingen zu lassen.«

Leonhard nickte zufrieden. Sicher ließ sich gemeinsam eine Lösung finden, ein Attentat im Aachener Haus zu verhindern und den Ruf des *Tietz* zu retten. Alles andere wäre undenkbar.

*

An diesem Nachmittag machte Alfred früher Feierabend als gewohnt. Er wollte sich gut vorbereiten auf das Treffen mit Margarete. Tagsüber hatte er sich Gedanken darüber gemacht, was er mit ihr unternehmen würde, hatte sich aber noch nicht entscheiden können. Vielleicht sollte er sie in ein vornehmes Restaurant führen und später ein Theater oder ein Lichtspielhaus besuchen? Er war sicher, dass ihr auch eine romantische Bootsfahrt gefallen würde.

Alfred suchte zunächst sein Hotelzimmer auf, um sich etwas frisch zu machen. Hatte er eigentlich geplant, sich bei einem kleinen

Nickerchen zu erholen, so war er nun viel zu aufgeregt, um schlafen zu können. Immer wieder blickte er auf die Uhr und zählte die Stunden, bis er Grete sehen würde. Dann hielt er es nicht mehr aus. Er rasierte sich, kämmte sein Haar und zog das taubengraue Jackett über.

Auf der Straße winkte er sich einen Wagen heran. Dem Fahrer nannte er die Adresse der Armenschule, dann lehnte er sich zurück und genoss die Fahrt durch die Stadt.

Ein Lächeln stahl sich auf sein Gesicht. Gleich würde er sie endlich wiedersehen. Sein Herz klopfte schneller bei der Vorstellung. Solche Gefühle waren für Alfred völlig neu, denn er war ja noch nie verliebt gewesen. Ein wenig erschrak er über das Wort *verliebt*. Doch es bestand kein Zweifel mehr, dass er sich in Margarete verliebt hatte. Wie sonst ließen sich das Herzklopfen und die ständigen Gedanken an sie erklären?

»So, der Herr«, rief der Chauffeur und riss Alfred aus seinen Überlegungen. »Da wären wir.«

»Danke.« Alfred zückte die Geldbörse und entrichtete den Fahrpreis, wobei er auf ein großzügiges Trinkgeld achtete. Dann stieg er aus.

Das Schulgebäude befand sich auf der gegenüberliegenden Straßenseite. Alfred warf einen Blick auf die Uhr. Er war früh dran. Ihm blieb noch Zeit, ihr ein paar schöne Blumen zu besorgen. So verschwand er in einem Blumenladen an der Straßenecke. Er hatte sich viel vorgenommen, wollte so viel von Margarete erfahren und so vieles mit ihr unternehmen. *Am liebsten würde ich an Margaretes Seite auf der Stelle die ganze Welt erkunden*, dachte er voll ehrfürchtigem Staunen ob der Macht seiner Gefühle.

*

»Zeigst du mir, wie die Menschen leben, denen du hilfst?« Alfred hatte Margarete schlussendlich ins Café Schiller geführt, wo sie Kuchen aßen und heiße Schokolade tranken, während das pulsierende Großstadtleben hinter den großen Scheiben an ihnen vorüberzog. Die Leidenschaft, mit der sie von ihrer Arbeit bei den Armen berichtete, ließ ihn alle ehrgeizigen Pläne vergessen. Ein Besuch im Lichtspielhaus oder im Theater erschien ihm plötzlich unpassend. Lieber wollte er mehr über ihre Arbeit erfahren, als so einem frivolen Zeitvertreib nachzugehen.

Margarete wunderte sich über seine Frage, empfand sie aber nicht als unangenehm oder unangemessen. Offenbar interessierte er sich für das, was sie nach Feierabend tat. Trotzdem antwortete sie ihm mit einer Gegenfrage. »Warum möchtest du das sehen?«

Alfred stellte die Tasse mit der heißen Schokolade ab, bevor er ihr antwortete.

»Weil ich besser verstehen möchte, wie Menschen in Armut leben, und weil ich mir Gedanken machen will, wie man ihnen Hilfe zukommen lassen kann.« Alfreds Miene war ernst, und Margarete spürte, dass es ihm eine Herzensangelegenheit war. »Ich war bisher nur sehr kurz im Armenviertel unterwegs, du kennst dich sicher viel besser aus.«

Sie hatte ihm schon viel von ihrer ehrenamtlichen Arbeit erzählt, und dennoch schien er immer neue Fragen zu haben. Nun wollte er sich offenbar einen eigenen Eindruck verschaffen.

Immer wenn Margarete an die Armut im Scheunenviertel dachte, wurde ihr schwer ums Herz. Es war ihr ungemein wichtig, beim *Vaterländischen Frauenverein* zu auszuhelfen, so viel sie konnte, um wenigstens einen kleinen Anteil daran zu haben, das Leben der Menschen dort besser zu machen.

»Gut«, sagte sie nach kurzem Überlegen. »Ich zeige dir das Armenviertel.«

Er lächelte dankbar und winkte dem Kellner, um die Rechnung zu bezahlen. Als sie das Café verließen, wirkte er sehr in sich gekehrt. Margarete ergriff seine Hand. »Fahren wir mit dem Autobus?«

Er nickte. »Gern.«

Sie begaben sich zur nächsten Haltestelle und mussten nicht lange warten, bis einer der hohen Doppeldecker neben dem Schild zum Stehen kam und sie das Gefährt über das Heck betreten konnten. Sie suchten sich eine freie Bank im unteren Bereich und setzten sich.

Während der Fahrt sprachen sie zaghaft und doch hoffnungsvoll von der Zukunft. Falls sie einander weiter so schnell näherkamen, würden sie sich früher oder später entscheiden müssen, ob sie in Köln oder Berlin leben wollten. Obwohl Margarete sehr an ihrer Familie und an ihrer neuen Stelle hing, wusste sie, dass Alfreds Karriere in Köln auf ihn wartete. Sie fragte sich, ob sie bereit sein würde, all das aufzugeben, um ihm ins Rheinland zu folgen. Es wäre mit Sicherheit ein großes Opfer für sie. Eine Sache lag ihr besonders schwer auf der Seele, und Alfred schien ihren Kummer zu bemerken. Er drückte mit einem liebevollen Lächeln ihre Hand und forderte sie stumm auf, sich ihm anzuvertrauen.

»Ich bekomme furchtbare Schuldgefühle, wenn ich mir vorstelle, die Menschen, denen ich immer helfen wollte, in Berlin zurückzulassen«, gestand Margarete ihm stockend.

»Das verstehe ich, aber auch in Köln gibt es Menschen, die für deinen Einsatz dankbar sein werden«, erwiderte er. »Ich bin sicher, dass du dich in zahlreichen Einrichtungen einbringen kannst.«

Vermutlich hatte er recht, denn Armut gab es in jeder Stadt des Kaiserreiches. Und wenn Margarete ihn tatsächlich an den Rhein begleitete, würde sie viel Zeit haben. Es sei denn, sie nahm eine neue Anstellung als Lehrerin an. Das würde sie sich in Ruhe überlegen müssen.

Die Häuserzeilen flogen nur so an ihnen vorüber, und nach einer halben Stunde hatten die Gebäude mehr und mehr ihre Pracht verloren. Der Glanz der Hauptstadt war verblasst.

Trostlose Gemäuer und enge, von Lärm beherrschte Gassen bestimmten nun das Bild. Als sie aus dem Autobus stiegen, erblickten Margarete und Alfred die armseligen Zufluchtsorte der Menschen, die an diesem Ort lebten. Die Sonne drang nur selten in die engen Hinterhöfe der hohen Mietskasernen, es roch nach Fäulnis und Exkrementen. Auch die Musik eines Drehorgelspielers, die der Wind durch die schmalen Straßen trug, konnte die bedrückte Stimmung nicht heben, die überall zu herrschen schien.

Doch trotz der Armut waren viele der Anwohner füreinander da, und auch Menschen wie Margarete, die von außerhalb kamen und unermüdlichen Einsatz zeigten, erleichterten das Los der hier Lebenden. Das war es, was die Arbeit in diesem Viertel so wertvoll machte. Sie wusste, dass sie Hilfe leistete, wo die Menschen sie am meisten benötigten.

Umso schwerer konnte sie sich mit dem Gedanken anfreunden, dass ihre Tage hier vielleicht bald schon gezählt sein würden. Sollte sie Alfred tatsächlich nach Köln begleiten, würde sie hier nichts mehr tun können. Auch sein berechtigter Einwand, es gäbe auch in Köln genug hilfsbedürftige Menschen, hatte wenig ausrichten können, um ihr schlechtes Gewissen zu besänftigen.

»Was beschäftigt dich?«

Alfreds sanfte Stimme riss sie aus den trüben Überlegungen. Als sie sich zu ihm umwandte und sein warmes Lächeln sah, ließ sie ihn an ihren Gedanken teilhaben. Alfred hörte ihr aufmerksam zu, ohne sie ein einziges Mal zu unterbrechen. Schließlich legte er einen Arm um ihre Schultern und küsste sie.

»Das Schicksal dieser Menschen liegt nicht allein in deinen Händen«, versuchte er sie aufzumuntern. »Der *Vaterländische Frauen-*

verein wird auch weiterhin bestehen und hervorragende Arbeit leisten.«

Sie nickte stumm. Natürlich hatte er recht. So wichtig ihre Arbeit war, sie hatte sie nie allein verrichtet, und die anderen Freiwilligen würden weiter gut für die Anwohner sorgen. Außerdem musste sie zugeben, dass der Gedanke an ein Leben mit Alfred in Köln sehr verlockend war.

Die Menschen dort hatten ihre Hilfe sicher nicht weniger verdient als ihre Schützlinge in Berlin. Und dennoch ...

»Die Schicksale der Menschen hier gehen dir sehr zu Herzen«, stellte Alfred fest. Er sah ihr tief in die Augen und schien in ihre Seele vordringen zu wollen. Nie zuvor hatte Margarete sich so zu einem Mann hingezogen gefühlt. Es schien, als würde er jedes ihrer Worte nicht nur verstehen, sondern mitfühlen können.

Sie hielt seinem Blick stand, als sie sagte: »Die Jahre vergehen hier, ohne dass die Menschen merken, dass sie noch jung sind. Und jeder Einzelne, der in Armut lebt, hat sich etwas anderes vom Leben erhofft. Wer hier arbeitet, ist mindestens zwölf Stunden am Tag unterwegs, spart sich die sechzig Pfennig für die Wochenfahrkarte und geht anderthalb Stunden zu Fuß in die Fabrik, abends anderthalb Stunden zurück. Die Menschen fühlen sich wie Maschinen, von denen erwartet wird, dass sie funktionieren. All das Schöne auf der Welt dringt nicht in ihr Leben vor.«

»Was tut der Frauenverein, um ihr Leben zu verbessern?«, fragte Alfred vorsichtig.

»Von abends um achtzehn Uhr bis morgens um sechs bieten wir eine Bleibe für Arbeitslose, es gibt eine warme Mahlzeit, eine Waschmöglichkeit und ein Bett.«

Alfred nickte. Er schien bewegt zu sein von ihren Erzählungen. *Kein Wunder*, dachte Margarete, *war er doch als Sohn des großen Leonhard Tietz in wohlhabenden Verhältnissen aufgewachsen.* Hunger war ihm völlig unbekannt, ebenso die Sorge um eine Bleibe, und auch vor Krankheit musste er in seinem sauberen, gut genährten Leben weniger Angst haben. Umso bemerkenswerter fand es Margarete, dass er sich so für die Armut in Berlin interessierte.

Sie verließen die Bushaltestelle und machten sich auf den Weg durch das Viertel.

Das Bild, das sich ihnen bot, war nicht zu vergleichen mit den wohlhabenderen Gegenden, wo Theater, Casinos und Wirtschaften Tag und Nacht auf zahlungskräftiges Publikum warteten. Alfreds Blicke streiften die brüchigen Fassaden der heruntergekommenen Häuser. Er wirkte erschüttert.

»Aber du warst doch schon hier, um mich zu überraschen?«, stellte Margarete ein wenig verwundert fest.

Alfred war stehen geblieben. »Da habe ich nur dich im Kopf gehabt«, räumte er ein, »die Armut der Menschen habe ich völlig ausgeblendet.« Er seufzte. »Umso betroffener macht sie mich heute.«

*

Alfred lag abends noch lange wach und dachte über das nach, was Margarete ihm gezeigt hatte. Oft hatte er von Armut gehört, ohne sie je selbst erlebt zu haben. Und bei seinem ersten Besuch hatte ihn das Elend nicht so berührt wie an diesem Abend.

Die Frage, was man gegen die Armut der Menschen tun konnte, trieb ihn um. Seine Eltern kümmerten sich aufopferungsvoll um die eigene Belegschaft, Mutter war Mitglied in der einen oder anderen Organisation in Köln, die sich sozialen Projekten widmete. Und dennoch hatte Alfred nun den Eindruck, er und seine Familie würden nicht genug tun. Er überlegte, was gegen die Arbeitslosigkeit zu tun war. Sobald er nach Köln zurückkehrte, würde er mit seinem

Vater sprechen. Vielleicht gab es eine Möglichkeit, Menschen ohne Einkommen zu Lohn und Brot zu verhelfen.

Der Straßenlärm drang durch das geschlossene Fenster gedämpft an seine Ohren. Als er sich in seinem halbdunklen Zimmer umsah, dachte er an die ärmlichen Verhältnisse, die in den Mietskasernen herrschten. Oft teilten sich fast zehn Familienmitglieder einen einzigen Raum. Dagegen residierte er in seinem Hotelzimmer fast schon wie ein König.

Es ist eine schreiende Ungerechtigkeit, dachte Alfred betrübt. Bezahlbarer Wohnraum, regelmäßige Einkünfte und Mahlzeiten sollten eigentlich selbstverständlich sein. Doch weit gefehlt. Der Besuch in den Armenvierteln Berlins hatte einen bleibenden Eindruck hinterlassen.

Den dringenden Wunsch, die Missstände zu verbessern, nahm er mit in den Schlaf. Im Traum sah er Margarete, die für alle Menschen ein Lächeln übrig hatte. Sie war einfach zauberhaft. Eine bessere Seele hätte er nirgends finden können.

Kapitel 25

Oscar sah seinem Neffen mit finsterer Miene entgegen, als dieser am nächsten Morgen das Büro betrat. Sofort fragte Alfred sich, ob er etwas falsch gemacht haben könnte. Doch da er sich keiner Schuld bewusst war, grüßte er gewohnt freundlich, was sein Onkel nur mit einem Brummen quittierte. Oscars Gesicht war aschfahl, die Haare standen ihm wirr vom Kopf ab, so als hätte er sie sich eben noch gerauft.

»Ist dir eine Laus über die Leber gelaufen?«, fragte Alfred ein wenig flapsig. Er nahm vor dem wuchtigen Schreibtisch Platz. Die Sonne schien durch die großen Fenster in den Raum und ließ winzige Staubpartikel im Licht tanzen.

»Das kann man wohl sagen.« Oscar faltete mit einem lauten Rascheln seine Zeitung zusammen. Danach verschränkte er die Hände auf dem Tisch und betrachtete seinen Neffen mit finsterem Gesichtsausdruck. »Wertheim will uns mal wieder das Leben schwer machen.« Er stöhnte und vergrub das Gesicht in den Händen.

Alfred begriff schlagartig, was seinem Onkel schon so früh am Morgen die Laune verdorben hatte. Georg Wertheim, Besitzer mehrerer Warenhäuser und ältester Konkurrent der Familie Tietz. Auch er hatte seinerzeit klein angefangen. Wertheim hatte den Laden seiner Eltern in Stralsund übernommen und dort zahlreiche von Leonhards innovativen Geschäftsideen ebenfalls eingeführt. Leonhard Tietz und Georg Wertheim waren seither Erzfeinde. Während Alfreds Vater immer um einen harten, aber fairen Konkurrenzkampf bemüht gewesen war, hatte Wertheim in der Vergangenheit gern auch mal schmutzige Tricks angewendet.

»Was ist passiert?«, fragte Alfred und war um einen möglichst beifälligen Tonfall bemüht. Doch er sah seinem Onkel an, dass dieser um Fassung rang.

»Er hat das Gelände der Königskolonnaden erworben, um dort ein Warenhaus errichten zu lassen, das alles Vorhandene in den Schatten stellen soll.«

»Und damit meint er dich?«

»Wen sonst?« Oscar schnaubte vor Wut. »Er plant, mithilfe von gleich zwei Architekten einen Neubau über fünf Stockwerke auf einer Grundfläche von fünftausend Quadratmetern erbauen zu lassen.«

»Das ist groß«, staunte Alfred. Dann runzelte er die Stirn. »Was sind diese …«, er versuchte, sich an das Wort zu erinnern, »diese Königskolo…«

»Königskolonnaden«, sagte Oscar. »Dabei handelte es sich ursprünglich um zwei imposante Säulenhallen an der Königsstraße, einer wichtigen Verkehrsader, die zum Alexanderplatz führt und sich immer mehr zum Nadelöhr entwickelt hat. Niemand interessiert sich heutzutage mehr für die Skulpturen, Monumente und Wandelgänge dort. Die Kolonnaden sollen abgerissen werden, um Platz für Neues zu schaffen.«

»Für ein Kaufhaus von Wertheim«, schlussfolgerte Alfred.

»So ist es. Er hat das Gelände für siebeneinhalb Millionen Mark erworben und kann dort jetzt tun und lassen, was er für richtig hält.«

»Und du sagst, die Königsstraße liegt …«

»Auf dem Weg zum Alexanderplatz, also auf dem Weg zum *Warenhaus Hermann Tietz*«, beendete Oscar den Satz. »Und damit ungemein günstig gelegen, denn wer zu uns will, der soll nach Wertheims Plänen erst an seinem Kaufhaus vorbei.«

»Das dürfen wir nicht zulassen«, rief Alfred und hieb auf die Armlehne seines Stuhls.

»Das sagt sich so leicht«, sagte Oscar grimmig. »Wie soll man gegen ein derartiges Bauvorhaben vorgehen?«

»Du kennst doch viele einflussreiche Leute in der Stadt«, überlegte Alfred.

»Aber was für Gründe kann man ihnen denn nennen, warum sie den Bau verhindern sollten?«

»Ich weiß es nicht, aber dir fällt sicher etwas ein.«

Langsam entspannte sich Oscars Miene. »Du hast recht. Ich werde mir Gedanken machen und sehen, was ich tun kann.«

Er lächelte seinem Neffen zu und strahlte plötzlich wieder den Optimismus aus, den Alfred von ihm gewohnt war. Und Alfred hatte keinen Zweifel daran, dass sein Onkel die Konkurrenz bald in ihre Schranken weisen würde.

*

Am Nachmittag waren Alfred und Margarete wieder verabredet. Zwar hatten sie nicht viel Zeit, weil Margarete später noch in der Volksküche des Frauenvereins arbeiten musste und Alfred zum Abendessen im Haus seines Onkels eingeladen war, doch sie waren für jede Minute dankbar, die sie gemeinsam verbringen konnten.

Alfred hatte Margarete abgeholt und dann waren sie mit dem Zug zum Bahnhof Wannsee gefahren, einen kleinen Picknickkorb im Gepäck. Alfred trug einen leichten Sommeranzug und einen Strohhut, Margarete ein langes Kleid.

Als sie eine geeignete Stelle für ihr Picknick am seichten Ufer gefunden hatten, breitete er die mitgebrachte Decke aus. Margarete sank auf die weiche Picknickdecke und richtete ihren Hut mit der breiten Krempe, der sie vor der tief stehenden Abendsonne schützte. Ein herrliches Fleckchen hatten sie sich da ausgesucht. Die kleine Bucht war von Schilf gesäumt, der im Wind leise raschelte.

Alfred nahm an ihrer Seite Platz, reichte ihr herrlich duftende Erdbeeren und schenkte ihnen je ein Glas Sekt ein. Auch Brote hatten sie mitgebracht, über die sie sich später hermachen würden.

Verliebt und doch mit leichtem Bedauern beobachtete Margarete ihren Alfred. Er hatte sich große Mühe gegeben, um ihnen einen schönen Feierabend zu bereiten. Die Tatsache, dass sie bald in die Volksküche musste, rückte für den Augenblick in weite Ferne.

Weniger leicht abzuschütteln waren ihre Sorgen über die Zukunft. Die Entscheidung, ob sie mit ihm nach Köln ziehen würde, fiel ihr nicht leicht.

Beinahe wäre sie zusammengezuckt, als er ihre Hand nahm und ihr tief in die Augen sah. »Was bedrückt dich, Grete?«

»Ach, Alfred …« Seufzend nippte sie an ihrem Sekt. »Morgens, wenn ich aufwache, gilt mein erster Gedanke dir, auch tagsüber kann ich kaum an etwas anderes denken, als dich endlich wiederzusehen. Ich genieße die Zeit an deiner Seite sehr.«

»Aber das ist doch wundervoll«, sagte Alfred. Er schien erleichtert, dass sie so offen mit ihm sprach. Er zupfte einen Grashalm und kaute darauf herum. »Denn mir ergeht es ebenso. Abends, wenn ich in meinem Bett im Hotelzimmer liege, nehme ich dich mit in meine Träume.«

»Ich dich auch«, sagte sie lächelnd und spürte, wie ihre Wangen glühten. »Und dennoch schwebt deine Rückkehr nach Köln wie ein unsichtbares Damoklesschwert über uns, Alfred.«

Er nickte und schien nach einer passenden Antwort zu suchen, die ihm nicht auf Anhieb einfallen wollte. »Wir müssen einen Weg finden, den wir gemeinsam gehen können«, sagte er schließlich.

»Wie du weißt, sitzt die Firma meines Vaters in Köln, und ich soll eines Tages seine Nachfolge antreten. So komme ich nicht umhin, auch dauerhaft in Köln zu leben. Aber ohne dich«, er nahm ihre Hand und drücke sie fest, »erscheint mir das alles sinnlos.«

»Nun übertreib mal nicht«, sagte sie, »du trägst eine große Verantwortung dafür, das, was deine Eltern begonnen haben, erfolgreich fortzuführen. Mit mir an deiner Seite, oder …« Sie legte eine Pause ein, bevor sie schweren Herzens fortfuhr, »oder eben ohne mich.« Als er nichts erwiderte, sprach sie weiter: »Sicher wirst du eine Frau in Köln finden, die diesen Weg mit dir gehen kann.«

»Das ist Unsinn«, antwortete er energisch. »Für mich gibt es nur dich, Grete. Wir gehören zusammen, und ich vermisse dich schon, kaum, dass wir auseinandergehen.«

Margarete versuchte, ihre Gedanken zu ordnen, und richtete den Blick auf den Kleinen Wannsee. Dort tummelten sich an diesem Tag ein paar Ruderboote in der Nähe des Ufers, weiter draußen zog ein kleines, strahlend weißes Segelboot seine Bahnen. Als sich eine Entenfamilie an Land wagte und schnatternd näher kam, zupfte Alfred ein paar Stücke vom mitgebrachten Brot und warf es den Tieren zu. Gierig machten sich die Enten darüber her.

»Sind sie nicht niedlich?«, fragte Margarete.

»Ja«, stimmte er ihr zu. »So niedlich wie wir, wenn wir händchenhaltend durch die Straßen Berlins ziehen und uns unsere Zukunft ausmalen.«

»Ich wünschte, sie wäre bereits hier, unsere gemeinsame Zukunft«, erwiderte sie melancholisch.

Alfred warf das letzte Brotstück zu den Enten, dann beugte er sich zu ihr hinüber. Durch seine Nähe klopfte ihr Herz wie verrückt. Sie schloss voller Erwartung die Augen und wurde nicht enttäuscht. Entzückt spürte sie seine sanften Lippen auf ihren. *Es ist entschieden*, dachte sie, als sie eng umschlungen auf der Decke nach hinten sanken, *Alfred werde ich nie wieder hergeben, koste es, was es wolle.*

Kapitel 26

Das Dienstmädchen nahm Alfred den Picknickkorb, den Hut und sein Jackett ab, als er zwei Stunden später die Villa von Onkel und Tante betrat. Mit teilnahmsloser Miene führte die Angestellte ihn in das Esszimmer. Hier saßen Alfreds Cousins und seine Cousine mit Oscar und Betty bereits am gedeckten Tisch. Es duftete wundervoll, das Geschirr und das silberne Besteck strahlten im Licht der untergehenden Sonne, die vom See aus durch die großen Fenster in den Raum fiel. Der Braten, angerichtet auf einem Silbertablett, dampfte noch, und Alfred verspürte auf der Stelle wieder Hunger.

Nachdem sich das Hausmädchen zurückgezogen hatte, erhob sich Oscar. »Alfred«, sagte er mit ausgebreiteten Armen, »schön, dass du es einrichten konntest, uns Gesellschaft zu leisten.«

»Ich danke für die Einladung«, lächelte Alfred und setzte sich an den gedeckten Tisch.

»Du strahlst ja über das ganze Gesicht«, stellte Betty schmunzelnd fest. »Gibt es etwas, das du uns erzählen möchtest?« Sie zwinkerte ihrem Neffen zu.

»Ach, was soll ich sagen?«, entgegnete Alfred. »Berlin ist wundervoll, die Arbeit im Geschäft bereitet mir große Freude …« Er brach ab, unsicher, ob es der richtige Moment war, Tante Betty von Margarete zu berichten. Doch anscheinend hatte Oscar ihr bereits von Alfreds Liebschaft erzählt.

»Ich würde sagen, du bist verliebt, lieber Neffe«, nahm ihm seine Tante die Entscheidung ab. Nun gab es also kein Zurück mehr, und Alfred hatte nicht vor, Margarete zu verleugnen oder die Beziehung zu ihr runterzuspielen.

»Margarete ist wundervoll, einfach wundervoll«, schwärmte er also und erntete prompt das Gekicher seiner Cousine und seines Cousins.

»Was gibt es denn da zu lachen?«, fragte Betty die beiden mit tadelnder Stimme. »Die Liebe ist das schönste Gefühl im Leben.« Nachdem das Gelächter verstummt war, widmete Betty ihre Aufmerksamkeit wieder dem jungen Gast. »Also«, sagte sie mit einem Lächeln, »möchtest du uns mehr über Margarete erzählen?«

In dem Moment erschien das Hausmädchen und schenkte Alfred Wasser ein, dann füllte sie ihm den Teller. Er bedankte sich bei ihr und nutzte die Zeit, um sich die richtigen Worte zurechtzulegen.

»Ihr Vater ist Kaufmann«, berichtete er schließlich, »sie wohnen in einer dieser modernen Bürgerhäuser, und Margarete ist Lehrerin an einer Armenschule.«

»Sicher kein leichter Beruf«, vermutete Betty. »Und es spricht dafür, dass sie ein gutes Herz hat.«

»Absolut«, antwortete Alfred und aß einen Bissen von seinem Braten. Das Essen schmeckte köstlich. »Sie arbeitet freiwillig im *Vaterländischen Frauenverein*. Ich kann mir keine gütigere und liebenswürdigere Frau vorstellen.« Alfreds Wangen glühten vor Aufregung, während er der Familie von seiner Liebsten erzählte.

»Du redest ja, als stünde schon bald eure Hochzeit bevor«, fand Georg. Alfred vermochte nicht zu sagen, ob es Neid war oder Hohn, der da in der Stimme seines Cousins mitschwang.

»Ich kann mir durchaus vorstellen, mit ihr alt zu werden«, entgegnete Alfred ernst. »So etwas habe ich noch nie zuvor empfunden – ich bin bis über beide Ohren verliebt.«

Georg grinste und pfiff die Melodie des Hochzeitsmarsches von Mendelssohn Bartholdy. Erst, als seine Schwester ihn in die Seite boxte, verstummte er.

»Du bist ein Narr«, rügte Elise ihn.

»Richtig kindisch«, pflichtete Martin, der jüngere Bruder der beiden, seiner Schwester bei und setzte eine naseweise Miene auf.

»Lass dich nicht ärgern von meinem Sohn«, meinte Oscar an seinen Neffen gewandt. »Es ist also ernst zwischen euch?«

Alfred nickte. »Und wie! Morgens beim Aufwachen gilt ihr mein erster Gedanke.« Es war ihm etwas unangenehm, hier am Tisch so offen über seine Gefühle zu sprechen, besonders nach Georgs Sticheleien.

»Solange du dich dann tagsüber auf die Arbeit konzentrierst, ist in meinen Augen alles in bester Ordnung«, antwortete Oscar augenzwinkernd. Er schenkte seiner Frau ein Lächeln. »So ähnlich«, fuhr er fort, »war es bei mir damals auch, als ich mich in meine Betty verliebte. Wir kannten uns natürlich schon lange, aber irgendwann, nun ja, haben wir einander in einem anderen Licht gesehen, wenn ihr versteht, was ich meine.«

Seine Kinder stöhnten allesamt laut.

»Ach Oscar«, sagte Betty errötend, »nun hör doch auf, immer diese alte Geschichte zu erzählen.«

»Aber wenn es doch so geschehen ist«, verteidigte Oscar mit gespielter Entrüstung. Dann wandte er sich wieder seinem Neffen zu. »Aber deine Zeit hier in Berlin ist begrenzt«, stellte er fest. »Was wird aus euch, wenn du zurück nach Köln musst?«

»Ich hoffe, sie begleitet mich«, antwortete Alfred und widmete sich wieder dem wundervollen Braten. »Wir würden dann unseren Lebensmittelpunkt an den Rhein verlegen.«

»Dafür muss Margarete ihr Leben in Berlin aufgeben«, bemerkte Betty. »Das wäre ein sehr großes Opfer.«

»Darüber bin ich mir bewusst«, versicherte er seiner Tante.

Betty war sichtlich erleichtert. »Das freut mich zu hören. Und vergiss nicht, dass du ihr ein gutes Leben schuldig bist, wenn sie für dich aus ihrer Heimat fortgeht.«

Alfred nickte und sah seine Tante mit einem glücklichen Lächeln an. »Das werde ich ihr bieten. So eine Frau wie Margarete trifft ein Mann nur ein einziges Mal im Leben.«

Kapitel 27

Ein wenig unheimlich war es Margarete schon zumute, als Alfred sie nach Einbruch der Dunkelheit durch die Hofeinfahrt des *Tietz* führte. Im hinteren Bereich des Warenhauses befand sich der Personaleingang. Alfred nahm ihre Hand und zog sie in den schmalen, aber langen Hinterhof des *Tietz*. Die Wände waren mit beigen und dunkelgrünen Fliesen verziert, das regenfeuchte Kopfsteinpflaster schimmerte im Licht der Straßenlaternen, das durch die Hofeinfahrt ins Innere fiel. Kein Zigarettenstummel, kein Unkraut zwischen den Fugen, auch von der Fassade blätterte kein Putz. Die schmalen Fenster der Büros in den oberen Stockwerken waren blitzblank geputzt. Das alles hatte nichts mit den heruntergekommenen Hinterhöfen der Fabriken zu tun, die Margarete kannte. Hier war alles äußerst gepflegt.

»Gefällt es dir?«, fragte Alfred, der ihre bewundernden Blicke bemerkt hatte.

»Es ist alles so sauber.« Mehr wusste Margarete nicht zu sagen. Als sie den Kopf in den Nacken legte, wuchs die Fassade des Kaufhauses wie ein überdimensionales Rechteck in die Höhe. Am Himmel schienen die Fronten der Gebäude zusammenzuschmelzen. »Und riesengroß«, murmelte sie beeindruckt. In einer Ecke standen die Lieferautos in Reih und Glied, einsatzbereit für den nächsten Arbeitstag.

»Komm schon«, rief Alfred ungeduldig. Er war ein paar Schritte vorgegangen und winkte sie nun zu sich.

Als sie neben ihm stand, klimperte er mit einem Schlüsselbund herum. Sie folgte ihm schweigend zu einer schweren dunkelbraunen

Tür. In das Holz war ein Schriftzug mit dem Namen des Warenhauses geschnitzt.

»Das, meine liebe Grete, ist der Personaleingang.« Alfred schob einen großen Schlüssel ins Schloss, drehte ihn und stemmte sich gegen das massive Holz. »Bitte einzutreten, die Dame.« Er machte eine einladende Geste und erinnerte sie dabei an einen Portier im Adlon.

Sie traten über die Schwelle und standen nun im Treppenhaus der Verwaltung. »Wo lang jetzt, Alfred?« Ihre Stimme hallte von den kahlen Wänden wider. Sie lehnte sich an das eiserne Treppengeländer und sah nach oben. Sie konnte nur schwer schätzen, wie viele Stockwerke das Gebäude hatte. Es mussten drei, vielleicht sogar vier Etagen sein.

»Von hier aus geht es ins Warenhaus.« Nachdem Alfred den Personaleingang sorgfältig abgeschlossen hatte, führte er sie zu einer weiteren Tür, sperrte sie auf und wiederholte die Geste. »Hier entlang, meine Dame.« Er grinste jungenhaft.

Margarete ging durch die Tür – und fand sich im Erdgeschoss des Warenhauses wieder. An den Decken brannten nur kleine Lämpchen, die dafür sorgen sollten, Einbrecher abzuschrecken. Alles wirkte im Halbdunkel größer, aber auch unheimlicher als bei Tageslicht, wenn alle Lampen brannten und das Licht durch die großen Schaufenster ins Innere fiel.

Alfred schloss auch die zweite Tür hinter ihnen ab und führte sie in die Mitte des Erdgeschosses. Mit vor Aufregung klopfendem Herzen sah Margarete sich um. Von hier aus konnte man auf die belebte Straße schauen. Keiner der Passanten schien sich für das junge Paar zu interessieren, das da im geschlossenen *Tietz* umherlief. Doch dann zog eine Gruppe betrunkener junger Männer torkelnd an ihnen vorüber. Einer von ihnen blieb stehen und lupfte bei Margaretes Anblick den Hut.

»Gnädige Dame«, lallte er mit schwerer Stimme, dann wurde er von seinen Begleitern am Ärmel seines Mantels weggezogen. »Ich muss leider weiterziehen«, murmelte er noch entschuldigend, dann war er ihrem Blickfeld schon wieder entschwunden.

»Alfred«, fragte Margarete, »Was machen wir hier eigentlich?«

»Lass dich überraschen.«

Margarete fühlte sich ein wenig unwohl. »Dürfen wir überhaupt hier sein?«

»Der Laden gehört meinem Onkel, also sei unbesorgt.«

Trotz seiner Beschwichtigung hatte Margarete noch Bedenken. Sicher wusste niemand von ihrem nächtlichen Besuch in dem Warenhaus. Was, wenn sie erwischt wurden? War das dann Einbruch?

Alfred schien ihre Gedanken zu erraten. Er klimperte mit dem Schlüsselbund in seiner Hand und grinste. »Ich habe den Schlüssel, also ist es kein Einbruch. Und es gibt mir die Gelegenheit, dir alles in Ruhe zu zeigen.«

»Also gut. Aber was, wenn wir erwischt werden?«

»Dann stehe ich dafür gerade.«

Margarete nickte. Sie wollte schließlich keine Spielverderberin sein. Interessiert ließ sie den Blick durch das Erdgeschoss schweifen. Dort, wo tagsüber eifriges Gewusel herrschte, wo Ladenmädchen die Kunden bedienten und das Sortiment herrichteten, wo Kunden im schier unendlichen Angebot stöberten, herrschte nun gespenstische Stille. Die marmorierten Säulen verstärkten Margaretes Eindruck, sich in einer Kathedrale zu befinden. Wären da nicht die unzähligen Verkaufstische, auf denen Herren- und Damenmode in allen denkbaren Farben und Materialien präsentiert wurden.

»Ist das nicht großartig?«, fragte Alfred und breitete die Arme aus. »Nun kannst du dich völlig ungestört umsehen, Grete.«

Sie strahlte. »Danke, dass du mir das ermöglichst. Was für eine schöne Idee.«

Alles war schon für den kommenden Tag vorbereitet – die Warentische waren aufgefüllt, das Sortiment ansehnlich hergerichtet, und der Geruch nach Putzmitteln zeugte davon, dass die Kolonne der Reinemachfrauen bereits alles auf Hochglanz gebracht hatte. Sie fühlte sich wie in einem mächtigen Tempel mit weiten Fluren. Kaum zu glauben, dass sie sich hier in dem vielleicht größten Kaufhaus Deutschlands befanden, denn während vor den Türen und Fenstern das Nachtleben am Alexanderplatz tobte, war dies ein Ort der Ruhe und der Einsamkeit.

Weiter hinten erblickte Margarete die gigantische Treppe, die hinauf in die oberen Stockwerke führte. Im Dämmerlicht schienen sich die breiten Stufen ins Nichts zu verlieren. Sie ging ein paar Schritte darauf zu.

»Meinst du …«, setzte sie an, erschrak jedoch, als sie eine kalte Hand an ihrer spürte. Sie wich mit einem spitzen Schrei zurück. »Was um Himmels willen …«

Alfred lachte. »Bitte erschrick nicht, das ist nur eine der Modepuppen.«

Mit klopfendem Herzen wich Margarete einen Schritt zurück und sah in das leblose, mit beigefarbenem Trikotstoff bespannte Gesicht der lebensgroßen Figur. »Es ist schon ein bisschen unheimlich hier«, sagte sie schließlich. »Wir sollten gehen, Alfred.«

»Es gibt nichts, vor dem du dich fürchten musst«, beruhigte er sie. Wie selbstverständlich ergriff er ihre Hand und hauchte einen flüchtigen Kuss auf ihren Handrücken.

»Natürlich, das war albern von mir«, sagte sie peinlich berührt und versuchte, ihn anzulächeln. »Aber lass uns vorsichtig sein. Ich möchte nicht, dass du Ärger mit deinem Onkel bekommst, weil wir hier nachts rumgeschlichen sind.«

»Mach dir keine Sorgen, das werde ich nicht.« Er zog sie an der Hand hinter sich her. »Was möchtest du zuerst sehen?«

Während sie ihm folgte, überlegte sie, was sie am meisten interessierte. »Schuhe«, sagte sie schließlich, »ich würde mir gern die Schuhabteilung anschauen.«

Alfred blieb kurz stehen und orientierte sich. »Sehr wohl, verehrte Dame, also ab zu den Damenschuhen.«

Er führte sie galant in die entsprechende Abteilung, um ihr die neuesten Kollektionen feinster Lederschuhe aus Italien zu zeigen. »Sieh nur«, sagte er, »die stammen aus Mailand. Dort werden die besten Schuhe gefertigt.«

»Traumhaft«, schwärmte Margarete. Sie fühlte sich wie im Schlaraffenland. »Ein derartiges Angebot habe ich nirgendwo anders je gesehen.«

Alfred nickte voller Stolz. »Mein Onkel achtet sehr darauf, etwas für jeden Geschmack und für jeden Geldbeutel im Sortiment zu haben.«

»Das sieht man«, sagte sie, während ihre Finger über einen weinroten Absatzschuh strichen, der mit einem hellroten Band bespannt war und in dessen Mitte sich eine goldschimmernde Schnalle befand. »Nicht jeder kann sich derartige Waren leisten«, murmelte sie.

»Das stimmt.« Alfred war dicht hinter sie getreten, so dicht, dass sie seinen Atem an ihrer Halsbeuge spüren konnte. Die Luft zwischen ihnen schien plötzlich zu knistern. »Wir kaufen auch bei industriellen Herstellern Schuhe ein. Diese Modelle sind weitaus erschwinglicher, dafür werden Nähte schon oft durch Kleber ersetzt, teilweise werden die Schuhe gleich auf die Sohle geklebt. Sie sind zumeist schwarz und ihre Schnallen nicht aus echtem Silber, sondern nur veredelt.«

Margarete nickte. Sie hatte die Augen geschlossen, um sich dem angenehmen Klang seiner Stimme hinzugeben. »Das wäre eher etwas für meinen Geldbeutel«, erwiderte sie, ohne sich zu ihm umzudrehen. Die Haare auf ihren Unterarmen stellten sich auf, es war ein Augenblick intimster Nähe.

Wie gern würde ich mich jetzt zu ihm umdrehen und mich von ihm küssen lassen, dachte sie sehnsüchtig. Doch sie hielt sich zurück. »Dein Onkel ist ein weiser Mann«, sagte sie mit einem leichten Beben in der Stimme.

»Das liegt in der Familie.« Alfred lachte leise.

Margarete schlug die Augen auf und drehte sich zu ihm um. »Wie bitte?«, fragte sie in gespieltem Ernst. »Ist das nicht etwas eingebildet?«

»Nun ja.« Er hob beschwichtigend die Hände. »Ich meinte damit eher meinen Großonkel Hermann und meinen Vater – sie arbeiten nach einem ähnlichen Prinzip. Wir wollen ein Sortiment für reiche und arme Menschen anbieten.«

Wie er ›wir‹ sagt, dachte sie. Es klang nicht arrogant, als ob er sich auf den Erfolg der *Tietz*-Warenhäuser etwas einbildete, sondern eher, als sei er seiner Familie sehr verbunden. Es passte zu ihm.

»Onkel Hertie hat meinem Vater und Onkel Oscar gezeigt, wie man solche Geschäfte erfolgreich führen kann. Er war ein Visionär. Leider ist er vor ein paar Jahren gestorben. Er war ein großartiger Mensch und ein grandioser Kaufmann.«

»Ich hätte ihn gern kennengelernt«, murmelte Margarete, denn sie merkte, wie sehr Alfred diesen Onkel Hertie zu Lebzeiten geschätzt haben musste. Onkel Hermann war offensichtlich ein ganz besonderer Mensch gewesen.

»Ich bin sicher, er hätte dir gefallen.« Es lag etwas Wehmütiges in Alfreds Blick. Er seufzte, dann nahm er den Schuh, den sie sich eben angesehen hatten, aus dem Regal. »Gefällt er dir?«

»Er ist traumhaft.«

»Probier ihn an.«

»So wie das Kleid?«

Er nickte. »Die Schuhe würden wunderbar zu dem Kleid passen, meinst du nicht?«

»Die kann ich mir doch gar nicht leisten«, erinnerte sie ihn.

Alfred ging nicht darauf ein. »Ich bin sicher, sie werden dir hervorragend stehen.« Er führte sie zu einer Sitzbank, vor der sich schräg stehende Spiegel befanden. »Nimm Platz, Grete.«

Sie leistete seiner Bitte Folge und setzte sich auf die Kunstlederbank, die tagsüber unzähligen Kundinnen dazu diente, Schuhe anzuprobieren. Lächelnd hielt Alfred ihr das schöne Paar hin. Als Margarete zögerte, lächelte er ihr ermutigend zu.

Es fühlte sich immer noch ein wenig eigenartig an, mit ihm allein in diesem gigantischen Warenhaus zu sein. Ihre Bedenken waren jedoch verschwunden, und sie vermutete, dass die wunderschönen italienischen Schuhe dazu beigetragen hatten, ihr mulmiges Gefühl zu verdrängen.

Margarete konnte es kaum erwarten, sie anzuziehen. Rasch schlug sie den Rocksaum hoch, um ihre einfachen Stiefeletten abzustreifen. Dabei entging ihr nicht, dass er einen schnellen Blick auf ihre langen Beine warf. Sie musste schmunzeln. Offenbar gefiel ihm, was er sah.

Er ging vor ihr in die Hocke und reichte ihr den ersten Schuh. Sie nahm ihn entgegen, stellte ihn auf dem Boden ab und schlüpfte hinein. Das Leder fühlte sich wundervoll an – es gab Halt und war weich und angenehm zu tragen.

»Traumhaft«, sagte sie. Margarete fühlte sich wie eine Königin, während sie auch den zweiten Schuh anzog und sich von ihm aufhelfen ließ.

»Wie es sich wohl darin läuft?«

Er lächelte. »Probier es aus.«

Das ließ Margarete sich nicht zweimal sagen. Sie ging ein paar Schritte und glaubte, auf Wolken zu schweben. Diese Schuhe waren nicht nur wunderschön – sie schmeichelten ihren Füßen. Vor einem der kleinen Spiegel am Boden blieb sie stehen, raffte den Rock wieder ein wenig an und drehte sich hin und her. »Wie schön«, seufzte sie. »Am liebsten würde ich sie nie mehr ausziehen.«

»Dann behalte sie an.«

»Ist das dein Ernst?«

Er nickte. »Sie gehören dir.«

»Das geht nicht.« Margarete hob abwehrend die Hände. »Das kann ich nicht annehmen.«

»Doch, das kannst du.«

»Alfred – bitte, ich meine, ich ...«

Als er bemerkte, dass sie nach den rechten Worten suchte, ohne sie zu finden, winkte er ab. »Sie gehören dir, Grete.«

Margarete konnte ihr Glück kaum fassen. »Danke«, flüsterte sie, stellte sich auf die Zehenspitzen und gab ihm einen Kuss auf die Wange. Er schien das Gefühl ihrer Lippen auf seiner Haut sehr zu genießen. Beide versanken in diesem Augenblick. Am liebsten hätte Margarete ihre Arme um ihn geschlungen, um ihn leidenschaftlicher zu küssen. Doch was sollte er dann von ihr denken? Sie waren schließlich allein hier, alles könnte passieren.

Mit vor Verlegenheit brennenden Wangen wich sie einen halben Schritt zurück. »Danke«, sagte sie mit belegter Stimme.

Für einen kurzen Moment herrschte peinliches Schweigen zwischen ihnen.

»So«, rief Alfred dann plötzlich und klatschte unternehmungslustig in die Hände. »Was möchtest du dir nun ansehen?«

Margarete überlegte. Egal, für was sie sich als Nächstes begeisterte, sie war sicher, dass er es ihr ebenfalls kaufen würde. Doch das wollte sie nicht, das wäre ihr unangenehm und sie wollte sich nicht von ihm aushalten lassen. »Ich weiß nicht«, sagte sie leise.

»Das Kleid«, sagte er. »Du musst es noch einmal anziehen. Bitte, tu es für mich, liebe Grete!« Ein wenig erinnerte er sie an einen kleinen Jungen, der seine Eltern unbedingt zu einem Besuch auf dem Rummel überreden wollte. Nun musste sie lachen. »Also gut.«

»Die Schuhe kannst du anbehalten«, wiederholte er. »Ich hole deine alten.«

Ohne ihre Antwort abzuwarten, wandte er sich ab, marschierte zur Probierbank und holte ihre schwarzen Stiefeletten. Im Vergleich zu den Schuhen, die sie nun an den Füßen trug, wirkten sie schäbig, klein und ausgetreten.

Sie folgte Alfred durch das Erdgeschoss. Die langen Schatten, die im Zwielicht über Wände und Böden zu kriechen schienen, hatten ihre Schrecken verloren. Nur die zahlreichen Modepuppen, die teils an den Säulen lehnten, wirkten noch ein wenig unheimlich auf Margarete. Immer, wenn sie an einer der Figuren vorbeikamen, nahm sie Alfreds Hand und drückte sie.

Er machte sich nicht über sie lustig, obwohl ihm klar sein musste, dass sie sich ein wenig vor den Figuren gruselte.

In der Damenmodeabteilung angekommen führte Alfred sie zielstrebig zu der Stelle, wo ihr Traumkleid von neulich hing. Nach kurzem Suchen hielt er es am Bügel in die Höhe. »War es das hier?«

Margarete nickte.

»Dann komm.« Nachdem er einen Blick auf das Etikett geworfen hatte, um sich zu vergewissern, dass es sich um die richtige Konfektionsgröße handelte, führte er sie wieder zu den kleinen Umkleidekabinen.

Sie verschwand hinter dem Vorhang und begann, sich zu entkleiden. Es dauerte einen Moment, bis sie in Unterwäsche, Strümpfen und den Schuhen vor dem Spiegel stand und sich betrachtete. Kurz fragte sie sich, was wohl geschehen würde, wenn er in diesem Augenblick den Vorhang zur Seite schob und zu ihr trat. Sie wusste nicht, ob sie ihn wegschicken würde oder nicht, und spürte Schmetterlinge im Bauch.

Die Vorstellung, sie könnte ihrerseits die Initiative ergreifen und sich ihm so präsentieren, fühlte sich auf angenehme Weise unanständig an. Doch sie widerstand der Versuchung und streifte rasch das Kleid über, das am Haken der Kabinenwand hing. Nachdem sie sich prüfend betrachtet hatte, zupfte sie den federleichten Stoff zurecht, zog den Vorhang beiseite und trat hinaus. Sein bewundernder Blick schmeichelte ihr. Wie ein professionelles Modemodell schritt sie vor ihm auf und ab und zwinkerte ihm zu.

Alfred applaudierte und rief: »Hervorragend!«.

»Gefalle ich Ihnen, mein Herr?« Margarete schenkte ihm ein kokettes Lächeln.

»Meine Dame, Sie wirken in dem Kleid wie eine Königin.«

Margarete musste kichern. »Du übertreibst.«

»Nicht im Geringsten, denn wie schon bei der ersten Anprobe bin ich sicher, dass das Kleid eigens für dich gemacht wurde, Grete.«

»Alfred Tietz, du bist ein elender Charmeur.«

Er zuckte unbekümmert die Schultern. »Damit kann ich gut leben.«

Nun fingen sie beide an zu lachen, und es war ein erleichtertes Lachen, bei dem auch die letzte Anspannung von ihnen abfiel. Schließlich machte Margarete einen entschlossenen Schritt auf ihn zu. Sein Lachen verstummte, seine Miene wurde ernst. »Du bist wunderschön.«

Viele Komplimente hatte Margarete in ihrem Leben noch nicht bekommen, und schon gar nicht solche, die von Herzen kamen. Sie errötete und senkte den Blick.

*

»Wo sind wir hier?« Margarete sah sich staunend um, als sie die breite Treppe hinaufstiegen. Im Obergeschoss waren die Wände mit gewachstem Nussbaum vertäfelt, die aufwendige Schnitzereien aufwiesen, eine Galerie aus Bronze führte um die Abteilung herum, in der sie sich nun befanden. Der Schein der einzelnen Glühlampen brach sich tausendfach in der kuppelartigen Deckenkonstruktion und erinnerte Margarete an einen funkelnden Sternenhimmel. Ihre Stimme wurde von den unzähligen Teppichen auf den Tischen und Böden gedämpft und klang dumpf.

»Unser Teppichsaal«, erklärte Alfred feierlich. »Hier bieten wir vom einfachen Läufer bis zum hochwertigen Orientteppich alles an, was das Herz begehrt.«

»Und was ist das?« Sie zeigte nach oben. In der Mitte der Kuppel befand sich ein Deckengemälde.

»Merkur begrüßt die Völker der Erde, die ihre Waren der Berolina anbieten«, erklärte Alfred sichtlich stolz. »Das Gemälde stammt von Max Friedrich Koch. Gefällt es dir?«

»Es ist imposant.« Sie sah Alfred an. »Was machen wir hier oben?«

»Ich möchte dir etwas zeigen.«

Margarete grinste. »Gibt es hier etwa fliegende Teppiche?«

»Nicht, dass ich wüsste«, erwiderte Alfred lachend. »Aber vielleicht finden wir etwas anderes Zauberhaftes.«

Er nahm ihre Hand und zog sie einmal quer durch den Teppichsaal. *Wer hier kauft, der hat sicher keine Geldsorgen*, dachte Margarete, die Schwierigkeiten hatte, all die Eindrücke zu verarbeiten. Alfred blieb vor einem etwa hüfthohen Stapel mit flauschigen Läufern in Pastellfarben stehen. Margarete bemerkte den Beistelltisch, auf dem eine Obstschale mit exotischen Früchten, ein Sektkühler und zwei Gläser standen. »Sicher magst du eine kleine Erfrischung?«

»Hast … hast du das für uns bereitgestellt?« Er nickte. »Du bist ein Schatz, Alfred.« Margarete konnte kaum glauben, dass das alles gerade wirklich geschah. Sie fühlte sich wie eine Königin und schlang die Arme um Alfreds Hals. Nun standen sie ganz nah zusammen und blickten einander tief in die Augen. Ihr Herz schlug Purzelbäume.

»Warte«, sagte er, als sie Anstalten machte, ihn zu küssen. Er ließ die rechte Hand in die Tasche seines Jacketts gleiten und zog eine kleine schwarze Schachtel hervor. Hastig trat er einen Schritt zurück und ging vor ihr auf die Knie.

Margarete war sprachlos. Sie ahnte, was nun folgen sollte.

Alfred öffnete die kleine Schatulle. Darin steckte ein silberner Ring, der mit funkelnden kleinen Edelsteinen besetzt war. »Margarete«, sagte er und war nun sichtlich nervös, »möchtest du meine Frau werden?« Seine Stimme bebte.

Margarete glaubte, zu träumen. »Was?«

»Ich halte hiermit um deine Hand an.« Er lächelte zu ihr auf. »Willst du mich heiraten?«

Margarete spürte, wie ihre Knie weich wurden. *Hat er mir wirklich gerade einen Antrag gemacht?* Die Gedanken rasten durch ihren Kopf. Obwohl sie sich noch nicht allzu lange kannten, konnte sie sich ein Leben ohne Alfred schon jetzt nicht mehr vorstellen. Vom ersten Moment an hatte sie ihn in ihr Herz geschlossen, und er war sichtlich bemüht, ihr jeden Wunsch von den Augen abzulesen.

»Ja!«, stieß sie überglücklich hervor. »Ich möchte deine Frau werden, Alfred.«

Erleichtert erhob er sich. Als er den Ring aus der Schatulle nahm, um ihn ihr auf den Finger zu schieben, stellte sie fest, dass seine Hände zitterten vor Aufregung. Voller Glück betrachtete sie den Ring an ihrem Finger, dann trafen sich ihre Blicke. Wie automatisch näherten sich ihre Lippen einander. Der Kuss fühlte sich an wie ein prickelnder warmer Sommerregen, war erst zaghaft und forschend und wurde rasch leidenschaftlicher und fordernder. Alfreds Hände strichen über ihren Rücken und versetzten sie in angenehme Erregung. Sie streckte die Hände aus und fuhr durch sein dichtes Haar, während sie sich immer inniger küssten. In diesem Moment fühlte es sich für Margarete an, als würde die Welt um sie herum nicht mehr existieren.

Sie nickte energisch, als Alfred sie fragend anblickte und sich dann an ihrem Kleid zu schaffen machte, mit geschickten Händen Reißverschluss und Knöpfe öffnete und den Stoff von ihren Schultern streifte. Auch sie begann, sein Jackett abzustreifen und ihm das Hemd zu öffnen.

Sie legten sich auf den weichen Teppichstapel, und Margarete spürte seine Haut an ihrer. Es war, als wäre sie am Ziel einer langen Reise angekommen. Margarete schloss die Augen und gab sich ganz der Lust hin, die sie übermannte. Sie wünschte sich nichts sehnlicher, als dass dieser Augenblick niemals enden möge.

Kapitel 28

Am späten Abend hatte Leonhard es sich in der Bibliothek der Villa Tietz mit einem Glas Muskatwein gemütlich gemacht. Er saß im Ohrensessel am Fenster und lauschte der Musik, die aus dem metallenen Trichter des Grammofons drang. Henry Burrs einzigartige Stimme sang *Meet me Tonight*, während das Knistern der Schellackplatte wie das Prasseln eines munteren Kaminfeuers klang. Dabei blätterte er in der *Phonographischen Zeitschrift* und schien seine Umgebung völlig ausgeblendet zu haben.

Flora stand mit einem nachdenklichen Lächeln im Türrahmen und beobachtete ihn. Schon beim Abendessen war ihr aufgefallen, dass er heute sehr in sich gekehrt und wortkarg gewesen war. Das war äußerst selten der Fall, und es betrübte Flora, ihn so zu erleben. Mit einem Räuspern, um auf sich aufmerksam zu machen, stieß sie sich vom Türrahmen ab und trat näher.

Leonhard blickte auf. »Bella«, sagte er erfreut. »Leiste mir Gesellschaft.«

Er legte die Zeitschrift zur Seite, trat an das Grammofon und nahm die Nadel von der Platte.

»Möchtest du auch?« Er deutete auf sein Weinglas. »Muskat Ottonel, er schmeckt herrlich.«

Flora nickte. »Gern.«

Er schenkte ihr ein Glas ein. Sie stießen an und machten es sich dann in zwei einander zugewandten Sesseln bequem. Der Wein schmeckte fruchtig nach Quitten und Mandeln.

Flora fragte: »Was gibt es Neues, lieber Leo?«

Sein Stoßseufzer kam von Herzen. »Es sind verrückte Zeiten«, begann er. »Als wir unsere ersten Geschäfte eröffneten, strömten die Menschen zu uns, alle waren begeistert vom Angebot und den Preisen.«

»Aber das hat sich doch bis heute nicht verändert.«

»Das nicht«, stimmt er ihr zu, »aber der Wind ist rauer geworden.«

»Du meinst wegen der Geschäftsleute, die gegen uns hetzen?«

Leonhard nickte. »Die Goldgräberstimmung der ersten Jahre ist längst vorbei, und mit unserem Erfolg haben wir Neider auf den Plan gerufen.«

»Ist das nicht ein leidiger, aber allgegenwärtiger Teil des modernen Geschäftslebens?« Sie nahm seine Hand in ihre.

»Bedauerlicherweise ja. Allerdings nimmt dieser Neid neuerdings eigenartige Formen an.«

»Zum Beispiel?«

»Heute hat es in Aachen eine Bombendrohung gegeben.« Leonhard fiel es sichtlich schwer, das auszusprechen.

»Wie schrecklich!«, rief Flora und hätte fast ihren Wein verschüttet. »Wer tut so etwas?«

Leonhard zuckte mit den Schultern. »Philipp geht davon aus, dass es sich um militante Mitglieder des Anti-Warenhaus-Vereins handelt.« Wieder seufzte er. »Eine Mutmaßung nur, die Polizei hat er eingeschaltet, aber niemand kann für unsere Sicherheit garantieren.«

»Für unsere Sicherheit?« Flora zog die Stirn in Falten.

Leonhard berichtete ihr von Philipp Lewys Besuch am Vormittag. »Dem Schreiben ist zu entnehmen, dass die Attentäter die Bombe am Tag der feierlichen Einweihung des Neubaus hochgehen lassen werden.«

»Bis dahin sind es noch ein paar Tage«, bemerkte Flora. »Die Polizei wird die Verfasser des Schreibens sicher bis dahin verhaftet haben.«

»Dein Wort in Gottes Ohr.« Leonhard wirkte nicht sehr überzeugt davon, dass man die Drahtzieher vor ihrer Fahrt nach Aachen erwischen würde.

Flora betrachtete ihn sorgenvoll. »Willst du unseren Besuch absagen?«

Leonhards Kopf ruckte zu ihr herum. »Auf gar keinen Fall lasse ich mich durch solche Drohungen von unseren Plänen abhalten«, sagte er energisch. »Aber vielleicht wäre es eine gute Idee, eine offizielle Stellungnahme zu der Bombendrohung abzugeben. Alle sollen wissen, dass die Familie Tietz sich nicht einschüchtern lässt.«

»Ist das nicht viel zu riskant?«, fragte Flora erstaunt. »Damit provozierst du die Briefeschreiber vielleicht, und außerdem könnte es extrem rufschädigend sein.«

»Nein, Bella, natürlich nicht. So eine Stellungnahme würde ich erst machen, wenn alles vorbei ist.«

Flora atmete auf. »Das klingt vernünftig. Und meinst du wirklich, der Anti-Warenhausverein steckt dahinter?«

Leonhard seufzte. »Wenn ich das wüsste. Den Verein gibt es schon seit zehn Jahren, und soweit ich weiß, besteht er aus Mitgliedern einer Gruppe zur Wahrung der gewerblichen Interessen.« Leonhard erhob sich, um ihre Gläser nachzufüllen. »Niemand weiß, ob, wie und wann der Verein einen derartigen Radikalisierungsprozess durchlaufen hat.«

»Kein Wunder, wenn es nach außen hin brave Geschäftsleute sind. Aber vielleicht fühlten sie sich durch uns in Bedrängnis gebracht und glauben, dass sie um ihr Überleben kämpfen.«

»Mit solchen Mitteln?«

Leo reichte ihr das Glas. Sie tranken schweigend, und eine Weile hing jeder seinen eigenen Gedanken nach. »Die Androhung eines Bombenattentates ist ein schweres Verbrechen, Bella«, sagte Leonhard schließlich.

»Dass diese Leute eine derartige Drohung überhaupt auszusprechen wagen«, staunte Flora.

»Erst letztes Jahr konnten sie den Abbruch unseres Rohbaus in Münster erwirken«, erinnerte Leonhard sie. Beinahe hätte sie dieses Debakel vergessen. Im Vorjahr waren die Warenhausgegner in Münster stark genug gewesen, um das neue *Tietz* noch vor seiner Fertigstellung zu verhindern. So musste der prächtige, halbfertige Bau auf Leonhards Kosten wieder abgerissen werden.

*

Margarete wusste nicht, wie lange sie eng aneinandergeschmiegt dalagen, nachdem der erste Sturm der Leidenschaft verebbt war. Alfred hatte sie mit einem flauschigen Teppich zugedeckt, damit sie nicht froren. Schweigend genossen sie die innige Zweisamkeit.

Während sie ihren Gedanken nachhing, lauschte Margarete Alfreds gleichmäßigen Atemzügen. Wenn sie selbst die Luft anhielt, dann konnte sie sogar seinen Herzschlag hören. Glücklich lächelte sie, als sie an ihre gemeinsame Zukunft dachte. Kaum zu glauben, wie wichtig ihr er schon nach so kurzer Zeit war. *So etwas nennt man wohl Liebe auf den ersten Blick.*

Bald würden sie heiraten. Natürlich musste Alfred zunächst noch ganz offiziell bei ihrem Vater um ihre Hand bitten, denn ohne seine Einwilligung würde nichts daraus werden. Doch Margarete kannte ihren Vater gut genug, um zu wissen, dass er keine Bedenken äußern würde. Für ihn zählte nur, dass sie glücklich war.

Margarte stellte sich das Haus vor, in dem sie leben, und die Kinder, die sie bekommen würden. Alfred würde irgendwann die Geschäfte seines Vaters übernehmen. Ihnen würde es gutgehen, und sicher würde sie Zeit und Gelegenheit finden, sich in soziale Projekte einzubringen.

Margarete seufzte wohlig, als Alfred ihr eine Haarsträhne aus dem noch immer erhitzten Gesicht strich. Sie überlegte, ob er wohl ein guter Vater sein würde. Doch eigentlich hatte sie keinen Zweifel daran, denn er war ein anständiger und liebevoller Mensch. Es fühlte sich gut an, ihn an ihrer Seite zu wissen.

Ein Geräusch riss sie aus den Gedanken. Ihr Herz raste vor Schreck. Als sie die Augen aufschlug, sah sie den Lichtkegel einer Taschenlampe durch das Halbdunkel des Teppichsaals geistern. Schritte näherten sich. Hastig richtete Margarete sich auf und rüttelte an Alfreds Arm.

»Alfred, Schatz«, raunte sie ihm ins Ohr, »da kommt jemand.«

Mit weit aufgerissenen Augen fuhr er hoch und war sofort hellwach. Rasch zog er einen weiteren Teppich heran, um ihn schützend über Margaretes Blöße zu legen. Währenddessen kamen die Schritte und der Lichtkegel immer näher. Ängstlich presste sich Margarete an Alfred. Er legte schützend einen Arm um ihre Schultern.

»Hallo?«, erklang eine tiefe Männerstimme. »Ist hier jemand?«

»Wer ist das?«, flüsterte Margarete. »Etwa die Polizei?«

»Das könnte der Nachtwächter sein«, murmelte Alfred. »Wir sind eingeschlafen, Mist.« Das Lächeln, das er sich abrang, wirkte gequält. »Ich werde gleich morgen mit Onkel …«

»Hier steckta also, ihr dreck'jes Lumpenpack!«, erklang die grollende Stimme erneut. Der Lichtkegel eilte der groß gewachsenen Gestalt ein paar Meter voraus. Bevor Margarete und Alfred etwas unternehmen konnten, hielt der Wächter den Strahl der Lampe auf das verliebte Paar. »Wat zum Teufel habt ihr hier zu suchen?«

»Hören Sie, Herr …«, beeilte Alfred sich zu sagen, und hob beschwichtigend beide Hände. »Ich bin sicher, dass wir …«

»Wir?« Der Wachmann lachte dröhnend. »Ick werd' det ma uffklär'n jetz. Für Einbrecher is die Polente zuständig, und die wird sich bestimmt für euch interessieren, wenn ick …« Der Nachtwächter verstummte. Erst jetzt schien er bemerkt zu haben, dass die beiden jungen Leute unbekleidet waren. Alfred zupfte an den Teppichen, unter denen sie lagen, damit sie sie besser verdeckten.

Margarete wäre am liebsten im Boden versunken. *Warum war ich nur so töricht, ihm mitten in der Nacht ins Warenhaus seines Onkels zu folgen?* Wie sie das ihrem Vater beibringen sollte, war ihr schleierhaft. Wenn es schlecht lief, würde er sie aus dem Kittchen abholen müssen.

»Wer seid ihr, und wie seid ihr hier rinnjekommen?«, fragte der Wächter, während er die Hand, mit der er die Lampe hielt, ein wenig sinken ließ. Erleichtert stellte Margarete fest, dass dem Mann die Begegnung mit dem Liebespaar unangenehm war. Er räusperte sich. »Watt habt ihr hier jemacht?«, fragte er, obwohl er sich die Antwort wohl denken konnte.

»Mein Name ist Tietz und ich …«, setzte Alfred erneut an, verstummte aber, als der Wachmann ihn mit einer Geste zum Schweigen brachte. Der Arm mit der Lampe ruckte kurz hoch, dann brach der Wächter in schallendes Gelächter aus.

»Tietz?«, fragte er. »Is' klar, Junge.« Er schüttelte den Kopf. »Du bist nich' Tietz, den kenn' ick!«

»Nicht *der* Tietz«, versuchte es Alfred mit flehendem Unterton in der Stimme, »Oscar Tietz ist mein Onkel, das müssen Sie mir glauben!«

»Det kann ja jeder sagen!«

Margarete hatte genug gehört. Sie schlang sich einen dünnen Läufer um den Leib und rutschte von dem Teppichstapel.

»Warum, bitte schön, glauben Sie meinem Verlobten nicht?« Am Rande stellte sie fest, wie selbstverständlich sie Alfred als ihren Verlobten bezeichnet hatte. »Das wird ein Nachspiel für Sie haben«, rief sie energisch und hätte um ein Haar die Hände in die Hüften gestemmt, doch dann wäre der Läufer ihr entglitten und sie hätte nackt, wie Gott sie geschaffen hatte, vor dem fremden Mann gestanden. Im letzten Moment griff sie den Läufer fester.

»Lass es gut sein, Grete«, sagte Alfred hinter ihr. Er schlüpfte hastig in seine Unterwäsche, dann erhob er sich ebenfalls. Er machte einen Schritt auf den Wachmann zu, der »Stehen bleiben!« rief und zurückwich. Jetzt erst fand Margarete Gelegenheit, den Mann näher zu betrachten. Er war einen halben Kopf größer als Alfred und von schlaksiger Statur. Seine dunkelblaue Uniform erinnerte an die eines Polizisten, nur die Mütze auf dem Kopf signalisierte, dass es sich hier um einen Angestellten des Hauses handelte und nicht um einen offiziellen Staatsdiener.

»Keine Angst, Herr …«

»Bajetzky, Wilhelm Bajetzky«, antwortete er wie aus der Pistole geschossen.

»Hören Sie, Herr Bajetzky, ich versichere Ihnen, dass sich das alles morgen klären wird.«

Der Wachmann seufzte und schien nachzudenken. »Ick muss det aber dokumentier'n«, brummte er schließlich und zückte einen Notizblock. Als Margarete widersprechen wollte, schüttelte Alfred den Kopf und bedeutete ihr, lieber zu schweigen. Er lächelte ihr beruhigend zu, doch Margarete befürchtete, dass er nun Ärger bekommen würde.

Alfred schien plötzlich etwas einzufallen. Er angelte etwas unbeholfen nach seinem Jackett, das vor ihm auf dem Boden lag, und fischte die Brieftasche heraus.

»Ich kann mich natürlich ausweisen, damit Sie mir glauben«, sagte er erleichtert und reichte dem Mann seinen Ausweis. »Und das hier ist meine Verlobte.«

»Und Sie war'n nachts hier, um wat zu feiern, nehm' ick an?« Bajetzky schielte auf die halb leeren Sektgläser und die Obstschale, über die sie sich hergemacht hatten.

»Sozusagen, ja.« Alfred nickte mit roten Wangen.

»Na, da haben S' es aber krachen lassen.« Der Wächter grinste schief. Langsam, so gewann Margarete den Eindruck, hatte er richtig Spaß an dieser seltsamen Begegnung im Teppichsaal des Warenhauses.

Kapitel 29

»Komm rein, komm rein.« Oscar winkte Alfred am nächsten Morgen ins Büro. Es duftete nach frischem Tee, der in einer Tasse auf dem Schreibtisch dampfte. Wie immer wirkte Oscar trotz der frühen Stunde äußerst ausgeschlafen.

»Guten Morgen, Onkel.« Alfred zog vorsichtig die Bürotür hinter sich zu. Der dicke Teppich dämpfte seine Schritte auf dem Weg zum Schreibtisch. Er fühlte sich nach der aufregenden Nacht verkatert und so, als wäre er eben erst aus einem Wirtshaus gekommen. Lange hatte er wach gelegen, um zu überlegen, wie er seinem Onkel den Zwischenfall beichten sollte. Ein wirklich guter Plan war ihm nicht eingefallen. So stand er nun wie ein auf frischer Tat ertappter Schüler vor dem Schuldirektor.

»Stimmt es, was ich vom Wachdienst erfahren habe?« Strenge lag in der Stimme seines Onkels.

Alfred nickte zerknirscht. »Ich fürchte schon.«

»Du wurdest mit einer Frau im Teppichsaal angetroffen. Unbekleidet. Nachts um halb eins?«

So, wie Oscar den Sachverhalt schilderte, klang sein Verhalten völlig inakzeptabel, und Alfred schämte sich. Er kam sich kindisch und albern vor. Dabei wollte er nur einen romantischen Ort für den Heiratsantrag finden. Die Überraschung war ihm jedenfalls geglückt.

»So war es tatsächlich«, murmelte er mit gesenktem Haupt. »Ich wollte Margarete einen Antrag …«

Mit einer Geste brachte Oscar ihn zum Schweigen. »Ich hatte heute Morgen einen Bericht des Wachmanns Bajetzky in der Post«, erwiderte Oscar mit erhobener Augenbraue. »Nicht sehr erfreulich, wie ich gestehen muss.«

»Es tut mir leid, Onkel.«

»Das ändert nichts an der Tatsache, dass du dich hast erwischen lassen, Junge.« Oscar erhob sich. Er verschränkte die Hände auf dem Rücken und durchmaß das große Büro mit weiten Schritten. Dabei war sein Blick gesenkt, und er schien nachzudenken, wie er mit der Situation umgehen sollte.

»Auch das ist mir schrecklich unangenehm.«

»Das will ich meinen.« Oscar war am Fenster angekommen und warf einen Blick in den Hinterhof, wo die ersten Lastwagen des Tages beladen wurden. Lagerarbeiter wuselten herum und schleppten Säcke mit Waren ins Kontor.

Oscar setzte seine Wanderung fort und blieb schließlich am Konferenztisch stehen. Erst jetzt bemerkte Alfred, dass dort Kleidungsstücke über einer Stuhllehne hingen. Oscar beugte sich vor und nahm zwei Stiefeletten in die Hand, die er ihm präsentierte.

»Weißt du, wem die gehören?« Als Alfred nicht gleich antwortete, ergriff Oscar das einfache Kleid, das über der Stuhllehne hing. »Und das hier?«

»Ja, Onkel. Die Sachen gehören Margarete.«

»Das dachte ich mir. Wir fanden sie in den Umkleiden der Probierdamen.«

»Onkel, ich …«

»Schweig, Junge – ich rede jetzt!«

Alfred wich erschrocken einen Schritt zurück. Wie ein begossener Pudel stand er im Büro des Direktors und wagte kaum, zu atmen.

»Weißt du, was es mich gekostet hat, den Nachtwächter zum Schweigen zu bekommen? Was, wenn er das Vorkommnis jemandem bei der Presse gesteckt hätte? Was, wenn dein nächtliches Techtelmechtel an die Öffentlichkeit gelangt wäre? Weißt du, was dann in den Zeitungen gestanden hätte?« Er schrieb mit den Fingern die Schlagzeilen sämtlicher Berliner Revolverblätter in die Luft. »›Tietz-Neffe mit Gespielin nackt im Teppichsaal erwischt‹, ›Schlüpfriges Stelldichein im größten Warenhaus Berlins‹ oder ›Was geschieht nachts am Alexanderplatz?‹.« Wütend schüttelte Oscar den Kopf. »Nein«, rief er, »weißt du natürlich nicht. Wie die Aasgeier hätten sich diese Schmierenschreiber darauf gestürzt. Mein guter Ruf wäre ein für alle Mal ruiniert gewesen. Gerade jetzt, wo Wertheim mal wieder versucht, uns Konkurrenz zu machen, kämen ihm derartige Schlagzeilen sehr gelegen.«

»Was …« Alfred räusperte sich, als er spürte, wie seine Stimme versagte. »Was passiert denn jetzt?«

»Nichts passiert, Neffe, gar nichts!« Oscars Gesicht hatte eine tiefrote Färbung angenommen. »Das hat mich eine Stange Geld gekostet. Schweigegeld, wenn du so willst. Ich habe dem Nachtwächter eine horrende Summe gezahlt, damit er den Vorfall vergisst. Es wäre nicht auszudenken, wenn er die Geschichte gegen ein kleines Trinkgeld an irgendeinen Journalisten verkauft hätte.«

»Du hast Schweigegeld bezahlt?«

»Ja.« Oscar schüttelte den Kopf, als könne er das Geschehene selbst nicht fassen. »Was für eine Wahl hatte ich denn?« Lautstark blies er die Luft durch die Wangen aus.

»Es tut mir leid, Onkel«, beteuerte Alfred. »Und ich werde dir das Schweigegeld natürlich erstatten.«

»Und?«

»Und es wird nicht wieder vorkommen.«

»Das will ich hoffen, Neffe.« Oscars Gesichtszüge entspannten sich ein wenig. »Ist sie hübsch?«

»O ja, Onkel. Sie ist die schönste Frau der Welt!«, ereiferte sich Alfred. »Sie ist …«

»Das kann nicht sein, denn ich«, Oscar machte eine bedeutsame Pause, bevor er fortfuhr, »ich habe die schönste Frau der Welt abbekommen. Oder was, meinst du, ist deine Tante Betty?«

»Sie ist zweifelsohne eine schöne Frau«, antwortete Alfred, »meine Grete aber ist …«

»Teil eines Skandals, der sich letzte Nacht in meinem Warenhaus ereignet hat, ja.« Oscar schüttelte missbilligend den Kopf. »Was hast du dir nur dabei gedacht, Neffe?«

»Ich weiß es nicht.«

»Ich schon. Angeben wolltest du – ihr den Himmel auf Erden versprechen. Die Torheit der Jugend.« Oscar seufzte. »Sei froh, dass ich mich selbst noch gut daran erinnern kann, wie es ist, jung und verliebt zu sein.« Jetzt huschte sogar der Ansatz eines Lächelns um Oscars Mundwinkel. »Ich möchte dein Geld nicht. Unter einer Voraussetzung.«

»Ich erfülle dir jeden Wunsch«, schwor Alfred ihm.

Oscar lachte. »Nur nicht übermütig werden, Junge.«

»Doch, doch. Also, was kann ich tun? Wie lautet deine Voraussetzung?«

»Ich werde doch zur Hochzeit eingeladen?«

»Nichts lieber als das«, lachte Alfred erleichtert. Er war froh, mit einem blauen Auge davongekommen zu sein. Und er war glücklich, weil ihm sein Onkel offenbar nicht mehr böse war. »Und noch etwas.«

»Jetzt bin ich aber gespannt.« Oscar kniff die Augen zu schmalen Schlitzen zusammen.

Alfred zögerte. Er wusste nicht recht, wie er sein Anliegen in Worte fassen konnte. Dann nahm er allen Mut zusammen. »Ich möchte dich bitten, mein Trauzeuge zu sein.«

Kapitel 30

Als Margarete am nächsten Morgen in der Armenschule eintraf, war sie furchtbar müde. Die Nacht war kurz gewesen – und ein Wechselbad der Gefühle. Alfred Tietz hatte ihr einen Heiratsantrag gemacht! Doch kaum, dass sie die Freude darüber verarbeitet hatte, waren sie im Teppichsaal vom Nachtwächter des Warenhauses erwischt worden. Ein peinliches Ende für eine Nacht, die traumhaft begonnen hatte.

Alfred hatte es sich dennoch nicht nehmen lassen, sie nach Hause zu begleiten. Jedenfalls bis fast nach Hause, denn an der letzten Straßenecke hatte sie ihn weggeschickt.

»Ab hier komme ich allein zurecht«, hatte sie beteuert. Womöglich warteten ihre Geschwister oder die Mutter auf sie und würden durch das Fenster spähen. Es musste nicht sein, dass man sie nachts mit einem Mann auf der Straße sah, auch wenn es ihr Verlobter war. Schließlich wusste ihre Familie noch nichts von Margaretes Glück. Warum sie es ihnen nicht sofort erzählt hatte, konnte sich Margarete nicht erklären. *Vermutlich*, dachte sie, *weil sich alles so frisch, so ungewohnt anfühlt*.

Oder vielleicht lag es auch daran, dass sie nicht wusste, wie sie ihren Eltern und Geschwistern gestehen sollte, dass sie wahrscheinlich mit Alfred nach Köln ziehen würde. Auch wenn sie sicher war, dass es Alfred wert war, für ihn ein neues Leben in einer fremden Stadt zu beginnen, schnürte sich ihr beim Gedanken daran, Berlin zu verlassen, die Kehle zu.

*

»Ich möchte meine Zeit in Berlin nutzen, um das Familiengrab zu besuchen, wo auch mein Onkel Hermann bestattet ist«, eröffnete Alfred Margarete, als sie zum Abendessen in einem Restaurant an der Prenzlauer Allee eingekehrt waren. Im Hintergrund klimperte ein Pianospieler etwas lustlos auf seinem Klavier.

So unauffällig wie möglich sah Margarete sich um. Die anderen Gäste waren durchweg vornehm gekleidet, die Herren fast ausschließlich in schwarzen und tiefgrauen Anzügen, ihre Begleiterinnen in modischen Kleidern; einige hatten ihre ausladenden Hüte auf dem Kopf behalten. Ihr wertvoll aussehender Schmuck funkelte im Licht der elektrischen Lampen wie Sterne am Nachthimmel.

Margarete war ganz andere Wirtschaften gewohnt. Sie konnte sich nicht erinnern, dass irgendjemand sie je in ein derart vornehmes Restaurant ausgeführt hätte. Eigenartigerweise fühlte sie sich aber nicht unwohl, was vielleicht auch daran lag, dass sie ihr neues Lieblingskleid aus dem *Tietz* trug.

Alfred ergriff ihre Hand und sah ihr tief in die Augen. »Ich würde mich freuen, wenn du mich begleitest.«

Sie erwiderte den Druck seiner Hand. »Natürlich komme ich mit.«

Sein Lächeln wurde breiter, er erhob sich von seinem Stuhl, beugte sich über den Tisch zu ihr und küsste sie. Dabei musste er aufpassen, dass die Flamme der Kerze, die zwischen ihnen stand, nicht den Stoff seines Anzuges erfasste.

Ich würde dich überallhin begleiten, dachte Margarete, nachdem er wieder Platz genommen hatte. Sie liebte seine Gesellschaft, die Art, wie er sie ansah, den vertrauten Umgang, den sie miteinander hatten. Er war die Erfüllung ihrer kühnsten Träume.

»Und ich möchte, dass du meine Eltern kennenlernst.«

Alfred nickte. »Ich bin schon sehr gespannt auf deinen Vater und deine Mutter. Schön, dass du mich ihnen vorstellen willst.« Er holte kurz Luft, bevor er weitersprach: »Ich werde die Gelegenheit nutzen, um deinen Vater um die Hand seiner Tochter zu bitten.«

»Ist das nicht ein wenig früh?«, fragte Margarete erschrocken.

»Nein, ich denke, es ist sogar der perfekte Moment, Grete. Es ist an der Zeit, dass wir uns offen zu unserer Liebe bekennen können. Und dazu benötigen wir die Zustimmung deines Vaters.«

Margarete ordnete ihre Gedanken. Sie bewunderte ihn für seinen Mut, ihren Vater schon beim ersten Kennenlernen um ihre Hand bitten zu wollen. Und wenn ein kleiner Teil von ihr sich davor fürchtete, ihrer Familie von ihrem bevorstehenden Weggang zu berichten, so unterdrückte sie dieses Gefühl rasch.

»Also gut«, sagte sie.

»Meinst du, dein Vater wird mich mögen?«, fragte er nervös.

»Aber selbstverständlich«, antwortete Margarete. »Er wird dich sicher in sein Herz schließen, und das liegt nicht an deinem berühmten Namen, sondern …«

»Sondern?« Er lächelte sie erwartungsvoll an.

»Sondern daran, dass du ein ganz außergewöhnlicher Mensch bist, Alfred. Du bist gutmütig, hilfsbereit, ehrlich … und du bist ein äußerst attraktiver Mann.«

Alfred musste lachen. »Ich hoffe, dass das letzte Argument für deinen Vater nicht ausschlaggebend ist.«

Kapitel 31

Es kehrt der Staub zur Erde zurück wie er gewesen, und der Geist zu Gott der ihn gegeben. Beim Anblick der Inschrift über dem Haupteingang des jüdischen Friedhofs Weißensee lief Margarete ein Schauer den Rücken hinunter. Sie stellte fest, dass sie sich in ihrem jungen Leben nur selten mit dem Tod auseinandergesetzt hatte. Doch es war ihr wichtig, Alfred bei seinem Besuch zur Seite zu stehen.

Der Wind erzeugte ein leises Rauschen im saftig grünen Blattwerk über ihren Köpfen. Die Nachmittagssonne stand schon schräg und zauberte ihr goldenes Licht auf das Eingangsportal des Friedhofes. Wenn sie für einen Moment die Augen schloss und tief durch die Nase einatmete, glaubte sie, schon die ersten Boten des Herbstes riechen zu können. Alfred, der schweigend neben ihr gestanden hatte, ergriff ihre Hand und lächelte ihr zu. »Kommst du?«

Sie nickte und folgte ihm auf den Friedhof. Der breite Hauptweg bestand aus Kieselsteinen und wurde von imposanten Grabmalen gesäumt. Im Vorbeigehen studierte Margarete die Inschriften, die teils in kyrillischer Schrift in die Stein-, Marmor- und Granitblöcke eingemeißelt waren. Einige Namen glaubte sie zu kennen.

Obwohl auch ihre Eltern jüdischen Glaubens waren, hatte sie sich bisher nie sonderlich für ihre Religion interessiert. *Vor Gott sind alle Menschen gleich*, pflegte ihr Vater immer zu sagen. Er war ein weltoffener Mann, der sämtliche Religionen akzeptierte und der nicht verstehen konnte, warum ausgerechnet der jüdische Glauben von der Gesellschaft immer noch schlechtgeredet wurde.

»Da sind wir.« Alfred war vor einem imposanten Grab stehen geblieben. »Sieh nur.«

Margarete betrachtete die Grabstätte voller Ehrfurcht, denn das, was sie hier sah, war mehr als nur das Grab von Alfreds Großonkel. Es war eine richtige Gedenkstätte. Mittig befand sich eine massive schwarze Granitplatte, die wie ein mahnend erhobener Finger in den fast wolkenlosen Himmel über Weißensee zu zeigen schien. Das Grab war groß genug, um weitere Familienmitglieder aufnehmen zu können. Es war von tiefgrauen Marmorplatten eingefasst, auf denen in regelmäßigen Abständen dunkle Granitsäulen thronten, dazwischen war eine schwarze, schmiedeeiserne Kette gespannt. Auf Kopfhöhe befand sich eine imposante Gedenktafel. Dort war in goldener Schrift der Name Tietz eingearbeitet worden. Rechts daneben gab es eine etwas kleinere Gedenktafel. *Hier ruht in Gott Hermann Tietz*, stand dort in goldener Schrift, darunter das Geburts- und das Sterbedatum. *Tief betrauert von seinen Brüdern, Schwägern, Neffen und Nichten.*

Als Margarete ihren Blick auf Alfred lenkte, sah sie, wie ergriffen er vor dem Grab seines Großonkels stand, mit leicht gesenktem Blick, die Hände vor dem Körper verschränkt wie im stillen Gebet. Derart in sich gekehrt hatte sie ihn noch nicht erlebt. Sie berührte sanft seine Schulter. Als er sie ansah, glaubte sie, eine Träne der Rührung in seinen Augen zu entdecken. Dennoch lächelte er.

»Da liegt er nun«, bemerkte er mit belegter Stimme. »Der gute Onkel Hertie.«

»Er hat viel für euch getan, nicht wahr?«

Alfred nickte. »Ohne ihn wäre die Familie heute nicht das, was sie ist. Ohne Onkel Hermann gäbe es all unsere Warenhäuser nicht, all den Wohlstand und die Anerkennung. Oft hat er Onkel Oscar und meinem Vater den rechten Weg gezeigt, hat die beiden mit seinem Ideenreichtum beflügelt und ermutigt, weiterzumachen.« Alfred seufzte. »An manchen Tagen spüre ich, wie sehr er meinem Vater fehlt. Nicht nur im Geschäft, sondern vor allem privat, als väterlicher Freund und als Mentor.«

»Woran …«, Margarete spürte einen dicken Kloß in der Kehle, »woran ist er gestorben?«

»An einer Arterienverkalkung«, antwortete Alfred, »man fand ihn tot in seiner Wohnung auf.« Er sprach stockend, und Margarete spürte, wie nahe ihm der Tod des Großonkels auch nach zwei Jahren noch ging.

Seine Finger zitterten, als er in die Innentasche seines Sakkos langte, um ein Stück vergilbtes Papier hervorzuziehen. Sorgsam faltete er es auseinander. Margarete sah, dass es sich um einen ausgeschnittenen Zeitungsartikel handelte, der auf den 7. Mai 1907 datiert war. Er zeigte das Bild eines Mannes im dunklen Anzug mit lichtem weißen Haar und einem prächtigen Schnurrbart, der mit stoischer Miene in die Kamera blickte. Hinter den dünnen Gläsern seiner Silberrand-Brille lagen dunkle Augen, in denen ein Hauch Wehmut lag.

»Er hatte die gleichen Augen wie du«, stellte Margarete fest. »Und es liegt etwas unendlich Gütiges in seinem Blick.«

Alfred las den Text unter der Fotografie seines Großonkels vor.

In der Nacht zum Samstag ist in seiner in der Viktoriastraße gelegenen Wohnung der Seniorchef der Firma Warenhaus Hermann Tietz, Herr Hermann Tietz, an Arterienverkalkung gestorben. Der Verstorbene, der vor wenigen Tagen, am 23. April, sein 70. Lebensjahr vollendet hatte, nahm in den Kreisen seiner engeren Berufsgenossen eine sehr angesehene Stellung ein und galt auf dem Gebiete des Warenhauswesens als eine erste Autorität.

Schon vor einigen Jahren zog sich Hermann Tietz von der Leitung des Hauses zurück, die nun sein Neffe Oscar Tietz mit gleich gutem Erfolge führt. Der alte Herr, der Junggeselle war, war für seine Person von höchster Bedürfnislosigkeit; sein wohltätiger Sinn kam einer ganzen Reihe von humanitären Vereinen und Anstalten zugute, die in ihm einen eifrigen Förderer verlieren.

Alfred ließ den Zeitungsartikel in seinen Händen sinken.

»Ja«, sagte er mit leiser Stimme, »so war das damals. Und niemand war bei ihm, als er starb.« Er faltete das dünne Papier sorgfältig zusammen und steckte es wieder in seine Tasche.

Margarete war ergriffen von Alfreds Betroffenheit. Sie schmiegte sich eng an ihn, und er legte einen Arm um ihre Schultern. »Wir haben ihm so unendlich viel zu verdanken«, bekräftigte er noch einmal.

»Ich wusste nicht, dass er sich auch wohltätig engagiert hat«, antwortete Margarete. Nun bedauerte sie es umso mehr, diesen großen Mann niemals kennengelernt zu haben.

»Da ist er in unserer Familie nicht der Einzige«, erklärte Alfred. »Auch Tante Betty und Onkel Oscar helfen an vielen Stellen, ebenso meine Eltern.« Jetzt lächelte er. »Allein deshalb wirst du sie mögen.«

Es tat Margarete gut, ihn trotz aller Trauer wieder lächeln zu sehen. Sie löste sich von ihm und trat an die Grabstätte der Familie, um sie sich näher anzusehen.

»Wer ist Johanna Tietz?«, wollte sie wissen. Sie deutete auf die zweite Gedenktafel, die ein Todesdatum im Jahr 1901 vermerkte.

»Meine Großmutter«, antwortete Alfred. »Sie ist mit sechsundsiebzig Jahren von uns gegangen.« Seine Stimme klang sanft. »Sie war eine liebevolle, aber energische Frau. Ich habe sie leider zu selten gesehen, um eine feste Bindung zu ihr aufbauen zu können.«

»Anders als bei Onkel Hertie?«

»Ganz anders, ja. Er war immer irgendwie präsent, hat uns in Stralsund, später in Elberfeld und zuletzt in Köln besucht, er lebte dann unter unserem Dach und hat Vater und Mutter in allen Belangen unterstützt.«

»Warum nanntet ihr ihn eigentlich Onkel Hertie?«

Alfred musste lachen. »Wegen den Amis. Er lebte zehn Jahre lang in Amerika, liebte die Art der Menschen dort. Uns erzählte er immer, dass die Amerikaner alles Mögliche abkürzen. Er nahm sich nach dem Tod ihrer Mutter der kleinen Betty an und behandelte sie wie eine Ziehtochter. Betty soll ihn als Kind immer mit Onkel angesprochen haben. Die Amis fanden das irgendwie witzig und setzten die ersten Silben seines Vor- und Nachnamens zusammen.«

»Ergibt Sinn.«

»Ja, und der Spitzname ist ihm bis nach Europa gefolgt.«

»Und Betty hat sich später in deinen Onkel Oscar verliebt?«

Alfred nickte. »Damals ein Skandal, wuchsen die beiden doch wie Cousin und Cousine auf.«

»Aber sie sind nicht blutsverwandt?«

»Nein.« Alfred schüttelte den Kopf. »Offen gestanden hat Onkel Hermann aus Bettys Vergangenheit immer ein großes Geheimnis gemacht. Ihre Mutter hieß wohl Rosa, aber niemand weiß genau, wer sie war oder woher sie kam. Aber feststeht, dass er Betty wie sein leibhaftiges Kind geliebt hat.«

»Und Hermann hat die Warenhäuser gegründet, die Oscar Tietz jetzt leitet?«

»Nein, Oscar hat das Unternehmen dem Onkel zu Ehren nach ihm benannt. Hermann hat ihm immer mit Rat und Tat, aber auch mit Geld zur Seite gestanden, damit Oscar seine verrückten Ideen verwirklichen konnte.«

»So verrückt scheint dein Onkel nicht zu sein, sonst würden ihm heute nicht so viele Warenhäuser gehören.«

»Das ist wohl wahr. Ich glaube allerdings, dass er damals, als er das Geschäft gründete, auch Angst hatte, es Oscar Tietz zu nennen, weil viele Leute ihn für einen Spinner hielten.«

Margarete nickte nachdenklich. Diese Familie Tietz war ein wenig eigenartig und dennoch sehr liebenswert. Ihre Bekanntheit und den Wohlstand, der in aller Munde war, hatte sich jeder Einzelne in der Familie hart erarbeitet. Dadurch waren die Familienmitglieder offenbar bodenständig geblieben und von Arroganz weit entfernt.

»Lass uns gehen«, bat Alfred schließlich. »Nun möchte ich deine Familie kennenlernen.«

Kapitel 32

Flora stand vor Staunen der Mund offen. Auch wenn das neue Warenhaus am Markt in Aachen beileibe nicht die erste Neueröffnung war, zu der sie Leo begleitete, so war sie doch beeindruckt. Offenbar hatten sämtliche Beteiligten alles daran gesetzt, die Kundschaft vom ersten Moment an für das neue *Tietz*-Kaufhaus zu begeistern.

Der gewaltige Innenhof war geflutet vom Licht mehrerer Hundert Lampen, die ihren Schein auf die wunderbar präsentierten Waren warfen und alles perfekt beleuchteten. Die Wände waren mit zartlilafarbenen Blütenmustern dekoriert, gerahmt von weißen Draperien, die eine wahre Farbensymphonie zauberten. Das schimmernde Spiel aus Licht und Farben erinnerte Flora an einem Frühlingsmorgen, an dem glitzernde Tautropfen das goldene Sonnenlicht tausendfach spiegeln. So würde es für die künftige Kundschaft eine wahre Freude sein, das Reich der Mode zu betreten.

»Gefällt es dir?«, riss Leonhards sanfte Stimme sie aus ihren Beobachtungen. Ein warmes Lächeln lag auf seinen Lippen.

Flora nickte begeistert. Noch nie hatte man ihre Skizzen derart realitätsnah in die Tat umgesetzt. Am liebsten wäre sie wie ein junges Mädchen durch den Lichthof getanzt, doch der Anstand verbot es Flora, ihre Begeisterung derart zügellos zu zeigen. »Es ist eine wahre Sehenswürdigkeit geworden«, sagte sie stattdessen nur.

Leonhard schien das auch so zu sehen. »Der Erweiterungsbau hat sich wirklich gelohnt.« Dann wurde seine Miene ernst. »Geht es dir gut?«

»Und wie! Warum sollte es mir nicht gut gehen?«

»Also hast du keine Angst?«

Nun verstand Flora, worauf Leo hinauswollte. »Du meinst wegen der Bombendrohung?«

Er nickte.

»Davon lassen wir uns nicht kleinkriegen, das hast du doch selbst gesagt«, antwortete Flora. »Ich bin sicher, dass die Polizei ganze Arbeit geleistet hat in den letzten Tagen.«

»Ja, das hat sie«, bestätigte Leonhard. Flora wusste, dass er erst gestern noch mit dem Leiter der Behörde gesprochen hatte.

»Hast du denn Angst?«, fragte sie Leonhard.

»Ein mulmiges Gefühl habe ich schon, das muss ich zugeben. Alles andere wäre gelogen.« Er zuckte mit den Schultern, dann rang er sich ein Lächeln ab. »Aber ich habe nicht vor, mir von solchen Zeitgenossen die feierliche Eröffnung verderben zu lassen. Uns kann man nicht erpressen, Bella.«

»Nein, auf gar keinen Fall.« Sie legte ihren Kopf auf seine Schulter.

Als sich hinter ihnen jemand räusperte, wandten sie sich um. Philipp Lewy war lautlos zu ihnen getreten. Er trug einen vornehmen schwarzen Anzug und einen eleganten Gehrock.

»Und?«, fragte er lächelnd. Die Hände hatte er auf dem Rücken verschränkt. »Gefällt es euch?«

Leonhard nickte. »Ihr habt ganze Arbeit geleistet, Philipp.« Erst jetzt schien er zu bemerken, dass Lewy von einem untersetzten Mann im Frack begleitet wurde. Seine weinrote Krawatte aus feinster Seide wies ein filigranes Muster auf. Flora schätzte Lewys Begleiter auf etwa fünfzig Jahre, er trug das ergraute Haar streng gescheitelt, auch der Schnurrbart war ordentlich gestutzt. Es ging eine starke Autorität von ihm aus.

»Darf ich euch unseren Herrn Oberbürgermeister vorstellen?« Lewy deutete auf seinen Begleiter, der sich sichtlich beeindruckt umschaute. »Das ist Philipp Veltmann.«

Zwei Philipp, dachte Flora amüsiert.

»Herr Oberbürgermeister, es ist mir eine Ehre«, sagte Leonhard und lüpfte kurz den Zylinder. »Leonhard Tietz«, stellte er sich dann mit einer Verbeugung vor, bevor er ihm Flora als seine Frau und bessere Hälfte präsentierte.

»Es freut mich, dass Sie trotz der Widerstände Ihr Haus am heutigen Tag wie geplant eröffnen werden«, bemerkte Veltmann. Flora kam das Lächeln des Oberbürgermeisters ein wenig gequält vor. Sie ahnte, dass in Veltmanns Brust zwei Herzen schlugen – zum einen freute er sich sicherlich über das neue Warenhaus in bester Lage, das schon jetzt als eine Sehenswürdigkeit der Stadt galt, zum anderen fürchtete er, dass die ansässigen Geschäftsleute, für die er als Bürgermeister verantwortlich war, früher oder später wegen der gigantischen Konkurrenz ihre Pforten für immer würden schließen müssen.

»Wir lassen uns nicht von militanten Gegnern des Fortschritts unsere Pläne ruinieren«, sagte Leonhard bestimmt. »Und wir sind froh, dass es Aachens Polizei gelungen zu sein scheint, die Täter festzunehmen.«

Veltmann runzelte die Stirn. »Wie kommen Sie darauf?«

Leonhard warf Lewy einen Hilfe suchenden Blick zu. »Hast du mir nicht gesagt, dass es zu einer Festnahme gekommen ist?«

»Ach das.« Veltmann zuckte die Schultern. »Wir mussten den Mann wieder auf freien Fuß lassen. Er konnte unmöglich für die Tat infrage kommen.«

»Wie bitte?«, rief Flora erschrocken.

»Er hatte nach Angaben unseres Polizeihauptmannes ein hieb- und stichfestes Alibi, gnädige Frau.« Bedauern lag nun in Veltmanns Stimme.

»Das bedeutet also, dass der oder die Verfasser des Drohbriefes frei herumlaufen?« Leonhards Miene verfinsterte sich schlagartig.

»Ich fürchte, so ist es«, bestätigte Veltmann. »Aber ich darf Ihnen versichern, dass wir alle abkömmlichen Polizeibeamten anlässlich der bevorstehenden Eröffnung aufgeboten haben, um die Gefahr so klein wie nur möglich zu halten.«

»Warum wusste ich davon nichts?«, fragte Leonhard an Lewy gewandt.

Der Freund zuckte die Schultern. »Weil ich das eben auch zum ersten Mal höre«, antwortete er ein wenig kleinlaut.

Flora waren die Heeresscharen von Polizisten bei ihrer Ankunft bereits aufgefallen. Doch sie hatte bis eben gedacht, dass es nur eine übertriebene Vorsichtsmaßnahme war. Nun spürte sie, wie sich ihre Kehle zuschnürte. Leonhard bemerkte sofort, dass sie besorgt war.

»Wollen wir das Ganze abbrechen?«, fragte er.

Flora schüttelte schnell den Kopf. »Auf keinen Fall. Ich möchte nicht, dass unsere Gegner den Eindruck gewinnen, dass sie uns auf der Nase herumtanzen können.«

Leonhard wandte sich an Veltmann. »Wie hoch schätzen Sie die Gefahr eines Anschlages ein?«

»Als äußerst gering.«

Flora sah ihrem Mann an, wie es hinter seiner Stirn arbeitete. Er wechselte einen Blick mit Lewy, der einen ratlosen Eindruck machte und sichtlich blass geworden war. »Wie beurteilst du die Lage, Philipp?«

Er zögerte kurz, dann sagte er: »Ich denke, wir können den Worten unseres Herrn Oberbürgermeisters vertrauen.«

»Ihr Vertrauen ehrt mich.« Veltmann lächelte verbindlich und deutete eine Verbeugung an. »Ich kann Ihnen versichern, dass der Polizeipräsident alles in seiner Macht Stehende getan hat, um einen Zwischenfall auszuschließen.«

»Wir fahren fort wie geplant.« Leonhard sprach diese Wort voller Entschlossenheit aus, nachdem er sich mit einem Blick zu Flora versichert hatte, dass auch sie sich nicht von der Eröffnung abbringen lassen wollte.

Flora sah Lewy an, dass ihm ein Stein vom Herz fiel. »Da bin ich aber froh, sonst hätten wir all diese Leute wieder fortschicken müssen.« Er wies zur offenen Eingangstür. Vor dem *Tietz* hatte sich bereits eine große Menschenmenge versammelt, die den feierlichen Moment, an dem sie zum ersten Mal nach der Erweiterung ins umgebaute Warenhaus durften, offensichtlich kaum erwarten konnten. Noch versperrte jedoch ein weinrotes Seidenband den Eingang.

Beim Anblick der vielen Leute schienen Leonhard nun doch Zweifel zu kommen. Er wandte sich an Flora. »Bist du sicher, dass wir ...«

»Ja«, unterbrach sie ihn entschlossen. »Ich bin sicher, dass wir das Richtige tun.«

Er beugte sich zu ihr herab und hauchte ihr einen Kuss auf die Lippen.

Dann nickte Leonhard dem Oberbürgermeister und Lewy zu. »Wir können anfangen.«

Die beiden Männer nickten und begleiteten Flora und Leonhard zum Eingangsportal. Mit jedem Schritt, den sie zurücklegten, schlug Floras Herz schneller. Jetzt gab es also kein Zurück mehr.

Kapitel 33

Anfangs war es nur ein dumpfes Brummen, das plötzlich in der Luft hing und langsam an Intensität zunahm. Das tiefe Geräusch erinnerte Margarete an einen Schwarm wütender Bienen, es war jedoch wesentlich lauter. Und es klang bedrohlicher, wie sie fand. Als sie stehen blieb, um den Blick zum Himmel zu richten, sah sie einen dunklen Schatten, der sich unbeirrbar über die Fassaden der Häuser schob und sie in einem tristen Grau erscheinen ließ. Erst einen Moment später erblickte sie die monströse zigarrenförmige Konstruktion, die über ihnen schwebte.

»Sieh nur, Grete, das ist der Luftkreuzer des Grafen Zeppelin!« Alfred war beim Anblick des Luftschiffes aufgeregt wie ein kleiner Junge. »Der Graf selbst steht in der Gondel. Gleich wird er dem Kaiser seine Ehre erweisen und schließlich in Tempelhof landen.«

Das soll also die neue Art des Reisens sein, dachte Margarete skeptisch, während sie den riesigen Zeppelin beobachtete. Die anderen Menschen auf der Straße waren ebenfalls stehen geblieben, um zum Luftschiff zu schauen, das tief über den Dächern der Hauptstadt dahinschwebte. Es mochte hundert Meter lang sein, vielleicht auch mehr. Die Propeller der Motoren drehten sich wie im Zeitlupentempo.

»Ist das nicht beeindruckend?«, fragte Alfred.

»Ich weiß nicht, ich finde das Ding eher unheimlich.« Mit Technik konnte Margarete nicht viel anfangen. Sie war eben da und funktionierte – oder auch nicht. Entsprechend gering war ihre Begeisterung beim Anblick des gigantischen Zeppelins, der sich langsam in Richtung des Berliner Schlosses bewegte. In der Zeitung hatte sie gelesen, dass der Kaiser sich eine Aufwartung des Zeppelins in der

Reichshauptstadt gewünscht hatte, um die moderne Technik in Augenschein nehmen zu können.

»Wie gern würde ich mal mit dem Luftschiff fahren«, schwärmte Alfred, der schützend eine Hand über seine Augen hielt, um besser sehen zu können. »Sieh nur, wie ruhig es dahingleitet.«

»Ich bevorzuge es, mit dem Zug zu reisen«, entgegnete Margarete entschieden. Sie hatte gehört, dass der Zeppelin voller Gas sein musste, um fliegen zu können. Sicher nicht ganz ungefährlich.

Doch die Begeisterung der Menschen auf den Straßen war nicht zu stoppen. Sie jubelten dem Zeppelin zu, riefen wild durcheinander und winkten dem Luftschiff mit ihren Taschentüchern.

Inzwischen stand das Licht der Sonne so, dass Margarete in der kleinen Kabine an der Unterseite des Luftschiffes schemenhaft die Besatzung erkennen konnte. Die Fenster waren geöffnet, und einige der Männer winkten den Menschen auf den Straßen zu. Margarete wollte sich nicht ausmalen, was passieren würde, wenn das gigantische Luftschiff jetzt vom Himmel fiele. Sie erschauderte. »Ich finde das wirklich besorgniserregend«, murmelte sie.

»Ernsthaft?« Alfred lachte amüsiert und knuffte sie spielerisch in die Seite. »Das ist die modernste Art zu reisen, Grete.«

Sie wusste, dass er recht hatte, hoffte aber, niemals in ein derartiges Monstrum einsteigen zu müssen. *Womöglich*, dachte sie, *liegt es an der enormen Größe des Luftschiffs. Oder einfach daran, dass sich diese Maschine wie ein Vogel in die Luft erheben kann. Hätte Gott gewollt, dass die Menschen fliegen können, hätte er ihnen Flügel verliehen.*

»Was schaust du denn wie drei Tage Regenwetter?« Alfred ließ sich nicht von ihrer Skepsis anstecken. »Wir müssen da ja nicht einsteigen, wenngleich es auch traumhaft wäre, sich mit dem Zeppelin in die Lüfte zu erheben.«

Margarete rang sich ein Lächeln ab. »Das Luftschiff ist … riesig«, bemerkte sie, um auch etwas Positives zu sagen und seine Begeisterung nicht zu dämpfen. »Und es grenzt sicher an ein Wunder, dass so ein großes Ding fliegen kann.«

»Fahren«, verbesserte Alfred sie. »Er ist mit einem Gas gefüllt, das leichter ist als Luft, deshalb fährt ein Zeppelin. Das Luftschiff kommt gerade aus Friedrichshafen, wo es gebaut wurde.«

»Das liegt im Süddeutschen«, bemerkte Margarete. »Eine ziemlich weite Strecke.«

»Und die hat das Luftschiff in nur wenigen Stunden zurückgelegt. Kein Zug der Welt ist so schnell wie der Zeppelin.«

Langsam verstand Margarete die Begeisterung. »Dann ließe sich viel Zeit sparen, beispielsweise auf Geschäftsreisen«, überlegte sie. Von Alfreds Erzählungen wusste sie, wie lange er oft unterwegs war, wenn sein Vater ihn in andere Städte entsandte, um dort Geschäfte zu machen.

»Stell dir vor, wie schnell man von einem Ort zum anderen käme«, schwärmte Alfred weiter.

»Mag sein, ich hätte aber trotzdem Bammel in so einem Fluggerät.« Margaretes Antwort ging im Jubel der Menschen um sie herum unter, die immer noch dem Luftschiff zuwinkten und laute Grüße zu der Besatzung hinaufriefen. Sie beschloss, Alfred an ihren Termin zu erinnern. »Komm schon«, drängte sie und zog an seinem Arm, »wir sollten uns beeilen, sonst kommen wir zu spät zum Essen bei meinen Eltern.«

Alfred nickte mit schuldbewusster Miene. »Das wäre fatal«, murmelte er, dann bahnten sie sich einen Weg durch die Menschenmassen. Kaum jemand beachtete das junge Paar. Alle Blicke waren gen Himmel gerichtet, um das Spektakel dort zu beobachten. Träge und mit tiefem Brummen der Triebwerke entfernte sich das riesige Luftschiff, um nach einer Runde zu Ehren des Kaisers über dem Schloss weiter vor die Tore der Stadt zu fahren, wo es landen sollte.

Kapitel 34

Die Menschenmenge vor dem Warenhaus war weiter angewachsen. Zahlreiche Männer und Frauen jubelten Flora und Leonard zu, als sie vor den Haupteingang traten, doch einige protestierten lautstark und forderten ein Ende des Kaufhaus-Wahnsinns. Die Stimmung schien aufgeheizt und war kurz vor dem Überkochen.

»Leo, was machen wir nur?«, flüsterte Flora ihrem Mann ins Ohr. Auch Lewy, der neben ihnen stand, war alles andere als erfreut angesichts der Protestierenden, die sich vor dem Aachener *Tietz* versammelt hatten.

»Was können wir schon tun?«, raunte Leonhard zurück, ohne den Blick von der Menge abzuwenden. »Wir feiern die Eröffnung der Erweiterung und laden die Leute ein, sich selbst einen Eindruck zu verschaffen. Dazu sind wir schließlich hergekommen, Bella.« Er lächelte, doch Flora kannte ihn gut genug, um zu wissen, dass auch er sich zunehmend unwohl fühlte bei der Sache.

Kurz sammelte er sich, dann erhob er die Stimme: »Meine Damen und Herren, wertes Aachener Publikum, ich freue mich, dass Sie so zahlreich erschienen sind, um der Neueröffnung unseres umgestalteten und erweiterten Warenhauses beizuwohnen.« Er machte eine kleine Pause, um seine Worte wirken zu lassen. »Wie Sie sehen, ist es dem von uns beauftragten Architekten gelungen, neue Akzente zu setzen. Wir haben uns vom Vertikalismus des Warenhausstils verabschiedet, um so mehr die Wirkung eines modernen Kaufhauses zu erreichen.« Leonhard deutete auf die sauber gegliederte Fassade und betonte den Verzicht auf aufwendige Ornamente. »Der Bau, meine Damen und Herren«, fuhr er dann fort, »gliedert sich um den neuen

Lichthof, der seinesgleichen sucht. Wir haben uns für eine ganz neue Bauart mit viel Licht und Luft entschieden, was Ihnen künftig ein besonderes Einkaufserlebnis bescheren wird.«

Es brandete Tumult auf, den Leonhard so gut es ging ignorierte. Einige der Gäste applaudierten begeistert, andere riefen wüste Beschimpfungen.

»Unser Architekt hat Großartiges geleistet, und auch unser Sortiment haben wir einmal mehr erweitert«, sprach Leonhard unbeirrt weiter. »Sie werden einen großzügigen Erfrischungsraum vorfinden, in dem Sie eine kleine Pause einlegen können. Kurz: Wir haben an alles gedacht, um Ihren Einkauf zu einem Vergnügen zu machen.«

»Und wir gehen pleite dabei!«, rief ein drahtiger Mann, der einen hohen Zylinder auf dem Kopf trug. Seine Augen funkelten böse, und er riss die Arme mit geballten Fäusten in die Höhe.

Flora hielt den Atem an aus Angst vor dem, was als Nächstes geschehen könnte.

»Weg mit dem Kaufhaus!«, brüllte ein kahlköpfiger Mann im einfachen Anzug. Unter seinen Augen kündeten dunkle Ringe von zahlreichen schlaflosen Nächten. »Ihr bringt uns alle um die Existenz!«

Flora sah den Moment gekommen, zu antworten. Sie warf Leonhard einen fragenden Blick zu. Als er stumm nickte, trat sie einen Schritt vor.

»Meine Herren«, sagte sie laut, »ich bin sicher, dass wir einen gemeinsamen Weg gehen können. Verlassen Sie sich auf mein Wort, ich werde Sie in den kommenden Tagen und Wochen aufsuchen und Ihnen annehmbare Vorschläge unterbreiten, um Ihnen …«

»Das ist Blödsinn«, rief der erste Sprecher und schüttelte den Kopf. »Abbrennen sollte man das Kaufhaus, es treibt uns in den Ruin!«

Der Pöbel grölte zustimmend, die Stimmung wurde zusehends schlechter. Offenbar war das der Augenblick, in dem die Polizei eingriff, denn von hinten kam Bewegung in die Menge. Kaufhaus-Gegner und interessierte Kunden vermischten sich, es kam zu einem wilden Gerangel.

»Und deshalb, meine Damen und Herren, ist unser neues Kaufhaus hiermit eröffnet. Kommen Sie herein und sehen Sie sich um – es besteht wie immer kein Kaufzwang!«, rief Leonhard und ließ sich von Lewy die große Schere reichen, mit der er das rote Stoffband, das den Haupteingang des Hauses versperrte, durchschnitt. Fotografen drängten nach vorn, um den feierlichen Augenblick für die Ewigkeit festzuhalten. Nun überwog wieder der festliche Moment, während die Polizei ihre Arbeit so unauffällig wie möglich verrichtete und den Störenfrieden Platzverbote erteilte.

Kaum, dass Leonhard das Band durchschnitten hatte, strömten die Menschen ins Kaufhaus. Flora sah die Neugier und die Begeisterung in ihren Blicken und verdrängte für den Moment die Stimmen der Kritiker, die ihrem Unmut so lautstark Luft gemacht hatten. Sie tat ihr Bestes, den Augenblick zu genießen, und stellte sich neben Leonhard und Lewy, um die ersten Gäste persönlich zu begrüßen und sie willkommen zu heißen. Langsam beruhigte sich ihr Herzschlag. Alles war noch mal gut gegangen, und die Polizei hatte Schlimmeres verhindert.

Kapitel 35

Das Haus, in dem Margaretes Eltern wohnten, erinnerte Alfred an das, in dem er mit seinen Eltern in Stralsund gelebt hatte, als er noch ein Kind gewesen war. Das Bürgerhaus bildete den vorderen und repräsentativen Teil einer Mietskaserne, wie sie wegen der Wohnungsnot in vielen Teile der Stadt erbaut worden waren. Alfred hatte gehört, dass sich im hinteren Teil dieser Kasernen unzählige Menschen wenige Quadratmeter teilten. So hatte ihm Oscar von einer elfköpfigen Familie erzählt, die sich ein einziges Zimmer teilte. Tagsüber, wenn der Nachwuchs in der Schule war, vermieteten die Eltern die Betten ihrer Kinder an Schlafgänger, die nachts arbeiteten, um über die Runden zu kommen.

Von einer derartigen Not war im vorderen Teil des Ensembles nichts zu spüren. Wer vorne an der Straße wohnte, verfügte über ein gutes Einkommen und profitierte von einer angemessen großen Wohnung. Auch die Fassade des Hauses machte etwas her. Alfred erblickte Stuckelemente, verzierte Gauben und angedeutete Säulen zwischen den hohen Fenstern.

»Gefällt es dir?«, wollte Margarete wissen.

Alfred nickte. »Es ist schön hier.« Er erzählte ihr, dass er in einem ähnlichen Haus groß geworden war.

»Kann man sich gar nicht vorstellen«, sagte Margarete zweifelnd.

»Warum denn das?«

»Weil du Teil einer sehr, sehr reichen Familie bist, Alfred.« In ihrer Stimme schwang Ehrfurcht mit.

»Das war nicht immer so«, erklärte Alfred. »Meine Eltern waren einfache Kaufleute, die irgendwann ein kleines bestehendes Geschäft für Weiß- und Posamentierwaren übernommen haben. Sie modernisierten den Laden und schafften Kaufzwang und das Anschreiben ab.«

»Das war also der Anfang.«

»Ja, die Menschen sind meinen Eltern die Bude eingerannt, etwas Derartiges hatte es bis dahin wohl nicht gegeben. Meine Mutter hatte dann die Idee, Konfektion ins Sortiment einzuführen. So wurde der Laden schnell zu klein, und meine Mutter heuerte ihren kleinen Bruder an. Bald half Onkel Sally ihnen, sie erweiterten ihr Sortiment und mussten in einen größeren Laden umziehen. Von da an ging es rasant aufwärts, und mein Vater hat sich damals entschlossen, einen zweiten Laden in Schweinfurt zu eröffnen.«

»Schweinfurt?« Margarete runzelte die Stirn. »Warum in Bayern?«

Alfred lächelte. »Der Liebe wegen. Die Verlobte meines Onkels, Tante Anna, kam von dort. Sie kannte sich in Schweinfurt gut aus und meine Eltern setzten viel Vertrauen in sie.«

»Und dein Onkel eröffnete ebenfalls ein Geschäft?«

»Ich glaube, sie haben zeitgleich angefangen. Wobei mein Onkel immer experimentierfreudiger war als Vater. Er hat ein Verfahren zum Herstellen von preisgünstiger Seide erfunden, spezialisierte sich auf die eigene Herstellung von Garn und übernahm eine kleine Korbmacherei – eine Idee meiner Tante Betty übrigens.« Alfred grinste. »Oscar hat damals in Gera gelebt. Unter einem Dach mit Onkel Hermann und Betty.«

»Du hast erzählt, dass es damals einen riesigen Skandal gab, als Oscar und Betty heiraten wollten«, erinnerte Margarete sich.

Alfred zuckte mit den Schultern. »Ja, aber ich erinnere mich nicht mehr daran. Ich weiß nur noch, dass das große Familientreffen, bei dem sie ihre Verlobung verkündet haben, in Bamberg stattfand. Dort gab es leckere Brezeln und traumhafte Eiscreme.« Genießerisch schnalzte er mit der Zunge. »Aber wir sind nicht wegen meiner Familie hier«, bemerkte er dann. »Jetzt bin ich gespannt auf deine Familie, Liebes.«

Er nahm sie in den Arm, schaute sich kurz um und küsste sie innig. Nach einem Moment löste er sich wieder von ihr und spielte nervös mit dem Etikett auf der Flasche in seiner Hand. Alfred wollte einen guten Eindruck auf Margaretes Eltern machen, deshalb hatte er auf dem Weg hierher einen Blumenstrauß und eine Flasche Wein für sie besorgt. Auch seinen besten Anzug trug er.

»Geht es dir gut?«, fragte Margarete.

»Ich bin aufgeregt«, gab er zu.

»Ach was, das wird schon«, erwiderte Margarete leichthin. »Vater wird dir schon nicht den Kopf abreißen, und Mutter habe ich bereits ein wenig von dir erzählt.«

»Ich hoffe, dass dein Vater uns seinen Segen erteilt.« Alfreds Lächeln wirkte wohl gequält, denn Margarete stellte sich auf die Fußspitzen, um ihn erneut zu küssen.

»Dann komm«, sagte Margarete nach einer Weile. »Bringen wir es hinter uns, damit wir den Rest des Tages unbeschwert genießen können.« Sie zog ihn hinter sich her zum Hauseingang. Die Tür war nur angelehnt. Im nächsten Moment standen sie im angenehm kühlen Treppenhaus. Stimmengewirr drang aus den Wohnungen im Erdgeschoss an ihre Ohren.

Alfred blickte sich neugierig um. Der Boden war in einem Schachbrettmuster gekachelt, die Wände halbhoch mit Eichenholz vertäfelt. Ein prächtiger Leuchter hing an einer langen Kette von der hohen Decke und sorgte wohl nach Einbruch der Dunkelheit für genügend Licht. Zwischen Wänden und Decke gab es dekorative Stuckelemente. Alles hier wirkte im besten bürgerlichen Sinne geschmackvoll. Der Duft von frisch zubereitetem Essen hing in der Luft. Prompt bekam Alfred Hunger. Er wandte den Blick nach vorn. Eine tiefrot gestrichene Holztreppe mit einem elfenbeinfarbenen Holzgeländer führte nach oben.

Margarete ging voran.

»Beletage?«, fragte Alfred.

»Nein, so reich sind wir leider nicht«, lachte Margarete. »Unsere Wohnung liegt im zweiten Stock.«

Alfred versuchte, sich daran zu erinnern, in welcher Etage seine Eltern damals in Stralsund gelebt hatten. Es war gut möglich, dass auch Flora und Leonhard im zweiten Stock gewohnt hatten.

Ein wenig außer Atem erreichten sie die Wohnung von Margaretes Eltern. Bevor sie anklopfte, stellte Margarete sich auf die Zehenspitzen und hauchte ihm wieder einen Kuss auf die Lippen, der nach mehr schmeckte. Sie konnten einfach nicht die Finger voneinander lassen. Alfred zog sie an sich und erwiderte ihren Kuss. Erfreut registrierte er, dass Margarete unter seinen Liebkosungen erschauderte.

»Ah, da seid ihr ja schon, wie schön – das Essen ist gleich fertig.«

Erschrocken fuhren sie auseinander und wirbelten herum. Lautlos war die Wohnungstür geöffnet worden. Eine Frau Anfang fünfzig stand auf der Schwelle. Sie trug eine Schürze mit Spitzenapplikationen über dem lindgrünen Kleid. Die dunklen Haare waren modisch hochtoupiert. Der Blick ihrer hellgrünen Augen war wachsam, das angedeutete Lächeln auf den schmalen Lippen wirkte aber freundlich.

»Darf ich vorstellen, meine Mutter, Emma Sarah Dzialoszynski«, sagte Margarete, die als Erste ihre Fassung wiedergefunden hatte.

»Sehr erfreut, die Dame.« Alfred verbeugte sich leicht, überreichte Margaretes Mutter den Blumenstrauß und den Wein und nannte seinen Namen.

»Angenehm«, erwiderte Margaretes Mutter mit einem Lächeln. Angetan betrachtete sie die Blumen und bedankte sich herzlich. »Dann kommt mal rein, ihr zwei.«

*

Alfred musste sich nicht sonderlich anstrengen, um gute Manieren an den Tag zu legen. Als Sohn eines erfolgreichen Unternehmerpaares hatte er die beste Erziehung genossen und war schon früh in die wohlhabende Gesellschaft eingeführt worden, in der man noch sehr auf Etikette achtete. So fiel es ihm nun leicht, den Eltern seiner Margarete zu gefallen.

Nicht ganz so leicht fiel es ihm hingegen, seine innere Anspannung zu verbergen, als sie sich wenig später in das Esszimmer zum bereits gedeckten Tisch begaben. Die prüfenden Blicke von Margaretes Vater blieben Alfred nicht verborgen, und so fühlte er sich trotz der herzlichen Art von Margaretes Mutter ein wenig unwohl in seiner Haut.

»Bitte nehmt Platz«, bat Emma und deutete auf die Tafel. Der Vater setzte sich an den Kopf des Tisches, seine Frau rückte sich den Stuhl an seiner Seite zurecht, neben ihr nahm Alfred Platz, und ihm gegenüber saß Margarete, so dass sie Blickkontakt halten konnten, was Alfred gerade sehr recht war.

Ein wundervoller Duft hing im Raum. »Das Fleisch braucht noch einen Moment, aber wir können das Essen mit einer Vorsuppe beginnen«, schlug Emma vor.

Auf dem Tisch stand eine große Suppenschüssel mit floralem Muster. Der filigrane Goldrand schimmerte im Sonnenlicht, das durch die großen Fenster in den Raum drang. Emma machte sich daran, ihre Teller mit einer silbernen Kelle zu füllen. Sie aßen schweigend, jeder am Tisch schien seinen Gedanken nachzuhängen, nur das Klimpern der Löffel in den Suppenschüsseln durchbrach die Stille.

»Sie sind also der Sohn von Oscar Tietz«, eröffnete Albert schließlich das Gespräch. Er tupfte sich die Lippen mit der Stoffserviette ab, faltete sie und legte sie neben seinem Teller auf den Tisch. Seine Stimme klang außergewöhnlich tief, seine Miene wirkte reserviert. Alfred sah ihm an, dass es ihm nicht recht war, nicht länger der einzige Mann in Margaretes Leben zu sein. Alfred konnte sich nur schwer in ihn hineinversetzen. Wie es sich wohl anfühlen mochte, wenn eine geliebte Tochter ihr Herz einem Verehrer schenkte?

Als Margarete ihn unter dem Tisch mit der Fußspitze antippte, zuckte Alfred zusammen. »Mitnichten, ich bin der Neffe von Oscar Tietz«, korrigierte Alfred hastig.

Die buschigen Augenbrauen von Margaretes Vaters zogen sich zusammen. Es schien, als würde er Alfred jetzt für einen Hochstapler halten. »Aber wer …«

»Meinen Eltern Flora und Leonhard Tietz gehört die Leonhard-Tietz-Aktiengesellschaft in Köln«, erklärte Alfred. »Mein Vater entsandte mich in einer geschäftlichen Angelegenheit hierher, und nun absolviere ich ein kleines Praktikum im Unternehmen meines Onkels.«

Alberts Gesichtszüge entspannten sich ein wenig. »Wie mir zu Ohren kam, haben Sie meine Tochter ja auf eine …«, er suchte kurz nach den passenden Worten, bevor er fortfuhr, »auf eine sehr ungewöhnliche Weise kennengelernt.«

»Das stimmt.« Alfred konnte nicht verhindern, dass er errötete. Nie zuvor hatte er mit einer Frau auf die Weise gesprochen, wie er es bei Margarete gewagt hatte. Rückblickend war ihm sein Verhalten äußerst unangenehm, vor allem nun, wo er von ihrem Vater darauf angesprochen wurde. »Margarete wirkte auf den ersten Blick, Sie verzeihen meine Schwärmerei, einfach zauberhaft.«

»Und das hat Sie dann zu dieser außergewöhnlichen Bitte veranlasst.« Keine Frage, eher eine Feststellung.

»Richtig.« Als Alfred hörte, dass seine Stimme zitterte, mahnte er sich zur Ruhe. Er fragte sich, wohin sein Selbstbewusstsein plötzlich verschwunden war. *Reiß dich zusammen, Alfred*, ermahnte er sich in Gedanken. *Du bist Vorstandsmitglied in einem großen Konzern. So schnell darf dich nichts aus der Fassung bringen.*

»Im Gegensatz zu den anderen Schürzenjägern hat er sich eben etwas Besonderes einfallen lassen«, kicherte Margarete mit roten Wangen.

Jetzt musste auch ihr Vater grinsen. »Das kann man wohl sagen.« Das Eis am Tisch war gebrochen, und Alfred spürte, wie die Anspannung langsam von ihm abfiel.

»Ich muss gestehen, dass ich den Mut wohl nicht gehabt hätte, meine Künftige mit einer derartigen Bitte anzusprechen, wenn wir nicht vorher zusammengestoßen wären und so unweigerlich ins Gespräch kamen.«

Meine Künftige, hatte er gesagt. Die beiden Worte hallten in Alfreds Kopf nach. Er zögerte kurz und gab dann dem Impuls nach, jetzt mit seinem Anliegen herauszurücken. »In diesem Zusammenhang«, sagte er nach einem kurzen Räuspern, »möchte ich Ihnen eine Frage stellen, Herr Dzialoszynski. Ich würde Sie gerne um die Hand Ihrer Tochter bitten.«

Jetzt ist es raus. Alfred spürte, wie Hitze in ihm aufstieg. Wie lange hatte er sich über seine Wortwahl Gedanken gemacht, was hatte er sich alles überlegt, um Gretes Vater davon zu überzeugen, dass er der richtige Mann für seine Tochter war, und wie er notfalls um den Segen des Vaters kämpfen würde. Nun jedoch hatte er sein Anliegen voreilig ausgesprochen. Dass er so schnell um Margaretes Hand anhalten würde, war nicht geplant gewesen, doch Alfred hatte dem Verlangen, es schnell hinter sich zu bringen, nachgegeben. Als er zu Grete hinübersah, lächelte sie ihn stolz an. Offenbar war sie froh, dass er allen Mut zusammengenommen hatte, um ihren Vater zu fragen.

»Sie wollen also meine einzige Tochter heiraten?«

Alfred nickte. »Ich liebe sie, seit ich sie im Warenhaus meines Onkels zum ersten Mal sah, und schon nach dieser kurzen Zeit kann ich mir ein Leben ohne die wunderbare Margarete nicht mehr vorstellen. Wir wollen heiraten.«

Dzialoszynskis Blick streifte seine Tochter. »Wir?«, wiederholte er. »Du bist also einverstanden?«

»Ja, Vater«, bestätigte Grete. »Ich möchte Alfreds Frau werden, mehr als alles andere auf der Welt.«

Albert Dzialoszynskis Hände ruhten auf dem Tisch. Er schien kurz nachzudenken, dann sah er erst seine Tochter und dann Alfred mit ernster Miene an. »Hören Sie«, sagte er, »aufgrund Ihrer familiären Verhältnisse muss ich mir anscheinend keine Sorgen machen, dass Sie unsere Grete nicht ausreichend versorgen und sich um sie kümmern können.«

»Aktuell bin ich das jüngste Vorstandsmitglied im Konzern meines Vaters«, bestätigte Alfred. »Und es ist angedacht, dass ich in einigen Jahren an die Stelle meines Vaters treten werde. Insofern sind wir«, er warf Margarete einen verliebten Blick zu, »finanziell gut abgesichert.«

»Auch Ihre Kinder werden es sicher später gut haben«, vermutete Dzialoszynski nachdenklich. Er suchte den Blick seiner Frau, die ein Nicken andeutete, sich aber im Schweigen hüllte.

»Selbstredend«, versprach Alfred. »Sie werden nur die besten Schulen besuchen und in geordneten Verhältnissen aufwachsen.«

»Das bezweifle ich nicht.«

Alfred holte tief Luft. »Also sind Sie einverstanden?« Er blickte hoffnungsvoll in die Runde.

»Nun mal langsam«, warnte Margaretes Vater und hob die Hände. »So einfach ist das nicht.«

»Nein?« Alfred spürte, wie seine Hoffnung dahinschmolz wie ein Stück Butter in der Sonne.

Albert Dzialoszynski schüttelte langsam den Kopf. »Eines ist nämlich viel wichtiger als die finanzielle Absicherung.«

»Was denn?« Alfred winkte ab. »Egal, was Sie zur Bedingung machen, ich werde alles akzeptieren, wenn Sie uns Ihren Segen geben, Herr Dzialoszynski.«

Margaretes Vater betrachtete seine Tochter mit einem melancholischen Blick, bevor er weitersprach. »Wichtiger als die finanzielle Absicherung ist meiner Meinung nach, dass Sie mein Kind lieben, so wie ich es liebe, dass Sie bereit sind, alles zu tun, um sie glücklich zu machen, und dass Sie ihr niemals wehtun werden.«

»Ich versichere Ihnen, dass mir nichts ferner liegt, als Ihre Tochter zu verletzen oder zu enttäuschen«, versprach Alfred mit feierlichem Unterton in der Stimme. »Denn ich liebe sie über alles und sie unglücklich zu machen, bräche mir das Herz. Ich schwöre ihr ewige Liebe und Treue.«

»Ihre Pläne sind sehr ambitioniert, lieber Herr Tietz«, bemerkte Albert Dzialoszynski schmunzelnd, »doch ich glaube Ihnen, dass Sie Ihre Worte ernst meinen. Deshalb sollen Sie meinen Segen haben.«

Vor Rührung und Dankbarkeit fehlten Albert die Worte.

*

»So schwer war das doch gar nicht«, bemerkte Margarete später, als sich ihre Eltern in die Küche zurückgezogen hatten. Sie und Alfred saßen noch bei einem Glas Wein zusammen und ließen die Ereignisse des Tages Revue passieren. Inzwischen war die Dunkelheit hereingebrochen über Berlin. Alfred, der ans Fenster getreten war, sah gedankenverloren hinaus auf die Dächer der Stadt. In den umliegenden Häusern brannte bereits Licht.

Alfred wandte sich zu Margarete um. Ein glückliches Lächeln lag auf seinem Gesicht. Die Anspannung war von ihm abgefallen. »Ja, rückblickend ging es irgendwie ganz schnell.« Er schien erleichtert zu sein, das Prozedere hinter sich gebracht zu haben.

»Vater mag dich«, versicherte Margarete ihm.

»Jetzt muss ich meinen Eltern einen Brief schreiben«, murmelte Alfred. »Sie sollen wissen, dass ich verlobt bin. Mit der schönsten Frau der Welt.«

»Du bist ein elender Schmeichler, Alfred Tietz.«

»Ich gehe nur mit offenen Augen durch die Welt, meine Liebe. Deshalb weiß ich, dass du die schönste aller Frauen bist.«

»Wie werden deine Eltern reagieren?«, fragte Margarete ein wenig besorgt.

»Sie werden überrascht sein«, schätzte Alfred. »Mutter fragt ständig, wann ich endlich heiraten werde, doch so schnell hat sie sicher nicht damit gerechnet.«

Margarete musste lachen. »Hast du dich bisher gar nicht für Frauen interessiert?«

Er zuckte mit den Schultern. »Schon, aber ich habe mich eher auf die Arbeit konzentriert.«

»Die Arbeit darfst du auch weiterhin nicht vernachlässigen.«

»Mach dir keine Sorgen, bei Onkel Oscar arbeite und lerne ich viel.« Er nahm sie in den Arm.

Margarete schwebte fast vor Glück. Mit dem Segen ihrer Eltern fühlte sich die Liebe zu Alfred noch intensiver an. Sie ertrank in seinen Augen, und bevor sie sich versah, küssten sie einander wieder. Obwohl Margarete fürchtete, von ihren Eltern erwischt zu werden, schmiegte sie sich an ihn. Sein Kuss fühlte sich an diesem Abend so richtig an wie nie zuvor.

*

Am späten Abend erreichte Alfred das Hotel. In der Lobby herrschte um diese Uhrzeit nur wenig Betrieb. Mächtige Marmorsäulen stützten die hohe Decke mit dem prächtigen Kronleuchter, dicke Orientteppiche dämpften Alfreds Schritte auf dem Weg zur Rezeption. Der uniformierte Concierge hinter dem Empfangstresen, ein junger Mann von kaum zwanzig Jahren, nickte ihm höflich zu und nahm Alfreds Zimmerschlüssel vom Haken. »Wünschen Sie noch zu speisen, Herr Tietz?«

»Nein danke.« Alfred zog es auf sein Zimmer, denn er war nach dem lange Tag erschöpft und sehnte sich nach ein wenig Ruhe. Er nahm den Schlüssel entgegen und wünschte dem Concierge eine gute Nacht, dann begab er sich zur Treppe, die in die oberen Stockwerke des Hauses führte.

Neben den breiten Stufen gab es eine Sitzecke für Gäste, die um diese Zeit verlassen war. Auf einem Beistelltischchen lagen unterschiedliche Zeitungen. Alfred stellte fest, dass er sich in den vergangenen Tagen kaum für das aktuelle Zeitgeschehen interessiert hatte. Neugierig blieb er stehen, um durch die ausgelegten Zeitschriften zu blättern.

Die Schlagzeile der Berliner Baugewerks-Zeitung, in der man ein neues Riesenkaufhaus »gigantischen Ausmaßes« von Georg Wertheim ankündigte, weckte sein Interesse. Alfred zog die Zeitung aus dem Stapel, sank in einen der bequemen Sessel und schlug die Seite mit dem gesuchten Artikel auf.

Er las, dass an der Königsstraße ein neues *Wertheim*-Kaufhaus entstehen sollte. In einem Nebensatz brachte der Verfasser des Artikels seine Kritik an – Wertheims Neubau würde gleich an den Säulengang der Königskolonnaden grenzen und die vorhandene Straße einengen. Alfred erinnerte sich daran, dass sein Onkel im vor einer Weile von Wertheims Vorhaben erzählt hatte, doch er war überrascht, dass die Pläne inzwischen offenbar schon so weit vorgeschritten waren, dass die Presse davon berichtete. Er nahm sich vor, Oscar den Artikel zu zeigen, faltete die Zeitung zusammen, klemmte sie sich unter den Arm und ging auf sein Zimmer.

Dort angekommen, warf er die Zeitung auf den Sekretär am Fenster. Während er sich entkleidete, dachte er an den langen und ereignisreichen Tag zurück. Er war froh, dass Margaretes Vater ihnen seinen Segen gegeben hatte. Nun stand ihrer gemeinsamen Zukunft nichts mehr im Wege. Alfred war gespannt, was seine Eltern sagen würden, wenn er ihnen schon bald seine Braut vorstellte.

Mit einem Seufzen setzte Alfred sich halb bekleidet an den Sekretär. Er war sicher, dass Mutter und Vater mit Margarete als künftige Schwiegertochter einverstanden wären. Sie war eine zauberhafte Frau, besaß ein großes Herz, war schlau und zudem unglaublich schön. *Ja*, dachte er, *es gibt keine bessere Frau für mich.* Ein Anflug von schlechtem Gewissen überkam ihn, weil Flora und Leonhard noch nichts von seinen Hochzeitsplänen ahnten. Er nahm einen Briefbogen aus der Schatulle, ergriff den Stift und begann zu schreiben.

Liebe Eltern,
viel zu lange habe ich mich nicht bei Euch gemeldet, seht mir mein Schweigen bitte nach. In Berlin erlebe ich gerade eine sehr aufregende Zeit. Nicht nur, dass ich bei Onkel Oscar im Tagesgeschäft involviert bin, um möglichst viele neue Eindrücke zu sammeln – ganz nebenbei bin ich auch meiner Traumfrau begegnet. Ihr werdet denken, ich übertreibe, aber Margarete ist wirklich der Mensch, mit dem ich den Rest meines Lebens verbringen möchte.
Dabei sind wir uns eher zufällig über den Weg gelaufen. Wie das geschah, berichte ich Euch aber lieber von Angesicht zu Angesicht. Nur so viel sei angemerkt: Wir hatten eine ungewöhnliche erste Begegnung, die uns vom ersten Moment an verbunden hat.

Margarete scheint es genauso zu ergehen wie mir – sind wir eine Zeit lang nicht zusammen, verspüren wir beide eine tiefe Sehnsucht nacheinander. Sie arbeitet übrigens als Lehrerin an einer Armenschule. Nicht zuletzt, weil sie so ein großes Herz hat und sich unermüdlich für wohnungslose Menschen einsetzt, habe ich sie so schnell lieb gewonnen. Nach ihrem Dienst an der Schule stellt sie sich nämlich dem Vaterländischen Frauenverein *zur Verfügung, wo sie arme Menschen mit einer warmen Mahlzeit verpflegt. Ich bin sicher, dass ihr sie mögen werdet.*

Heute erst habe ich ihren Vater um Margaretes Hand gebeten. Uns wurde sein Segen zuteil, ein wahrlich glücklicher Umstand, denn wir wollen den Bund der Ehe schon in Kürze eingehen. Ich könnte mir gut vorstellen, sie nach Köln mitzubringen, um dort zu heiraten. Übrigens hat sich Onkel Oscar bereit erklärt, mein Trauzeuge zu sein, ein Umstand, über den ich sehr glücklich bin, wie ihr Euch vorstellen könnt. Ich bin schon jetzt gespannt, was ihr zu meiner Grete sagen werdet. Grete, so wird sie von denen gerufen, die ihr nahestehen.

Bald werde ich meine Heimkehr in die Wege leiten, denn ich bin sicher, dass ich auch zu Hause im Geschäft genügend Arbeit finden werde, in der ich aufgehen kann.

Und – übrigens, liebe Mutter: Die Liebe ist tatsächlich das Schönste auf der Welt. Ich bin froh, Margarete gefunden zu haben, und freue mich schon jetzt, sie Euch vorzustellen. Auf ganz bald, ich kann es kaum erwarten, wieder in der Villa Tietz und bei Euch zu sein!

Herzlichst, Euer Alfred

Nachdem er den Brief in einen Umschlag geschoben hatte, erhob Alfred sich und löschte das Licht. Als er im Bett lag, dachte er daran, wie schön es wäre, wenn Margarete jetzt bei ihm sein könnte. Draußen vor dem Fenster zogen auch um diese Zeit noch lautstark Automobile und Fuhrwagen vorbei. Inzwischen hatte er sich an die

Geräuschkulisse in der Hauptstadt gewöhnt. Fast klang das ständige Lärmen wie Meeresrauschen in seinen Ohren, das ihn langsam davontrug ins Reich der Träume.

Er fragte sich verschwommen, ob Margarete sich wohl in der Villa Tietz wohlfühlen würde. In Köln-Marienburg erklang nachts höchstens der klagende Ruf eines Käuzchens.

Alfred rollte sich fester in die Decke ein und dachte an die Ereignisse des Tages zurück. Bei dem Besuch an Hermanns Grab war ihm Onkel Hertie so nahe gewesen wie schon seit Ewigkeiten nicht mehr. *Er wird niemals ganz fort sein*, dachte er melancholisch, *denn wer im Gedächtnis seiner Lieben lebt, der ist nicht tot*. Erst jetzt wurde ihm bewusst, dass er Hermanns Anwesenheit auf dem Friedhof zu fühlen geglaubt hatte. So, als sei er von den Toten auferstanden, um ihm seinen Segen für die bevorstehende Hochzeit mit Margarete zu erteilen.

Im Traum sah Alfred sich wieder an der Seite von Margarete am Grab stehen. Als er den Kopf wandte, sah er Onkel Hermann hinter ihnen auftauchen. Die eine Hand lag auf Alfreds Schulter, die andere ruhte auf Margaretes. Er lächelte gütig und nickte seinem Großneffen zu. Ein wortloser Gruß, bevor die Gestalt langsam verblasste und ein starker Wind aufkam, der die Blätter über ihnen zum Rascheln brachte. Langsam wurden Alfreds Atemzüge ruhiger, und als die Erscheinung seines Großonkels gänzlich verblasst war, schlief er tief und traumlos weiter.

Kapitel 36

Oscar war ein guter Autofahrer. Geschickt lenkte er sein weinrotes Automobil durch das Gewimmel von Berlins Straßen. Alfred, der auf dem Beifahrersitz saß, genoss die Fahrt, denn es war ein sonniger Tag, an dem es nur wenige Menschen in den Häusern hielt. Oscar hatte ihn mitgenommen zu einer Besprechung im Warenhaus an der Klosterstraße. Das war viel kleiner und nicht zu vergleichen mit dem großen Haus am Alexanderplatz. In der Klosterstraße hatte eine Versammlung des Verbands Deutscher Waren- und Kaufhäuser stattgefunden, zu deren Gründungsmitgliedern Oscar gehörte.

Der geplante Neubau von Georg Wertheim war Thema Nummer eins gewesen. Die Teilnehmer der Konferenz waren der Meinung, dass das gigantische Kaufhaus von Wertheim für alle eine Bedrohung darstellte. Man wollte alles daransetzen, den Bau zu verhindern, und suchte fieberhaft nach guten Gründen, die gegen das Projekt sprachen. Oscar als Sprecher der Vereinigung sah man in der Pflicht, diese Argumente zu sammeln. Entsprechend wortkarg zeigte sich Alfreds Onkel auf der Rückfahrt. Er dachte angestrengt nach.

»Uns wird schon etwas einfallen«, machte Alfred ihm Mut. Die Bauten der Hauptstadt flogen an ihnen vorüber. Durch die offenen Fenster des Automobils drang der unbändige Großstadtlärm ins Innere.

»Wir werden gute Gegenargumente zusammentragen, dann werde ich eine Sitzung vor dem Bauausschuss der Stadt Berlin beantragen«, sagte Oscar. Er seufzte schwer, dann setzte er ein Lächeln auf. »Sicher möchtest du deinen Eltern deine Braut vorstellen«, wechselte er das Thema. Im Fahren warf er Alfred einen raschen Seitenblick zu.

Alfred nickte und berichtete seinem Onkel von dem Brief, den er seinen Eltern geschrieben hatte. »Ich bin so gespannt, wie Mutter und Vater auf die Neuigkeit reagieren werden.« Ihm kam ein unschöner Gedanke. »Oder wissen sie bereits davon?«

Oscar schüttelte den Kopf, ohne den Blick von der Straße abzuwenden. »Von mir jedenfalls nicht, keine Sorge. Es ist deine Aufgabe, es ihnen mitzuteilen. Offen gestanden hatte ich damit gerechnet, dass dein Vater heute zur Sitzung des Verbands kommt, möglicherweise sogar in Begleitung deiner Mutter. Dann hättest du es ihnen gleich erzählen können.«

»Sie werden in Köln alle Hände voll zu tun haben«, vermutete Alfred und stellte fest, dass es wie eine Entschuldigung für seine Eltern klang.

»Da wirst du recht haben«, sagte Oscar und wich einem Pferdegespann aus, dass plötzlich quer über die Straße zog. Als er die Lage am Volant wieder unter Kontrolle hatte, warf er seinem Neffen einen kurzen Blick zu. »Aber früher oder später wird sich dir schon eine Gelegenheit bieten.«

»Ich werde es ihnen sagen, sobald ich zurück in Köln bin«, versicherte Alfred ihm. Er blickte aus dem Seitenfenster und betrachtete die zahlreichen bunt geschmückten Schaufenster der kleinen Geschäfte, an denen ihr Weg vorbeiführte.

»Und deine Grete?«

»Was ist mit ihr?«

»Wäre es nicht schön, wenn sie dich begleitet?«

Alfred nickte. »Ja, das wäre schön. Aber sie arbeitet hier an der Armenschule und kann nicht einfach so der Arbeit fernbleiben.« Er seufzte. Die Vorstellung, mit Margarete nach Köln zu fahren, um ihr seine Eltern vorzustellen, war durchaus verlockend.

»Ich habe mit dem Schuldirektor gesprochen.« Oscar grinste.

»Du hast – was?« Alfred glaubte, sich verhört zu haben.

»Ich habe mir die Freiheit herausgenommen, mit Oberstudienrat Friedrichs zu reden, um ihm die Lage zu schildern.«

Alfred wusste, dass sein Onkel viele einflussreiche Menschen in der Hauptstadt kannte, doch eine derartige Einmischung war selbst für Oscar ungewöhnlich. »Und?«, fragte er schließlich.

»Margarete kann freigestellt werden.« Oscar bremste ein wenig ab, während sie hinter einem schnaufenden und qualmenden Doppeldeckerbus her zockelten. »Es ist dem Anlass der Reise durchaus angemessen, wie ich finde.«

Alfred nickte nachdenklich. Er fragte sich, was Margarete davon halten würde, dass Oscar mit ihrem Vorgesetzten über ihre Freistellung gesprochen hatte. Noch war es unklar, ob sie in Berlin alle Zelte abbrechen und mit ihm nach Köln gehen würde. Zwar schien sie der Idee nicht abgetan zu sein, doch es war immer noch eine große Entscheidung.

»Und ich?«, fragte Alfred. »Mein Praktikum in deinem Haus ist noch nicht abgeschlossen.«

»Wer sagt das?«

»Du.« Alfred schöpfte Hoffnung. »Oder?«

»Wir haben keinen Vertrag unterschrieben, du bist mein Neffe, und dein Aufenthalt in Berlin ist freiwillig. Was bedeutet, dass du jederzeit heimkehren kannst, wenn du es für richtig hältst. Du hast schon eine Menge gelernt und Einblicke in mein Unternehmen gewonnen, die du mit nach Köln nehmen kannst.«

Alfred musste den Gedanken, Berlin in Kürze zu verlassen, erst einmal verarbeiten. Zwar war er sich darüber im Klaren, dass seine Zeit hier immer begrenzt gewesen war, damit, dass sie so schnell enden würde, hatte er aber nicht gerechnet. »Du heckst doch etwas aus«, sagte er an seinen Onkel gewandt.

Oscar nickte. »Du hast mir neulich von dem Zeppelin berichtet, der in Berlin gelandet ist.«

»Und?«

»Ich habe mit einem engen Mitarbeiter des Grafen Zeppelin sprechen können. In ein paar Tagen wird das Luftschiff wieder in Berlin sein.«

»Ich fürchte, ich verstehe nicht, was das mit Grete und mir zu tun hat«, gestand Alfred.

»Von Berlin aus fährt der Zeppelin nach Köln.« Oscar warf ihm einen kurzen Seitenblick zu. »Die DELAG wird im Herbst den Fahrgastverkehr mit dem Luftschiff aufnehmen.«

Alfred runzelte die Stirn. »Was ist das – die DELAG?«

»Die deutsche Luftschifffahrts-Aktiengesellschaft«, erklärte Oscar, »sie wird im November offiziell gegründet, die Vorbereitungen für die Unternehmensgründung laufen bereits auf Hochtouren.«

»Sag mir jetzt nicht, dass du Anteile daran hast«, sagte Alfred verblüfft.

Oscar lachte. »Nein, von der Luftfahrt habe ich keine Ahnung. Aber einer meiner Geschäftsführer ist mit Alfred Colsman, dem künftigen Direktor der DELAG, befreundet.«

»Warum erzählst du mir das alles?«

»Die erste Passagierfahrt des Zeppelins von Berlin nach Köln ist Werbung für die DELAG. Man hat Pressevertreter zu der Reise eingeladen, damit die Reporter in großem Stil darüber berichten.«

»Was hat das mit mir und Margarete zu tun?«, fragte Alfred, obwohl er ahnte, was sein Onkel vorhatte.

Oscar bremste das Vehikel ab und drückte auf die Hupe, als zwei ballspielende Kinder auf die Straße rannten. Die beiden Kleinen, ein Junge und ein Mädchen, sprangen hastig zurück, und die Fahrt ging weiter. »Ich habe mit Colsman gesprochen, und – «

»Du hast Fahrkarten besorgt, obwohl ich nicht für die Presse arbeite.«

»Für dich und deine Braut, Alfred. Ihr werdet mit dem Zeppelin nach Köln fahren.«

»Du machst Witze!«

»Sehe ich so aus?« Oscar machte ein gespielt ernstes Gesicht, dann grinste er Alfred fröhlich an. »Das wird sicherlich ein ganz besonderes Erlebnis und nicht zu vergleichen mit der langen Zugfahrt, die euch sonst bevorstünde.«

»Aber die Zahl der Fahrgäste ist sicherlich begrenzt«, vermutete Alfred.

»Das ist richtig, trotzdem ist es mir gelungen, zwei Plätze für euch zu reservieren.« Oscars Grinsen wurde breiter.

Alfred wusste nicht, ob er sich über das Engagement seines Onkels freuen sollte. »Willst du mich loswerden?«

Oscar ging nicht auf die flapsige Frage seines Neffen ein. »Deshalb war ich auch so übergriffig und habe bereits mit Oberstudienrat Friedrichs Margaretes Freistellung besprochen. Eine derartige Gelegenheit bietet sich so schnell nicht wieder.«

Alfred musste seinem Onkel recht geben. Gleichzeitig erinnerte er sich daran, dass Margarete von dem Luftschiff nicht allzu angetan gewesen war. Ob sie also Oscars und Alfreds Begeisterung für die Fahrt im Zeppelin teilte, stand in den Sternen. Womöglich musste er bei ihr einiges an Überzeugungsarbeit leisten.

»Also – was hältst du von meiner Idee, Alfred?« Oscar setzte zum Überholen an und fuhr an dem langsamen Doppeldecker vorüber.

»Sie klingt zugegebenermaßen äußerst verlockend, Onkel.«

»Dann rede mit deiner Margarete.«

»Wann wird der Zeppelin starten?«

»In drei Tagen. Je nach Witterung wird seine Ankunft in Berlin morgen, spätestens übermorgen erwartet.«

»Das ist knapp.«

»Ich weiß, Junge. Aber so oft hat man nicht die Gelegenheit, derart luxuriös zu reisen. Du kannst deiner Braut etwas ganz Außergewöhnliches ermöglichen.«

»Ich weiß nur nicht, ob sie es so zu schätzen weiß, mit dem Zeppelin zu fahren.«

»Dann sag ihr, dass ihr Köln mit dem Luftschiff viel schneller erreicht als mit der Bahn, das wird ihr gefallen.« Oscar wirkte unbekümmert. »Frauen denken praktisch.«

Wahrscheinlich hatte er sogar recht mit seiner Mutmaßung, denn Frauen dachten Alfreds Erfahrung nach tatsächlich oft rationeller als Männer. Und je länger er darüber nachdachte, umso mehr freute er sich auf die Fahrt im Zeppelin nach Köln. Endlich würde er Grete seine Heimat zeigen können. Schon jetzt war er gespannt, wie es ihr in Köln gefiel. Und wenn sie sich nicht dazu entschließen konnte, mit dem Luftschiff zu fahren, würde er notfalls zu Fuß mit ihr ins Rheinland laufen. Margarete war es allemal wert.

*

Flora atmete auf, als sie Lewys Büro erreicht hatten und er ihnen ein Glas Wein einschenkte. Sie hatten den Festakt ohne weitere Zwischenfälle überstanden, und mit ihnen waren die ersten Kunden ins Kaufhaus gestürmt. Alle, die gekommen waren, hatten ihre Begeisterung von dem Ausbau kaum in Worte fassen können. Auch einige Zeitungsreporter hatten sich unter den ersten Gästen befunden. Leonhard war sicher, dass sich die Reporter mit ihrem Lob überschlagen würden. Geduldig hatte er den Pressevertretern Rede und Antwort gestanden. Auch für die Fotografen hatten sie zu dritt vor dem umgebauten und vergrößerten Kaufhaus posiert.

Sie alle waren unendlich erleichtert darüber, dass die Bombendrohung nicht in die Tat umgesetzt worden war. Offensichtlich hatte die Präsenz der Polizei ihre Wirkung nicht verfehlt, und jetzt wirkte Floras Mann deutlich gelöster als kurz vor der Eröffnung.

»Eigentlich müssten wir mit Champagner anstoßen, alter Freund«, sagte er zu Lewy. »Es ist besser gelaufen, als ich zunächst gedacht habe.«

Lewy schüttelte den Kopf. »Das sehe ich anders, alter Freund. Zwar ist uns Schlimmeres erspart geblieben, dennoch war die schlechte Stimmung bei zahlreichen Leuten in der Menge nicht zu überhören. Wir haben es allein dem Aufgebot der Polizei zu verdanken, dass man die Krachmacher in ihre Schranken verwiesen hat.«

»Ja«, stimmte Leonhard ihm zu. »Die Polizei hat gute Arbeit geleistet.« Er wirkte glücklich, aber geschafft.

Auch Flora spürte, wie die Anspannung der letzten Stunden von ihr abfiel. »Immerhin konnten wir unser Gesicht in der Öffentlichkeit wahren, und die Menschen waren begeistert.«

»Das ist wahr«, sagte Lewy. »Dennoch müssen wir weiterhin auf der Hut sein. Die Konkurrenz schläft nicht, und ich habe den Eindruck, dass es unter den kleinen Händlern militante Gegner gibt, die nicht so schnell aufgeben werden.«

»Da hast du leider recht.« Leonhard sank auf einen Stuhl. Plötzlich wirkte er um Jahre gealtert, seine Haut war aschfahl.

»Geht es dir nicht gut, Leo?«, fragte Flora besorgt.

Er schenkte ihr ein schwaches Lächeln. »Es ist die Aufregung der letzten Tage«, murmelte er. »Ich bin sicher, dass es gleich besser geht.«

Lewy reichte ihm ein Glas Wasser. Als Leonhard es entgegennahm, zitterte seine Hand. Er bedankte sich bei seinem Freund und trank schnell. Dabei verschluckte er sich und erlitt einen Hustenanfall. Lewy klopfte ihm auf die Schultern, bis er sich wieder beruhigt hatte. Sein Gesicht hatte eine tiefrote Färbung angenommen, die Augen tränten.

»Leo«, rief Flora erschüttert, »du brauchst dringend ein wenig Ruhe.«

»Nein, nein«, entgegnete er, »es ist alles in Ordnung, ich habe mich nur verschluckt.«

Voller Sorge betrachtete Flora ihren geliebten Mann. Sie wurde die Befürchtung nicht los, dass Leonhard ihr etwas verschwieg. So hatte sie ihn noch nie erlebt. Wäre Lewy nicht dabei gewesen, hätte sie Leonhard darauf angesprochen, aber so nahm sie sich vor, ihn bei der nächsten passenden Gelegenheit nach seinem Gesundheitszustand zu fragen.

Sie waren es gewohnt, bis zur Erschöpfung zu arbeiten, daran hatten auch ihr Erfolg und der Reichtum der letzten Jahre nichts geändert. Das Unternehmen war stetig gewachsen, weil sie immer alles darangesetzt hatten, es zu vergrößern. Bereut hatten sie ihren Einsatz aber nie, denn beide hatten die Arbeit immer als Erfüllung, nie als Belastung empfunden. Doch nun schien der Moment gekommen, an dem sie sich dringend eine Auszeit genehmigen sollten. Um nichts in der Welt wollte Flora Leonhards Gesundheit aufs Spiel setzen.

Kapitel 37

»Wie schön, dass du da bist.« Margarete lächelte Alfred glücklich an, als sie am Nachmittag vor den Eingang der Schule im Wedding trat. Insgeheim hatte sie gehofft, dass er sie abholte. Nachdem die Schulglocke geläutet hatte, waren Kinderscharen johlend aus dem zweistöckigen Bau gestürmt, um nach Hause, in eine der unzähligen Wohnkasernen, zu eilen.

Ein leichter Wind streifte die Zweige der Ahornbäume, die das Schulgelände von der Straße trennten, und erzeugte ein geheimnisvolles Rauschen. Ansonsten herrschte auf der Schulstraße nicht viel Verkehr. Dabei hatte sich der Wedding in den letzten Jahren von einem eher verschlafenen Stadtteil zu einem dicht bebauten Arbeiterviertel entwickelt, einem Bezirk, in dem die Armut allgegenwärtig zu sein schien. Die tristen Wohnanlagen hier hatten bis zu fünf Hinterhöfe, nur in jedem zweiten gab es Toilettenhäuser. Verwahrlosung, Krankheiten und Elend waren allgegenwärtig.

Margarete erinnerte sich daran, dass ihr Vater oft erzählt hatte, dass es im Wedding früher unbebaute Straßen und viel weites Land gegeben hatte, weil die Weltstadt die ländlichen Spuren in dieser Gegend nicht ganz hatte verwischen können. Das hatte sich inzwischen komplett verändert, denn mit der dichten Bebauung hatten die großen Fabriken wie AEG in der Brunnenstraße, Osram und Rotaprint im Wedding ihre Betriebsstätten errichtet. Tagein, tagaus zog es ganze Heeresscharen von Arbeitern in die großen Hallen. Den Glanz und die Pracht der Großstadt suchte man hier vergebens. Im Wedding herrschten Entbehrung und Geldnot, denn die Menschen lebten oft am Existenzminimum.

Alfred hatte auf der gegenüberliegenden Straßenseite im Schatten einer mächtigen Eiche auf sie gewartet und begrüßte sie jetzt mit einem leidenschaftlichen Kuss. Heute trug er einen hellblauen Anzug und einen grauen, leichten Homburger Hut mit breiter Krempe, den er sich lässig in den Nacken geschoben hatte. Der Knopf des weißen Hemdes stand offen, auf eine Krawatte hatte Alfred verzichtet. Er sah großartig aus, und wenn Margarete ihn nicht schon lieben würde, hätte sie sich bei seinem Anblick auf der Stelle in ihn verliebt.

»Wie geht es dir?«, fragte er mit einem sanften Lächeln auf den Lippen. Sie hakte sich bei ihm unter und sie gingen in Richtung Bushaltestelle los.

»Heute war es anstrengend, aber irgendwie trotzdem schön«, antwortete Margarete. »Ich merke von Tag zu Tag mehr, wie die Kinder Vertrauen zu mir aufbauen, nachdem meine Vorgänger es nicht lange in der Klasse ausgehalten haben.«

»Wie meinst du das?«, erkundigte sich Alfred. Er war stehen geblieben.

»Ein Kind hat mir berichtet, dass die Lehrer, die sie vor mir hatten, es nur wenige Tage mit ihnen ausgehalten haben. Dabei sind die Kinder zauberhaft, sie sind wissbegierig und fleißig, und ich spüre, welches Potenzial in ihnen steckt. Sie wollen lernen, um später eine anständige Arbeit zu bekommen. Und mit jedem Tag, den ich bei ihnen bin, sehe ich ihre Fortschritte.« Sie seufzte glücklich. »Alfred, das tut so gut – ich arbeite, helfe den Kindern und spüre bei der täglichen Arbeit mit ihnen, wie sie meine Hilfe annehmen. Es kann nichts Schöneres geben!«

»Hm.« Alfred nickte. Er hatte den Blick auf den Bordstein gesenkt und schien nachzudenken.

Margarete bemerkte sofort, dass etwas nicht stimmte. »Was ist los?«, wollte sie wissen.

Er betrachtete sie nachdenklich.

Sein Schweigen verunsicherte Margarete. »Freust du dich denn nicht für mich?« Enttäuschung lag in ihrer Stimme. »Der Beruf als Lehrerin ist meine Lebensaufgabe«, fuhr sie fort, »ich liebe es, die Kinder zu unterrichten und ihre Fortschritte zu beobachten.«

»Doch, doch, ich freue mich«, beteuerte er und wirkte dabei ein wenig abwesend. Da Margarete nicht recht wusste, ob sie ihn auf seine eigenartige Reaktion ansprechen sollte, wechselte sie das Thema: »Wie war dein Tag? Hast du etwas bei deinem Onkel gelernt?«

Alfred nickte. »O ja. Wir werden auch in Köln einen Lieferdienst einrichten, denke ich. Natürlich muss ich das mit meinem Vater und den anderen Vorstandsmitgliedern abstimmen, aber der Dienst am Kunden ist uns sehr wichtig. Und sie werden umso lieber bei uns einkaufen, wenn wir ihnen die erstandene Ware ganz bequem nach Hause liefern.«

»Eine großartige Idee«, sagte Margarete. »Die Automobile ersetzen immer mehr die Laufburschen.«

Er nickte, nahm ihre Hand und zog sie weiter. »Hast du Hunger?«

»Und wie!«

»Auf dem Weg hierher habe ich ein Wirtshaus gesehen, in dem es sicher gutbürgerliche Küche gibt.«

»Perfekt. Je länger ich darüber nachdenke, habe ich nämlich sogar einen Bärenhunger«, sagte Margarete lachend.

»Worauf hast du Lust?«

Margarete musste nicht lange überlegen. »Auf Königsberger Klopse«, sprudelte es aus ihr heraus. »Ich liebe Klopse in pikanter Kapernsauce!«

»Dann versuchen wir mal unser Glück in dem kleinen Wirtshaus.« Alfred war immer noch etwas weniger fröhlich als sonst, sein Lächeln wirkte gezwungen.

»Einverstanden.« Margarete beschloss, ihn jetzt nicht weiter zu bedrängen. Sicher würde er ihr zu einem späteren Zeitpunkt erzählen, was ihn beschäftigte. Wenn nicht, würde sie so lange fragen, bis er ihr eine Antwort gab.

*

Am späten Nachmittag erreichten sie Köln. Flora war auf der langen Autofahrt im weichen Polster des Sitzes eingeschlafen. Das Surren des Motors und das gleichmäßige Schaukeln und Quietschen der Federung hatten sie schläfrig gemacht. Erst, als Leonhard den Wagen in die Einfahrt in Marienburg lenkte, schreckte sie hoch. Ihr war ein wenig kalt, und sie fröstelte.

»Ausgeschlafen?«, fragte Leonhard, als er bemerkte, dass sie aufgewacht war.

Flora rieb sich über das Gesicht. »Na ja, geht so.« Sie gähnte herzhaft und spürte, wie ihr Magen knurrte. »Jetzt freue ich mich auf das Abendessen.«

»Und im Anschluss gönnen wir uns noch ein Glas Muskatwein im Salon, um den Abend ausklingen zu lassen«, fügte Leonhard hinzu. Nach seinem kleinen Schwächeanfall hatte sich sein Zustand schnell gebessert. Lange hatte Flora im Auto überlegt, wie sie das Gespräch auf den Zwischenfall lenken könnte, aber irgendetwas hatte sie davon abgehalten, ihn mit ihren Ängsten zu konfrontieren.

»Das ist eine gute Idee«, sagte Flora lächelnd.

»Ich würde gern noch einmal das gute alte Grammofon zum Leben erwecken.« Leonhard schaltete den Motor ab. Die eintretende Stille war nach dem ununterbrochenen Lärm des Automobils Musik in Floras Ohren.

»Gern.« Flora wusste, wie sehr ihm das alte Grammofon am Herzen lag. Lange, bevor Emil Berliner mit seinem Gerät in Serienproduktion ging, hatte der begnadete Techniker Leonhard eines seiner ersten Grammofone geschenkt. Den alten Kasten hütete Leonhard seither wie einen Schatz, und in letzter Zeit war das inzwischen antiquarische Gerät nur noch selten zum Einsatz gekommen. Leonhard liebte Musik über alles, und so oft es ging, besuchten sie Theater- und Opernvorstellungen. Gemeinsam unterstützten sie einen Kölner Knabenchor, um Jungen aus ärmlichen Verhältnissen einen Zugang zur Musik zu ermöglichen.

Flora erinnerte sich an die Zeit in Stralsund, als sie mit ihrer besten Freundin Paula musiziert hatte. Nie hatten die jungen Frauen auf einer Bühne gestanden; in der Villa der reichen Eltern ihrer Freundin hatte es ein eigenes Musikzimmer gegeben. Dennoch war auch das private Musizieren eine Wohltat gewesen und hatte zwischen den jungen Frauen eine Vertrautheit und Kameradschaft geschaffen, die Flora bis heute vermisste. So war es ihr eine Freude, den Jungen im Knabenchor die gleiche Möglichkeit zu bieten.

Ihre eigenen Kinder waren immer mit Wohlstand und Bildung gesegnet gewesen, doch weder Flora noch Leonhard hatten je vergessen, dass es Familien gab, deren Leben gänzlich anders aussah.

Kapitel 38

Sie hatten es sich im Wirtshaus »Zum fidelen Hans« gemütlich gemacht, das Alfred schon auf der Fahrt hierher gesehen hatte. Auf zahlreichen Reklametafeln an der Fassade warb man mit »Kalten und warmen Speisen zu jeder Tageszeit«.

Die Einrichtung war schlicht, aber sauber, und zurzeit herrschte nur wenig Betrieb im Gastraum. Beim Wirt, dem »fidelen Hans« höchstpersönlich, handelte es sich um einen beleibten Mann mit üppigem Backenbart. Über dem weißen Hemd, dessen Ärmel hochgekrempelt waren, trug er eine Schürze, auf dem kahlen Kopf eine tiefschwarze Melone. Nachdem er die Neuankömmlinge freundlich begrüßt hatte, führte Hans sie zu einem freien Tisch am Fenster. Während Margarete eine Limonade bestellte, orderte Alfred ein frisches Engelhardt Pilsener. Der Wirt brachte ihnen die Getränke und nahm dann die Bestellung auf. Es gab tatsächlich Margaretes Leibspeise, Königsberger Klopse, und Alfred, der kaum Hunger verspürte, bestellte Rindfleisch Berliner Art.

»Kommt sofort, die Herrschaften.« Hans verschwand in der Küche, wo er alsbald mit Töpfen und Geschirr herumklimperte. Sie mussten nicht lange auf ihr Essen warten, wohl, weil in der Gaststube so wenig los war.

»Jut'n Hunga!«, wünschte der Wirt gut gelaunt, als er ihnen das Essen an den Tisch brachte. Mit großer Begeisterung machte sich Margarete über die Königsberger Klopse her. Beim Essen schwärmte sie über die köstliche Kapernsauce und den begnadeten Koch, der ihr ein solches Festmahl zubereitet hatte.

Ein wenig lustlos stocherte Alfred in seinem Essen herum, das aus dünn geschnittenen Rinderscheiben, Kartoffeln und einer herrlichen Meerrettich-Sauce bestand. Obwohl die Mahlzeit schmeckte, hielt sich Alfreds Appetit in Grenzen. Er wusste nicht recht, wie er auf die Neuigkeiten, die er am Vormittag von Onkel Oscar erfahren hatte, zu sprechen kommen sollte.

Noch immer hatte er keine Ahnung, wie Margarete wohl reagieren würde, wenn er ihr eröffnete, dass er sie schon in drei Tagen mit nach Köln nehmen wollte. Entweder nahm sie seinen Vorschlag mit Begeisterung auf – oder für sie brach eine Welt zusammen, weil sie in Berlin alle Zelte von heute auf morgen abbrechen musste, um ihn zu begleiten. Schlimmstenfalls würde sie sich entscheiden, zurückzubleiben und ihn allein nach Hause zu schicken.

Margarete hatte seine besorgte Miene offenbar bemerkt. »Du hast was«, stellte sie kauend fest.

»Wie bitte?« Alfred tat, als verstünde er nicht, was sie meinte. Er fühlte sich ertappt und zwang sich zu einem matten Lächeln.

»Du hast etwas«, wiederholte sie und sah zu, wie er das Besteck zur Seite legte.

Er nickte schuldbewusst und kämpfte gegen den Kloß im Hals an. »In der Tat gibt es Neuigkeiten, die uns beide betreffen. Aber eigentlich hatte ich geplant, dass wir erst einmal unser Essen genießen.« Alfred rang sich ein schiefes Lächeln ab. »Wo du dich doch so auf die Klopse gefreut hast.« Alfred nahm ihre Hand. Der Gedanke, dass sie in Berlin bleiben könnte, drohte ihm das Herz zu zerreißen. Er hielt es nicht länger aus und beschloss, sie auf der Stelle zu fragen. Mit ernster Miene sah er Margarete an. »Kommst du mit nach Köln?«, platzte es aus ihm heraus.

»Wie bitte?« Ihre Augen wurden groß, doch sie hielt seine Hand weiter fest.

»Ob du dir vorstellen könntest, mich nach Köln zu begleiten«, formulierte er seine Frage um. Er versuchte, in ihren Augen zu lesen.

Sie schien verwirrt. »Aber natürlich, Liebster, darüber haben wir doch schon gesprochen. Du wirst ja kaum aus Köln wegkönnen.«

»Das ist wahr«, stimmte er mit zerknirschter Miene zu. »Und meine Zeit in Berlin ist fast vorüber.«

»So schnell?«

Er nickte. »Eigentlich waren nur ein paar Tage hier geplant, denn mein Vater hat mich in Köln zurückerwartet, nachdem ich seine Aktien beim Makler habe zeichnen lassen. Das ist längst geschehen, und er hat es akzeptiert, dass ich noch ein paar Tage hierbleibe, um möglichst viel von meinem Onkel zu lernen. Erfahrungen, die wir in Köln ins Geschäftsleben einfließen lassen können, ein Austausch sozusagen.«

Margarete nickte. »Das hast du mir erzählt«, sagte sie leise, »dass unsere Zeit in Berlin aber so schnell schon vorüber sein soll, damit habe ich offen gestanden nicht gerechnet.« Ihre Miene wirkte verschlossen. Das kurze Schweigen zwischen ihnen erschien Alfred wie eine Ewigkeit.

»Meine neue Arbeitsstelle macht mich sehr glücklich«, sagte sie schließlich. »Zum ersten Mal in meinem Leben scheine ich meine Aufgabe gefunden zu haben. Es ist ein wundervolles Gefühl, jeden Morgen in die Klasse zu kommen und in die neugierigen Augen dieser Kinder zu blicken, ihnen etwas beizubringen, womit sie in ihrem späteren Leben etwas anfangen können. Lesen, schreiben, rechnen, auch Handarbeiten zählen dazu. Ich sehe, wie sie das neue Wissen gierig aufsaugen, so wie ein Schwamm das Wasser. Du müsstest es einmal sehen, um mich zu verstehen.«

»Ich glaube, ich verstehe dich«, sagte er leise.

»Schon seit ich ein kleines Mädchen war, träumte ich davon, Menschen zu helfen, Alfred. Deshalb verbringe ich einen Großteil meiner Freizeit in der Volksküche beim Frauenverein, deshalb liebe ich meine Arbeit als Lehrerin.«

Sie bleibt in Berlin, durchzuckte es Alfred panisch. *Sie gibt dir einen Korb und bleibt hier.*

»Aber seit einiger Zeit gibt es einen Menschen, der mich noch mehr mit Glück erfüllt als all diese Aufgaben, die ich so gerne wahrnehme.« Sie lächelte ihn verliebt an.

Es dauerte einen Moment, bis er die Bedeutung ihrer Worte verstand. Dann brauchte es einen weiteren Augenblick, bis er sicher war, sich nicht verhört zu haben.

Margaretes warme Stimme drang wie durch Watte an seine Ohren. »Du bist in mein Leben getreten und hast es auf den Kopf gestellt, Liebster.«

»Das ... das tut mir leid«, stammelte Alfred.

Sie musste lachen. Doch es war nicht hämisch, sondern sanft und voller Zuneigung, so wie alles an ihr. »Es muss dir doch nicht leidtun!«, rief sie so laut, dass sich ein paar der anderen Gäste im Lokal zu ihnen umsahen.

Doch für Alfred gab es in diesem Augenblick nur Margarete und ihn.

Sie lachte immer noch und es klang, als würde eine zentnerschwere Last von ihren Schultern fallen. »Dass du in mein Leben getreten bist, ist schöner als alles, was ich bisher erleben durfte, Alfred!« Sie erhob sich von ihrem Platz, umrundete den Tisch und beugte sie zu ihm hinab. Während Alfred noch verdattert dreinblickte, küsste sie ihn. Ihre Hände glitten durch sein Haar, ihre Lippen schmeckten wundervoll, ihre Nähe erfüllte ihn mit Wärme und der Sehnsucht nach mehr.

»Ja«, sagte sie, nachdem sie sich voneinander gelöst hatten. »Natürlich begleite ich dich nach Köln. Allein der Gedanke daran, von dir getrennt zu sein, ist kaum auszuhalten.«

Alfred atmete erleichtert auf. »Aber deine neue Anstellung«, wandte er dennoch zögerlich ein. »Ich meine ...«

»Es wird mir schwerfallen, zu kündigen«, räumte sie ein, »sehr schwer sogar. Doch ich weiß, wofür ich dieses Opfer bringe.« Sie holte tief Luft. »Und wie du gesagt hast: Es gibt auch in Köln Schulen und karikative Einrichtungen, die sicher gern meine Dienste in Anspruch nehmen werden.«

»Es geht schon in Kürze los«, gestand Alfred.

»Wann denn?«

»Schon in ein paar Tagen.« Kurz überlegte Alfred, ob er ihr bereits von Oscars Idee, mit dem Zeppelin nach Köln zu fahren, berichten sollte, entschied sich aber dagegen. Er wollte ihr nicht zu viel auf einmal zumuten. Auch die Tatsache, dass Oscar bereits mit dem Schulleiter gesprochen hatte, verschwieg er ihr noch. Sobald der rechte Moment gekommen war, würde er ihr alles sagen.

»Egal wann, egal wohin«, sagte sie leichthin. »Ich begleite dich, wohin du möchtest.« Als Margarete sich wieder an ihren Platz setzte, glühten ihre Wangen vor Aufregung.

»Dafür bin ich dir unendlich dankbar.« Alfred konnte immer noch nicht glauben, dass die große Sorge, die ihn in den letzten Tagen so sehr beschäftigt hatte, nun so schnell aus der Welt geschafft war.

Kapitel 39

»Das ist mein Neffe, Alfred Leonhard Tietz.« Sichtlich stolz stellte Oscar Alfred der Berliner Baukommission vor. Die vornehmen Herren nickten dem jüngsten in der Runde grüßend zu. Alfred hatte schon an vielen Konferenzen teilgenommen, doch diesmal befiel ihn ein mulmiges Gefühl, denn er wusste, dass der Erzfeind seines Vaters mit am Konferenztisch saß, um seine Interessen behördlich durchsetzen zu lassen.

Und obwohl Alfred Georg Wertheim nie persönlich begegnet war, so wusste er auf Anhieb, bei wem der Herren am Tisch es sich um den alten Konkurrenten seiner Familie handelte. Er saß mit starrer Miene da und betrachtete Alfred mit einem missbilligenden Blick. Alfred hielt seinem Blick stand und bemerkte in Wertheims Augen etwas Kaltes, ja, Verschlagenes. Kein Wunder, dass Leonhard immer wieder mit ihm aneinandergeraten war.

Der Landesbauinspektor Max Grube stellte die beiden Herren neben Wertheim als Karl von Großheim und Heinrich Kayser vor, ihres Zeichens von Wertheim beauftragte Architekten. Wie Alfred von Oscar erfahren hatte, kooperierten die beiden mit Wertheim. Sie hatten die Fläche der Kolonnaden mit ihm gemeinsam gekauft. *Wer sich mit dem Teufel einlässt*, dachte Alfred abfällig, als er sich zu den anderen an den Tisch setzte. Neben Landesbauinspektor Grube saß Friedrich Zehner, der Baurat der Stadt Berlin, ein verschlossen wirkender Mann mit einer dicken Brille auf der knubbeligen Nase.

»Meine Herren«, eröffnete Grube die Runde, »wir sind zusammengekommen, weil es offensichtlich Ungereimtheiten mit dem geplanten Neubau des Kaufhauses Wertheim auf dem Areal der Königskolonnaden gibt.«

»Dabei ist es fragwürdig, dass diese Einwände ausgerechnet von meinem Konkurrenten Oscar Tietz kommen«, bemerkte Wertheim mit schneidender Stimme. »Man könnte glauben, er fürchtet unseren Neubau, weil seine Kunden künftig bei mir einkaufen könnten.«

Alfred sah zu Oscar, der ihm gegenübersaß. Die Miene seines Onkels war regungslos, doch Alfred kannte ihn gut genug, um zu wissen, dass es hinter seiner ruhigen Fassade brodelte.

»Es geht hier doch vielmehr darum, allgemeine Interessen zu wahren«, stellte Alfred klar. Er hatte keine Lust auf eine sinnlose Diskussion mit Wertheim.

»Hört, hört, der Sohn des Kölner Kaufhauskönigs gibt sich die Ehre«, bemerkte Wertheim mit einem süffisanten Lächeln auf den schmalen Lippen.

Oscar warf Alfred einen Blick zu. Er schien ihn anzuhalten, sich nicht von Wertheim provozieren zu lassen.

»Grund der allgemeinen Diskussion ist doch die zunehmende Verkehrsdichte Richtung Alexanderplatz«, moderierte Max Grube, der sichtlich um Neutralität bemüht war, die Runde.

»Ich würde mir gern einen Überblick über den aktuellen Stand der Planungen verschaffen«, bat Oscar.

»Sehr gern.« Grube erhob sich, trat an ein Kabinett und kehrte mit zusammengerollten, großformatigen Skizzen an den Konferenztisch zurück. Schweigend rollte er die Pläne so aus, dass alle Teilnehmer der Konferenz einen Blick darauf werfen konnten. »Hier«, sagte Grube und deutete mit dem Finger auf eine Stelle, die als Straße kenntlich gemacht war, »befinden sich die Säulenhallen, und hier«, er deutete auf einen angrenzenden Punkt, der als Freifläche gekennzeichnet war, »soll das neue Warenhaus entstehen.«

»Das wird eine enge Geschichte«, bemerkte Alfred. »Wenn Herr Wertheim seine Pläne so realisiert, wie er es vorhat, entsteht an dieser Stelle ein Nadelöhr, das lange Staus zur Folge hätte. Die Fußgänger laufen Gefahr, von einem Automobil überfahren zu werden, wenn sie die Straßenseite wechseln wollen, und das kann für Sie«, er sah Wertheim an, »auch nicht zielführend sein, wenn Ihre Kundschaft auf dem Weg zum neuen Kaufhaus überfahren wird, oder irre ich mich?«

Wertheim presste die Lippen aufeinander und schwieg. Dem Blick von Alfred hielt er aber stand. Nur an der tiefroten Verfärbung seines Gesichts war ihm seine Erregung anzusehen.

Sekundenlang herrschte eisiges Schweigen im Raum, dann erhob sich Wertheim. »Wie kommen Sie zu diesen Schlussfolgerungen?«

»Wir haben Maß genommen«, konterte Alfred selbstbewusst. »Und an der Stelle, wo Sie Ihr neues Kaufhaus planen, ist die Straße schon jetzt sehr eng und schwer zu befahren.«

Wertheim schüttelte missbilligend den Kopf. »Das ist Unsinn, werter Herr Tietz.«

»Wie Sie meinen«, entgegnete Alfred kühl. Er ließ sich nicht von Wertheim einschüchtern und erhob sich ebenfalls von seinem Platz. Alle Blicke waren auf ihn gerichtet, als er in die Innentasche seines Jacketts griff, um die zusammengefaltete Zeitung hervorzuziehen. »Sogar die Presse hat sich mit Ihrem fragwürdigen Anliegen auseinandergesetzt«, erklärte Alfred Wertheim. Dessen Miene verfinsterte sich, als er die Baugewerks-Zeitung in Alfreds Händen erkannte. »Es gibt einen Artikel, der auf die drohenden Missstände und Gefahren im Falle eines Neubaus in der von Ihnen gewünschten Größe hinweist, Herr Wertheim.«

Der Kaufmann setzte sich wieder und begann, mit seinen Architekten zu tuscheln. Die Geschäftspartner schienen auch keine griffigen Gegenargumente zu haben, was Wertheim offenbar zur Weißglut trieb. »Das ist doch …«, setzte er an, wurde jedoch durch eine Geste des Landesbauinspektors zum Schweigen gebracht. Grube schien zu wissen, was nun folgen würde, und lehnte sich zurück.

»Ich werde aus diesem Zeitungsbericht zitieren«, verkündete Alfred. Als niemand Einwände erhob, zog Alfred den Zeitungsartikel aus der Jackentasche. Sorgsam faltete er das Papier auseinander, dann las er vor: »Die nüchterne Architektur des Kaufhauses wird den prachtvollen Bau der Kolonnaden erdrücken und um jede Wirkung bringen.« Alfred ließ die Zeitung sinken und richtete den Blick auf Wertheim. »Ob das der Kaiser für gut befinden wird, wage ich zu bezweifeln.«

Der Landesbauinspektor und der Baurat der Stadt tauschten einen Blick, Grube zuckte mit den Schultern und deutete ein Nicken an. »Ihm ist an den Kolonnaden gelegen, so viel ist bekannt«, räumte er ein.

»Fragen Sie ihn«, schlug Oscar vor. »Fragen Sie Kaiser Wilhelm, und ich bin sicher, dass er unserer Meinung ist.«

Wertheim lachte. »Der Kaiser wurde längst über meine Neubaupläne informiert. Er hat nie Kritik daran geäußert.«

»Das Ensemble der bestehenden Häuser, die Kolonnaden und Ihr protziger Neubau würden nicht zusammenpassen«, behauptete Alfred.

»Die bestehenden Gebäude werden abgerissen, damit Platz für Neues entsteht«, erklärte Karl von Großheim.

»Ich glaube mich zu erinnern, dass es ursprünglich geplant war, Platz für den zunehmenden Verkehr zu schaffen, anstatt die Fläche zu bebauen«, sagte Oscar. »Der übrig bleibende Freiraum sollte ein Schmuckplatz für die Bürger der Stadt werden, ein Ort, um sich zu erholen. So habe ich es in der Zeitung gelesen, meine Herren.«

Alfred konnte sich ein stolzes Grinsen kaum verkneifen. Sein Onkel war gut vorbereitet, um sich den Argumenten seines Konkurrenten zu stellen.

»Für einen Schmuckplatz fehlt es der Stadt Berlin an Geld, fürchte ich«, sagte Landesbauinspektor Grube. Er dachte kurz nach, dann erhellte sich seine Miene. »Dann setzen wir die Kolonnaden eben um«, schlug er vor. »Ich könnte mir durchaus vorstellen, sie am jetzigen Standort abzutragen und an anderer Stelle, beispielsweise im botanischen Garten, neu aufbauen zu lassen.«

»Wer soll das bezahlen?«, fragte Heinrich Kayser. »Herr Wertheim vielleicht?« Seine Stimme triefte vor Hohn.

»Man könnte die Kolonnaden auch an Ort und Stelle belassen und die Bauflucht hinter die Säulen anordnen. So lägen die Schaufenster allerdings nicht direkt an der Straße«, überlegte Grube.

»Völlig inakzeptabel«, platzte es aus Wertheim heraus. »Warum sollte ich große Schaufensterflächen planen, wenn sie nicht einmal von der Straße aus in Augenschein genommen werden können?«

»Weil ansonsten die Straße nur vierundzwanzig Meter breit, oder besser schmal ist«, konterte Grube seelenruhig.

»Damit werden wir uns nicht zufriedengeben«, brummte Karl von Großheim, nachdem er kurz mit Kayser und Wertheim konferiert hatte.

»Dann, meine Herren«, Baurat Zehner lächelte die Drei verbindlich an, »fürchte ich, dass Sie Ihr Großkaufhaus nicht an dieser Stelle errichten dürfen.«

Grube stimmte ihm zu. »Ihre einzige Option wäre es, die Kolonaden versetzen zu lassen. Wenn Sie möchten, kann ich Ihnen dabei behilflich sein und Sie mit Maurermeister Jänicke in Verbindung setzen.«

»Das wäre ja noch schöner!«, schnaubte Wertheim mit tiefrotem Kopf. »Für so ein Unterfangen gebe ich keinen Pfennig her.«

»Dann bleibt es dabei«, sagte Grube. »Das Kaufhaus wird an dieser Stelle nicht errichtet werden.« Er blickte in die Runde. Da niemand mehr etwas zu sagen zu haben schien, hob er die Runde auf und wünschte allen einen angenehmen Tag. Am liebsten wäre Alfred jubelnd aufgesprungen, doch das verbot ihm der Anstand.

*

»Kaum zu glauben, wie gut wir das hingekriegt haben«, bemerkte Alfred draußen auf der Straße, nachdem Wertheim und seine Architekten grußlos von der Bildfläche verschwunden waren. Die Sonne stand hoch am Himmel und tauchte die Stadt in ein freundliches Licht.

»Wir?« Oscar lachte und klopfte ihm auf die Schulter. »Du, lieber Neffe. Du hast die Zeitung und damit die öffentliche Meinung zitiert. Und jetzt ist Wertheims neuer Palast vom Tisch.« Oscar strahlte. »Das müssen wir feiern, Alfred.«

Alfred hatte keine Einwände. Seite an Seite gingen sie die Straße hinunter zum Alexanderplatz. Das *Warenhaus Hermann Tietz* schien sie wie eine Trutzburg zu begrüßen. Männer und Frauen flanierten an der großen Fensterfront entlang und betrachteten die Auslagen hinter den Schaufenstern.

»Und damit«, bemerkte Alfred zufrieden, »bleibt dein Warenhaus das größte am Platz.«

Kapitel 40

Flora sah auf, als Leonhard den Raum betrat. Der Abend war hereingebrochen, und der Gesang einer Amsel im Garten drang durch das halb offene Fenster ihres Arbeitszimmers. Über dem Vorbereiten einer neuen Werbekampagne für den Herbst hatte sie offenbar die Zeit vergessen. Als das Klappern von Geschirr aus der Küche an ihre Ohren drang, spürte sie, dass ihr Magen knurrte.

»Hier steckst du also.« Lächelnd trat Leonhard näher. In seiner Hand hielt er eine Zeitung, in der er offenbar gerade gelesen hatte.

Flora stellte fest, dass die Schatten im Raum länger wurden, und schaltete die Schreibtischlampe ein. »Ich habe gar nicht gemerkt, wie spät es schon ist«, gestand sie.

Leonhard stellte sich hinter sie, legte die Zeitung beiseite und warf einen Blick auf die Skizzen. »Das sieht gut aus«, lobte er. »Nach all den Jahren merkt man immer noch, dass du die Reklame mit viel Herzblut machst.«

»Ich liebe es, die Vorzüge unserer Häuser anzupreisen«, erklärte Flora. »Auch wenn ich mich längst nicht mehr um jede Schaufensterdekoration kümmern kann, so gern ich es auch täte.«

Lächelnd legte er die Hände auf Floras Schultern und begann, sie mit sanftem Druck zu massieren. Ein wohliges Stöhnen kam über ihre Lippen. Sie legte den Kopf schräg und genoss seine Massage mit geschlossenen Augen. Erst jetzt fiel ihr auf, wie verspannt ihr Rücken vom stundenlangen Sitzen war.

»Was gibt es Neues?«, fragte sie schließlich und deutete auf die Zeitung.

»Die Presse lobt uns in den höchsten Tönen«, eröffnete er ihr mit feierlicher Miene. »Auch dank der neuen Häuser in Köln und Düsseldorf gehören wir zur internationalen Klasse der ganz großen Kaufhausunternehmer.« Stolz schwang in seiner Stimme mit.

»Das ist wunderbar, Leo.«

Er unterbrach seine Massage und trat einen halben Schritt zurück. »Das ist es, Bella, und ohne dich wären wir wohl niemals so weit gekommen.«

Sie nickte mit einem verschmitzten Lächeln. »Stimmt, wenn ich dich nicht gedrängt hätte, das kleine Geschäft von Herrn Holst zu übernehmen, wären wir vielleicht niemals Kaufleute geworden.«

Leonhard musste lachen. »Wahrscheinlich hast du recht.« Er nahm die Zeitung und schlug die Seite mit der Reportage über die neuen Kaufhäuser auf. Flora überflog die Zeilen des Reporters, der voller Lob über die *Tietz*-Häuser schrieb.

»Manchmal macht mir der Erfolg ein wenig Angst«, gestand Leonhard ihr.

»Warum?«

Er umrundete den Schreibtisch und setzte sich in einen der beiden Besucherstühle. Nachdem er die Beine übereinandergeschlagen hatte, betrachtete er sie über den Rand seiner Brille. »Seit Jahrzehnten sind wir vom Erfolg verwöhnt, aber inzwischen bemerke ich, dass sich die kritischen Stimmen mehren und der Ton, der gegen uns angeschlagen wird, sich verschärft.«

Flora nickte. Sie wusste, wovon ihr Mann sprach. Die hohen Steuersätze der Politik, die Gegner aus dem lokalen Einzelhandel, sogar ein paar judenfeindliche Gruppierungen machten ihnen das Leben schwer. »Wir dürfen uns nicht einschüchtern lassen«, sagte sie, erhob sich und streckte ihren schmerzenden Rücken.

Leonhard betrachtete sie nachdenklich. »Es ist eine Zeit des Wandels angebrochen.«

»Wir werden uns nicht unterkriegen lassen, egal was geschieht.«

»Das nicht, Bella, das nicht, und dennoch ängstigen mich manche Nachrichten, die uns ereilen.«

»Mit unserem Ideenreichtum werden wir uns immer neuen Herausforderungen stellen«, antwortete Flora voller Entschlossenheit. Sie sorgte sich um die Verfassung ihres Mannes. Nur selten erlebte sie ihn derart melancholisch. »Wie die Galleria damals im neuen Haus hier in Köln.«

Mit der Passage war ihnen tatsächlich ein Geniestreich gelungen. Zwischen der Hohen Straße und der Seitenstraße St. Agatha hatten sie eine Passage einarbeiten lassen, durch die man schlendern konnte. Das hohe Dach bestand aus gläsernen Kuppeln, die von Säulen und großen Schaufensterscheiben flankiert waren. Der so entstandene Gang lud zu jeder Tageszeit zum Flanieren ein und hatte bei seiner Eröffnung viel Beachtung gefunden. Leonhard hatte das vor vielen Jahren auf einer Italienreise gesehen. Die *Galleria Milano* hatte ihn und Flora inspiriert, so etwas auch in den neuen Kaufhäusern errichten zu lassen. Die kleine Passage galt in der Fachpresse und bei den Kölnern als eine architektonische Sensation.

»Daran sollten wir anknüpfen«, schlug Flora vor. »Wir könnten unsere anderen Häuser mit Galerien versehen, so dass die Menschen auch dort außerhalb unserer Öffnungszeiten trockenen Fußes bummeln gehen können.«

Leonhard nickte, schien mit den Gedanken aber woanders zu sein. Flora betrachtete ihn aufmerksam. Schließlich sprach sie ihn darauf an.

Er seufzte. »Weißt du, Bella, an manchen Tagen werde ich fast erdrückt von der Verantwortung, die auf unseren Schultern lastet. Nicht nur für die Belegschaft – auch für die Existenzen unserer Familie. Deine Brüder Sally und Max, meine Cousins, sie alle haben hohe Positionen im Konzern übernommen.«

»Aber sie lieben das, was sie tun«, warf Flora ein.

»Das glaube ich auch, und dennoch …« Obwohl Leonhard sehr wortgewandt war, schien er nun nach der richtigen Formulierung zu suchen. »Was, wenn wir scheitern? Wenn uns die Lasten der Politik, der Konkurrenz und der judenfeindlichen Vereine zum Scheitern bringen?«

»Du denkst an Alfred.«

Er sah zu ihr auf. »Ja, Flora. Wir stehen kurz davor, ihm die Leitung unseres Düsseldorfer Hauses zu übertragen. Er wird als junger und unerfahrener Kapitän sein Schiff durch eine stürmische See steuern müssen, um nicht unterzugehen. Er wird mehr als tausend Angestellte haben, für die er verantwortlich ist.«

»Das wird ihm die Gelegenheit geben, sich zu beweisen«, entgegnete Flora. Sie war sicher, dass ihr Sohn seiner neuen Aufgabe gewachsen sein würde. Alfred war intelligent und fleißig, und er brachte genügend Empathie mit, um das große Haus in Düsseldorf verantwortungsvoll, mit Herz und Verstand zu führen. »Und ich bin sicher, dass er stolz sein wird, wenn wir ihm diese Verantwortung übertragen.« Flora trat zu Leonhard, und er lehnte seinen Kopf an ihren Körper. Sie strich ihm zärtlich über den Kopf. »Unser Sohn wird es schaffen, Leonhard.«

»Und er wird eines Tages meine Nachfolge als Generaldirektor antreten«, murmelte er.

Als er zu ihr aufsah, bemerkte Flora, dass seine braunen Augen feucht schimmerten.

»Ja, das wird er. Bald werden wir Platz machen für die nächste Generation, Leo. Die Kinder sind erwachsen und bereit, unser Erbe anzutreten. Auch Gerhard wird bald zur Geschäftsführung zählen, die Kinder deiner Cousins, Julius Schloss, meine Neffen Ernst und Fritz – sie alle werden bald den Vorstand des Unternehmens innehaben, das wir aus dem kleinen Geschäft in Stralsund gemacht haben.« Als sie Leonhards melancholischen Blick sah, fuhr sie fort: »Das ist der Lauf der Dinge.«

»Ich weiß, Bella. Das ist es nicht, was mich umtreibt«, wisperte er.

»Was dann?«

Er drückte den Kopf in den Nacken und sah zu ihr auf. Plötzlich erschien er ihr nicht wie ihr starker Mann, den so schnell nichts erschüttern konnte. In diesem Moment wirkte er wie ein kleiner, schutzbedürftiger Junge.

»Was ist es, das dir solche Angst macht?«

Er zuckte mit den Schultern. »An manchen Tagen fühle ich mich alt und gebrechlich, Bella. Ich bin matt und ausgebrannt, weiß nicht, wie es weitergehen kann.«

»Ich mache mir keine Sorgen«, murmelte sie. »Bisher haben wir alle Hürden mit Bravour gemeistert.«

»Flora«, sagte er mit tränenerstickter Stimme, »ich habe seit einigen Tagen das untrügliche Gefühl, krank zu sein.«

Sie erschrak und spürte, wie ihr Herzschlag einen Moment lang aussetze. Sie bekam einen Kloß im Hals und wusste nicht, was sie ihm antworten sollte. »Wie kommst du darauf?«, fragte sie schließlich.

Er zuckte die Schultern. »Ich huste viel, besonders in den Morgen- und den Abendstunden. Sicher ist dir das auch schon aufgefallen. Ich fühle mich oft ausgelaugt und verspüre ständig das Bedürfnis, ein Nickerchen zu machen.«

Flora erinnerte sich an das Kanapee, das er sich neulich in seinem Büro hatte aufstellen lassen. Sie hatte dem nicht allzu viel Bedeutung beigemessen. Viele Geschäftsleute hatten ein kleines Sofa im Büro, auf dem sie an langen Arbeitstagen einen kurzen Mittagsschlaf hielten, um wieder zu Kräften zu kommen. Auch der Umstand, dass er an manchen Tagen, so wie heute, früher nach Hause kam als gewohnt, waren ihr nicht weiter aufgefallen. Geschweige denn, dass sie es mit einer möglichen Erkrankung in Verbindung gebracht hätte. Ihr war, als zöge sich eine Schlinge um ihren Hals zusammen. Flora spürte, wie ihre Knie weich wurden. Wie hatte sie all diese Zeichen nur übersehen können?

»Du solltest einen Arzt konsultieren«, sagte sie mit belegter Stimme.

»Das habe ich bereits getan.«

Sie wunderte sich, dass er nicht mit ihr darüber gesprochen hatte. Normalerweise vertrauten sie einander alles an.

»Ich … ich wollte dir keine Angst machen, Bella.« Er schien ihre Gedanken erraten zu haben und lächelte. »Du solltest dir keine Sorgen um mich machen.«

Tatsächlich hatte sie Leonhard in den letzten Tagen oft wortkarg und abgeschlagen erlebt, dem aber keine Beachtung geschenkt. Auch den Husten, der ihn seit einiger Zeit quälte, hatte sie nur für das Zeichen einer leichten Erkältung gehalten. Doch offenbar steckte sehr viel mehr dahinter.

»Und?«, fragte sie, während sie zurück auf ihren Stuhl sank. Sie hatte fruchtbare Angst vor seiner Antwort.

Leonhard betrachtete sie lange. »Der Arzt sagte, da wäre etwas in meiner Lunge.«

»Was heißt das?« Ihre Stimme klang brüchig. Für den Bruchteil einer Sekunde schloss sie die Augen und sah ihr gemeinsames Leben wie einen Film an sich vorüberziehen. Ihr Kennenlernen in Birnbaum, die Verlobung, die Geschäftseröffnung in Stralsund, die Geburten ihrer fünf Kinder, die Umzüge nach Elberfeld und nach Köln, der Bau ihrer Villa … Alles erschien ihr jetzt wie ein einziger Augenblick, der bald schon vorbei sein könnte. Ihre Hände zitterten.

»Der Arzt ist sich nicht sicher.«

»Aber man muss doch etwas tun können«, erwiderte Flora und ergriff seine Hand. »Leo, wir sind in der glücklichen Lage, genug Geld für die besten Ärzte zu haben. Sicher kann man dir helfen.«

»Das können wir nur hoffen«, antwortete er und rang sich ein mattes Lächeln ab. »Der Doktor meinte, es könnte Krebs sein.«

Kapitel 41

Eigentlich hatte Alfred wenig Lust darauf, sich mit Georg zu treffen, um an seiner Seite die Stadt unsicher zu machen. Bevor er zu seinem Cousin ging, hatte er Margarete noch zum Frauenverein begleitet.

»Treib es nicht zu wild«, hatte sie augenzwinkernd mit auf den Weg gegeben.

»Worauf du dich verlassen kannst«, hatte er geantwortet und sich mit einem Kuss von seiner Verlobten verabschiedet. Am liebsten hätte er den Abend mit ihr verbracht, aber sie musste arbeiten und sein Cousin Georg hatte darauf gedrungen, mit ihm wenigstens einmal um die Häuser zu ziehen, bevor er nach Köln zurückkehrte.

»Das Nachtleben der Hauptstadt muss man gesehen haben«, fand Georg und ließ Alfred wenig Spielraum, die Bitte abzulehnen. Also hatte er sich breitschlagen lassen und machte nun gute Miene zum bösen Spiel, denn wenn er schon nicht bei seiner Verlobten sein konnte, wäre er viel lieber früh zu Bett gegangen. Die nächsten Tage würden anstrengend genug werden.

So aber zogen Georg und er durch Revuetheater und Cabarets, erfreuten sich an den verschiedenen Darbietungen, die eine wilde Mischung aus Kunst und Kitsch waren und für jeden Nachtschwärmer das Richtige parat hielten.

Die Nacht war warm, die Stadt voll wie am helllichten Tag, und aus den Häusern drang eine Kakophonie aus unterschiedlichsten Musikrichtungen auf die Straßen.

Georg hatte ihn zunächst in das Metropol-Theater geführt, wo sie die Posse »Das Paradies der Frauen« gesehen hatten. Das Publikum im Parkett und den Logen war weltstädtischer, als Alfred es sich hätte vorstellen können. Die jungen Männer amüsierten sich prächtig, und nach der Vorstellung zogen sie weiter in ein kleines Cabaret, wo sie sich ein kühles Bier gönnten und dem Pianospieler lauschten, der rauchend auf der Tastatur herumklimperte und ungeniert den Damen nachschaute, die sich den Weg durch das Gedränge an ihm vorbei bahnten. Auch Georg nutzte den Abend, um den weiblichen Gästen viel Beachtung zu schenken. Ihm gefiel offenbar, was er sah.

Doch Alfred konnte nur sehnsüchtig an Margarete denken. Sie fehlte ihm sehr, und er freute sich bereits auf ihr Wiedersehen am nächsten Tag.

»Und du bist ganz sicher, dass Margarete die Richtige für dich ist?«, rief Georg über das Geklimper des Pianomannes und das Stimmengewirr der anderen Gäste hinweg.

Alfred nahm einen tiefen Schluck aus seinem Glas, betrachtete seinen Vetter und nickte heftig. Er beugte sich weit zu ihm herüber, um ihm direkt ins Ohr sprechen zu können.

»Es kann für mich nur die Eine geben.«

Georg lachte. »Andere Mütter haben auch schöne Töchter.«

»Mag sein, ich aber habe die Schönste.«

Sie prosteten sich zu und leerten ihre Gläser. Alfred sah Georg an, wie sehr er sich freute, dass sein Cousin mit ihm losgezogen war. Ihm zuliebe hatte er sich darauf eingelassen, und inzwischen erschien auch Alfred das Nachtleben Berlins wie ein einzigartiger Rausch, dem er nicht entkommen wollte.

»Na, schöner Mann, ganz allein hier?«, riss ihn die rauchige Stimme einer rothaarigen jungen Frau aus den Gedanken. »Ich bin Marlene.« Als Alfred sie ansah, sah er etwas in ihren blauen Augen, das ihn faszinierte. Sie war auf eine ganz besondere Art anziehend.

»Nein«, sagte Alfred, nachdem er seine Sprache wiedergefunden hatte. »Und ich bin verlobt. Aber der hier«, er zeigte auf Georg, der sich sichtlich amüsierte, »ist Junggeselle und würde sich über ein wenig Gesellschaft sicher sehr freuen.«

Georg stellte sich vor und orderte bei der Bedienung neue Getränke. Er machte eine einladende Geste, und Marlene ließ sich nicht lange bitten, den beiden jungen Männern Gesellschaft zu leisten.

*

In dieser Nacht fand Flora keine Ruhe. Aufgewühlt wälzte sie sich im Bett herum und beneidete Leonhard um seinen tiefen Schlaf. Sie betrachtete ihn im fahlen Licht des Mondes, das durch einen Spalt in den Gardinen ins Schlafzimmer fiel. Seine Gesichtszüge wirkten entspannt, er schien sogar im Schlaf zu lächeln.

Es könnte Krebs sein, hallten Leonhards Worte immer wieder in ihrem Kopf nach. Krebs! Warum um alles in der Welt hatte der Arzt diesen Verdacht geäußert? Diese heimtückische Krankheit kam einem Todesurteil gleich. Manche Patienten verstarben kurz nach der niederschmetternden Diagnose der Mediziner, andere lebten noch ein paar Jahre mit der Krankheit. Flora fragte sich, wie es bei Leo ablaufen würde, wenn sich der Verdacht seines Arztes bestätigen würde. Vor ihrem geistigen Auge spielte sich ein Film des Grauens ab. Sie sah, wie Leonhard abmagerte, kraftlos und zuletzt ein Schatten seiner selbst wurde. Sie sah sich weinend an seinem Grabe stehen. Es war ein Gefühl, als würde man ihr den Boden unter den Füßen wegziehen.

Wie sollte sie nur ohne ihren Leo leben?

Er war zu einem Teil von ihr geworden, ihr bester Freund, ihr Seelenverwandter und Geschäftspartner in einem, sie waren wie füreinander geschaffen. Und nun sollte das alles ein grausames Ende finden?

Flora zog die Bettdecke enger um sich. *Warum ausgerechnet Leonhard?*, fragte sie sich verzweifelt. *Warum?* Erst Heinrich, dann Onkel Hermann, und nun sollte Leonhard der nächste Mensch in ihrem Leben sein, der sie verließ?

So gern sie die schreckliche Vorstellung von Leonhards Tod verdrängt hätte, es gelang ihr einfach nicht. Eine Träne rann über Floras Gesicht, sie streckte die Hand nach ihrem schlafenden Mann aus und gab so dem dringenden Bedürfnis nach, ihn berühren, ihn fühlen zu müssen.

Eine Hoffnung blieb: Der Arzt könnte sich irren. Flora richtete sich im Bett auf und schmiedete einen Plan. Sie würde sich erkundigen, wo Leonhard eine zweite Meinung einholen könnte. Sie lebten schließlich im zwanzigsten Jahrhundert, einem modernen Zeitalter, und es musste doch irgendeine Koryphäe im Bereich der Krebsbehandlung geben. Und wenn nur eine winzig kleine Hoffnung auf eine Heilung bestand – sie würden sie ausschöpfen, sollte sich der Verdacht des Hausarztes bestätigen. Flora würde ihren Leonhard nicht so einfach hergeben. Dafür hatten sich nicht jahrelang gekämpft, um jetzt so mir nichts, dir nichts aufzugeben. Gleich morgen würde sie sich ans Werk machen und mit Leonhard einen anderen Arzt aufstöbern. Wenn sie eines über Krebs wusste, dann, dass man ihn schnell bekämpfen musste.

So schrecklich die Vorstellung auch war, der winzig kleine Hoffnungsschimmer, dass alles doch noch ein gutes Ende nehmen könnte, ließ sie ein wenig zur Ruhe kommen.

Flora sank zurück in die Laken, hauchte Leonhard einen Kuss auf die Wange und schmiegte sich so eng wie möglich an ihn. Seine Nähe zu spüren, verlieh ihr unendlich viel Kraft. Irgendwann in den Morgenstunden schlief sie endlich ein.

*

Zu vorgerückter Stunde betrat Jule die kleine Bar in der Seitenstraße. Noch zog sie nichts nach Hause, und müde war sie auch nicht. In dem Lokal herrschte Hochbetrieb, die Luft war rauchgeschwängert, überall wurde gelacht, getrunken und geflirtet.

Die anzüglichen Blicke, die ihr einige der Männer zuwarfen, ignorierte Jule und bestellte bei dem adretten Kellner einen Sekt. Während der junge Mann das Glas füllte, ließ Jule den Blick durch die Bar schweifen. Der Mann am Klavier klimperte lustlos auf der Tastatur herum, doch das schien niemanden der Gäste zu interessieren – alle waren mit sich selbst beschäftigt. Und dort drüben saß doch ...

»Ach nee, kiek mal eener an!« Jule traute ihren Augen nicht. Im schummrigen Licht des Lokals erkannte sie den jungen Tietz, in Begleitung eines Mannes in seinem Alter, der ihr ebenfalls vage bekannt vorkam. Doch die beiden Männer waren nicht allein. In ihrer Gesellschaft befand sich eine blutjunge, aufreizend bekleidete Frau, die sich köstlich zu amüsieren schien. Sie kicherte, kraulte dem einen Mann das Kinn und fuhr dem jungen Tietz durch das dichte Haar. Immer wieder prosteten sich die drei zu, leerten ihre Gläser in schnellen Zügen, nur um dann bei der Bedienung neue Getränke zu bestellen.

Jule wandte sich rasch ab, denn sie wollte nicht, dass der junge Tietz sie bemerkte. Vielleicht würde er sie aus dem Café Monopol wiedererkennen.

»Wenn det Grete wüsste«, murmelte sie vor sich hin und warf immer wieder verstohlene Blicke auf das flirtende Trio.

Als die drei schließlich gemeinsam das Lokal verließen, winkte sie hastig den Kellner zu sich, um die Rechnung zu begleichen. Sie würde die Verfolgung aufnehmen, um ihrer Freundin später berichten zu können, was ihr vermeintlich treuer Geliebter tat, wenn Margarete nicht in der Nähe war.

*

Ein eigenartiges, sägendes Geräusch riss ihn aus dem Schlaf. Als Alfred träge blinzelte, warf die Sonne bereits ihr goldenes Licht durch das Fenster. Geblendet kniff er die Augen zusammen und massierte sich die schmerzenden Schläfen. Es dauerte einen Moment, bis er sich orientiert hatte. Die Nacht war kurz gewesen, und er hatte viel getrunken, zu viel, um die Erinnerung an den vorangegangen Abend gleich abrufen zu können. Er fühlte sich nicht gut, sein Magen rebellierte, auf seiner Zunge lag ein pelziger Flaum. Wo war er?

Er blinzelte erneut und erkannte an der Deckenlampe und dem Muster der Tapeten, dass dies sein Hotelzimmer an der Bellevuestraße sein musste. Doch was, um Himmels willen, erzeugte dieses nervtötende Geräusch? Es schien aus seiner Nähe zu kommen, doch Alfred wagte nicht, den Kopf zu wenden. Sein Schädel drohte bei der kleinsten Bewegung zu platzen.

Mit einem dumpfen Gefühl registrierte Alfred, dass er offenbar völlig verkatert war. Regungslos blieb er liegen und versuchte, seine Gedanken zu sortieren. Zäh wie eine Gummimasse rannen die Fetzen der Erinnerung durch seinen Kopf.

Er wusste noch, wie er mit seinem Cousin losgezogen war. Georg wollte ihm unbedingt das Berliner Nachtleben zeigen, und es war zu einem rauschenden Fest ausgeartet. Sie waren durch Wirtshäuser, Cafés und kleine Theater gezogen und hatten jede Menge getrunken. Und Alfred erinnerte sich daran, dass er Margarete schmerzlich vermisst hatte. Was dann gefolgt war, vermochte er nicht zu sagen.

Alfred konnte sich nicht daran erinnern, wie er zurück zum Hotel gefunden hatte. Dem Stand der Sonne nach zu urteilen war es bereits später Vormittag. Sein Herz raste, und ihm fehlte die Kraft, sich aufzurichten.

Onkel Oscar erwartet mich sicher längst, dachte er voller Schuldgefühl. Dies waren seine letzten Tage in Berlin, und solange er für seinen Onkel arbeitete, wollte er fleißig und zuverlässig sein. Zuverlässig. Das Wort klang in seinem Kopf wie blanke Ironie. Zuverlässigkeit bedeutete auch, den Arbeitstag pünktlich zu beginnen.

Da war es wieder, dieses gleichmäßige, sägende Geräusch. Was um Himmels willen war das? Je länger Alfred mit seinem vernebelten Kopf darüber nachdachte, desto sicherer war er, dass es sich dabei um Schnarchen handelte. Aber wie konnte das sein? War er etwa nicht allein in seinem Hotelzimmer?

Er wagte es kaum, die Augen zu öffnen, um zu sehen, wer da bei ihm schlief. Krampfhaft versuchte er, sich daran zu erinnern, wie der Rest des Abends verlaufen war. Da war diese Bar gewesen. Ein Pianospieler, der diese Bezeichnung eigentlich nicht verdient hatte. Lieblos und laut hatte er auf seinem Holzkasten herumgeklimpert, dabei geraucht und literweise Bier getrunken. Bier hatte Alfred auch getrunken, offensichtlich zu viel Bier. Da war Georg gewesen, der ihm »mein Berlin bei Nacht«, wie er es schwärmerisch genannt hatte, zeigen wollte.

Na, das ist ihm gelungen, dachte Alfred bitter. Er konzentrierte sich wieder auf diese kleine Bar. Voll war es gewesen, trotz später Stunde, ungewöhnlich voll. Menschen feierten, rauchten und tranken ausgelassen. Männer und Frauen amüsierten sich, und ... Frauen? Langsam dämmerte es Alfred. Da war diese Frau gewesen, diese faszinierende rothaarige Frau mit dem tiefen Ausschnitt, die sich für ihn interessiert und sich zu ihnen gesellt hatte. Plötzlich hatten Gläser auf dem Tisch gestanden, in denen sich mit Sicherheit kein Bier befunden hatte. Irgendetwas Hochprozentiges, da war Alfred sich fast sicher. Doch ihm fehlte immer noch ein Stück seiner Erinnerung. So konnte er sich nicht mehr darauf entsinnen, wie es weitergegangen war. Auch, wie er zum Hotel gelangt war, blieb schleierhaft. Sein schlechtes Gewissen wurde immer schlimmer. Schließlich war er nicht irgendein dahergelaufener Trinker – er war Alfred Leonhard Tietz, der Sohn des großen Leonhard Tietz aus Köln. Ob er sich vor dem Hotelpersonal danebenbenommen hatte? So sehr er sich auch das Hirn zermarterte, er wusste es nicht und hoffte, dass ihm und der Belegschaft des Hauses unangenehme Situationen erspart geblieben waren.

Blieb noch die Frage, wer da neben ihm schnarchte. Er hatte eine böse Ahnung.

Als er vorsichtig den Kopf zur Seite drehte, war da wieder dieses elende Schwindelgefühl. Er musste aufpassen und kämpfte gegen die Übelkeit an. Vorsichtig, ganz vorsichtig wandte er den Kopf weiter nach links. Und hoffte sogleich, dass seine Augen ihm einen Streich spielten.

Auf der Stelle war Alfred hellwach. Da lag diese Frau aus der Bar neben ihm. Zusammengerollt wie ein Baby schlief sie und schnarchte dabei so laut wie ein Sägewerk. Schlimm genug, dass diese Frau in seinem Bett war – sie war auch noch äußerst spärlich bekleidet, trug nur ein Höschen und ein knappes Hemd, das sich im Schlaf nach oben gerollt hatte und den Blick auf einen Teil ihrer Taille und den flachen Bauch freigab. Ihre Haare trug sie offen. Die roten Strähnen lagen wie eine Gloriole um ihren Kopf.

Was habe ich getan?, schrie es in Alfred. Er richtete sich erschrocken auf und bereute die schnelle Bewegung auf der Stelle. Der Schwindel lähmte ihn sekundenlang. Schließlich nahm er all seinen Mut zusammen und warf einen zaghaften Blick unter die Bettdecke. Immerhin trug er seine Unterhose. Kurz sammelte er seine Kräfte, dann stieß er die Decke fort und rutschte an die Bettkante. Was auch immer hier geschehen war, er hätte alles gegeben, um es ungeschehen zu machen, doch das ging nicht. Nun würde er mit den Konsequenzen leben müssen.

Georg, wollte er schreien, *was hast du mir mit diesem Ausflug ins Nachtleben nur angetan*? Mit Mühe erhob er sich. Der Boden war kalt unter seinen nackten Füßen. Alfred glaubte sich daran zu erinnern, dass sich sonst ein kleiner Läufer neben dem Bett befunden hatte. Wo war der abgeblieben?

Als er sich vor die rätselhaften Frau stellte – er wusste nicht einmal mehr ihren Namen –, sah er auf der anderen Seite des Betts eine Gestalt auf dem Fußboden liegen, eingerollt in den Läufer.

»Georg«, murmelte Alfred, »hier steckst du also.« Er umrundete das Bett und ging neben seinem Cousin in die Hocke. Auf der Stelle wurde ihm wieder schwindelig. Er hielt kurz inne, um seine Schläfen zu massieren, dann packte er Georg an den Schultern und schüttelte ihn. »Hey, aufwachen – was um alles in der Welt treibst du in meinem Hotelzimmer?«

Von seinem Cousin war nur ein unwilliges Brummen zu hören.

»Das lasse ich nicht gelten«, rief Alfred und stupste Georg so lange an, bis er sich regte. »Sicher vermisst man uns längst. Dein Vater wird toben, wenn er das hier erfährt.« *Und Margarete wird mich auf der Stelle verlassen*, fügte er in Gedanken hinzu, als sein Blick die Frau auf dem Bett streifte, die ihm gerade ihren Hintern entgegenstreckte.

»Komm schon, du eigenartiger Bettvorleger«, rief Alfred und rüttelte am Arm seines Cousins.

Georg seufzte mit geschlossenen Augen. »Was machst du denn für einen Lärm, Alfi?«, fragte er verschlafen.

»Nenn mich nicht Alfi!«, rief Alfred erbost. Sein Cousin quittierte die Ermahnung mit einem Kichern. Er streckte sich und gähnte herzhaft.

»Was ist passiert?«, fragte Alfred voller Ungeduld, während er zum Schrank ging, sich ein frisches Hemd nahm und hineinschlüpfte.

Georg grinste. »Weißt du das wirklich nicht?«

»Würde ich sonst fragen?«, erwiderte Alfred, während er seine Hose vom Stuhl nahm und sie umständlich anzog. Auf einem Bein hüpfte er durch den Raum. »Es ist sicher längst Mittag, und wir …«

»Es ist Wochenende.«

»Was?« Alfred hielt mitten in der Bewegung inne.

»Es ist Wo-chen-en-de«, wiederholte Georg langsam, als sei Alfred schwer von Begriff. »Samstag, um genau zu sein.«

»Ich arbeite meistens auch samstags«, entgegnete Alfred und zog sich die Hose auch über das zweite Bein.

»Kannst du ja, musst du aber nicht.«

»Wie dem auch sei, ich – « Alfred brach ab und massierte sich die Stirn, hinter der es immer noch entsetzlich pochte. Er nahm sich vor, nie mehr so über die Stränge zu schlagen. Sein Blick fiel wieder auf das schlafende Mädchen im Bett. »Was ist mit ihr?«

»Was soll schon sein?« Georgs Grinsen wurde breiter. »Sie hat uns hierher begleitet, und wir haben uns ein wenig amüsiert, nachdem …«

»*Wir* haben uns amüsiert?« Alfred wurde es heiß und kalt. Was hatte er nur getan?

»Wir«, nickte Georg und zeigte erst auf sich, dann auf die schlafende Frau, »das bedeutet, Marlene und ich haben uns amüsiert. Du hast geschlafen wie ein Stein, mein Lieber.«

Alfred wurde vor lauter Erleichterung schwarz vor Augen. Er verspürte großen Durst, trat zu der Wasserkanne auf dem Kabinett und goss sich ein Glas ein. »Also habe ich mir nichts vorzuwerfen?«

Georg lachte. »Du meinst wegen Margarete?«

»Natürlich. Ich wäre untröstlich, wenn ich … du weißt schon.«

»Du kannst beruhigt sein, lieber Vetter, du hast nichts falsch gemacht. Das Amüsement lag ausschließlich bei Marlene und mir. Und wir haben …«

»Stopp«, rief Alfred dazwischen. »Ich will es gar nicht wissen.«

Georg zuckte unbekümmert die Schultern und erhob sich vom Fußboden. »Ich habe ihr den Platz im Bett überlassen«, kommentierte er, während Alfred sich verwundert fragte, warum es seinem Cousin offenbar deutlich besser ging als ihm selbst.

»Da merkt man, was du für gute Manieren hast«, brummte Alfred, trank einen Schluck und trat dann ans Fenster. Tatsächlich schien auf der Bellevuestraße weniger Verkehr zu herrschen als sonst. Wie konnte er nur vergessen, dass Samstag war und er heute nicht zu seinem Onkel ins Büro musste? Vielleicht konnten Margarete und er später etwas gemeinsam unternehmen. Das Wetter war auf ihrer Seite, und durch das Fensterglas spürte Alfred die wärmende Kraft der Sonne. Er atmete tief durch.

»Was soll denn dieser Lärm hier?«

Die Männer sahen zum Bett, wo sich Marlene in den Laken rekelte. Sie streckte sich und gähnte herzhaft. »Was glotzt ihr denn so?«, fragte Marlene, als sie keine Antwort bekam.

»Ich, wir … also …«, stammelte Alfred und gab Georg ein Zeichen. Sein Cousin räusperte sich und setzte sich auf die Bettkante. Sofort schmiegte sich Marlene an ihn. Als seine Hand über ihren Rücken strich, schnurrte sie wie ein Kätzchen.

»Ich muss jetzt los«, sagte Alfred eilig, schlüpfte in seine Jacke und trat zur Tür. »Seid bitte so gut und macht ein wenig Ordnung, bevor ihr geht. Das Zimmermädchen soll keinen falschen Eindruck bekommen.« Er hob die Hand zum Gruß, dann schlüpfte er aus dem Zimmer. Ihn hielt hier nichts mehr, und er brauchte dringend frische Luft.

*

An diesem Morgen herrschte eine bedrückte Stimmung in der Villa Tietz. Flora fühlte sich matt und kraftlos, sie hatte kaum ein Auge zugetan. Die Sorge um ihren geliebten Mann war unerträglich. Leonhard dagegen wirkte trotz der schlechten Nachrichten gut gelaunt und unbekümmert.

Beim Frühstück wagte sie es kaum, ihn auf ihr Gespräch vom Vorabend anzusprechen. Er summte ein leises Lied, als er das Esszimmer betrat und freundlich in die Runde grüßte, bevor er sich an den gedeckten Tisch setzte und sein Frühstücksei mit dem kleinen Löffel aufklopfte. Nachdem er die Schale an den Rand gelegt hatte, betrachtete er das Ei, als wäre es eine besondere Köstlichkeit. »Hervorragend«, befand er, dann schenkte er sich einen Tee ein. Der fruchtige Duft überlagerte den von Floras Milchkaffee.

Schließlich schien er Floras Traurigkeit zu bemerken. Er streckte den Arm aus und streichelte ihre Wange. »Alles wird gut, Bella«, sagte er sanft. Doch nun, da sie genauer hinsah, merkte sie, dass auch er schwer an der Hiobsbotschaft zu kauen hatte.

»Das hoffe ich, Leo«, antwortete sie leise und musste gegen die Tränen ankämpfen.

»Was ist denn los?«, erkundigte sich Änne, der nicht entgangen war, dass etwas nicht stimmte.

Die Eltern tauschten einen Blick und kamen zu dem stummen Entschluss, es ihrer Tochter nicht vorenthalten zu wollen.

»Mein Schatz, es gibt leider schlechte Neuigkeiten. Dein Vater ist krank«, sagte Flora mit bemüht ruhiger Stimme. »Sehr krank.«

Änne schlug erschrocken die Hände vor den Mund.

»Krebs, mein Kind, es ist vielleicht Krebs«, eröffnete Leonhard ihr. Auch er war um eine möglichst sorglose Fassade bemüht.

»Ist das nicht eine, na ja, eine unheilbare Krankheit?«, fragte Gerhard. Er betrachtete seinen Vater mit besorgtem Blick.

»Ach was«, sagte Leonhard. »Die Krebsforschung macht große Fortschritte. Vor einigen Jahren dachte man noch, dass Krebs eine Folge von Infektionen mit Mikroorganismen sei und so die Entstehung tumoröser Erkrankungen vergleichbar mit Tuberkulose.«

»Das ist ja gut und schön, dass man das nun besser weiß, aber bei deiner Heilung hilft uns das nicht«, bemerkte Flora.

»Da hast du recht«, gab Leonhard zu, »aber es zeigt, die Wissenschaft schreitet voran.«

»Ich fürchte nur, dass sie es vielleicht nicht schnell genug tut«, antwortete Flora bedrückt. Sie fühlte sich völlig hilflos. »Was hast du nun vor?«

Leonhard zuckte mit den Schultern. »Ich werde mir einen fähigen Arzt suchen und, wenn sich der Verdacht bestätigt, den Tumor operativ entfernen lassen.«

Flora war beeindruckt von der Haltung ihres Mannes. Sie fragte sich, ob er so sprach, weil er die Kinder nicht ängstigen wollte, oder ob sein Optimismus echt war. Gestern noch hatte er sehr niedergeschlagen auf sie gewirkt.

»Ich hoffe und bete, dass sich der Verdacht deines Hausarztes nicht bestätigt«, sagte sie leise und biss in ihr Brötchen, auch wenn sie keinen rechten Appetit hatte. Tief in ihrem Innern spürte sie, dass sich einige Dinge in ihrem Leben von nun an grundlegend ändern könnten.

Kapitel 42

Im fernen Berlin ahnte Alfred nicht, welch düstere Wolken über der Villa Tietz heraufzogen. Seine Vorfreude auf das Wiedersehen mit den Eltern, Änne, Luise und Gerhard wuchs beinahe stündlich. Am Morgen hatte er noch einen Brief abgeschickt, in dem er seinen Eltern von der bevorstehenden Fahrt nach Köln im Zeppelin berichtete.

Erschrocken blickte er auf, als es an der Tür seines Hotelzimmers klopfte.

»Sekunde!«, rief er und sprang auf. Nachdem er die Tür geöffnet hatte, sah er, dass Margarete auf dem Flur stand.

»Grete!«, rief er erfreut und wollte sich zu ihr herabbeugen, um sie zu küssen, als er ihren versteinerten Gesichtsausdruck bemerkte. Sie wich einen halben Schritt zurück.

»Stimmt etwas nicht?«, fragte er verwundert. Sie antwortete nicht, also bat er sie herein. Margarete zögerte, dann trat sie langsam in seine kleine Unterkunft.

»Das kannst du mir wohl am besten sagen«, erwiderte sie schließlich unterkühlt. Ihre Augen schienen Blitze in seine Richtung abzufeuern.

Ein Gefühl von Panik breitete sich in Alfred aus. Sein Herz raste, als er die Zimmertür schloss und ihr einen Stuhl zurechtschob. »Also«, sagte er, »was bedrückt dich?«

Sie setzte sich, ihre Haltung so steif wie die einer Modepuppe. »Was war das für eine Frau gestern Nacht?«

»Was?« Alfred zog die Stirn in Falten. »Wovon redest du?« Doch bevor sie antworten konnte, durchfuhr es ihn eiskalt. *Marlene*, dachte er erschrocken. Sie weiß von der wilden Nacht, woher auch immer. Dass er sich im Grunde nichts vorzuwerfen hatte, konnte Margarete ja nicht ahnen.

»Ach so, ich verstehe«, murmelte er kleinlaut. Alfred merkte, dass er zitterte. Wie sollte er seiner Liebsten nur glaubhaft machen, dass zwischen ihm und Marlene nichts geschehen war? »Mein Cousin Georg hat mich eingeladen, mit ihm um die Häuser zu ziehen.«

»Da war eine Frau bei dir, nicht dein Cousin«, stellte Margarete fest.

»Nein«, rief Alfred aufgebracht, »das heißt ... doch, natürlich, du meinst Marlene.«

»Ich habe keine Ahnung, wie sie heißt«, bemerkte Margarete spitz. »Es ist mir auch einerlei.« Sie schluckte. »Wie konntest du nur?« Tränen sammelten sich in ihren Augen. Alfred sprang vom Bettrand, auf den er eben gesunken war, wieder in die Höhe und machte Anstalten, sie zu umarmen. Doch Margarete schüttelte ihn ab.

»Grete, liebste Grete, du musst mir glauben – ich habe mir nichts zuschulden kommen lassen.«

»Das hat Jule anders berichtet.«

»Wer ist Jule?«

»Eine alte Freundin. Sie arbeitet als Ladenmädchen bei deinem Onkel. Sie hat mir erzählt, dass ...«

»Diese Jule hat da was falsch verstanden, Grete.«

»Warum sollte sie mich anlügen?« Margarete berichtete ihm, was sie von ihrer Freundin erfahren hatte. Er wagte nicht, sie zu unterbrechen, und sprach erst, nachdem sie ihre Ausführungen abgeschlossen hatte.

»Georg, mein Vetter, hat sie mit nach Hause genommen – also, hierher, ins Hotelzimmer. Wir waren betrunken, ich muss eingeschlafen sein und kann mich nicht daran erinnern, was die beiden getan haben.« Alfred schüttelte sich. »Genau genommen möchte ich es auch gar nicht wissen. Aber«, er sah ihr tief in die Augen, »du sollst wissen, dass ich nichts getan habe oder je tun würde, was dich so verletzen würde.«

Margarete dachte offenbar angestrengt nach. Sie rang mit den Händen, sah zu Boden und blickte ihn dann mit ernster Miene an. »Und du hast nicht mit dieser Marlene … ihr habt nicht, ich meine, ihr …«

»Nein«, rief Alfred, »egal, was du dir vorstellst, ich habe nichts mit dieser Frau gemacht.«

»Ich möchte dir glauben, Alfred, aber …« Ihre Stimme klang zweifelnd, aber schon ein wenig versöhnlicher.

»Du musst mir glauben, Grete. Ich würde niemals …«

»Versprochen?«

»Ja, ich verspreche es. Ich müsste ein Idiot sein, um dich zu betrügen!«

Margarete seufzte und ließ seine Worte nachklingen. »Gut«, sagte sie schließlich, »dann werde ich dir glauben.«

Ein zentnerschwerer Stein fiel von Alfreds Herzen. »Ich werde nie wieder etwas tun, was dein Vertrauen derart auf die Probe stellt«, schwor er ihr. Langsam nur beruhigte sich sein Herzschlag, denn der Gedanke, Margarete zu verlieren … Das würde er nicht verkraften.

Sie umarmten sich. Sanft trocknete er Margaretes Tränen. »Meine Grete«, sagte er leise, »ich möchte nicht, dass du traurig bist.« Er verspürte das dringende Bedürfnis, etwas wieder gutzumachen.

»Was hältst du von einer Bootsfahrt?«, fragte er so unvermittelt, dass Margarete ihn überrascht ansah.

»Eine was?«

»Mein Onkel ist Mitglied in einem Ruderklub am Kleinen Wannsee«, berichtete er. »Sicher können wir uns dort ein Boot ausleihen.«

»Das klingt traumhaft«, antwortete Margarete. Sie machte einen Schritt auf ihn zu, stellte sich auf die Zehenspitzen und berührte seinen Mund mit ihren Lippen. Er genoss ihre Nähe, die er um ein Haar für immer verloren hätte wegen einer einzigen Dummheit. So schnell wie möglich verdrängte er den Gedanken daran, gab sich ihren Zärtlichkeiten hin und schob sie sanft, aber bestimmt in Richtung Bett. Als sie in die weichen Laken sanken, verschwanden seine Sorge und Panik endgültig, und er gab sich ganz den Gefühlen hin, die sie in ihm auslöste.

*

Später brachen sie, ein wenig erschöpft, aber sehr glücklich, zum Kleinen Wannsee auf. Hier befand sich das mondäne Vereinshaus des Berliner Ruderklubs, in dessen Vorstand Oscar saß. Der Klub residierte in einer schlossähnlichen Villa, wo der Weg von einigen Umkleidekabinen mit hölzernen Spinden direkt zur Bootsanlegestelle führte. Oscar hatte den beiden jungen Leuten ein Boot reserviert, das sie für eine Ausfahrt auf den See nutzen konnten.

Nach anfänglichem Schaukeln hatte Alfred die Technik des Ruderns begriffen, und schon bald war er stolz darauf, seine Liebste über den See kutschieren zu können, um die wundervolle Aussicht zu genießen.

Margarete hatte sich auf ihrer Bank zurückgelehnt und beobachtete ihn bei seinen Ruderstößen. Sie sah zauberhaft aus in ihrem modischen cremefarbenen Kleid mit der breiten Bordüre und dem breiten Strohhut auf dem Kopf. Eine Zeit lang wurden sie von einer Entenfamilie begleitet, die sich aber irgendwann schnatternd verabschiedete.

Nach einer Weile bemerkte Alfred, dass Rudern sehr anstrengend war und seine Kondition allmählich zu wünschen übrig ließ. Doch vor Margarete wollte er keine Schwäche zeigen und trieb das Boot weiter auf den See hinaus. Von hier hatten sie einen ganz besonderen

Ausblick auf das Ufer des Kleinen Wannsees, an dem sich zahlreiche Menschen tummelten, um den freien Nachmittag zu genießen. Die Sonne glitzerte auf der Wasseroberfläche und zauberte Lichtreflexe auf Margarete, die das Gesicht der Sonne entgegenstreckte und die angenehme Wärme sichtlich genoss, während Alfred mit jedem Stoß weiter ins Schwitzen kam.

»Freust du dich auf zu Hause?«, fragte sie.

»Ich freue mich sehr«, antwortete Alfred. Er hielt beim Rudern inne, und sie genossen die Stille auf dem Wasser. Glucksend schlugen die Wellen gegen den Bootsrumpf, und die Stimmen und das Gelächter der Menschen am Ufer drangen aus weiter Ferne an ihre Ohren. »Meine Eltern, aber auch meine Geschwister fehlen mir sehr.«

»Wie sind sie, deine Geschwister?«

»Da ist Gerhard, er ist fünfzehn und macht gerade die Kaufmannslehre in unserem Unternehmen, ich glaube, Vater hat große Pläne mit ihm.«

»Ich könnte mir gut vorstellen, dass ihr in seine Fußstapfen treten werdet, wenn die Zeit dazu gekommen ist.«

»So ist es geplant. Und da ist Luise, meine Schwester. Sie ist ein typisches Mädchen.«

Margarete betrachtete ihn mit einem spöttischen Lächeln auf den Lippen. »Was ist denn deiner Meinung nach ein typisches Mädchen?«

Alfred lachte verlegen. »Nun, sie interessiert sich für Mode.«

»Also ist sie auch im Unternehmen deines Vaters tätig?«

»Nein, das Kaufmännische findet sie langweilig. So was überlässt sie ihrem Verlobten Oskar Eliel. Er ist Doktor der Rechtswissenschaft und sitzt im Aufsichtsrat der Leonhard-Tietz-Aktiengesellschaft. Er nimmt die rechtlichen Interessen wahr und steht meinem Vater in juristischen Fragen zur Seite.«

»Verstehst du dich mit ihm?«

»Oskar ist Doktor der *Rechtswissenschaft*«, wiederholte Alfred vielsagend und musste grinsen. Oft genug hatte er sich über die hölzerne Art von Oskar Eliel amüsiert.

»Ein ehrenwerter Beruf«, fand Margarete. »Was gibt es denn da zu grinsen?«

»Na ja, er ist so … steif, wie ich finde. Aber eigentlich ganz in Ordnung. Nur ab und zu frage ich mich, was Luise an ihm findet.«

»Sicher ist er ein netter Mann.«

Alfred nickte. »Ja, das ist er wirklich. Jeder Besuch im Haus meiner Eltern ist eine formvollendete Theateraufführung. Seine guten Manieren eilen ihm immer voraus.«

Margarete musste lachen. »Ich finde Männer, die sich benehmen können, extrem anziehend«, erwiderte sie mit einem Augenzwinkern.

Alfred bedachte sie mit einem gespielt entsetzten Blick. »Also habe ich bei unserem ersten Aufeinandertreffen alles falsch gemacht, was man nur falsch machen kann?«

Margarete lachte. »Unser Kennenlernen war … nun, etwas ungewöhnlich. Und trotz deines eigenartigen Angebotes kann ich mich über mangelndes Benehmen nicht beschweren.«

»Das bin ich aber erleichtert.«

»Gibt es noch mehr Geschwister?«

Alfred nickte. »Änne, unsere Jüngste, aber sie ist meistens eine richtige Zicke.«

Margarete schüttelte belustigt den Kopf. »Gesprochen wie ein typischer großer Bruder«, bemerkte sie. Dann wechselte sie das Thema. »Sag mal, wie kommen wir eigentlich ins Rheinland?«

Alfred schluckte. Bisher hatte sie ihm diese Frage nicht gestellt, und er war froh darum gewesen. Vermutlich war sie davon ausgegangen, dass sie mit der Bahn nach Köln fuhren, und fragte nun lediglich nach Details.

»Wir fahren …«, setzte er an, räusperte sich und suchte nach den richtigen Worten. »Mit dem Luftkreuzer.«

Margarete sah ihn an, als wäre er von allen guten Geistern verlassen, ihr Mund stand offen, dann lachte sie laut los. »Das ist herrlich«, gluckste sie. Alfred blieb ernst. Margarete bemerkte, dass er nicht in ihr Lachen einstimmte.

»Du machst doch Witze, oder?«, versicherte sie sich vorsichtig.

»Nein«, antwortete er. »Mein Onkel hat dafür gesorgt, dass uns der Zeppelin nach Köln bringt.« Er berichtete ihr, dass sie zu den ersten Fahrgästen gehören würden, die das Luftschiff als ein Personenbeförderungsmittel erleben konnten. »Die erste reguläre Fahrt mit Passagieren gilt der Presse.«

»Du bist aber kein Reporter, und als Fotografin tauge ich sicher auch nicht«, bemerkte Margarete spitz.

»Trotzdem ist es Onkel Oscar gelungen, uns Tickets zu besorgen, damit wir auf dem kürzesten Wege nach Köln kommen.«

Margarete betrachtete ihn nachdenklich. »Ich weiß nicht, ob ich das möchte.«

»Du wirst es lieben«, versicherte Alfred ihr. »Wir erreichen unser Ziel schneller als jeder Zug, wir haben während der Fahrt einen traumhaften Ausblick, und wir werden verwöhnt wie die Passagiere eines Dampfers auf hoher See.«

»Es ist den Vögeln vorbehalten zu fliegen«, wandte sie ein.

»Deshalb fliegen wir ja auch nicht, sondern wir fahren durch die Luft«, argumentierte er. »Du musst keine Angst haben, der Graf von Zeppelin ist ein Genie.«

»Ich habe gehört, dass keines seiner Luftschiffe die Fahrten unbeschadet überstanden hat.«

»Er hat zahlreiche Testfahrten unternommen und Erfahrungen gesammelt, ich bin überzeugt, dass es inzwischen ziemlich sicher ist«, erklärte Alfred. »Und eine Fahrt mit dem Luftschiff ist eben

Abenteuer und Luxus zugleich.« Als sie nichts erwiderte, begann er, sich ernsthaft Sorgen zu machen. Drohte sein Vorhaben etwa in letzter Minute zu scheitern? »Du kommst doch mit, oder?«

Margarete betrachtete ihn nachdenklich.

»Wenn nicht … nehmen wir selbstverständlich die Bahn. Mit dem Zug kommen wir auch nach Köln – oder mit der Kutsche, mir ganz egal, notfalls gehen wir auch zu Fuß, Liebste.«

Margarete lachte. »Wie lange sollen wir denn da unterwegs sein?«

»Egal, ich liebe dich und ich genieße jede Minute, die wir miteinander verbringen.« Alfred sprach voller Inbrunst. »Und deshalb ist mir egal, mit welchem Verkehrsmittel wir in unsere gemeinsame Zukunft starten.«

»Das hast du schön gesagt.« Margarete erhob sich von ihrer Holzbank. Prompt schaukelte das Boot. Es neigte sich gefährlich, und Alfred verlagerte hastig sein eigenes Gewicht auf die gegenüberliegende Seite, um ein Kentern zu verhindern. Doch Margarete hatte das Gleichgewicht verloren. Wild ruderte sie mit den Armen, taumelte mit schreckstarrem Blick und versuchte, das Schaukeln des Bootes abzufedern. Ein spitzer Schrei kam über ihre Lippen. Alfred sprang beherzt auf, wollte ihr zur Hilfe eilen, kam jedoch einen Wimpernschlag zu spät und konnte nicht verhindern, dass sich das kleine Boot noch weiter zur Seite neigte. Strauchelnd kippte Margarete um, und noch bevor das Wasser über die hölzerne Flanke in den Rumpf laufen konnte, fiel sie mit einem lauten Platschen ins Wasser.

Ihr entsetzter Schrei hatte die Aufmerksamkeit der Menschen am Ufer erregt. Stimmen drangen an ihre Ohren, doch Alfred achtete nicht darauf. Er zog in Windeseile sein Jackett aus und warf sich mit einem Hechtsprung in den See.

Mit einigen kräftigen Schwimmzügen erreichte er Margarete,

schlang die Arme um sie und zog sie zum herrenlosen Ruderboot zurück. Sie klammerte sich nach Luft schnappend am Rand des Bootes fest und ließ sich von Alfred hineinheben.

»Das war knapp«, keuchte sie, während sie erschöpft auf die Bank sank und wehmütig dem Strohhut nachsah, der auf der Wasseroberfläche davontrieb.

»Geht es dir gut?«, fragte Alfred besorgt, als sie hustete.

Margarete nickte. »Ich habe wohl Wasser geschluckt«, antwortete sie, »ein Jammer, dass ich nicht richtig schwimmen kann.« »Du wirst es lernen, sobald wir in Köln sind«, versicherte er ihr. »Geht's wieder?«

»Ja, danke. Aber …« Sie sah wieder zum See hinaus, »der schöne Hut.«

Alfred folgte ihrem Blick. Er war nass bis auf die Haut und musste einen erneuten Sprung ins Wasser nicht scheuen. So sprang er erneut ins Wasser und kraulte zu der Stelle, an der Margaretes Strohhut im Wasser trieb. Mit einer Hand schnappte er ihn sich, machte kehrt und schwamm zurück zum Boot. Als er sich über den Rumpf ins Innere gezogen hatte, überreichte er ihr den nassen Hut. Beherzt griff Margarete danach, um ihn aufzusetzen. Dass sie selbst auch völlig durchnässt war und ihre Haare strähnig unter der Kopfbedeckung hervorlugten, ignorierte sie.

Erst, als die Menschen am Ufer ihnen begeistert zuwinkten und applaudierten, fiel ihnen wieder ein, dass sie nicht allein waren. Alfreds Rettungsaktion war nicht unbeobachtet geblieben.

»Schau nur«, sagte Margarete und lachte trotz der misslichen Situation, in der sie sich befanden, »sie feiern deinen heldenhaften Auftritt.«

»Na, wenn das kein gutes Zeichen ist!«, rief Alfred, der die Tasche seines trocken gebliebenen Jacketts öffnete, um ihr ein Taschentuch zu reichen. Sie trocknete sich damit das Gesicht ab. Er war froh, dass ihr Sturz ins Wasser so glimpflich verlaufen war, und freute sich, als sie ihren Retter voller Dankbarkeit küsste.

»Ein Boot scheint jedenfalls kein geeignetes Verkehrsmittel zu sein«, bemerkte sie schließlich, während sie in seinen Armen lag. »Vielleicht sollten wir es dann doch mit dem Luftschiff versuchen.«

*

Nach ihrer abenteuerlichen Bootsfahrt fuhren Alfred und Margarete zur Wohnung von Margaretes Eltern. Ihre Kleidung war noch immer feucht und ihre Frisuren sahen ramponiert aus. Entsprechend überrascht guckte Albert Dzialoszynski, der ihnen die Tür öffnete.

»Was ist euch denn zugestoßen?«, fragte er. »Ihr seht aus wie zwei begossene Pudel.«

Emma tauchte hinter ihm auf. »Oje«, rief sie, »dann kommt erst einmal rein und zieht euch um. Es wäre doch ein Jammer, wenn ihr euch jetzt eine Erkältung zuziehen würdet.«

Margarete tauschte einen raschen Blick mit Alfred, der stumm nickte. »Alfred ist mein Held«, sagte sie und streichelte ihm die Schulter. »Er hat mich vor dem Ertrinken gerettet.«

Sie betraten den Korridor der Wohnung. Emma drückte die Tür ins Schloss. »Wie ist es denn dazu gekommen?«

»Ich habe Margarete zu einem Ausflug auf den See eingeladen«, antwortete Alfred. »Dabei wäre das Boot um ein Haar gekentert.«

»Weil ich nicht sitzen geblieben bin«, ergänzte Margarete. »Ich bin aufgestanden, wollte zu Alfred, dabei habe ich das Gleichgewicht verloren, weil das Boot schaukelte, und bin ins Wasser gefallen.« Sie lächelte ihren Verlobten dankbar an. »Und Alfred hat keine Sekunde gezögert, mich zu retten.«

»Das hätte jeder andere genauso gemacht«, behauptete Alfred.

Alberts Augen schienen stolz aufzublitzen. »Das war sehr mutig«, sagte er. Emma brachte ihnen Handtücher, die sie ihnen um die Schultern legte.

»Ich bin ein Hornochse«, fügte Albert bedauernd hinzu.

»Was? Warum sagst du das, Vater?«, fragte Margarete verdutzt.

»Weil ich es versäumt habe, dir das Schwimmen beizubringen, mein Kind.« Ihr Vater betrachtete Alfred und klopfte ihm auf die Schulter. »Umso besser, dass Sie des Schwimmens offenbar fähig sind und Grete aus dem Wasser gezogen haben.«

»Ja, allerdings. Wenn ich ihn nicht gehabt hätte …«

»Dann wärst du wohl auch nicht mit dem Boot auf dem Wannsee unterwegs gewesen«, beendete Alfred den ihren Satz. »Alles ist gut gegangen, und mehr zählt nicht.«

Am liebsten hätte sie sich auf die Zehenspitzen gestellt, um ihn zu küssen. Doch sie genierte sich, das im Beisein ihres Vaters zu tun.

»Ihr habt noch viel vor heute?«, wechselte Albert das Thema.

»Wir sind bei Alfreds Onkel zum Essen eingeladen. Aber erst mal müssen wir uns umziehen, da können wir unmöglich in diesem Aufzug erscheinen.« Margarete versuchte sich an einem Lächeln. »Und wir müssen noch packen, denn schon morgen geht es nach Köln.« Sosehr sie sich auch auf den Beginn ihres neuen Lebens in Köln freute, der Abschied von ihren Eltern und von Berlin würde ihr sehr schwerfallen. Allein der letzte Unterricht in der Schule war ihr nahegegangen. Die Kinder ihrer Klasse hatten ihr zum Abschied noch ein Lied von Wehmut und Neubeginn gesungen. Sie war zu Tränen gerührt gewesen und hatte sich abwenden müssen, damit keines der Kinder sie weinen sah.

»So schnell«, bemerkte Emma enttäuscht und traurig.

»Ich fürchte, ja. Mein Onkel bringt uns morgen in aller Herrgottsfrühe zum Flugfeld, wo das Luftschiff abheben wird.« Er zögerte und sah zu Margarete. »Du bist also wirklich einverstanden damit, dass wir den Zeppelin nehmen?«

Sie nickte. »Ich bin zwar immer noch nicht begeistert von dem Gedanken, so hoch oben durch die Luft zu fliegen, äh, *fahren*, aber du hast recht – das ist die Art von Abenteuer, von dem wir noch unseren Kindern erzählen werden.«

»Der närrische Graf vom Bodensee hat es also wirklich geschafft und sich seinen Traum vom Fliegen erfüllt«, kommentierte Albert lächelnd und klang dabei so, als verbinde ihn eine lange Freundschaft mit Ferdinand Graf von Zeppelin. *Seine weltmännische Art wird mir fehlen*, dachte sie voller Wehmut, als sie ihre Kammer betraten, um ihre Habseligkeiten in einen großen Lederkoffer zu packen. Nun gab es also kein Zurück mehr. Ihr neues Leben würde schon morgen beginnen.

Kapitel 43

An diesem Abend kam Leonhard früher nach Hause als gewohnt. Flora, die selbst eben erst von einer Sitzung des Kölner Frauenklubs am Neumarkt zurückgekommen war, sah überrascht auf, als sein Automobil schon am späten Nachmittag die Einfahrt hinaufkam. Sie hatte die Post gesichtet und sich über einen Brief aus Berlin gefreut. Alfreds Heimkehr stand unmittelbar bevor, und er würde nicht allein kommen. Er würde seine Verlobte mitbringen.

Vom Schreibtisch aus konnte Flora ihren Mann durch das Fenster beobachten. Er wirkte weniger agil als sonst, seine Schultern hingen, und sein Gang war bei Weitem nicht so kraftvoll, wie sie es von ihm kannte. Als er den Wagen abgeschlossen hatte und sich zum Haus wandte, sah er sie am Fenster stehen.

Leonhard winkte ihr lächelnd zu, streckte den Rücken durch und bemühte sich um einen aufrechten Gang. Doch Flora blieb nicht verborgen, dass es ihm schlecht ging. Ihr Mann war ein guter Tänzer, ein guter Unterhalter, er war wortgewandt und blitzgescheit – aber er war ein miserabler Schauspieler. Für Flora war nicht zu übersehen, wie es ihm wirklich ging. Sofort wurde sie wieder von der Angst ergriffen, die sie immer wieder packte, wenn sie sich an das Gespräch erinnerte, in dem er ihr den Verdacht des Arztes, er leide an Krebs, mitgeteilt hatte.

Inzwischen hatte Leonhard das Haus erreicht, und nach ein paar Minuten betrat er ihr Zimmer.

»Hallo, Bella.« Obwohl er lächelte, wirkte er müde und matt. Er schien in den letzten Stunden um Jahre gealtert zu sein. Dunkle Ringe lagen unter seinen Augen, die am Morgen flüchtig durchgeführte Rasur ließ die Schatten in seinem Gesicht tiefer wirken, und sein Haar stand ein wenig wirr vom Kopf ab.

»Hallo, mein Lieber. Du bist aber früh zurück.«

»Es ist Samstag«, erinnerte er sie. »Außerdem wollte ich heute mal früher bei dir sein.« Zärtlich schloss er sie in die Arme. »Du hast mir gefehlt«, gestand er ihr. Als sie zu ihm aufblickte, ahnte Flora, dass er ihr nur die halbe Wahrheit sagte. Doch er wirkte ungewohnt schutzbedürftig, und sie sprach ihn nicht darauf an.

»Wir haben Post erhalten«, eröffnete sie ihm stattdessen. Sie löste sich sanft aus seiner Umarmung und zog den Brief ihres Sohnes aus der ledernen Postmappe.

»Ich hoffe, es sind gute Nachrichten?« Leonhard sank mit einem Seufzer auf den Stuhl am Fenster und faltete den Brief auseinander. Ein verzücktes Lächeln trat auf seine Lippen, als er die Worte darin las, und seine Augen schimmerten vor Rührung, als er zu ihr aufsah. »Wie schön«, sagte er. »Unser Junge wird erwachsen.«

»Ist er das nicht längst?«, frage Flora lachend. »Schließlich ist er sechsundzwanzig.«

»Trotzdem«, erwiderte Leonhard verschmitzt, »wird er erst jetzt richtig erwachsen, denn eine Frau gab es in seinem Leben bisher nicht.«

»Jedenfalls nicht, dass wir wüssten.«

»Wie schön, dass er uns nun seine Braut vorstellen will.«

»Ja, aber Leo, er und seine Grete kommen mit diesem … Ding. Ich habe offen gestanden Angst um die beiden.«

Leonhard überflog die Zeilen erneut. »Sie reisen mit dem Luftschiff des Grafen Zeppelin«, bestätigte er schließlich. »Ich begrüße diese moderne Art zu reisen.«

»Es klingt sehr gefährlich«, wandte Flora ein, die die Euphorie ihres Mannes nicht teilen konnte. »Was, wenn dieses Fluggerät abstürzt?«

»Das wird es schon nicht, Bella, der Graf weiß, was er tut. Die beiden werden unbeschadet bei uns eintreffen.«

*

Margarete war beeindruckt, als Alfred sie durch den parkähnlichen Vorgarten der Villa seines Onkels führte, die sich unweit des Seeufers in den wolkenlosen Himmel zu recken schien. In einem der zahlreichen Bäume zwitscherte eine Amsel.

Fasziniert betrachtete Margarete die prächtige Villa. Das imposante Haus erschien ihr so herrschaftlich wie ein Schloss. Eine kniehohe Buchsbaumhecke säumte ihren Weg, der zwischen den fein gestutzten englischen Rasen geradewegs auf das Haus von Oscar Tietz zuführte. Das Portal mit seiner breiten Treppe wurde von mächtigen Säulen flankiert, die den Eindruck erweckten, man würde sich vor einem Tempel befinden.

Rechts und links des Eingangs gab es bodentiefe Fenster, die nachts von dunkelgrünen Fensterläden geschützt wurden. Efeu rankte sich an der Fassade hinauf bis zu dem elegant geschwungenen Walmdach. Schmetterlinge taumelten zwischen den säuberlich gestutzten Büschen umher, in den Wipfeln der alten Kastanien sangen die Vögel. Die reinste Idylle. Margarete kam aus dem Staunen nicht heraus. Alfred blieb an ihrer Seite stehen und fragte sie, ob es ihr gefiel.

»Es ist wunderschön hier«, schwärmte sie und bekam eine erste Vorstellung von dem, was sie bei der Villa Tietz in Köln erwartete. Sie teilte diesen Gedanken mit Alfred.

»Onkel Oscar und Tante Betty mögen es pompös«, erklärte er. »Bei uns in Köln hingegen ist es eher schlicht, du wirst es bald schon sehen.«

Margarete nickte, aber angesichts dieses Prachtbaus war sie sicher, dass auch ein nach Alberts Maßstäben »schlichtes« Haus sie völlig überwältigen würde. Zum ersten Mal bekam sie einen richtigen Eindruck vom Reichtum der Familie Tietz. Fast war es ihr unheimlich, dass sie schon bald dazugehören sollte. Ihre Eltern stammten schließlich aus einfachen Verhältnissen und konnten sich gerade einmal eine großzügig geschnittene Mietwohnung leisten, die ihr im Vergleich mit der Residenz von Alfreds Onkel wie ein dunkles Loch erschien.

In diesem Moment öffnete sich die Tür am Ende der Treppe und ein Dienstmädchen bat sie herein.

»Die Herrschaften erwarten Sie bereits.«

Margarete fühlte sich unwohl. Sie hatte während ihres Studiums viel von den unterschiedlichen Gesellschaftsschichten gelernt und war sich darüber bewusst, dass die Familie Tietz zu einer der wohlhabendsten im preußischen Reich zählte. Wie sollte sie je zu so einer Familiendynastie dazugehören?

Alfred schien ihre Verunsicherung zu spüren. Liebevoll legte er einen Arm um ihre Schultern. Sie fühlte sich sofort besser.

»Ich liebe dich nicht wegen deines Reichtums«, raunte sie Alfred ins Ohr, als das Dienstmädchen sie allein ließ, um ihre Ankunft zu melden.

Er lachte leise. »Na, das will ich doch hoffen.«

»Die Herrschaften lassen bitten.« Die Hausdame war zurückgekehrt.

Margarete fühlte sich völlig fehl am Platz. Es war ihr, als würde ein Mädchen aus einfachsten Verhältnissen einen König heiraten wollen. Alfred drückte sie fester an sich. Sein aufmunterndes Lächeln tat ihr gut. »Bist du bereit?«, flüsterte er.

Margarete nickte entschlossen und ließ sich von ihm in das Speisezimmer führen, wo Oscar und Betty Tietz sie in Empfang nahmen.

Margarete schätzte die beiden auf Anfang, vielleicht Mitte fünfzig.

Alfreds Tante Betty war schlank, ihr rotes Haar hatte sie zu einer modischen Frisur hochgesteckt, und das Kleid aus zarter Seide schmeichelte ihrem Körper sehr. In Oscar Tietz glaubte Margarete, eine Ähnlichkeit zu seinem Neffen zu erkennen. Sie hatten die gleichen treu dreinblickenden braunen Augen und dunklen Haare. Oscars Gesicht war rund, der Schnurrbart in bester Kaisermanier buschig. Er trug einen weinroten Maßanzug, ein blütenweißes Hemd und eine grünschimmernde Seidenkrawatte, die von einem dunkelroten Muster durchzogen war, was mit der Farbe des Anzuges korrespondierte. Das war er also, der Kaufmann, der berühmte Warenhauspionier und Handelsvisionär. Margarete betrachtete Alfreds Onkel voller Ehrfurcht. Bei all dem Ruhm, den er in seinem Berufsleben erlangt hatte, wirkte er überraschend bodenständig und sanftmütig.

»Treten Sie näher«, forderte er seine Gäste lächelnd auf und breitete einladend die Arme aus.

»Onkel Oscar, Tante Betty – das ist Margarete Dzialoszynski, meine Verlobte.«

»Angenehm«, sagte Betty Tietz mit einem liebevollen Lächeln. Sie reichte erst Margarete, dann ihrem Neffen die Hand. Margarete knickste vor den Gastgebern.

»Sie ist ja noch viel schöner, als du sie mir beschrieben hast«, fand Oscar, während er Margaretes Hand ergriff. »Sehr erfreut, meine Dame.«

Margarete errötete. Obwohl sie die Regeln der Höflichkeit nicht nur aus dem Lehrbuch kannte, wusste sie in diesem Moment nicht, was sie erwidern sollte. So beließ sie es bei einem herzlichen Dank für das Kompliment.

»Meine Frau Rebecka«, stellte Oscar Tietz ihr seine Frau vor. »Wir alle nennen sie Betty.«

»Sehr angenehm, Frau Tietz«, sagte Margarete.

»Ach was«, rief Oscar gut gelaunt dazwischen, »erlauben Sie uns, Du zueinander zu sagen. In naher Zukunft gehörst du ja ohnehin zur Familie.«

»Und du bist an unserem schönsten Tag mein Trauzeuge«, bemerkte Alfred.

»So ist es.« Oscar strahlte und nahm Margarete ein wenig die Angst, die sie beim Betreten des hochherrschaftlichen Hauses befallen hatte. Wer auch immer dieser Warenhauskönig war, von dem in Berlin alle redeten – für Margarete war Oscar Tietz ein herzlicher Mensch, der sie mit offenen Armen in der Familie begrüßt hatte. Und damit ähnelte er seinem Neffen sehr, der kaum einen Unterschied zwischen Arm und Reich machte. »Ich weiß nicht, wie es euch geht, aber ich für meinen Teil habe einen Bärenhunger«, fuhr Oscar fort.

Erst jetzt bemerkte Margarete, dass der Tisch des Speisezimmers wie eine königliche Tafel gedeckt war. Ein würziger Bratenduft ließ ihr das Wasser im Munde zusammenlaufen.

»Setzen wir uns doch«, schlug Betty vor und deutete auf die Stühle. Nachdem sie Platz genommen hatten, erschien ein Dienstmädchen und schenkte ihnen vom Spätburgunder Rotwein ein. Oscar hob sein Glas. »Ein Toast auf die Familie«, rief er. Sie prosteten sich zu und Margarete spürte, wie sie sich langsam immer wohler fühlte. Auch Alfreds Tante Betty schien eine warmherzige Person zu sein, ihre smaragdgrünen Augen funkelten ihr freundlich zu.

Betty betätigte die Glocke, und einen kurzen Moment später erschienen zwei weitere junge Mädchen, die ihnen die Teller füllten.

So etwas hatte Margarete noch nie gesehen. Kurz dachte sie an die Familien der armen Kinder, die sie unterrichtet hatte. In anderen Gegenden der Hauptstadt mussten Menschen für eine warme Mahlzeit am Tag kämpfen, und hier gab es Braten, Rotkohl und Kartoffeln an feinster Sauce, der ihnen von Hausangestellten kredenzt wurde. *Die*

Welt ist ungerecht, dachte sie und nahm sich vor, nach ihrer Ankunft in Köln unbedingt wieder karikativ tätig zu werden.

Während des Essens stellte Margarete interessierte Fragen über die Position von Alfreds Onkel in der Berliner Geschäftswelt.

»Uns weht ein rauer Wind entgegen«, erzählte er ihr. Sein Miene war ernst. »Ich habe mich in all den Jahren als Kaufmann immer für mehr Gerechtigkeit eingesetzt, habe eine Pensionskasse für meine Belegschaft eingeführt, damit niemand im Alter Not leiden muss, ich habe drei Berufsschulen bauen lassen, in der wir unseren Nachwuchs ausbilden, ich habe so etwas wie eine soziale Marktwirtschaft etabliert – das alles trifft trotz meiner guten Absichten bedauerlicherweise nicht nur auf Zustimmung bei den Menschen.«

»Warum ist das so?«, wollte Margarete wissen. »Wenn Sie sich für die Menschen einsetzen, sie unterstützen, wie kann man Ihnen das verübeln?«

Oscar legte das Besteck beiseite und betrachtete sie nachdenklich. »Das, mein Kind, kann ich dir leider nicht beantworten. Es gibt Zeitgenossen, die das als übergriffig bewerten, die mir vorwerfen, ich würde die Geschäftswelt revolutionieren und in der Arbeiterschicht Begehrlichkeiten wecken, die von den Arbeitgebern Investitionen erfordern. Das möchte niemand, dem nur sein eigenes Wohl am Herzen liegt.«

»Aber Sie lassen sich nicht unterkriegen.« Ihr fiel auf, dass sie Oscar immer wieder siezte. Das Du ging ihr angesichts seines Alters und seines Wohlstands nur schwer über die Lippen, dabei war Oscar ihr ausgesprochen sympathisch.

»Natürlich nicht.« Er schüttelte den Kopf. »Ich werde genauso weitermachen, wie ich angefangen habe. Ich weiß, dass unsere Angestellten ihre Kraft für unser Unternehmen einsetzen, dass sie oft auf ihre Freizeit verzichten und dass sie auf uns angewiesen sind. Qualifizierte und motivierte Mitarbeiter sind ein Erfolgsgarant für das Unternehmen. Deshalb ist es mein Bestreben, ihnen für all das die besten Rahmenbedingungen zu schaffen.«

»Das ist sehr anständig von Ihnen«, bemerkte Margarete. Dieser reiche Herr war nicht nur ein erfolgreicher Geschäftsmann, er dachte auch weitsichtiger als zahlreiche andere Unternehmer, von denen Margarete gehört hatte. »Sie investieren also in die Zukunft.«

»So könnte man es sagen, ja.« Oscar nickte anerkennend. »Du bist ein schlaues Mädchen, Grete. Ich will natürlich noch länger existieren, und das kann ich nur, wenn meine Mitarbeiter geschlossen hinter mir stehen.«

»So wie es sich anhört, werden Sie dabei einigem Druck von außen standhalten müssen«, fürchtete Margarete.

»Und standhalten werde ich«, versprach er ihr augenzwinkernd. »So leicht lassen wir uns nicht unterkriegen, nicht wahr, Alfred?«

»So ist es, Onkel. Wir werden unsere Belegschaft immer anständig behandeln und alles tun, um unserer Kundschaft beste Qualität zu einem fairen Preis anzubieten. Auch wenn manche Leute uns das neiden.«

»Meinst du eure Konkurrenz?«, fragte Margarete.

»Genau«, bestätigte Oscar. »Die müssen wir stets im Blick behalten. Bis vor Kurzem machte zum Beispiel Georg Wertheim mit einem Neubau von sich reden.«

»Wertheim hat uns schon immer das Leben schwergemacht«, erklärte Alfred ihr. »Wir konnten sein neuestes, allzu ambitioniertes Projekt in letzter Sekunde vereiteln.«

»Und ihr seid sicher, dass er sich damit zufriedengeben wird?«, fragte Margarete.

»Selbstverständlich nicht«, mischte Tante Betty sich in das Gespräch ein. »Es ist ein ständiges Katz-und-Maus-Spiel, das sich die

Kaufmannsfamilien Tietz und Wertheim liefern. Und ich selbst kenne Georg Wertheim gut genug, um zu wissen, dass er sich auch diesmal nicht geschlagen geben wird.«

*

Vor lauter Aufregung konnte Margarete am Abend nicht einschlafen. Sie freute sich auf ihr neues Leben in Köln, das morgen an Alfreds Seite beginnen würde. Ihre Sachen waren gepackt, alles, was sie nicht mit dem Luftschiff ins Rheinland nehmen konnten, würde Oscar ihnen hinterherschicken. Das hatte er beim Abendessen verkündet. Sie solle sich keine Sorgen um ihr Gepäck machen und sich auf die Fahrt im Luftschiff freuen.

So recht wollte aber noch keine Freude aufkommen, was daran lag, dass sie dem Zeppelin immer noch nicht wirklich traute. Obwohl sie moderne Technik durchaus interessant fand, so war es ihr doch unheimlich, dass der fast hundert Meter lange Koloss sich morgen hoch in die Lüfte erheben würde, um sie ins ferne Köln zu bringen. Alfred hatte ihr beim Abschied versprochen, während der ganzen Fahrt ihre Hand zu halten, wenn ihr das helfen würde. Doch es war nicht nur die aufregende Fahrt im Luftkreuzer – auch auf Köln war sie gespannt. Sie wusste nicht viel über die Rheinmetropole, hatte bisher nur Bilder vom Kölner Dom gesehen. Nun war sie gespannt, was sie dort erwartete und ob es ihr gefallen würde.

Auch der Gedanke an ihr neues Zuhause, die Villa Tietz, versetzte Margarete in dieser Nacht in Aufregung. Zwar hatte Alfred ihr versichert, dass das Haus seiner Eltern nicht so protzig war wie das von Oscar und Betty, und dennoch war sie sicher, dass sie ein äußerst vornehmes Haus erwartete. Sie fragte sich, wie seine Eltern so waren. Würden sie Margarete willkommen heißen und ihr einen guten Start ermöglichen? Oder würden sie aufgrund ihrer Herkunft auf die Verlobte ihres Sohnes herabsehen? Ob sie und Alfred wohl von Anfang an in einem Bett schlafen durften, obwohl sie noch nicht verheiratet waren?

Seufzend drehte sich Margarete auf die andere Seite. Das Licht des Mondes drang durch die dünnen Stoffvorhänge und zauberte silbrige Lichtbahnen auf das einfache Mobiliar. Ihr kleines, bescheidenes Zimmer würde sie sicher auch vermissen. Das nächtliche Schnarchen ihres Vater, das durch die ganze Wohnung hallte, ihre Mutter, die früh morgens in der Küche sang, ja, die dritte Diele hinter der Tür, die vernehmlich knarzte, wenn man darauf trat, all das würde ihr fehlen. Vater hatte ihr versichert, er würde ihr Zimmer noch eine Zeit lang so belassen, wie es war.

Doch Margarete hatte nicht vor, je wieder in die elterliche Wohnung zu ziehen. Vermutlich würden ihre Eltern die Kammer irgendwann vermieten. Der Gedanke war kein angenehmer, doch Margarete würde sich auch daran gewöhnen, denn das war der Lauf des Lebens – ständige Veränderungen gehörten einfach dazu.

Und so hoffte sie, dass der Start in ihr neues Leben an der Seite ihres künftigen Mannes gelang. Irgendwann überkam sie ein tiefer Schlaf, der leider nach wenigen Stunden durch das metallische Rasseln des Weckers schon wieder unterbrochen wurde.

Kapitel 44

Im Morgengrauen fuhren sie zum Feld in Tegel, wo die Mannschaft bereits damit beschäftigt war, das Luftschiff für den Start vorzubereiten. Trotz der frühen Stunde hatten sich unzählige Schaulustige eingefunden, die das Spektakel vom Boden aus miterleben wollten.

Tautropfen glitzerten wie unzählige winzige Diamanten im Grün des Feldes, als Oscar das Automobil gleich vor der provisorisch errichteten Absperrung zum Stehen brachte. »So«, sagte er, »da wären wir.«

Alfreds Onkel und seine Frau Betty, ein äußerst liebenswertes Geschöpf, wie Margarete fand, hatten es sich nicht nehmen lassen, das junge Paar zum Flugfeld zu fahren. Von Gretes Eltern hatte Alfred sich gestern Abend schon verabschiedet. Bei Margaretes eigenem Abschied am Morgen waren viele Tränen geflossen, denn ihren Eltern schmerzte die bevorstehende Trennung von ihrer einzigen Tochter sehr. Dennoch wünschten sie ihr alles Gute und freuten sich schon auf ein baldiges Wiedersehen – spätestens zur Hochzeit des jungen Paares in Köln.

Margarete war aufgeregt und todmüde zugleich. Oscar half ihr mit dem Gepäck, Alfred trug seinen Koffer selbst über den unbefestigten Boden zum Luftkreuzer. Der Zeppelin wirkte aus der Nähe noch gigantischer. Man hatte ihn an der vorderen Spitze an einem eisernen Mast angebunden.

Kurz blieb Margarete stehen und ließ die Szenerie auf sich wirken. Arbeiter hatten große Lampen aufgestellt, die ihnen wohl in der Nacht das nötige Licht für die Vorbereitungen gegeben hatten. Auch jetzt herrschte rund um den Zeppelin noch emsiges Treiben.

Wie ein gestrandeter Wal, so schien das Luftschiff auf dem Feld zu ruhen. Kaum zu glauben, dass der grausilberne Gigant schon in Kürze zum Leben erwachen und in die Lüfte steigen würde.

»Grete, Liebes, kommst du?« Alfred war ein paar Schritte vorausgegangen und blieb nun stehen. Er schien ihr anzusehen, was sie bewegte. »Du musst keine Angst haben.«

Margarete seufzte, dann folgte sie ihrem Verlobten. »Wenn du es sagst.«

»Ich sage es.«

Sie erreichten eine weitere Absperrung, die das Luftschiff umgab. Die Motoren des Zeppelins knatterten bereits, Qualmwolken traten aus den Maschinen an die frische Morgenluft.

»Zeit, Abschied zu nehmen, liebe Kinder.« Oscar und Betty lächelten sie herzlich an, doch Margarete glaubte, in den Augen des großen Oscar Tietz Tränen erkennen zu können. Er war sichtlich bewegt, als er seinen Neffen in den Arm schloss. »Mach's gut, Alfred. Schön, dass du bei uns warst.«

»Es war mir eine Ehre«, erwiderte Alfred mit ernster Miene. Auch ihm schien der Abschied nahezugehen. »Und demnächst kommt ihr beide nach Köln, um uns zu besuchen.«

»Versprochen«, sagte Oscar und zwinkerte seinem Neffen verschwörerisch zu. »Spätestens zur Hochzeit sehen wir uns.«

»Der Trauzeuge darf schließlich nicht fehlen«, bestätigte Alfred.

Betty, die bisher geschwiegen hatte, klatschte in die Hände. »So, nun solltet ihr aber zusehen, dass ihr euch bei der Besatzung meldet, nicht, dass der Zeppelin ohne euch abhebt.«

Ich hätte nichts dagegen einzuwenden, erwiderte Margarete in Gedanken, machte aber gute Miene zum bösen Spiel. Sie wollte Alfred die Freude nicht verderben und nahm Oscar ihren Koffer ab. »Danke«, sagte sie, »danke für alles.«

»Gern geschehen«, versicherte er ihr.

Sie war noch immer beeindruckt von Alfreds berühmtem Onkel. Er hatte im Hintergrund alle Reisevorbereitungen für Köln getroffen und sie sogar in der Schule freistellen lassen.

Nachdem sie sich endgültig verabschiedet hatten, wandten Alfred und Margarete sich an einen uniformierten Steward, der sich ihre Fahrkarten zeigen ließ und ihnen beim Gepäck behilflich war.

Margarete war es mulmig zumute, als er ihr in die Passagierkabine des Luftschiffes half. Zwar schwankte der Zeppelin entgegen ihren Befürchtungen nicht beim Betreten, doch allein die Vorstellung, dass sie sich gleich an Bord dieser fliegenden Zigarre in die Luft erheben würde, machte ihr Angst.

Daran konnte auch das luxuriös ausgestattete Abteil nichts ändern. Es erinnerte Margarete an den Waggon eines Zuges, in dem die erster Klasse untergebracht war. Die Sitze machten einen bequemen Eindruck und waren sicherlich langstreckentauglich, es gab Säulen, an denen man sich festhalten konnte, wenn sich das Luftschiff durch eine Sturmfront kämpfen musste, und Griffe an den Innenwänden der Kabine.

Alfred sah zu ihr hinüber. »Geht es dir gut?«, fragte er fürsorglich, während sie sich von einem Mitglied der Besatzung zu ihren Plätzen führen ließen.

»Gut wäre gelogen«, murmelte Margarete wahrheitsgemäß. »Ich will hoffen, dass uns dieses Ding heil nach Köln bringt.«

»Meine Dame, ich darf Ihnen versichern, dass Sie es bald schon lieben werden, mit unserem Luftkreuzer zu reisen«, versicherte der Steward.

»Ich wage es zu bezweifeln«, erwiderte Margarete und ließ Alfred den Vortritt, damit er den Fensterplatz bekam. Sie legte keinen gesteigerten Wert darauf, während der Fahrt nach unten in die Tiefe zu blicken.

Überhaupt versuchte sie, das Denken so weit wie möglich einzustellen. Gleich würde sie sich mehrere hundert Meter in der Luft befinden, getragen nur von einem Leichtmetallgerüst, umhüllt von Leinenstoff und mit Gasballons in seinem Innern.

Aber noch befanden sie sich auf festem Boden und Margarete konnte einen Blick aus dem Fenster riskieren. Unten auf dem Luftschiffhafen Reinickendorf, wie das Tegeler Feld auch genannt wurde, herrschte nach wie vor reges Treiben. Die Schaulustigen standen hinter den Absperrungen, jubelten dem Zeppelin zu, schwenkten ihre Taschentücher und winkten aufgeregt.

Margarete war sich durchaus darüber im Klaren, dass viele dort draußen alles dafür gegeben hätten, jetzt hier in der Kabine sitzen zu dürfen. Doch es gab nur Platz für zwanzig Passagiere, und die Fahrkarten waren sicherlich sündhaft teuer. Margarete versuchte, das Privileg, an Bord des Luftschiffes zu sein, zu genießen, was ihr aber nicht leichtfiel.

Immerhin war der Sitzplatz so bequem, wie er aussah. Margarete streckte die Beine aus, schloss kurz die Augen, dann sah sie sich erneut in der Passagierkabine des Zeppelins um. Bei ihren Mitreisenden handelte es sich, der Kleidung nach zu urteilen, durchweg um wohlhabende Männer und Frauen, wobei die Herren in der Überzahl waren. Margarete ging davon aus, dass es sich bei ihnen um Geschäftsreisende handelte. Oder um Männer, denen es nicht gelungen war, ihre Frauen zu einer Reise in dieser Riesenzigarre zu bewegen.

Neben ihr vibrierte Alfred förmlich vor Aufregung und Vorfreude. »Ich kann es kaum erwarten, die geniale Erfindung des Grafen Zeppelin auszuprobieren.«

»Ich habe gelesen, dass man ihn auch als den närrischen Grafen vom Bodensee bezeichnet«, entgegnete Margarete.

»Spötter und Neider gibt es immer«, antwortete Alfred. »Und der

Graf ist ein Visionär. Er wird uns wohlbehalten ins Rheinland bringen, du wirst sehen, Liebes.«

»Ich hoffe, du behältst recht.«

Margarete versuchte, ihren Puls zu beruhigen. Verbissen redete sie sich ein, dass sie in einem Zugabteil saß und nicht in einem Luftkreuzer. Ihre Illusion wurde abrupt zerstört, als der Steward die Leiter einzog, über die sie ins Innere der Kabine gelangt waren, und die Luke verschloss. Im nächsten Augenblick drehten die Motoren höher, und als ein kurzer Ruck durch das Luftschiff ging, zuckte Margarete zusammen.

Alfred beugte sich zu ihr hinüber, nahm ihr Gesicht schützend in die Hand und küsste sie. »Alles wird gut«, versprach er ihr. »Wir sind gestartet. Von jetzt an geht es nach aufwärts, bis wir die Flughöhe erreicht haben, und dann nichts wie ab nach Köln.«

Margarete nickte stumm, während sie krampfhaft versuchte, an etwas anderes zu denken. Als sie an Alfred vorbei aus dem Fenster blickte, sah sie, wie sich das Luftschiff steil in den Himmel erhob. Ihr wurde flau im Magen.

»Sieh nur, da unten stehen Onkel Oscar und Tante Betty!«, rief Alfred erfreut, als er aus dem Fenster blickte. Er winkte ihnen zu, doch Margarete verzichtete darauf. Ihr Blick war wieder starr geradeaus gerichtet. »Ich wünschte, wir wären schon in Köln.«

Alfred riss sich vom Anblick der Menschen am Flugfeld los und lächelte ihr zu. Er nahm ihre Hand und drückte sie. »Es wird wunderschön in Köln, Grete. Du wirst meine Eltern und meine Geschwister mögen, so, wie sie dich mögen werden.«

»Woher willst du wissen, dass sie mich gernhaben werden?«

Er lachte. »Weil ich dich liebe, Grete. Und ich bin sicher, dass du meinen Eltern gefallen wirst.«

»Ich bin sehr aufgeregt, wenn ich an unser erstes Aufeinandertreffen denke«, gestand sie. Wenn sie ankamen, würden sie in der

Villa Tietz leben können, was sicher eine luxuriöse Erfahrung sein würde. Doch im Grunde genommen war es ihr egal, wo sie wohnten, die Hauptsache war, dass Alfred bei ihr sein konnte.

Über das Gespräch hatte sie ausgeblendet, dass sich das Luftschiff in die Luft erhoben hatte und nun Fahrt aufnahm.

Nun riskierte sie wieder einen Blick aus dem Fenster und sah zu, wie die Menschen auf dem Feld immer kleiner wurden. Kurz fühlte sich Margarete schwerelos. Das Dröhnen der Rotoren drang wie aus weiter Ferne an ihre Ohren.

Nur langsam beruhigte sich ihr Herzschlag, und sie atmete ein paarmal tief durch. Sie musste zugeben, dass die Fahrt im Luftschiff ruhiger verlief, als sie befürchtet hatte. Es schien, als würde der riesige Zeppelin durch die Luft gleiten. Ihre Höhe konnte sie schlecht einschätzen, es mochten hundert, vielleicht auch zweihundert Meter sein.

Gemächlich zog die Landschaft unter ihnen vorüber. Die dichte Bebauung Berlins ließen sie hinter sich. Nun glitt das Luftschiff über eine naturbelassene Landschaft hinweg. Das saftige Grün der Wiesen wechselte sich mit dem der Waldgebiete ab, die sie passierten.

Unter den anderen Fahrgästen herrschte ebenfalls gespannte Aufmerksamkeit. Sie unterhielten sich angeregt und deuteten immer wieder aufgeregt nach unten. Die Fahrt im Luftschiff war eine Sensation, von der alle Teilnehmer noch lange schwärmen würden. Selbst Margarete konnte nicht umhin, die Aussicht ein wenig zu bewundern. Und so versuchte sie, die Fahrt durch die Luft so gut wie möglich zu genießen.

*

Das monotone Brummen der großen Motoren hatte Margarete müde gemacht. Doch einschlafen tat sie nicht, denn obwohl Alfred die ganze Zeit ihre Hand hielt, konnte sie kein Auge zutun. Dabei glitt der Zeppelin, das musste sie zugeben, äußerst sanft durch die Lüfte. Immer wieder hatte sie sich gewundert, wie es Oscar gelungen war, ihnen die heißbegehrten Karten für diese Fahrt zu beschaffen. Sicher lag es an seinem prominenten Namen. Die Familie Tietz war im ganzen Reich bekannt, und wenn Oscar Tietz zwei Plätze für die Fahrt nach Köln reservierte, wagte wohl kaum ein Mitarbeiter, ihn abzuwimmeln. Ein wenig musste Margarete grinsen, als sie an den Bekanntheitsgrad ihres Verlobten und dessen Familie dachte. Manchmal, so dachte sie, war es durchaus von Vorteil, wenn man einen großen Namen führte.

Und sehr bald würde sie diesen Namen selbst tragen. Es klang immer noch wie im Traum. Sie liebte Alfred aber nicht wegen seines Namens oder wegen seines Geldes, sondern wegen seiner liebevollen Art. Er war sanft und fürsorglich und bot ihr zugleich eine starke Schulter, an die sie sich anlehnen konnte, wenn ihr danach war. Wäre Alfred auf der Straße an ihr vorübergelaufen, hätte sie ihn wohl kaum wahrgenommen, er war nicht einer dieser Männer, die einer Frau gleich ins Auge fielen, er war eher ein Mann der leisen Töne, der durch sein großes Herz und mit seinen inneren Werten überzeugen konnte.

Sie fragte sich, was ihm bei ihrer ersten Begegnung wohl an ihr gefallen hatte. Sie legte nicht viel Wert auf ihr Äußeres, teure Kleidung oder regelmäßige Friseurbesuche lagen ihr nicht am Herzen. Ihr war es wichtiger, anderen Menschen zu helfen. Das musste Alfred imponiert haben. Er hatte ihr bereits erzählt, dass auch seine Mutter zahlreiche soziale Projekte unterstützte und sogar schon ein paar eigene Hilfsprojekte ins Leben gerufen hatte. Je länger Margarete darüber nachdachte, umso neugieriger wurde sie auf Flora Tietz. Sobald sie in Köln angekommen waren, würde sie Alfreds Mutter bitten, sie in diese Projekte einzuweisen.

»Träumst du?«, fragte Alfreds sanfte Stimme und riss sie aus ihren Gedanken.

»Nein«, antwortete sie, »ich habe nur an unsere Zukunft in Köln gedacht.«

Er drückte ihre Hand fester. »Freust du dich?«

»Und wie. Ich werde deine Mutter bitten, mir soziale Projekte vorzustellen, damit ich mich einbringen kann.«

»Wer sagt, dass ich dich nicht als Ladenmädchen brauche?«, entgegnete Alfred feixend.

»Dein Vater hat wohl genügend Verkäuferinnen«, entgegnete Margarete. »Da kann er auf seine künftige Schwiegertochter verzichten. Deine Mutter hingegen wird sicher für jede Unterstützung dankbar sein.«

»Da könntest du recht haben, Liebes.« Er beugte sich zu ihr und hauchte ihr einen Kuss auf die Wange. Dann wandte er sich um und sah zum Fenster hinaus. Das Luftschiff glitt gerade in einer Höhe von vielleicht hundertfünfzig Metern über eine hügelige Landschaft. An den Ausläufern der sanften Erhebungen gab es unzählige große und kleine Häuser, vereinzelt ragten Fabrikschornsteine in den nahezu wolkenlosen Himmel. Fast schien es, als würden die Schlote gleich den Rumpf des Luftschiffes berühren.

Als die Bebauung unter ihnen dichter wurde und ein Fluss in der Sonne glitzerte, deutete Alfred nach unten. »Sieh nur«, rief er, »das muss Elberfeld sein.« Er reckte den Hals. »Und dort«, fügte er hinzu, »verläuft die Strecke der Schwebebahn.«

»Davon habe ich schon gehört«, sagte Margarete, während sie ebenfalls aus dem Fenster sah. Tatsächlich erstreckte sich über dem Fluss ein Stahlgerüst in sanftem Graugrün, dessen Stützen sich wie die Beine eines Tausendfüßlers rechts und links des Ufers in den weichen Boden zu graben schienen.

»Die Stadt liegt in einem engen Tal an der Wupper, dort ist wenig

Platz für breite Straßen, deshalb hat man die Bahn über den Fluss gebaut«, erklärte Alfred ihr.

Stundenlang hätte sie dem Klang seiner Stimme lauschen können. Verliebt sah sie zu Alfred hinüber. Es war einer dieser Momente, in denen sie ihr Glück nicht fassen konnte.

»Sind wir bald da?«, fragte sie.

Er nickte. »Wenn wir schon über Elberfeld sind, dauert es sicher nicht mehr lange, bis wir Köln erreicht haben.«

»Wie schön«, antwortete sie ehrlich. »Ich bin so gespannt darauf, deine Eltern endlich kennenzulernen.«

Kapitel 45

Am Abend erreichten sie Marienburg im Kölner Süden. Die Fahrt in der schwarzen Limousine, die sie nach der Landung des Luftschiffes in Bickendorf abgeholt hatte, führte in der Dämmerung vorbei an großzügige Anwesen und prächtigen Villen. Ganz Marienburg kam Margarete wie ein einziger Park vor, in dem sich die Reichen der Stadt ein Domizil geschaffen hatten. Ihre Erschöpfung nach der langen Reise war wie weggeblasen. Nun war sie gespannt auf das Haus, in dem ihr Verlobter lebte.

Der Chauffeur drosselte das Tempo, um den Wagen in die Einfahrt einer modernen Villa zu lenken. Während die anderen Häuser im Viertel wie Märchenschlösser auf Margarete gewirkt hatten, war dieses Haus von schlichter Eleganz. Nur die Größe des Hauses zeugte davon, dass hier wohlhabende Menschen lebten. Alfred, der im Sitzen ein wenig gedöst hatte, fuhr hoch und streckte sich. Er lächelte Margarete zu.

»Da wären wir, die Herrschaften«, sagte der Fahrer, nachdem er den Wagen vor dem Eingangsportal des Hauses angehalten und den Motor abgeschaltet hatte. Neugierig beugte sich Margarete vor, um einen weiteren Blick auf die Villa Tietz werfen zu können. Hinter den Gardinen der zahlreichen Fenster brannte noch Licht. Offenbar wurden sie erwartet.

»Vielen Dank«, sagte Alfred an den Chauffeur gewandt, dann gab er Margarete ein Zeichen. Als er den Wagenschlag öffnete und sie aus dem Fond stiegen, wehte ihnen ein kühler Abendwind entgegen. Der Fahrer kümmerte sich um das Gepäck.

Zwischen dem Auto und dem Portal der Villa blieben sie stehen.

Liebevoll legte Alfred einen Arm um Margarete. Sie schmiegte sich an ihn.

»Gefällt es dir?«, flüsterte Alfred ihr ins Ohr.

»Aber ja. Es ist wunderschön!« Margarete betrachtete die Fassade des Hauses und es schien ihr, als würde sie diesen ersten Eindruck aufsaugen und für immer konservieren müssen. Während die Fassade selbst relativ schlicht wirkte, wurde das Portal von insgesamt zehn strahlend weißen Säulen flankiert, die dem Eingang etwas Prachtvolles verliehen. An jeder Hausecke gab es ein kleines Ensemble von säuberlich gestutzten Koniferen. Rechts lag ein Anbau, womöglich der Trakt der Bediensteten des Hauses. Erst bei genauerem Hinsehen erkannte Margarete einen separaten Seiteneingang, der durch einen weißen Holzzaun vom Haupttrakt abgetrennt war. »Und so modern«, fügte sie hinzu.

»Wir haben die Villa erst im letzten Jahr bauen lassen.« Alfred war sichtlich stolz auf das Haus seiner Eltern. »Dann lass uns mal reingehen.« Er ergriff ihre Hand und führte sie zum Eingang. Der Fahrer hielt sich mit dem Gepäck dezent im Hintergrund.

Kaum, dass sie einen Fuß auf die erste Treppenstufe gesetzt hatten, wurde die Haustüre geöffnet. Ein Mann um die fünfzig erschien in Begleitung einer zierlichen Frau mit dunklen Haaren.

»Alfred, wie schön, dass ihr es geschafft habt!«, rief die Frau, bei der es sich offensichtlich um Alfreds Mutter handelte. Etwas Gutmütiges lag in ihrem Blick, als sie Margarete betrachtete. »Ich bin Flora Tietz«, sagte sie. »Du musst Margarete sein.«

Margarete nickte. »Sag ruhig Grete zu mir.« Sie war erfreut und überrascht zugleich, dass man ihr, ohne viel Federlesen, von der ersten Minute an das Du anbot.

»Das hier ist mein Vater, Leonhard Tietz«, erklärte Alfred. Als sein Vater ihr die Hand reichte, klopfte Margarete das Herz bis zum Hals. Vor ihr stand der berühmte Warenhauskönig Leonhard Tietz. Doch obwohl er in seinem dunklen Hausanzug und dem ordentlich gescheitelten Haar sehr vornehm aussah, war er für sie in diesem Moment einfach nur Alfreds Vater. Margarete vollführte einen Knicks. »Sehr erfreut.«

»Na, na, nicht ganz so förmlich.« Ein Lächeln huschte über seine Lippen. »Ebenfalls, meine Liebe. Aber lasst uns doch ins Haus gehen. Wir haben einen kleinen Imbiss vorbereitet – ihr müsst hungrig sein.«

Alfred tauschte einen Blick mit Margarete und nickte dann. »Ich für meinen Teil habe einen Bärenhunger. Die Verpflegung an Bord eines Luftkreuzers ist nicht die beste.«

Flora lachte. »Das ist mein Junge«, rief sie, »er ist immer hungrig.«

*

»Und – wie gefällt dir meine Grete?« Am späten Abend betrat Alfred im bequemen Hausanzug den Salon der Villa Tietz. Margarete war bereits zu Bett gegangen – die aufregende Fahrt im Luftschiff schien ihr noch in den Knochen zu stecken.

Wie so oft ließ Alfreds Vater auch heute den Tag bei einem Glas seines geliebten Muskatweines ausklingen. Er saß bei gedämmtem Licht in seinem Ohrensessel am Fenster und sah gedankenverloren hinaus in den nächtlichen Park. Er war derart in Gedanken versunken, dass er Alfreds Anwesenheit zunächst gar nicht bemerkt hatte. Ein Bein wippte im Takt einer unhörbaren Melodie, die Leonhard durch den Kopf zu gehen schien. Erst, als Alfred näher trat, fuhr Leonhard herum. »Alfred«, sagte er, »leiste mir doch etwas Gesellschaft.«

Alfred kam der Bitte seines Vaters gern nach und wiederholte seine Frage. Sekundenlang hing nur das monotone Ticken der großen Standuhr im Raum. Ein sanftes Lächeln trat auf Leonhards Gesicht.

»Oh, Grete ist zauberhaft«, antwortete er und schwenkte sein Glas. »Darf ich dir auch ein Gläschen anbieten?«

Alfred nickte und Leonhard stand auf, um ihm einzugießen. Vater und Sohn prosteten einander zu. Alfred genoss den wunderbar fruchtigen Geschmack des Weins nach Pfirsich, Ananas und Veilchen. Über allem lag ein sanftes Bouquet von Muskat.

»Sie gefällt dir also«, stellte er dann erleichtert fest.

»Margarete scheint mir eine bezaubernde Person zu sein«, sagte Leonhard. »Sie hat etwas von deiner Mutter an sich, wie ich finde. Da ist diese Sänfte, diese Güte in ihrem Blick.«

»Auch wenn die Art unseres Kennenlernens eher ungewöhnlich war«, murmelte Alfred ein wenig verschämt, nachdem sie sich gesetzt hatten. Beim gemeinsamen Abendessen hatten die jungen Leute ihre Geschichte erzählt, woraufhin Flora und Leonhard sich amüsiert angeschaut hatten. Alfred war der Verdacht gekommen, dass seine Eltern sich vielleicht ebenfalls auf eine außerordentliche Weise kennengelernt hatten.

»So hat jedes Paar seine eigenen Geschichten«, sagte Leonhard mit einem Schmunzeln. »Wichtig ist, dass man als Paar zusammenhält.«

»In guten wie in schlechten Zeiten«, stimmte Alfred ihm zu.

Leonhard lachte leise. »Das sagt sich so leicht, aber es bedarf einer wahren und tiefen Liebe, um auch wirklich nach diesem Motto zu leben.«

Alfred glaubte zu ahnen, wovon sein Vater sprach. Für ihn waren seine Eltern immer eine feste Einheit gewesen, sie hatten Schulter an Schulter gestanden und berufliche Hürden ebenso gemeistert wie private Herausforderungen, ohne dabei jemals ihre Liebe und tiefe Verbundenheit zu verlieren.

»Denk nur an deinen Onkel und deine Tante. Als Oscar und Betty merkten, dass sie füreinander geschaffen waren, setzten sie sich über die Einwände der anderen Familienmitglieder hinweg. Sie taten das einzig Richtige und heirateten, obwohl das nicht leicht gewesen sein kann.«

Oft schon hatte Alfred diese alte Geschichte gehört, und noch immer zollte er seinem Onkel größten Respekt für die Aufrichtigkeit, sich zu seiner Liebe zu bekennen.

»Ich werde auch immer zu meiner Grete stehen«, sagte er entschieden. »Es klingt verrückt, aber schon jetzt weiß ich, dass ich sie immer lieben werde.«

»Ich kann dir nur gratulieren, mein Sohn. Deine Grete ist zauberhaft, und wenn sie dich ansieht, dann strahlt das Glück aus ihren Augen.«

»Deinen Segen haben wir also?«

»Selbstverständlich, Alfred.« Leonhard nickte gütig. »Das Glück meiner Kinder liegt mir sehr am Herzen – und schließlich«, er lachte leise, »möchte ich bald schon Enkelkinder haben, die das Haus mit Leben füllen.«

Bei seinem letzten Satz schwang ein Hauch Melancholie mit, den Alfred nicht recht zu deuten wusste. Am liebsten wäre er aufgestanden, um seinen Vater zu umarmen. Ihm wurde warm ums Herz, denn das, was ihm am wichtigsten war, fand er wie immer in der Villa Tietz: eine Familie, die zusammenhielt.

Kapitel 46

Margarete war begeistert, als sie von Alfreds Mutter erfuhr, in welchen Projekten sie sich ehrenamtlich engagierte. Nach dem gemeinsamen Frühstück, bei dem Margarete auch Alfreds Bruder Gerhard und seine Schwester Änne kennengelernt hatte, saßen die Frauen nun in Floras Arbeitszimmer mit Blick in den Garten.

»Ich möchte mich auch einbringen«, sagte Margarete mit vor Aufregung glühenden Wangen.

»Ich würde mich sehr über deine Unterstützung freuen«, erwiderte Flora lächelnd. »Wir fördern nicht nur jüdische und überkonfessionelle Einrichtungen, auch für unsere Angestellten haben wir zahlreiche Sozialleistungen eingeführt, die das Arbeiten im Tietz so angenehm und sicher wie möglich machen sollen.« Sie reichte Margarete eine große, handgeschriebene Kladde. »So sind es nicht nur die niedrigen *Tietz*-Preise, die unsere Warenhäuser so beliebt machen – auch das Arbeiten bei uns soll Anreize bieten.« Flora berichtete Margarete von ihrer Zeit in Elberfeld, wo sie ein Ladenmädchen eingestellt hatten, dass über unmenschliche Arbeitsbedingungen in den Fabriken am Wupperufer geklagt hatte. Sie hatten der jungen Frau eine Chance gegeben, sie neu eingekleidet und ihr ermöglicht, den Beruf des Ladenmädchens zu erlernen. Heute sei sie, so erklärte Flora stolz, Abteilungsleiterin im *Warenhaus Tietz* in Elberfeld.

»Die Menschen müssen euch für euren unermüdlichen Einsatz lieben«, vermutete Magarete. Dann zögerte sie kurz, bevor sie hinzufügte: »Obwohl Alfreds Onkel erzählt hat, dass ihr auch einige Gegner habt.«

»Leider stimmt das.« Bedauernd schüttelte Flora den Kopf. »Der Widerstand gegen unsere Kaufhäuser wird immer größer. Die kleinen Einzelhändler in den Städten behaupten, wir würden sie um ihre Existenz bringen, es gibt einen erhöhten Steuersatz für große Warenhäuser und seit einigen Monaten schlagen wir uns mit Vereinen herum, die im Volk gegen uns Stimmung machen.«

»Wie schrecklich!« Margarete hätte bis vor Kurzem nie gedacht, dass die Familie Tietz so sehr mit Gegenwind und Kritikern zu tun hatte. Bisher war ihr alles, was die wohlhabende Dynastie betraf, schillernd und großartig erschienen. Die Warenhäuser, die sie selbst schon besucht hatte, strahlten eine einzigartig glamouröse Atmosphäre aus. Mit dem Betreten des Hauses fühlte man sich, als sei man in einer Kathedrale, einem Heiligtum, an dem es nichts zu rütteln gab. Doch inzwischen wusste sie, dass es durchaus Menschen gab, denen diese Kaufhäuser ein Dorn im Auge waren und die der Familie Tietz das Leben schwermachten.

»Neider gibt es überall«, seufzte Flora. »Dass es uns eines Tages trifft, damit hatten mein Mann und ich damals nicht gerechnet, als wir unseren ersten kleinen Laden in Stralsund eröffneten.«

»Inzwischen gehört euch ein wahres Imperium.«

»Das klingt so negativ – wie eine allgegenwärtige Macht, die nichts anderes um sich herum duldet«, entgegnete Flora. »Dabei sind wir immer bemüht, niemandem zu schaden.«

»Was sicher nicht immer leicht ist.«

»Man muss Kreativität an den Tag legen«, stimmte Flora ihr zu. Sie berichtete ihrer künftigen Schwiegertochter von ihren Verhandlungen in Elberfeld. Nur durch ihren Ideenreichtum war es ihr gelungen, die ortsansässigen Händler zu besänftigen. Allein deshalb konnte ein neues Warenhaus gebaut werden.

»Es ist ein täglicher Kampf, wenn du so willst«, erklärte Flora ihr. »Leider ein Kampf, der immer härter wird.« Sie musste lächeln, als sie Margaretes entsetztes Gesicht sah. »Aber wir stellen uns dem Kampf.« Sie deutete auf die schwere, in Leder gebundene Kladde, die Margarete immer noch in der Hand hielt. »Kümmern wir uns aber um unsere soziale Arbeit«, sagte sie, und Margarete hatte den Eindruck, dass es ihr guttat, das Thema wechseln zu können.

Kapitel 47

»Komm schon, Judith, beeil dich.« Elisabeth zupfte aufgeregt am Mantelärmel ihrer Freundin. »Diese Feierei in der Woche ist zu viel. Wir werden mal wieder zu spät zur Arbeit kommen.«

Judith, ein zierliches blondes Mädchen mit strahlend blauen Augen, zuckte die Schultern. »Dann werden wir einfach schneller arbeiten«, schlug sie unbekümmert vor, während sie ihren weinroten Peacock-Glockenhut aufsetzte und sich im Spiegel des kleinen Korridors betrachtete, während Elisabeth schon hektisch mit dem Wohnungsschlüssel in der Hand herumklimperte. Judith riss sich schweren Herzens von ihrem Spiegelbild los. Sie war ein eitles Mädchen und wollte keinesfalls durch schludriges Aussehen auffallen. Immerhin arbeitete sie als Verkäuferin in der Damenmodeabteilung des *Tietz*. Dort legte man großen Wert auf ein gepflegtes Äußeres. Sie zupfte sich zwei Haarsträhnen aus dem Gesicht, dann war sie zufrieden mit ihrem Aussehen. »Wir können los.«

»Na endlich.« Elisabeth rollte die Augen.

»Darf ich dich daran erinnern, dass wir so spät zu Hause waren, weil du dich vom Anblick des hübschen Köbes nicht lösen konntest?«, neckte Judith ihre Freundin. »Nur deshalb haben wir heute verschlafen.«

»Wie auch immer, wir müssen uns wirklich sputen!« Elisabeth zog sie aus der Wohnung und schloss die Tür hinter ihnen ab, dann eilten sie durch das schmale Treppenhaus nach unten. Die Mädchen teilten sich eine kleine Wohnung am Rande des belgischen Viertels von Köln. Sie waren aus dem Siegburger Land in die Rheinstadt gezogen, um im Warenhaus Arbeit zu finden.

Unten auf der Straße herrschte auch so früh am Morgen schon hektisches Treiben. Ein Mann schob gerade seinen Handkarren vor die benachbarte Gastwirtschaft, wo er vom Wirt in Empfang genommen wurde, Kinder rannten lachend an den beiden jungen Frauen vorbei und verschwanden um die nächste Straßenecke; eine alte Frau unterhielt sich in breitestem kölschen Dialekt mit einem uniformierten Schutzmann, während sich rumpelnd eine cremefarbene Straßenbahn näherte. Der Fahrer nickte den beiden Frauen grüßend zu und hob eine Hand an den Schirm seiner Mütze. Die Radreifen quietschten, als die Bahn zum Stehen kam.

»Gerade rechtzeitig«, bemerkte Elisabeth.

»Das war so geplant«, behauptete Judith kichernd. Die Mädchen begaben sich zum Heck der Bahn, lösten zwei Tickets für fünfzehn Pfennig beim Schaffner, dann betraten sie das enge Innere und nahmen auf der unbequemen Holzbank Platz. Kaum, dass Elisabeth und Judith saßen, nahm die Bahn ruckelnd wieder Fahrt auf. Sie mussten nur ein paar Stationen fahren, doch Elisabeth schien in Anbetracht ihrer Verspätung äußerst nervös zu sein. »So spät schon«, schimpfte sie, als die Straßenbahn an einer Uhr vorbeifuhr. »Hoffentlich schaffen wir es noch, pünktlich da zu sein.«

»Das wird schon«, beruhigte Judith sie.

»Es wird mehr als knapp«, fürchtete Elisabeth und knabberte an ihren Fingernägeln.

Ihre Freundin lachte. »Dann müssen wir uns auf dem letzten Stück eben beeilen«, erwiderte sie. »Wir kommen schon noch pünktlich.«

»Dein Wort in Gottes Ohr«, seufzte Elisabeth, die ihre Hände wie zum stillen Gebet im Schoß gefaltet hatte und aus dem Fenster der Straßenbahn schaute. Das Gefährt rumpelte über die Schienen der alten Stadt, überall herrschte emsiges Treiben. Alle machten sich bereit für den neuen Tag.

Nach ein paar Stationen hatten sie den Neumarkt erreicht. Vor dem Polizeipräsidium standen ein paar Schutzmänner, die sich auf den kommenden Dienst vorbereiteten. An der Haltestelle stiegen viele Fahrgäste aus. So dauerte es einen Moment, bis auch die beiden jungen Frauen der Bahn entkommen konnten, um ihren Weg zur Straße An St. Agatha hastig fortzusetzen. Hier befanden sich die Warenannahme und der Personaleingang des *Tietz*, der über einen kleinen Hinterhof zu erreichen war.

Den Weg zum Kaufhaus legten die beiden jungen Frauen im Laufschritt zurück. Die ersten Geschäfte entlang der Straße hatten bereits geöffnet, entsprechend viel Betrieb herrschte schon in den engen Straßen der Innenstadt. Um ein Haar wäre Judith mit einem Zeitungsjungen zusammengeprallt, der lautstark ein Extrablatt der Tageszeitung anpries und ein Exemplar am langen Arm in die Höhe hielt, um auf sich aufmerksam zu machen. Im letzten Moment zog der Junge seinen Arm zurück, um nicht mit Judith zusammenzustoßen.

»Hey«, rief er, »passt doch auf!«

Aber weder Judith noch Elisabeth reagierten auf den Protest des armen Zeitungsjungen. Sie sahen zu, dass sie zum Personaleingang des *Tietz* kamen.

*

Alfred verstand nicht recht, was an diesem Morgen mit seinem Vater los war. Offenbar hatte er nicht vor, lange in seinem Büro zu bleiben, das sie gerade betreten hatten. Den Mantel ließ er an, der Hut blieb auf seinem Kopf. Eigentlich stand in einer Viertelstunde die morgendliche Sitzung mit den anderen Vorstandsmitgliedern an. Doch Leonhard blätterte im Stehen durch die Post, überflog einige Briefe, nuschelte etwas Unverständliches, bevor er einen Stift und das Notizbuch vom Schreibtisch nahm und seinem Sohn zulächelte. »Können wir dann?«

»Ja, aber … was hat das zu bedeuten?«, fragte Alfred, der seinen eigenen Mantel bereits abgestreift hatte.

»Es gibt eine Neuerung.«

Dies war der erste Morgen in Köln für Alfred nach seiner Zeit in Berlin. Eigentlich war er nicht davon ausgegangen, dass sich während seiner Abwesenheit viel verändert haben würde. Offenbar hatte er sich geirrt.

Leonhard war an der Bürotür stehen geblieben und wandte sich zu Alfred um. »Worauf wartest du?«

»Was genau … was genau haben wir denn vor?«

»Wir gehen runter, das Personal begrüßen. Komm schon, Junge – die anderen warten bereits.« Er lächelte schelmisch, während er hinaus ins Vorzimmer trat. »Die Idee ist mir neulich gekommen, ich erzähle dir später alles. Aber jetzt müssen wir uns beeilen.«

Alfred streifte seinen Mantel wieder über, nickte der Sekretärin seines Vaters zu und folgte ihm zum Aufzug, der die beiden ins Erdgeschoss brachte.

»Einen angenehmen Tag, die Herren«, wünschte der Portier, der den Aufzug bediente, und machte eine leichte Verbeugung.

»Das musst du mir wirklich erklären«, murmelte Alfred, als sie den Hinterhof des Warenhauses erreicht hatten und wieder hinaus an die frische Morgenluft traten.

Vor dem Lager standen bereits die ersten Lastwagen, die von den Arbeitern abgeladen wurden.

»Mache ich, mache ich«, versprach Leonhard, »beizeiten.« Er hielt kurz inne, dann zeigte er zum Personaleingang. »Ah«, machte er, »da sind die Herren bereits. Sehr schön.«

»Vater, um Himmels willen«, rief Alfred im Laufen. Er hatte Mühe, seinem Vater zu folgen. »Was soll das?« Die gesamte Vorstandsriege hatte sich parademäßig rechts und links der Tür aufgebaut, durch die das Personal ins Gebäude gelangte.

Leonhard blieb stehen. Als er sich zu seinem Sohn umwandte, lag ein schelmisches Grinsen auf seinem Gesicht. »Wir haben uns während deiner Zeit in Berlin dazu entschlossen, die morgendliche Runde auf den Hof zu verlegen.«

»Aber wozu?«

»Es hat einen erzieherischen Nutzen.«

»Was sollen die Vorstandsmitglieder denn daraus lernen?«

»Nicht die Vorstandsmitglieder«, verbesserte Leonhard ihn. »Obwohl der Großteil unserer Angestellten äußerst zuverlässig arbeitet und auf die Minute pünktlich zur Arbeit erscheint, so gibt es immer wieder einige Ausnahmen, die es mit der Pünktlichkeit nicht so genau nehmen.« Leonhard zwinkerte ihm zu. »Das hat mir die Personalabteilung verraten.«

»Und?«

»Die Angestellten, die zu spät kommen, werden von uns allen in Empfang genommen – was ihnen natürlich von Herzen peinlich ist.« Leonhard schien diebischen Spaß an seiner Idee zu haben.

Alfred runzelte die Stirn. »Ist das dein Ernst?«

»Aber natürlich, Junge. Wer zu spät kommt und vom gesamten Vorstand der Leonhard-Tietz-Aktiengesellschaft begrüßt wird, der kommt wahrscheinlich kein zweites Mal zu spät. Eine kleine List, wenn du so willst.«

Alfred fand langsam Gefallen an der Idee. Auch er konnte sich ein Grinsen nicht verkneifen, als sich das Vater-Sohn-Gespann dem Spalier der versammelten Chefetage näherte. Sie wurden freundlich von den anderen Vorstandsmitgliedern in Empfang genommen. Unter ihnen erkannte Alfred seinen Onkel Sally, Onkel Max, aber auch Willy Pintus und Louis Schloß, zwei Cousins seines Vaters, die ebenfalls Vorstandsposten bekleideten.

»Einen wunderschönen guten Morgen, meine Herren«, rief Leonhard gutgelaunt. Er zog die Taschenuhr hervor, klappte den Deckel auf und warf einen Blick auf das verzierte Ziffernblatt. In diesem Augenblick begann für die Angestellten des Warenhauses die Arbeitszeit.

»Wir sind extra angereist, um heute das Defilee der Mitarbeiter mit abzunehmen«, erklärte Onkel Sally mit einem jungenhaften Grinsen. »Und natürlich, um unseren lieben Neffen zu Hause willkommen zu heißen.« Er zwinkerte Alfred zu. »Wie war es in Berlin?«

Alfred errötete. »Zauberhaft.«

Sally hob eine Augenbraue. »Zauberhaft, soso. Das soll heißen?«

»Dass sich mein Sohn im Warenhaus meines Bruders unsterblich verliebt hat.«

»Wirklich?« Max Baumann, der am Vorabend aus Elberfeld angereist war, lächelte.

»In der Tat«, bestätigte Alfred. »Ihr müsst Margarete unbedingt kennenlernen – sie ist … nun ja, zauberhaft.« Er grinste.

»Und hast du schon Pläne, wie das weitergehen soll?«, erkundigte sich Willy Pintus. »Wo sie doch in Berlin lebt? Wollt ihr euch irgendwann wiedersehen?«

»Wir haben uns bereits verlobt, und sie ist mit nach Köln gekommen.«

»Das ist ja wie damals bei Anna und mir«, rief Sally und hieb seinem Neffen freundschaftlich auf die Schulter. »Ich habe Anna während einer kleinen Sommerfrische auf Rügen kennengelernt. Sie kam aus Schweinfurt an die See. Wir sahen und verliebten uns – was zur Folge hatte, dass sie mich nach Stralsund begleitete. Seitdem sind wir unzertrennlich.«

»Herrschaften, wenn ich dann bitten dürfte?«, schallte die Stimme von Leonhard über den Hof. Er klatschte in die Hände. »Es gibt Arbeit.« Ein wenig leiser sagte er zu seinem Sohn: »Der tägliche, persönliche Kontakt zur Belegschaft ist mir eine Herzensangelegenheit. Und wie gesagt, wer zu spät kommt, der wird daraus lernen.« Er zwinkerte Alfred zu.

Die Idee gefiel Alfred. Er wusste, wie peinlich es war, bei einem Fehltritt erwischt zu werden, und erinnerte sich noch gut an die Nacht im Warenhaus seines Onkels, als er mit Margarete im Teppichsaal eingeschlafen war und sie prompt vom Nachtwächter bei ihrem Tête-à-Tête erwischt wurden.

Während die Herren vor dem Personaleingang das bevorstehende Tagesgeschäft erörterten, bogen zwei junge Mädchen auf den Hinterhof des *Tietz* ein. Als sie die vornehm gekleideten Vorstandsmitglieder erblickten, blieben sie mit hochroten Köpfen und wie angewurzelt stehen. Ihr albernes Lachen, das ihre Ankunft seit der Hofeinfahrt angekündigt hatte, verstummte. Sie tuschelten kurz miteinander, um anschließend mit gespielter Leichtigkeit ihren Weg fortzusetzen. Auf dem Hof herrschte plötzlich Stille, von den keuchenden Männern, die weiter hinten im Hof ihre Lastwagen abluden, einmal abgesehen.

Alfred reihte sich zwischen die anderen Vorstandsmitglieder ein und wartete das bevorstehende Prozedere ab. Dabei nutzte er die Gelegenheit, um die beiden zu spät kommenden Verkäuferinnen zu betrachten. Eine war groß und schlank, die andere einen halben Kopf kleiner, mit einer sehr weiblichen Figur. Beide waren auf ihre Weise hübsch anzusehen.

»Guten Morgen, Fräulein Dreser, guten Morgen, Fräulein Petermann.« Leonhard trat einen halben Schritt vor, deutete eine Verbeugung an und reichte den beiden jungen Frauen mit einem freundlichen Lächeln die Hand. »Schön, dass Sie auch heute wieder den Weg zu uns gefunden haben.«

»Es tut uns leid, aber die Straßenbahn hat …«, setzte die Kleinere der beiden an, wurde aber durch eine einzige Geste des Vorstandsvorsitzenden zum Schweigen gebracht. »Die Damen sehen reizend aus. Nun wünschen wir Ihnen einen angenehmen Arbeitstag in unserem Kaufhaus.«

Die beiden nickten stumm und setzten ihren Weg mit hochroten Köpfen fort. Alfred konnte nicht umhin, ihnen einen Moment lang hinterherzusehen. Dann riss er sich zusammen.

Allein dieser kurze Ausrutscher genügte, um ein schlechtes Gewissen gegenüber Margarete zu bekommen.

Bevor Alfred den Blick abwandte, sah er noch, wie die Blonde ihn mit offener Neugier taxierte, danach waren die Frauen im Innern des Kaufhauses verschwunden. Im Nachhinein taten Alfred die beiden doch ein wenig leid. So vorgeführt zu werden, musste sich schrecklich anfühlen. Dennoch war er sicher, dass sein Vater recht behalten würde – sie würden garantiert nicht so schnell wieder zu spät kommen.

»So«, ertönte Leonhards Stimme. Er war im Begriff, die Morgenrunde aufzulösen. »Den anderen Themen wenden wir uns dann in einer halben Stunde in meinem Büro zu.« Er winkte Alfred zu sich und schritt voran, die anderen Vorstandsmitglieder folgten ihm. Alfred war gespannt, was es in der Konferenz zu besprechen gab, und hoffte, dass er von seiner Zeit bei Onkel Oscar in Berlin berichten durfte. Man wollte schließlich voneinander lernen.

Kapitel 48

»Das passiert mir garantiert kein zweites Mal«, schwor sich Elisabeth, als sie an Judiths Seite durch das Treppenhaus im hinteren Bereich marschierte. Ihre Stimme hallte von den kahlen Wänden und den hohen Decken wieder. »So was Peinliches!«

»Ich finde es nett, dass sie uns begrüßt haben.« Judith grinste. Das Aufeinandertreffen mit den Vorstandsmitgliedern hatte sie nicht besonders getroffen. Ihr Herz schlug ein paar Takte schneller als sonst, doch das hatte einen ganz anderen Grund.

Elisabeth blieb kurz stehen und tippte sich an die Schläfe. »Das war ironisch gemeint, Judith, bist du ernsthaft so naiv?«

Doch Judith ging gar nicht auf den Einwand ihrer Freundin ein. »Hast du ihn gesehen?«

»Wen denn?«

»Na, den jungen Mann unter all den alten Herren.«

»Meinst du Alfred Tietz? Den Sohn des Chefs?«

»Das wird er wohl sein. Ein knackiges Kerlchen ist das.« Sie schnalzte mit der Zunge.

Elisabeth bedachte Judith mit einem mitleidigen Blick. »Der ist aber ein paar Nummern zu groß für dich, fürchte ich. Als ob sich ein Tietz für eine Verkäuferin interessiert.«

»Lass mich nur machen.« Judiths Grinsen wurde breiter.

»Was hast du vor?«

»Lass das nur meine Sorge sein. Auf jeden Fall ist so ein Tietz eine gute Partie.«

Elisabeth schüttelte den Kopf. »Schlag ihn dir lieber aus dem Kopf. So einer ist bestimmt längst vergeben.«

»Du bist eine Spielverderberin«, antwortete Judith und schmollte.

Aber der Gedanke an den reichen, jungen Tietz ließ sie nicht mehr los. Wenn sie so jemanden für sich gewinnen könnte, wäre sie all ihr Sorgen für immer los und musste nie wieder als Ladenmädchen schuften. Also musste ein Plan her, wie sie an ihn herankommen könnte. Und wenn sich Judith einmal etwas in den Kopf gesetzt hatte, dann gab sie so leicht nicht auf.

*

Für Margarete und Flora standen an diesem Morgen einige Termine an. Ein Fahrer brachte die beiden Frauen mit dem Automobil in die Innenstadt. Flora hatte sich vorgenommen, ihre baldige Schwiegertochter bei einigen sozialen Einrichtungen vorzustellen. Margarete zeigte sich sehr wissbegierig, und ihr Interesse schien von Herzen zu kommen. Überhaupt war Flora sehr angetan von der Verlobten ihres Sohnes, und sie freute sich schon auf die Hochzeit des jungen Paares.

Die Vorbereitungen liefen bereits auf Hochtouren. Gestern Abend hatten Alfred und Margarete die Einladungen geschrieben, und später würde Flora mit Margarete einen Schneider besuchen, der ihr ein traumhaftes Hochzeitskleid nähen sollte. Die Kosten dafür würden sie und Leo übernehmen. Flora war begeistert davon, dass sie schon bald eine Schwiegertochter haben würde. Fast hatte sie schon die Hoffnung aufgegeben, dass Alfred eine passende Frau finden würde.

Am Vorabend hatte Margarete ihr vom Besuch am Grab von Onkel Hermann berichtet. Dabei hatte sie ihr gestanden, wie gerne sie Hermann Tietz kennengelernt hätte. Auch Flora vermisste den Onkel ihres Mannes immer noch sehr. Er war stets für sie da gewesen, hatte ihnen mit Rat und Tat, aber auch mit einer gesunden Portion menschlicher Wärme, Herz und Verstand zur Seite gestanden. Er hatte eine tiefe Lücke in ihrem Leben hinterlassen.

Und jetzt Leo, durchzuckte es Flora. Der Gedanke war wie ein Bleigürtel, der sich schwer um ihre Brust legte. Seitdem Leonhard ihr und den Kindern von seiner möglichen Erkrankung berichtet hatte, konnte sie an kaum etwas anderes denken. Inzwischen hatten sie einen weiteren Arzt aufgetan, der Leonhard untersucht hatte, doch sie warteten noch auf die Ergebnisse.

Während der kurzen Fahrt von Marienburg in die Stadt sah Margarete interessiert aus dem Fenster. Als rechts der Rhein auftauchte, erhellte ein Lächeln ihr Gesicht. Einige Dampfschiffe zogen auf dem Wasser ihre Bahn.

»Gefällt dir Köln?«, erkundigte sich Flora.

»Sehr sogar.« Margarete war begeistert. »Die Stadt erinnert mich ein wenig an Berlin, nur etwas kleiner. Die Menschen auf den Straßen hier scheinen sich zu kennen und grüßen einander. Das ist bei uns anders. Jeder geht seines Weges, zieht oft eine grimmige Miene und ist froh, in Ruhe gelassen zu werden.«

Flora musste lachen. »Die Menschen in Köln lieben die Gemütlichkeit«, erklärte sie. »Das ist eine ganz eigene Mentalität.«

»Wir sind am Ziel, die Damen«, unterbrach die Stimme des Chauffeurs ihr Gespräch. Er hatte den Wagen am Straßenrand angehalten und stieg aus, um Flora und Margarete den Wagenschlag zu öffnen. Dabei hob er zum Gruß seine Fahrermütze.

»Wir sind in einer halben Stunde zurück«, sagte Flora, dann nickte sie Margarete zu, deren Wangen vor Aufregung glühten. »Dann wollen wir mal. Ich möchte dir so einiges zeigen, und danach gehen wir zum Schneider, damit er deine Maße für das Hochzeitskleid nehmen kann.«

Kapitel 49

Als Jule an diesem Morgen an den Alexanderplatz kam, sah sie gleich, dass etwas anders war als sonst. Eine große Menschenmenge hatte sich vor dem Warenhaus versammelt. Man stand beisammen, schüttelte die Köpfe und gab sich entsetzt. Mehrere Polizisten waren anwesend und hatten Mühe, das Volk zu beruhigen. Wachtmeister versuchten, allzu neugierige Passanten zum Weitergehen zu bewegen.

»Nee, oder?« Jule war fassungslos, als sie sich dem *Tietz* näherte. Zwei der großen Schaufensterscheiben waren zerbrochen; die Modepuppen lagen auf dem Rücken und gaben ein bizarres Bild ab. Soweit das Auge reichte, glitzerten Glasscherben und Splitter auf dem Bürgersteig.

»Gehen Sie weiter«, wurde Jule von einem Wachtmeister aufgefordert. Er nahm ihren Arm und wollte sie fortschieben, doch Jule schüttelte energisch den Kopf. »Det jeht nicht – ick arbeite hier!«, rief sie. »Was ist denn passiert?«

Der Polizist seufzte. Wahrscheinlich hatte er keine große Lust, diese Frage zum wiederholten Mal zu beantworten. »Unbekannte haben in den frühen Morgenstunden zwei Schaufenster eingeschlagen. Wir haben die Steine, die dazu benutzt worden sind, gesichert.«

»Een Anschlag? Auf det *Tietz*?« Jule konnte es nicht glauben. Ihr war das Warenhaus bisher immer wie eine heilige Welt vorgekommen, ein Reich, in das niemand eindringen konnte, der Böses im Schilde führte. Als der Wachtmeister schwieg, setzte sie nach: »Wer macht denn so was?«

»Unsere Ermittlungen laufen, Sie können unbesorgt sein, Fräulein.« Die Gesichtszüge des uniformierten Beamten entspannten sich ein wenig. »Arbeiten Sie hier als Verkäuferin?«

Jule nickte gedankenverloren. Was waren das nur für Menschen, die Anschläge auf ein Kaufhaus verübten?

»Dann muss ich Sie jetzt bitten, den Personaleingang aufzusuchen.« Er rang sich ein mattes Lächeln ab. »Schließlich möchte ich nicht die Schuld tragen, wenn Sie zu spät kommen.«

Jule nickte. Die Worte des Wachmannes erreichten ihre Ohren wie durch Watte. Es fiel ihr schwer, den Blick von den zerstörten Schaufenstern abzuwenden, in denen sich ihr ein Bild der Verwüstung bot.

»Det jeschieht dem Tietz recht!«, rief ein älterer Mann und schwenkte die Faust. Sein Hut rutschte ihm weit in den Nacken, der graue Anzug saß schlecht. Sein rundes Gesicht war puterrot, der Schnurrbart schien bei jedem seiner Worte zu zittern. »Soll er ma seh'n, dieser selbst ernannte Warenhauskönig!« Einige Passanten schüttelten angewidert den Kopf, andere applaudierten dem Sprecher. »Nieder mit die Koofhäuser! Die machen uns alle kaputt! Und die Bonzen in den Chefetagen betreiben munter Schleuderei und fördern Frauenarbeit.« Wieder wurde ihm zustimmender Applaus zuteil.

»Hört, hört!«, und »Weg mit *Tietz*!«, riefen einige Männer und schwenkten die Fäuste.

»Liebe Leute!«, rief der erste Sprecher. So wie es aussah, stand er auf einer Kiste oder einem improvisierten Podest, damit ihn alle sehen und hören konnten. »Boykottiert det Tietz, denn es tut uns nich jut. Wir alle jeh'n kaputt, weil sich dieser Warenhauskönig weiter uff unsere Kosten bereichert!«

Jule kam der Mann bekannt vor. Wenn sie sich nicht irrte, handelte es sich um Gustav Berenfeld, Betreiber eines kleinen Bekleidungsgeschäfts um die Ecke. Dass er auf Oscar Tietz nicht gut zu sprechen war, war nichts Neues. Doch Jule war überrascht, dass er nun so weit ging, dieser Meute als Redeführer zu dienen. Nur allzu gerne hätte sie den erbosten Mann in die Schranken gewiesen. Stattdessen riss sie sich von dem traurigen Anblick los und sah zu, dass sie zur Arbeit kam.

Sie hatte das Gefühl, gerade denn Beginn einer neuen Zeit miterlebt zu haben, und fühlte sich nicht wohl bei dem Gedanken.

*

Der Arzt legte den Stift zur Seite und schlug die Kladde zu, in der er seine Notizen niedergeschrieben hatte. Er seufzte, faltete die Hände und betrachtete seinen Patienten mit regungsloser Miene.

»Wie steht es um mich?« Leonhard Stimme war heiser, er musste sich ein paarmal räuspern. Die Frage hatte ihn große Überwindung gekostet. Unstet huschte sein Blick über das schwere Mobiliar der Praxis bis zu einer übergroßen Skizze an der Wand, die einen Menschen in Lebensgröße zeigte und dem Betrachter Organe, Knochen und die Muskulatur offenbarte.

»Nun«, sagte Doktor Küpper, ein drahtiger Mann von Anfang sechzig im weißen Kittel, »bedauerlicherweise gibt es einen Tumor – ob er bösartig ist, kann ich zum jetzigen Zeitpunkt noch nicht sagen.«

Ein Tumor, hallte es in Leonhard nach. *Ich habe einen Tumor.* Das Wort war für die meisten Menschen gleichbedeutend mit Tod. Er spürte, wie ihm abwechselnd heiß und kalt wurde. *Ich werde sterben.* Seine Hände zitterten.

»Kann man … ist es …«, setzte er an, brach aber ab.

»Wir werden versuchen, Sie zu operieren.« Doktor Küpper lächelte ihm aufmunternd zu. »Und so wie ich die Situation einschätze, stehen Ihre Chancen gut, die Operation zu überleben.«

»Wann kann es losgehen?«, fragte Leonhard, der den Eingriff so schnell wie möglich hinter sich bringen wollte. »Nächsten Monat? Nächste Woche? Morgen?«

»Wir sollten nicht mehr allzu lange warten«, meinte Küpper. »Je schneller der Tumor entfernt wird, desto geringer schätze ich das Risiko für Sie ein, Herr Tietz. Sie werden sich danach allerdings eine kleine Auszeit genehmigen müssen, um wieder zu Kräften zu kommen.«

»Muss das sein? Ich habe viel zu tun.«

»Ich fürchte, da haben Sie keine Wahl.« Küpper lächelte wieder. »Aber Sie sind im Unternehmen gut aufgestellt, ich gehe davon aus, dass man eine Weile ohne Sie auskommen wird.«

Leonhard fragte sich verdrossen, woher der Arzt wissen wollte, dass ein Unternehmen mit fünftausend Mitarbeitern ohne ihren obersten Chef auskommen würde. Dennoch gab er klein bei. »Natürlich haben Sie recht, auch wenn es mir schwerfallen wird, mich aus dem Geschäft zurückzuziehen.«

»Es ist ja nur vorübergehend. Und danach werden Sie wieder an der Spitze Ihres Konzerns schalten und walten können.«

Leonhard nickte. Er hatte nicht vor, in nächster Zeit abzutreten. Alfred war noch nicht so weit. Er würde sich zuerst im neuen Kaufhaus in Düsseldorf beweisen müssen, bevor er bis zur Vorstandsspitze aufrücken konnte. Außerdem stand seine Hochzeit kurz bevor. Der Zeitpunkt für die Operation war also denkbar ungünstig, doch wie Doktor Küpper gesagt hatte: Ihm blieb keine Wahl.

»Gut«, sagte Leonhard und drückte den Rücken durch. »Lassen Sie es uns in Angriff nehmen.«

»Das ist sehr vernünftig«, sagte der Arzt und griff zu seinem Kalender. »Dann sollten wir jetzt einen Termin vereinbaren.«

»Gern.« Leonhard holte tief Luft. Nun gab es kein Zurück mehr. Er liebte das Leben und konnte weder die Kinder noch Flora jetzt schon verlassen. Dass er trotzdem eine Höllenangst vor der Operation hatte, verdrängte er, so gut es ging.

*

Die Räumlichkeiten des Kölner Frauenklubs befanden sich im zweiten Stockwerk eines Wohn- und Geschäftshauses am Neumarkt. Neben einem Versicherungsbüro und einer Anwaltskanzlei hatten auch zwei Arztpraxen hier ihr Domizil gefunden.

Ein junges Mädchen, das sich offenbar als Schreibkraft verdingte, führte Flora und Margarete in einen Raum, in dem offenbar die Vorstandssitzungen des Klubs stattfanden. Es gab einen langen Tisch, an dem sie nun Platz nahmen, zahlreiche Stühle und einen halbhohen Schrank, der sich unter der Last der zahllosen Bücher in ihm bog. Man hatte den Gästen Gläser mit Wasser hingestellt. Das Fenster stand offen und sorgte für frische Luft. Munteres Vogelgezwitscher mischte sich unter den Straßenlärm der Autos, Lastwagen, Fuhrwerke und Straßenbahnen, die um den großen Platz herum zu kreisen schienen.

»Und du bist hier mit im Vorstand?«, raunte Margarete ihrer Schwiegermutter in spe zu, während sie auf die Vorsitzende warteten.

»Nein«, erwiderte Flora, »ich unterstütze lediglich den Verein, nutze unseren bekannten Namen und vermittele, außerdem trete ich bei einigen Projekten als Mäzenatin auf. Wir stellen Gelder bereit, um beispielsweise Schulen zu bauen, oder wir kämpfen für Frauenrechte.«

»Du denkst sehr fortschrittlich«, sagte Margarete voller Bewunderung. Sie teilte viele der Einstellungen ihrer künftigen Schwiegermutter und war gespannt, ob die Vorsitzende des Vereins ihr eine Mitarbeit anbieten würde. In dem Moment flog die Tür auf, und eine

Frau in Floras Alter betrat mit großen Schritten den Besprechungsraum. Ihr wacher Blick huschte zu Margarete, bevor sie Flora herzlich begrüßte.

»Schön, dass du dir Zeit für uns nimmst, Luise«, begann Flora das Gespräch, dann wandte sie sich an Margarete. »Das ist Luise Wenzel, unsere Vorsitzende. Margarete Dzialoszynski ist die Verlobte meines Sohns Alfred«, erklärte Flora, an Luise Wenzel gewandt. »Sie war in Berlin Lehrerin an einer Armenschule und hat sich nach Feierabend in der Volksküche des *Vaterländischen Frauenvereins* engagiert.«

Luise Wenzel schenkte Margarete einen anerkennenden Blick. »Das ehrt Sie sehr, Fräulein Dzialoszynski. Nicht viele Mädchen in Ihrem Alter interessieren sich für die Missstände unserer Gesellschaft.«

»Ich fühle mich verpflichtet, etwas zu tun«, beteuerte Margarete. »Und da ich nun in Köln lebe, möchte ich mich auch hier in soziale Projekte einbringen.«

»Und da kommst du ins Spiel«, erklärte Flora. »Ich dachte, sicher gibt für Grete Arbeit im Klub.«

Luise Wenzel betrachtete Margarete nachdenklich, dann nickte sie. »Aber selbstverständlich. Es wäre ja töricht von mir, eine derart engagierte junge Dame fortzuschicken.« Sie überlegte kurz, dann wandte sie sich an Margarete. »Was liegt dir denn am besten?«

»Kinder«, schoss es aus Margarete heraus. »Ich würde gern etwas mit Kindern machen.« Sie überlegte, ob sie ihren konkreten Wunsch, wieder als Lehrerin zu arbeiten, aussprechen sollte, doch Luise Wenzel kam ihr zuvor.

»Wenn du bereits an einer Schule gearbeitet hast, dann werden wir auch hier etwas Passendes für dich finden«, war sie sicher. »Denn bei allem ehrenamtlichen Engagement möchtest du sicher auch eine berufliche Herausforderung meistern, richtig?«

Margarete nickte energisch. »Gibt es denn eine offene Stelle?«

»Ganz bestimmt sogar. Was hast du denn gelernt?«

Margarete berichtete von ihrem Werdegang, beginnend bei der höheren Töchterschule über ihre Pädagogikausbildung bis hin zum Studium der Sozialarbeit, das sie als Jahrgangsbeste abgeschlossen hatte. »Und bis vor Kurzem unterrichtete ich Kinder an einer Armenschule.«

»Das klingt vielversprechend«, sagte Luise Wenzel, die sich ein paar Notizen gemacht hatte. »Wenn du in zwei Tagen wiederkommst, habe ich sicher etwas Adäquates für dich.«

Am liebsten wäre Margarete von ihrem Stuhl aufgesprungen, um die Vorsitzende des Frauenklubs zu umarmen. Nur ihre gute Erziehung hielt sie zurück. Draußen im Treppenhaus schloss sie dann stattdessen ihre künftige Schwiegermutter in die Arme. Jetzt konnte ihr neues Leben in Köln endlich Fahrt aufnehmen!

Kapitel 50

Das Wetter an diesem Vormittag passte zu Oscars Stimmung: Berlin zeigte sich grau in grau. Ein ungewöhnlich kalter Wind trieb schwere Regenwolken über die Stadt. Nachdenklich stand er am Fenster seines Büros und betrachtete das Spiel der Wolken über den Dächern der Hauptstadt. Sicherlich würde es in Kürze einen Schauer geben.

Wie die Wolken am Himmel, so türmten sich auch Oscars dunkle Gedanken in seinem Kopf auf.

Zwar wurde er schon seit dem Bau des großen Warenhauses am Alexanderplatz von den Betreibern kleinerer Geschäfte öffentlich angefeindet, doch die Anfeindungen nahmen in letzter Zeit unerwartete Ausmaße an. Kurz überlegte Oscar, ob der Anschlag vom Morgen vielleicht auf Wertheim zurückzuführen sein könnte und nicht auf die Kaufhausgegner. Doch so etwas passte eigentlich nicht zu ihm. So oder so würde Oscar bei der nächsten sich bietenden Gelegenheit mit seinem Bruder darüber sprechen müssen, wie sehr ihre Gegner erstarkt waren. Ihn interessierte, ob Leonhard in Köln mit ähnlichen Problemen zu kämpfen hatte.

Die zerstörten Schaufenster seines Prachtbaus am Alexanderplatz machten ihm schwer zu schaffen. Ein feiger Anschlag war das gewesen. Oscar machte es rasend vor Wut, wenn sich Fremde an seinem Eigentum vergriffen. Der Wachdienst hatte ihn schon früh am Morgen darüber informiert. Von den Tätern fehlte jede Spur.

Mit geballten Fäusten wandte Oscar sich um und betrachtete das große Bildnis von Onkel Hermann. Der alte Herr schien völlig unbeeindruckt von den schlechten Nachrichten zu sein, so wie er da in Öl gemalt auf seinen Neffen herabblickte. Zu seinen Lebzeiten war

Onkel Hermann ihm ein väterlicher Freund gewesen, der immer Rat gewusst hatte.

»Was würdest du in dieser bizarren Situation tun?«, fragte Oscar das Gemälde. »Nun werfen sie schon Steine in unsere Schaufenster. Erst gestern war der Bericht dieses Schmierfinks in der Zeitung, der sich über die Macht der großen Warenhäuser aufgeregt hat – und nun das.« Es mehrten sich die Vorwürfe, er würde sich zu sehr in die sozialen Belange seiner Angestellten einmischen. Oscar konnte nicht begreifen, was manche Menschen daran auszusetzen hatten. Wer in Schwierigkeiten steckte, dem wurde eben von der Firma geholfen. In Einzelfällen unterstützte Oscar Mitarbeiter sogar durch die Bereitstellung von Darlehen. Mit Betty hatte er auch die wohltätige Tietz-Stiftung ins Leben gerufen, doch all das stieß in letzter Zeit immer mehr auf kritische Stimmen.

Oscars jugendlicher Idealismus war ihm nie ganz verloren gegangen, und er träumte weiter von einer sozialen Marktwirtschaft. Und wenn das einigen Leuten nicht passte, so war das ihr Problem.

Er beschloss, den Zwischenfall mit dem Vorstand zu besprechen, doch er hatte nicht vor, sich von seinen Idealen abzuwenden. Er würde seine Angestellten weiterhin gut behandeln, komme, was wolle.

Da ihn das Bildnis seines Onkels anschwieg, wanderte Oscar ruhelos durch das Büro. Den Blick zu Boden gerichtet, die Hände auf dem Rücken verschränkt, hing er seinen Gedanken nach. Er wurde den Verdacht nicht los, dass der Anschlag auf den Zeitungsartikel zurückzuführen war. Dort hatte ihm der Redakteur in scharfem Ton für sein wohlwollendes Engagement gegenüber der *Tietz*-Belegschaft verurteilt. Der Journalist prangerte an, dass der Warenhauskönig mit seinem Verhalten Anreize und Begehrlichkeiten wecke. Auch das Einbringen von sozialistischen Ideen in sein Unternehmen warf ihm der Artikel vor.

Oscar nahm sich vor, den Verfasser des ketzerisch verfassten Beitrags zur Rede zu stellen und auf eine Gegendarstellung zu drängen.

Er zuckte zusammen, als es an der Tür klopfte und seine Sekretärin den Kopf in den Raum steckte. »Ihre Frau ist hier.«

Oscars Miene erhellte sich. Manchmal kam es ihm vor, als würde Betty spüren, wenn es ihm nicht gut ging. »Danke«, sagte er und lehnte sich rücklinks an seinen Schreibtisch.

Betty trat hastig ein. Sie war kreidebleich. »Mein Gott«, rief sie anstelle eines Grußes, »die Welt ist verrückt geworden.«

Oscar kam ihr entgegen und schloss sie in die Arme. »Es wird brutaler«, seufzte er. »Die Stimmen der Neider werden lauter, sie raufen sich zusammen, um gegen uns Sturm zu laufen.«

»Aber wir sind gut zu den Menschen«, entgegnete Betty. Sie warf ihre Handtasche auf den Besprechungstisch und nahm den ausladenden Hut vom Kopf. »Wir haben soziale Einrichtungen ins Leben gerufen und geben der Gesellschaft etwas zurück.«

Oscar nickte. »Und zum Dank werfen sie uns die Schaufenster ein.«

»Der Sachschaden …«

»… ist nicht signifikant«, unterbrach Oscar sie. »Sicherlich sind die entstandenen Kosten sehr ärgerlich, doch die Botschaft, die hinter dem Attentat steckt, bereitet mir weitaus größere Sorgen, Betty.«

»Sind es die kleinen Händler, die sich bedroht fühlen?«

»Ich weiß nicht, ob sie dahinterstecken, Betty.«

»Wundern würde es mich nicht, ihre Läden fristen im Schatten unserer Warenhäuser ein recht trauriges Dasein. Wer mag schon in einen Laden gehen, bei dem man schon von außen den Eindruck hat, man würde einen düsteren Keller betreten?«

Oscar konnte den Zorn seiner Frau auf die kleinen Einzelhändler verstehen, da sie diese für verantwortlich hielt. Doch er sagte: »Sie haben kein Geld für ansprechende Fassaden, für elektrisches Licht und große Schaufensterdekoration. Dagegen wirken unsere Häuser wie Paläste, an die sie die zahlungskräftige Kundschaft verlieren. Aber ob die Einzelhändler tatsächlich dazu in der Lage sind, sich an unserem Haus zu vergreifen?« Er schüttelte den Kopf. »Das kann ich mir nicht vorstellen, Betty.«

»Aber wer soll sonst dahinterstecken?« Sie zögerte. »Was, wenn es ein Anschlag gegen uns als Juden ist?«

Auch Oscar waren in letzter Zeit immer wieder Anschläge auf von Juden geführte Geschäfte und Fabriken zu Ohren gekommen. Bettys Überlegung erschien ihm also gar nicht abwegig. »So etwas müsste der Kaiser verhindern. Erst neulich war er bei einer feierlichen Eröffnung der Wertheims. Die sind auch Juden.«

»Ich weiß nicht, ob ihn das wirklich interessiert«, antwortete Betty.

»Kaiser Wilhelm hat allen Menschen im Reich Freiheit und Eigentum garantiert«, sagte Oscar. »Gegen antijüdische Ausschreitungen bietet er uns polizeilichen und militärischen Schutz.«

»Das steht auf dem Papier, die Wirklichkeit sieht womöglich anders aus«, gab Betty zu bedenken. Sie sank auf einen der Stühle am Konferenztisch, barg sekundenlang das Gesicht in den Händen und sah dann zu ihm auf. »Oscar«, sagte sie leise, »ich habe Angst. Was, wenn die eingeschlagenen Schaufenster nur der Anfang sind?«

Damit hatte sie Oscars schlimmste Befürchtungen ausgesprochen. Er wusste keine Antwort, mit der er seine Frau beruhigen konnte.

»Auf die Politiker sollten wir uns lieber nicht verlassen«, fuhr sie fort. »Die machen uns das Leben schon seit geraumer Zeit schwer. Als Juden dürfen wir keine hohen Ämter bekleiden, und hinzukommt, dass man uns als Geschäftsleute immer wieder Steine in den Weg legt – schon bevor man sie uns in die Scheiben geworfen hat. Egal, ob baurechtliche Schikane oder die unlängst eingeführte Warenhaussondersteuer, das sind alles keine guten Zeichen.« Während sie sprach, sammelten sich Tränen in Bettys Augen. Selten in ihrem gemeinsamen Leben hatte er seine Frau so verzweifelt und hilflos erlebt. Wut keimte in ihm auf.

»Unser Ruf darf nicht leiden«, murmelte er, trat vor Betty und zog sie an sich. Sie ließ es geschehen und bettete ihren Kopf auf seinem Oberkörper. »Ich lasse mir all das, was wir zusammen aufgebaut haben, nicht kaputtmachen. Unsere Angestellten arbeiten hochmotiviert und gern für uns. Ich habe nicht vor, von meinem Kurs abzuweichen, nur weil ein paar Querulanten Stimmung gegen uns machen.«

Betty legte den Kopf in den Nacken und blickte zu ihm auf. Er reichte ihr wortlos ein Taschentuch und sie tupfte sich die Tränen aus dem Gesicht. Sie rang sich ein Lächeln ab.

»Das ist mein Oscar«, sagte sie leise. »So kenne ich dich.« Schwungvoll erhob sie sich und klatschte in die Hände. »Und jetzt machen wir einen Plan, wie wir derartige Eskalationen in Zukunft vermeiden können.«

*

Judith hatte alles gut vorbereitet. Ihr Herz klopfte vor Aufregung, als sie an die bevorstehende Begegnung mit dem jungen Herrn Tietz dachte. Gleich würde sie ihn ansprechen, und ihrem Charme hatte noch kein Mann widerstanden.

Seit geraumer Zeit wartete sie nun schon im Treppenhaus, das von der Verkaufsfläche in die Verwaltung führte. Nachmittags, so hatte sie in Erfahrung bringen können, traf sich Alfred Tietz mit seinem Vater, immer um die gleiche Zeit. Eine ideale Gelegenheit also, um ihn auf dem Weg zum Büro von Leonhard Tietz abzufangen.

Immer wieder schielte sie ungeduldig auf die große Wanduhr neben dem Eingang. Jeden Moment war es so weit. Aufgeregt rannte

Judith die ersten Stufen hinauf, genau in dem Augenblick, als unten die Tür ging.

Schritte, dachte sie aufgeregt und legte lauschend den Kopf schräg. *Er ist es! Jetzt oder nie!* Sie nahm allen Mut zusammen und rannte die Steinstufen wieder hinunter. Im Laufen erblickte sie Alfred Tietz, der ein wenig verdutzt stehen blieb, genau in dem Augenblick, als sie das Gleichgewicht verlor und ins Straucheln geriet.

»Warum so eilig?«, hörte sie die Stimme von Alfred Tietz wie durch Watte an ihre Ohren dringen. Im nächsten Augenblick spürte sie zwei starke Hände, die sie packten und sie so vor einem Sturz bewahrten.

»Ich … ich muss gestolpert sein«, murmelte sie atemlos. Er duftete so gut! Ein wenig länger, als nötig gewesen wäre, ließ sie sich von ihm festhalten.

»Ich werde das Treppengeländer prüfen lassen«, versprach Alfred Tietz ihr besorgt. »Haben Sie sich verletzt?«

»Nein, dank Ihres beherzten Eingreifens nicht«, antwortete sie und sah mit einem koketten Lächeln zu ihm auf. »Wie kann ich mich erkenntlich zeigen?«

»Indem Sie die Treppen das nächste Mal langsamer nehmen«, schlug er mit einem charmanten Lächeln vor.

»Einverstanden.« Sie sah zu ihm hoch. Am liebsten hätte sie sich nie mehr von ihm gelöst. »Ich möchte mich revanchieren«, sagte sie und amüsierte sich über seinen verwirrten Gesichtsausdruck. »Darf ich Sie zu einem Kaffee einladen?«

»Wie bitte?« Er runzelte die Stirn.

»Ich habe Ihnen mein Leben zu verdanken, Herr Tietz.«

»Jetzt übertreiben Sie aber. Außerdem hätte jeder zugepackt, um den Sturz zu vermeiden«, versicherte er ihr.

»Trotzdem, ich möchte mich bei Ihnen erkenntlich zeigen. Sie sollen wissen, wie dankbar ich Ihnen bin.« Ohne seine Antwort abzuwarten, stellte sie sich auf die Zehenspitzen und hauchte ihm einen Kuss auf die Lippen.

Alfred Tietz war so überrascht, dass er sie gewähren ließ, doch dann erlangte er seine Fassung zurück und schob sie unsanft von sich fort.

»Was erlauben Sie sich!«, rief er empört. Er drängte sich an ihr vorbei, um seinen Weg die Treppe hinauf fortzusetzen. »Überlegen Sie sich in Zukunft besser, wen Sie küssen. Ich bin so gut wie verheiratet!«

»Mist«, murmelte Judith, während sie ihm hinterhersah. Ihr Plan war nicht aufgegangen. Bisher hatte sich nie ein Mann gewehrt, wenn sie ihn küsste. Doch offenbar war Alfred Tietz anders.

*

»Was machst du denn da?« Alfred war immer noch außer sich, als er wenig später ohne anzuklopfen in das Büro seines Vaters stürmte. Er überlegte, seinem Vater von dem Zwischenfall mit dem Ladenmädchen im Treppenhaus zu berichten. Schließlich entschied er sich jedoch dagegen. Um nichts in der Welt wollte er, dass ein falscher Verdacht auf ihn fiel, und er hoffte, dass man ihn und das Ladenmädchen nicht beobachtet hatte. Nicht auszudenken, wenn Margarete etwas davon erfuhr!

Eilig hatte er sich im Treppenhaus die Lippen abgewischt, für den Fall, dass das Mädchen ihn mit ihrem Lippenstift beschmiert hatte.

»Ich plane«, beantwortete sein Vater Alfreds Frage. Leonhard hatte sich über den Konferenztisch gebeugt und betrachtete einige große Skizzen, die dort auslagen.

»Na, na«, sagte er, als er Alfred erblickte. »Wie siehst du denn aus, Junge?« Er zupfte seinem Sohn die Krawatte zurecht. »Du solltest dein Haar bürsten«, fügte er hinzu. »Du siehst aus, als wärst du in einen Sturm geraten.«

»So könnte man es sagen«, murmelte Alfred. »Das Haus in Düsseldorf verzeichnet abermals steigende Umsätze«, verkündete er dann, um das Thema zu wechseln.

»Und warum klopfst du nicht mehr an und stürmst wie eine Dampfwalze in mein Büro?« Leonhard betrachtete ihn mit hochgezogener Augenbraue.

»Es tut mir leid, Vater. Aber das Haus in Düsseldorf ...«

»Deshalb erschreckst du mich so?«

Alfred zuckte grinsend die Schultern. »Ich konnte ja nicht ahnen, dass ich dich bei deinem Büroschlaf wecke. Noch dazu im Stehen!«

»Anklopfen gehört zum Anstand im Geschäftswesen«, belehrte sein Vater ihn mit strenger Miene und erhobenem Zeigefinger.

»Es kommt nie wieder vor«, versprach Alfred, der sich zunehmend für die Pläne auf dem langen Tisch interessierte. Auf den ersten Blick erkannte er, dass es sich um ein Kaufhaus handelte. Bisher war aber noch kein weiterer Neubau in den Vorstandssitzungen besprochen worden. »Was ist das?«, fragte er und zeigte auf den Entwurf, der vom Architekten Wilhelm Kreis unterschrieben war.

»Das, mein Sohn«, sagte Leonhard mit feierlicher Stimme, »wird die Krönung meines Lebenswerkes.«

»Ich fürchte, ich verstehe nicht«, entgegnete Alfred. Auf den Plänen hatte er entdeckt, dass die Lage des Kaufhauses die Bezeichnung Köln, Hohe Straße trug. Erst auf dem zweiten Blick erkannte er Teile der vorhandenen Fassade des Gebäudes, in dem sie sich gerade befanden. »Du willst umbauen?«

Leonhard lächelte versonnen. »Umbauen ist nicht der richtige Ausdruck. Vergrößern wäre zutreffender, so, wie wir es in Aachen gemacht haben, nur in ganz anderen Dimensionen. Danach verfügen wir hier in Köln über eine Verkaufsfläche von neuntausend Quadratmetern auf fünf Stockwerken, ein Mehrabteilungshaus nach französischem Vorbild.« Er hielt kurz inne, um seine Worte wirken zu lassen. »Das, mein Sohn«, er zeigte auf den Plan des Architekten, »wird das größte Kaufhaus im preußischen Reich.«

Alfred sah sich die Pläne näher an. Alles wirkte noch größer und prächtiger, als es schon war. Dabei hatten sie das Kölner Stammhaus erst vor vier Jahren eröffnet.

»Wie soll das funktionieren?«, wollte Alfred wissen. »Sicher kann der Verkauf während der Arbeiten nicht weitergehen?«

»Doch, mein Sohn, das kann er. Wir werden an das bestehende Gebäude anbauen. Zwischenzeitlich wird die eine oder andere Abteilung vorübergehend schließen oder an einem anderen Platz ihr Sortiment anbieten, aber der Verkauf wird weitergehen. Die Leute sollen sehen, was passiert. Ich will sie neugierig machen auf das ganz Große, was da auf sie zukommt.«

»Warum wusste ich davon nichts?« Alfred war ein wenig gekränkt. Normalerweise erfuhr er in den Abendstunden bei einem Glas Wein in der Villa Tietz, wenn sein Vater Veränderungen plante.

»Weil du, als ich Kreis mit der Planung des Neubaus beauftragte, in Berlin warst.« Leonhard klopfte Alfred jovial auf die Schulter. »Mach dir keine Sorgen, du hast die Pläne als Erster gesehen. Ich werde sie dann in den nächsten Tagen dem Vorstand als meinen letzten großen Coup präsentieren.« Wehmut schwang in der Stimme seines Vaters mit.

»Ist alles in Ordnung?«, fragte Alfred besorgt.

»Ich möchte mit dem Umbau die Segel in Richtung Zukunft setzen, Junge.«

»Das klingt aber sehr nach Abschied«, erwiderte Alfred. Er spürte, dass etwas anders war als sonst. Die Härchen auf seinen Unterarmen richteten sich auf. »Nach einem endgültigen Abschied.«

Leonhard seufzte. Als Alfreds Vater sich von den Plänen losriss und zum Schreibtisch trat, war sein Gang gebeugt wie der eines alten Mannes. Alfred fragte sich, was mit ihm los sein könnte. Er stand mitten im Raum und sah seinem Vater dabei zu, wie er schwerfällig in den Sessel hinter dem Schreibtisch sank.

»Geht es dir nicht gut?«

Leonhard lächelte zu ihm auf. »Ich war heute beim Arzt, er hat einen Tumor bei mir festgestellt.«

Alfred spürte, wie seine Knie weich wurden. Er zog sich einen Stuhl heran und setzte sich. »Krebs?«

»Man weiß es nicht. Doktor Küpper, bei dem ich zuletzt war, ist einer der besten Ärzte Kölns. Ich habe ihn um eine zweite Meinung gebeten, nachdem mich die Diagnose unseres Hausarztes zugegebenermaßen ein wenig aus der Bahn geworfen hat.«

»Wie geht es denn jetzt weiter?«

»Ich werde mich operieren lassen und dann eine Zeit lang dem Geschäft fernbleiben müssen, um wieder zu Kräften zu gelangen.« Leonhard rang sich ein schwaches Lächeln ab, während er auf Alfred zeigte. »Und dann kommt dein großer Auftritt, Junge. Du wirst mich in dieser Zeit vertreten.«

Alfred schossen tausend Gedanken gleichzeitig durch den Kopf. Er dachte fieberhaft nach und überlegte, ob er dieser verantwortungsvollen Aufgabe gewachsen war oder ob sein Vater besser ein anderes Vorstandsmitglied beauftragen sollte, vorübergehend Leonhards Rolle zu übernehmen. Doch er wagte es nicht, seinem Vater zu widersprechen. Er wollte ihn nicht enttäuschen.

»Ich fühle mich geehrt, den großen Leonhard Tietz vertreten zu dürfen«, sagte er schließlich. Aber seine Stimme klang belegt, und er fühlte sich unwohl, was vor allem an der Sorge um seinen Vater lag. »Wirst du … ich meine, wirst du die Krankheit …«, stammelte er.

»Überleben?«, half sein Vater ihm. Wieder zuckte er die Schultern. »Wer weiß das schon? Wenn es doch Krebs ist und nicht operiert werden kann, stehen meine Chancen wohl schlecht. Aber sterben müssen wir alle, mein Sohn.«

»Leider.« Alfred senkte den Blick und dachte kurz an seinen großen Bruder Heinrich, der schon im Alter von zehn Jahren an einer unheilbaren Krankheit gestorben war, bevor sein Leben überhaupt richtig begonnen hatte. Vor zwei Jahren dann Großonkel Hermann, und jetzt … Er wagte es nicht, den Gedanken zu Ende zu führen. »Natürlich wirst du das überleben«, sagte er. »Immerhin steht demnächst ein großes Fest an.«

Leonhard legte fragend den Kopf schräg und setzte eine theatralisch verwirrte Miene auf. »Was meinst du bloß?«

»Meine Hochzeit, natürlich«, antworte Alfred lahm. Ihm war klar, dass sein Vater die Stimmung auflockern wollte, aber er fühlte sich wie erstarrt und unfähig, darauf einzugehen. Nun verstand er auch das dringende Bedürfnis seines Vaters, mit dem Umbau des Kölner Hauses den Höhepunkt seines Lebenswerkes zu setzen. Der Gedanke bereitete Alfred Angst, aber es schien, als würde seinem Vater die Zeit davonlaufen.

*

»Herein.« Oscar sah von seiner Arbeit auf und stellte ein wenig verwundert fest, dass es nicht seine Sekretärin war, die den Kopf in den Raum steckte, sondern eine junge Frau, die als Verkäuferin in der Damenmodeabteilung arbeitete. Er versuchte, sich an ihren Namen zu erinnern.

»Fräulein Schmittke«, sagte er schließlich. Er bat sie mit einer Geste herein. »Was kann ich für Sie tun?« Sein Lächeln war warm und freundlich.

»Hätten Se vielleicht eenen Augenblick Zeit für mich?« Zögernd trat das Ladenmädchen näher. »Und Sie können jerne Jule zu mir sagen.«

Oscar nickte lächelnd. »Nehmen Sie doch Platz, Jule.« Er zeigte auf einen der beiden Besucherstühle vor seinem wuchtigen Schreibtisch und beobachtete, wie sie sich setzte, die Knie eng aneinandergepresst, die Hände auf dem Schoss gefaltet.

»Det mit heute morjen tut mir schrecklich leid.«

»Sie meinen die beiden Schaufensterscheiben, nehme ich an?« Oscar beugte sich vor und legte die Hände auf die Tischplatte.

»Ja. So was jeht jar nich.«

»Da haben Sie recht.« Oscar fragte sich, worauf die junge Frau hinauswollte.

»Da war een Mann, der hat schlimme Parolen jebrüllt«, erzählte sie ihm.

»Was hat er denn gerufen?«

Jule zitierte ein paar Sätze vom Morgen.

»Und – kennen Sie den Mann?«, fragte Oscar, nun mit echtem Interesse.

»Ja, ihm jehört det Bekleidungsjeschäft an der Ecke.«

»Berenfeld?«, fragte Oscar überrascht. »Gustav Berenfeld hat Hassparolen gerufen?«

Jule nickte. »Der war det, da bin ick mir janz sicher, Herr Tietz.« Sie holte tief Luft. »Und zig andere Menschen waren ooch da und haben mitjebrüllt, aber Berenfeld war der Anführer. Er war am lautesten.«

»Das ist sehr anständig von Ihnen, Jule, dass Sie mir davon berichten.« Oscar lächelte sie dankbar an. »Sie wollen nicht, dass dem Warenhaus Schlimmes widerfährt, was?«

»Nee, janz bestimmt nich, Herr Tietz, ick arbeite so jerne hier.«

»Das freut mich zu hören. Und ich werde sehen, was ich aus Ihrem Hinweis machen kann. Vielen Dank für Ihre Loyalität.«

»Jern jeschehen, Herr Tietz.« Jule stand auf und verabschiedete sich.

Als das junge Lademädchen verschwunden war, lehnte Oscar sich in seinem Stuhl zurück, und sein Blick glitt ins Leere. »Berenfeld«, murmelte er. »Ich wusste, dass wir irgendwann Streit bekommen würden.«

Dann sprang er auf und schlüpfte in seinen leichten Sommermantel. Nachdem er den Hut aufgesetzt hatte, meldete er sich bei seiner Sekretärin ab. Es gab viel zu tun, wenn er wollte, dass es keinen weiteren Anschlag auf eines seiner Warenhäuser gab.

Kapitel 51

Als sie am Abend zur Villa Tietz zurückkehrten, war Margarete sehr müde. Sie hatte zahlreiche Eindrücke gewonnen, viele Menschen kennengelernt und ihre neue Heimat Köln gleich ins Herz geschlossen. Auch der Besuch beim Schneider war erfolgreich verlaufen. In der kommenden Woche konnte sie zur ersten Anprobe ihres Hochzeitskleides kommen. Allein die Vorstellung daran, bald ein wunderschönes Brautkleid zu tragen, versetzte Margarete in einen wahren Freudentaumel.

»Das war ein aufregender Tag«, sagte sie zu Flora.

»Ich hoffe, nicht allzu anstrengend«, erwiderte ihre Schwiegermutter in spe mit einem sanften Lächeln.

»Nein, es war wahnsinnig schön«, antwortete Margarete, während sie dem davonfahrenden Wagen nachblickte. Sie war es nicht gewöhnt, dass ein Chauffeur für sie bereitstand. Vor einer Woche hatte sie weite Wege in der Stadt noch mit einem klapprigen Doppeldeckerbus zurückgelegt.

Seite an Seite marschierten die Frauen auf die Villa zu, als sich die Tür öffnete. Doch es war nicht das Hausmädchen, sondern Alfred, der sie mit versteinerter Miene hereinbat. Margarete spürte sofort, dass etwas Schreckliches geschehen sein musste. Sie hatte bei der Begrüßung ihres Verlobten einen Kloß im Hals.

»Alfred«, sagte sie, »ist etwas passiert?«

Alfred nickte, bevor er sich an seine Mutter wandte. »Warum hat mir niemand gesagt, dass Vater Krebs hat?«

*

In dem kleinen Laden roch es muffig. Durch die winzigen Fenster drang nur wenig Tageslicht ins Innere, auch die kleine Glocke über der Tür scharrte mehr, als dass sie läutete. Oscar stellte fest, dass er allein war, und sah sich um. Das Sortiment, die Art der Warenpräsentation, die Ladeneinrichtung – alles wirkte armselig und veraltet, sogar geschmacklos auf Oscar. Wer auch immer dieser Gustav Berenfeld war, er führte sein Geschäft nicht mit sonderlich viel Herzblut. Auch er hatte damals mit Betty und Hermann in einem solchen Ladengeschäft in Gera als Kaufmann angefangen, doch ihr Laden war immer sauber und das Sortiment ansprechend hergerichtet gewesen.

»Hallo?«, rief Oscar. »Ist hier jemand?«

Er trommelte auf dem wurmstichigen Holztresen herum. Endlich tat sich im hinteren Bereich etwas. Aus einem der Zimmer jenseits des staubigen Trennvorhangs ertönte eine unangenehme schnarrende Stimme.

»Ich komm gleich!«

Irgendetwas fiel polternd zu Boden, die Stimme fluchte ungestüm, dann näherten sich Schritte und der Trennvorhang wurde zur Seite geschoben. Ein untersetzter, ungepflegt wirkender Mann in einem schlecht sitzenden Anzug erschien auf der Bildfläche. Misstrauisch beäugte er Oscar, hielt kurz inne und schien zu überlegen, woher er seinen Besucher kannte.

»Was wollen Sie?«, herrschte Gustav Berenfeld ihn schließlich an. »Ich will Sie hier nicht haben.« Offenbar hatte er erkannt, dass Oscar Tietz persönlich vor ihm stand.

Oscar ließ sich nicht provozieren. »Ich wollte Sie heute Morgen auch nicht vor meinem Warenhaus haben, damit Sie Ihre Hassparolen zum Besten geben. Doch so ist das manchmal im Leben: Einige Dinge kann man sich nicht aussuchen.«

»Wovon reden Sie?« Berenfeld verengte die Augen zu schmalen Schlitzen.

»Von der Glaubensauffassung beispielsweise«, erwiderte Oscar. »Man wird in eine Religion hineingeboren und dementsprechend erzogen. Man ist evangelischen, katholischen oder jüdischen Glaubens, Herr Berenfeld.« Oscar trat einen Schritt näher. »Und mit Letzterem scheinen Sie ja Probleme zu haben.«

»Ich hab nichts gegen Juden.«

»Da habe ich anderes gehört«, entgegnete Oscar. »Sie waren in der Vergangenheit immer wieder auffällig judenfeindlich, haben sogar zum Boykott gegen jüdische Kaufhäuser aufgerufen.«

»Woher wissen Sie das?«

»Weil ich Zeitung lese und in engem Kontakt zu den Berliner Polizeibehörden stehe – und das nicht erst, seit man mir zwei Schaufensterscheiben eingeschlagen hat.« Den letzten Teil des Satzes hatte Oscar gefährlich langsam gesprochen. »Offenbar haben Sie Probleme mit uns Juden.«

»Wollen Sie mir was anhängen?«

»Nicht im Geringsten. Ich möchte nur, dass Sie Ihre Abneigung gegen uns nicht ausgerechnet vor meinem Warenhaus ausleben. Dass zwei Scheiben zu Bruch gegangen sind, ist ärgerlich. Was ich auf keinen Fall dulde, ist, wenn offen Hass gegen uns verbreitet wird. Sollte ich noch einmal so etwas erleben, müssen Sie mit entsprechenden Konsequenzen rechnen.« Ohne eine Antwort abzuwarten, machte Oscar auf dem Absatz kehrt.

An der Ladentür blieb er noch einmal kurz stehen und drehte sich zu dem Kaufmann um. »Einen schönen Tag noch, Herr Berenfeld.« Mit diesen Worten trat er an die frische Luft, aber wahre Erleichterung wollte sich bei Oscar nicht einstellen. Er wurde das dumpfe Gefühl nicht los, dass der Ärger mit den Anfeindungen gerade erst begonnen hatte.

Kapitel 52

In Köln war eine Zeit voller Gegensätze hereingebrochen. Der Spätsommer am Rhein zeigte sich von seiner besten Seite, zwar verfärbte sich das erste Laub in den Bäumen bereits und stimmte die Menschen auf den nahenden Herbst ein, doch tagsüber war es angenehm warm und mild in der Domstadt.

Für Margarete verging die Zeit wie im Flug, steckte sie doch bis zum Hals in den Vorbereitungen für den schönsten Tag ihres Lebens. Abends erhielt sie tatkräftige Hilfe von Alfred, der oft in Düsseldorf war, wo er mit der Leitung des großen Hauses viel Arbeit hatte und sich, wenn er in der Kölner Zentrale war, mit den Umbauplänen des Haupthauses auseinandersetzte.

Bei der Umsetzung des Höhepunktes seines Lebenswerkes, wie Leonhard das Projekt bei jeder sich bietenden Gelegenheit nannte, unterstützte Alfred seinen Vater nach Kräften. Bei der Arbeit wirkte Leonhard oft matt und erschöpft, doch er kämpfte um seinen Traum vom größten Kaufhaus im preußischen Reich. Solange es seine Krankheit zuließ, wohnte er jeder Konferenz bei, die sich mit den Planungen befasste, er traf wichtige Entscheidungen und ließ sich gegenüber den anderen Vorstandsmitgliedern nichts von seiner Krankheit anmerken. Für Alfred war klar, dass sein alter Herr noch nicht dazu bereit war, die Zügel aus der Hand zu geben.

In der kommenden Woche hatte Leonhard einen Termin für die dringend notwendige Operation. Die ganze Familie hoffte inständig, dass der gefährliche Eingriff ohne Komplikationen verlaufen und er danach wieder zu Kräften kommen würde.

Flora war natürlich in größter Sorge um ihren Mann, doch sie zeigte sich tapfer und war immer für ihn da. In letzter Zeit besuchte sie ihn oft im Büro, um ihm kleine Handgriffe anzunehmen.

Luise Wenzel vom Frauenklub hatte dafür gesorgt, dass Margarete Arbeit in einem Waisenhaus bekam, wo sie sich liebevoll um die elternlosen Kinder kümmerte und sie auf die Schule vorbereitete. Die neue Anstellung erfüllte sie voll und ganz. Oft saß sie in den Abendstunden mit ihren künftigen Schwiegereltern beisammen und sprach mit ihnen über die teils dramatischen Schicksale der Kinder. Leonhard und Flora unterstützten das Kinderheim finanziell, so dass Kleidung, Spielzeug und Lernmittel angeschafft werden konnten.

Für Margarete und Alfred war es eine Zeit voller Vorfreude und Glückseligkeit, die jedoch von der ständigen Angst um Leonhard überschattet wurde, unter der die ganze Familie sehr litt. So herrschte eine eigenartige Stimmung in der Villa Tietz.

Eines Vormittags kam der Schneider mit Margaretes Hochzeitskleid zur Anprobe nach Marienburg. Paul Faßbender war ein schlanker Mann mit aristokratisch geschnittenem Gesicht und streng gescheiteltem Haar. Seine eleganten Hände waren gepflegt und hatten wohl noch nie harte Arbeit verrichtet. Faßbender war Modeschöpfer durch und durch, das hatte Flora bei ihrem ersten Besuch in seinem Atelier bereits festgestellt. Dabei hatte sie Margarete von ihrem eigenen Hochzeitskleid vorgeschwärmt, das sie seinerzeit ohne Leonhards Wissen eigenhändig genäht hatte. Herausgekommen war ein Traum in Weiß.

Ähnliches wünschte sich Margarete nun vom Schneidermeister Faßbender. Als er die Villa betrat, lag das Kleid über seinem Arm. Um es vor Schmutz zu schützen, hatte er es in einen hellgrauen Stoffbeutel gehüllt. So war es Margarete unmöglich, einen ersten Blick darauf zu werfen, und sie wurde vor Ungeduld ganz hibbelig.

Nach einer herzlichen Begrüßung führten die Frauen Faßbender in das Mädchenzimmer im Erdgeschoss, das sie für die Anprobe vorbereitet hatten. Dann war der große Moment gekommen. Mit feierlicher Miene zog Faßbender den Beutel vom Kleid und gewährte einen ersten Blick auf sein Meisterwerk.

»Ist das schön«, schwärmte Flora. Auch Margarete war fasziniert von dem Kleid aus dünner Seide, die sich, wie sie seit der Auswahl des Stoffes wusste, auf der Haut anfühlte wie ein leichter Sommerwind. Sie trat näher und nahm das märchenhafte Kleid in Augenschein. Der runde Halsausschnitt war mit Brüsseler Spitze versehen, gerahmt von Bändern mit filigranen Stickereien, die auf Brusthöhe in einer leicht hängenden Quaste mündeten. Auch auf dem Rücken gab es bestickte Bänder, die zur Schleppe des Hochzeitskleides führten und erst am Saum umnäht worden waren. »Ich liebe es«, befand Margarete mit vor Freude pochendem Herzen.

»Ich freue mich, dass es Ihnen gefällt«, sagte Faßbender strahlend. »Dann darf ich Sie nun zur Anprobe bitten.«

Margarete nickte und nahm dem Schneidermeister das Kleid aus den Händen. Faßbender trat auf den Flur, während Flora ihr beim Ankleiden half.

Ein paar Minuten vergingen, bis alle Haken und Ösen auf dem Rücken verschlossen waren und das Kleid Margaretes schlanken Körper umschmeichelte. Dann baten sie den Schneider wieder herein, der Margarete mit schräggelegtem Kopf prüfend musterte.

»Sie sind eine wunderschöne Braut, wenn ich mir diese Bemerkung gestatten darf«, sagte er schließlich mit einem charmanten Lächeln.

»Es fühlt sich wunderbar an, so luftig und leicht, als wäre es ein dünnes Sommerkleid«, antwortete Margarete, während ihre Finger über die schimmernde Seide strichen.

»Ich habe mir erlaubt, in das Oberteil Korsett-Stäbe einzuarbeiten, damit sich das Tragen eines zusätzlichen Korsetts erübrigt«, erklärte Faßbender. »Hinten habe ich eine Watteau-Falte eingearbeitet, so dass sich der Tragekomfort weiter verbessert.«

»Jetzt möchte ich mich im Spiegel sehen«, sagte Margarete zu Flora. Ihre künftige Schwiegermutter führte sie zum großen Ankleidespiegel, den sie zuvor mit einem Tuch verhüllt hatte.

»Auf drei«, sagte Flora und zupfte an dem Tuch. Langsam zählte sie bis zwei, machte eine Pause und zog das Tuch bei drei mit einem energischen Ruck zur Seite.

Margarete war sprachlos. Vor ihr stand eine richtige Braut, die bereit war, den Mann ihres Lebens zu heiraten. Fast hätte sie sich selbst nicht wiedererkannt.

»Das ist ein Märchen von einem Hochzeitskleid«, rief sie entzückt und spürte, dass ihre Augen feucht wurden vor Rührung. Dankend nahm sie von Flora ein Taschentuch entgegen, um sich die Tränen fortzuwischen. Die Glasperlen auf dem Spitzenband glitzerten im Licht wie Diamanten und verliehen dem Kleid einen geheimnisvollen Glanz. Langsam drehte sich Margarete vor dem Spiegel.

Faßbender trat einen Schritt näher. »Es kleidet Sie wirklich sehr«, stellte er zufrieden fest, während er hier und da am Stoff zupfte. »Die noch durchzuführenden Änderungen sind minimal und werden nicht viel Zeit in Anspruch nehmen.«

»Hervorragend«, lobte Flora den Schneider und bedankte sich für seinen Einsatz. »Was halten Sie davon, Ihre Mode in unserem neuen Mehrabteilungshaus anzubieten?«, fragte sie dann.

Faßbender wirkte unentschlossen. »Eigentlich habe ich immer vorgehabt, exklusive Brautkleider zu entwerfen, aber ich könnte mir durchaus vorstellen, ein paar Entwürfe zu zeichnen, die man in Serienproduktion geben und im Kaufhaus *Tietz* anbieten kann.«

»Dann sollten wir in den nächsten Tagen die Einzelheiten besprechen«, schlug Flora vor.

Margarete verfolgte das Gespräch nur mit einem Ohr. Sie war nach wie vor fasziniert von ihrem Kleid und wollte es am liebsten gar nicht mehr ausziehen.

»Bis zur Eröffnung des vergrößerten Hauses ist es noch eine ganze Weile hin«, hörte sie Flora sagen. »Das verschafft Ihnen genügend Zeit, über meinen Vorschlag nachzudenken.«

Der Schneidermeister nickte, bevor er sich an Margarete wandte. »Ich fürchte, Sie müssen sich jetzt wieder von Ihrem Kleid trennen, Fräulein Dzialoszynski.« Er lächelte sie im Spiegel an. »Aber ich verspreche Ihnen, dass ich es wiederbringe, und dann wird es perfekt sitzen!«

Nur widerwillig gab Margarete ihr wunderschönes Prinzesskleid wieder her. Nach der Anprobe war ihre Vorfreude auf die Hochzeit ins schier Unermessliche gestiegen. Nun konnte sie bereits die Tage zählen, bis sie an der Seite von Alfred vor den Traualtar treten würde.

*

Schon als Oscar um die Ecke bog, sah er die Polizisten, die sich vor dem *Warenhaus Hermann Tietz* am Alexanderplatz positioniert hatten. Schaulustige hatten sich eingefunden und waren in eine hitzige Diskussion vertieft. Die Schaufensterscheiben, die dem feigen Anschlag zum Opfer gefallen waren, hatte er noch am gleichen Tage ersetzen lassen. In Anbetracht ihrer Größe war das kein leichtes Unterfangen gewesen, doch Oscar hatte Wert darauf gelegt, dass die Spuren des Anschlages so schnell wie möglich verschwanden – auch aus den Köpfen der Berliner, die täglich an der langen Fensterfront vorbeiflanierten.

»Was ist geschehen?«, wandte er sich an einen streng dreinblickenden Polizisten. Der Schutzmann trat einen halben Schritt zur

Seite und gab den Blick auf den Grund seines morgendlichen Besuches frei. »Sehen Sie selbst, Herr Tietz.«

Oscar mochte nicht glauben, was er sah: Mit roter Farbe hatte man die neuen Scheiben und Teile der prächtigen Fassade beschmiert. Die Botschaft war eindeutig. Oscar spürte, wie sich sein Magen zusammenzog. Hilflose Wut stieg in ihm auf. Jemand hatte geschrieben:

Kauf nicht bei Juden ein!
Wer hier kauft, ist undeutsch!
Tod dem Warenhauskönig!

Die rote Farbe war beim Schreiben verlaufen und sah aus wie Blutspuren, die Richtung Boden flossen. Oscar kämpfte gegen die aufsteigende Übelkeit an. Als er die Hände in die Taschen seines Mantels schob, zitterten sie. So verletzend die gesamte Botschaft auch war, der letzte Satz galt ihm persönlich. Es war, als hätte ihm eine Faust in den Magen geboxt.

»Wer macht so etwas?«, fragte Oscar den Wachtmeister.

»Wir wissen es noch nicht, aber unsere Ermittlungen laufen bereits.«

Oscar bemerkte, dass der Polizist sehr sachlich klang und keine Empathie an den Tag legte, obwohl er bemerkt haben musste, wie mitgenommen sein Gegenüber war.

»Diese Farbschmierereien müssen so schnell wie möglich verschwinden«, ordnete er an. »Ich will nicht, dass meine Kundschaft dem ausgesetzt wird.«

Mehrere Fotografen waren bereits anwesend und dokumentierten die Hinterlassenschaften der Täter. Wahrscheinlich würden die Zeitungen am nächsten Tag lang und breit darüber berichten.

»Das sind judenfeindliche Äußerungen«, stellte Oscar fest, »so etwas hat unser Kaiser verboten.«

»Dennoch kann der Kaiser nicht überall sein, um sein Volk zu überwachen und von solchen Taten abzuhalten«, erwiderte der Wachtmeister kühl.

»Wie reden Sie mit mir?«, platzte es aus Oscar heraus. »Das da«, er zeigte auf den letzten Satz, »ist nicht nur eine Anfeindung – es ist eine Morddrohung gegen meine Person. Was stehen Sie hier noch herum! Finden Sie die Täter und bringen Sie sie hinter Schloss und Riegel!«

Oscar konnte den Anblick der Schmierereien, das Tuscheln der Schaulustigen und das Klicken der Kameras nicht mehr ertragen. Lichtblitze tanzten vor seinen Augen, er spürte einen stechenden Schmerz hinter der Stirn und wandte sich ab. Heute würde er nicht mehr arbeiten können. Nun galt es, sich dem Kampf zu stellen.

*

»Morgen ist der große Tag«, sagte Leonhard beim Abendessen, als sich die Familie um den langen Tisch im Speisezimmer versammelt hatte. Alle blickten ihn überrascht an, denn Leonhard lächelte, als würde er von einem bevorstehenden Ausflug in die Berge sprechen. Dabei ging es darum, dass morgen die Operation anstand.

Flora spürte, wie ihr der Appetit verging, doch sie wollte sich vor den Kindern nichts anmerken lassen. Änne war in größter Sorge um ihren Vater, auch Gerhard wirkte sehr in sich gekehrt. »Du wirst es überstehen«, sagte sie an Leonhard gewandt. Als sie aufblickte, sah sie, wie Margarete und Alfred einen besorgten Blick tauschten.

»Wir werden für dich da sein«, versicherte Margarete ihm.

»Und ich halte im Kaufhaus die Stellung«, versprach Alfred mit einem schiefen Lächeln. »Sobald du alles überstanden hast, schließen wir die Planung ab und erteilen Wilhelm Kreis den Auftrag für den Umbau.«

»Bis dahin werden noch ein, wenn nicht sogar zwei Jahre vergehen«, fürchtete Leonhard.

»Gut Ding will Weile haben«, meinte Flora. »Erst mal ist es viel wichtiger, dass du gesund wirst, Leo.«

Er ergriff ihre Hand und hauchte einen Kuss auf ihren Handrücken. »Wenn ich dich nicht hätte, Flora …« Er brach ab, als seine Stimme brüchig wurde. Hastig räusperte er sich. »Doktor Küpper hat bereits alles in die Wege geleitet. Und wenn die Operation nach seinen Vorstellungen verläuft, dann kann ich euch schon bald wieder auf die Nerven gehen.«

Er lächelte vergnügt, nahm das Besteck auf und begann zu essen. Flora kannte ihn gut genug, um zu wissen, dass er so schnell wie möglich in die Normalität zurückwollte. Leonhard hasste es, wenn man ihn mit Mitleid und übertriebener Sorge überschüttete. Sein eiserner Willen war ungebrochen, und es war ihm wichtig, dass sich seine liebsten Mitmenschen keine Sorgen um ihn machten. Doch das war leichter gesagt als getan. Bedrückt begann auch Flora mit dem Abendessen.

»Einen guten Appetit euch allen«, sagte sie leise und senkte den Blick. Niemand sollte sehen, dass sie Tränen in den Augen hatte.

Kapitel 53

Oscar wanderte ruhelos wie ein Tiger in seinem Käfig durch das Büro in der Vorstandsetage am Alexanderplatz. Zwar hatte er zu seiner Erleichterung erfahren, dass die Polizei Mitglieder einer judenfeindlichen Truppe festgenommen hatte – unter ihnen auch Gustav Berenfeld –, doch seine Befürchtung, dass diese Hasspropaganda erst der Anfang war, wurde von Tag zu Tag stärker. Auch in den Zeitungen gab es immer wieder Anfeindungen gegen Juden.

Vor allem aber waren Oscars Gedanken bei seinem Bruder in Köln. Heute sollte Leonhard operiert werden. Oscars größte Angst war, dass Leo tatsächlich Krebs hatte, auch wenn sein Arzt bisher immer von einem undefinierten Tumor gesprochen hatte. Diese teuflische Krankheit hatte schon unzählige Leben gekostet. Doch Oscar wollte sich nicht vorstellen, dass es auch seinen Bruder treffen könnte. Er versuchte, die Sorgen zu verdrängen, hoffte auf die moderne Medizin und die Fähigkeit des Arztes, der seinen Bruder wieder gesund machen würde.

In der kommenden Woche wollte er mit Georg, Elise, Martin und Betty nach Köln fahren. Sein Neffe Alfred heiratete. Oscar musste schmunzeln, wenn er daran dachte, wie Alfred seine Grete kennengelernt hatten. Hier, in Oscars Warenhaus. Und nun war es so weit, Oscar würde als Trauzeuge auftreten.

Er überlegte, ob die beiden ebenso nach jüdischen Traditionen heiraten würden, wie er und Betty es seinerzeit getan hatten. Immer mehr Gruppierungen machten Stimmung gegen Juden, und zahlreiche Religionsangehörige versuchten inzwischen, ihren Glauben nicht öffentlich zu zeigen, um nicht schikaniert zu werden. Oscar war gespannt, wie es Alfred und Margarete halten würden. Doch wie auch immer sie ihr Fest ausrichteten – er freute sich darauf, sie beim Start ins gemeinsame Leben begleiten zu dürfen.

Kapitel 54

Die Messingplatten der Kuppel auf dem Dach der Synagoge schienen in der Mittagssonne zu glühen, als das frisch vermählte Paar vor das Gebäude trat und lautstark bejubelt wurde. Die Zuschauer applaudierten ihnen, einige schwenkten ihre Taschentücher. Eine große Menschenmenge hatte sich vor dem prächtigen Sandsteinbau in der Glockengasse gebildet, denn nicht alle hatten in die Synagoge gepasst. Geladene Gäste, aber auch unzählige Schaulustige waren gekommen, um das junge Ehepaar zu sehen und ihm zu gratulieren.

Für Margarete fühlte sich der Moment wie ein Traum an. Ab sofort war sie Frau Margarete Tietz, die Gattin von Alfred Leonhard Tietz, dem Sohn des Kaufhauskönigs von Köln. Zu ihrer großen Freude waren auch ihre Eltern aus dem fernen Berlin angereist, um bei der Hochzeit ihrer Tochter dabei zu sein. Die Familie ihres Mannes war allerdings viel größer und weiter verzweigt. Fast alle Mitglieder der Tietz-Familie waren anwesend, sogar Sally und seine Frau Anna waren anlässlich des großes Festes nach Köln gekommen. Die beiden wirkten immer noch wie frisch verliebt, sie hielten Händchen und tauschten ständig verliebte Blicke aus.

Dennoch blieb Margarete nicht verborgen, dass Alfred seinen Vater während der Zeremonie schmerzlich vermisst hatte. Immer wieder hatte es Augenblicke gegeben, in denen er still und in sich gekehrt war.

Nun standen sie unter dem griechischen Kreuz des Eingangsportals und nahmen die Glückwünsche ihrer Gäste entgegen.

»Liebe Frau Tietz«, flüsterte Alfred neben ihr, »Sie dürfen Ihren Mann jetzt küssen – sogar in der Öffentlichkeit.«

»Sehr gern doch, Herr Tietz.« Lachend stellte sich Margarete auf die Zehenspitzen, um ihre Lippen auf seine zu pressen. Der Kuss schmeckte wunderbar, am liebsten hätte sie sich nie wieder von Alfred gelöst. Erst, als der von Flora beauftragte Fotograf sich vernehmlich räusperte und damit ein amüsiertes Lachen unter den Anwesenden auslöste, löste sie sich von Alfred.

Der Fotograf machte ein paar Aufnahmen und lobte dabei immer wieder Margaretes traumhaftes Brautkleid, dass sie dem Können des Schneidermeisters Faßbender zu verdanken hatte, der sie für diesen Tag zu einer Königin gemacht hatte. Margarete strahlte mit der Herbstsonne um die Wette und freute sich schon jetzt auf die Erinnerungsfotos.

Die Synagoge, einst gestiftet vom Bankier Abraham Oppenheim und nach einem Brand nur sechs Jahre nach der Einweihung originalgetreu rekonstruiert, bildete den perfekten Rahmen für die Arbeit des Fotografen, der Margarete und Alfred gut in Szene setzte.

Irgendwann, als Margarete den Blick nach rechts richtete, glaubte sie ihren Augen nicht zu trauen.

»Alfred, sieh nur!«, raunte sie ihm ins Ohr. Sie hob den Arm und stellte fest, dass ihre Finger zitterten. Wie auf ein stilles Kommando traten die Gäste einen Schritt zurück und bildeten ein Spalier für den Mann, der sich mit langsamen Schritten dem Hochzeitspaar näherte.

Ein feines Lächeln lag auf seinen Lippen, trotzdem war ihm anzusehen, dass er unter den Schmerzen der noch frischen Wunde litt. Seine Schritte waren schleppend, der Gang gebeugt. Aber seine Augen glänzten vor Rührung. Er gratulierte Margarete, dann nahm er seinen Sohn in die Arme, dem die Worte fehlten.

»Alfred, mein Sohn, ich möchte dir herzlich gratulieren.« Leonhards Lächeln wurde ein wenig breiter. »Mein lieber Alfred«, sagte er heiser, »ich wünsche dir von Herzen alles Gute. Nun hast du gefunden, wonach du, wenn man deiner Mutter Glauben schenken kann, immer gesucht hast: Eine Frau, mit der du den Rest deines Lebens verbringen kannst. Ich möchte …«

»Leo!«, rief Flora dazwischen, die gerade erst mitbekommen hatte, was sich vor der Synagoge abspielte. »Wie kommst du hierhin? Du müsstest doch im Spital sein!«

Er lächelte milde und nahm ihre Hand. »Es ist schon in Ordnung, Bella.« Nachdem er sie bewundernd gemustert hatte, fuhr er fort: »Bezaubernd siehst du aus.«

»Und du bist krank!«, rief Flora, immer noch außer sich.

»Ich habe das Spital auf eigenen Wunsch verlassen«, erklärte Leonhard. »Auch, wenn ich noch nicht ganz genesen bin, so wollte ich mir diesen ganz besonderen Tag doch nicht entgehen lassen.«

Flora schüttelte fassungslos den Kopf und schmiegte sich dann an ihn. »Das hätte ich mir ja denken können, mein lieber, lieber Sturkopf.«

»Sicher gibt es ein Festessen«, mutmaßte Leonhard mit einem schiefen Grinsen. »*Das* wollte ich mir erst recht nicht entgehen lassen.«

Margarete fiel auf, dass das dichte Haar ihres Schwiegervaters in den letzten Wochen ergraut war. Die Strapazen der zurückliegenden Operation waren nicht spurlos an ihm vorüber gegangen. Leonhard Tietz war ein alter Mann geworden. Doch er lebte, und nur das zählte im Augenblick.

Als Margarete ihren Mann ansah, wusste sie genau, was ihn bewegte: Alfreds wollte unbedingt, dass Leonhard noch lange an seiner Seite blieb. Nicht nur als Mentor, Vorbild und Lehrmeister im Geschäftlichen, sondern auch als Vater, der immer einen Rat wusste. Und nun war sein größter Wunsch, dass Leonhard Tietz zur Hochzeit kam, in Erfüllung gegangen.

ENDE